KB141109

손
암
집

손암집 3

遜庵集

申晟圭 지음

남춘우 역주
신상필
이연순
이영준

일러두기

1. 본 번역서는 손암(遜庵) 신성규(申晟圭)의 문집을 후손가에서 영인한 《손암집(遜庵集)》(전9권)을 저본으로 삼았다.

2. 저본 가운데 5~6권의 〈논어강의(論語講義)〉는 성격상 별책으로 구성될 필요가 있어 1~4권을 1책, 7~9권을 2책, 5~6권을 3책으로 엮었다.

3. 내용이 간단한 역주는 간주(間註)로, 긴 역주는 각주(脚註)로 처리하였다.

4. 한자는 필요한 경우 이해를 돕기 위하여 넣었으며, 운문(韻文)은 원문을 병기하였다.

5. 맞춤법과 띄어쓰기는 한글 맞춤법과 표준어 규정을 따랐다.

6. 이 책에 사용한 부호는 다음과 같다.

  ( ) : 번역문과 음이 같은 한자를 묶는다.

  〔 〕 : 번역문과 뜻은 같으나 음이 다른 한자를 묶는다.

  【 】 : 저본의 작은 글씨를 묶는다.

  《 》 : 책명을 묶는다.

  〈 〉 : 책의 편명 및 운문과 산문의 제목을 묶는다.

  " " : 대화 등의 인용문을 묶는다.

  ' ' : " "안의 재인용 또는 강조문구를 묶는다.

차례

손암집 제6권

논어강의論語講義

손암집
遜庵集

제5권

논어강의
論語講義

논어강의 論語講義

도의 통체에 대해 말함
言道之統體

〔經〕 공자께서 시냇가에 계시면서 말씀하셨다. "흘러가는 것이 이와 같구나. 밤낮으로 그치지 않는구나."〈자한 제16장〉

〔註〕 정자가 말씀하였다. "이는 도체(道體)이다. 하늘의 운행은 쉼이 없어서, 해가 지면 달이 뜨고 추위가 가면 더위가 오며, 물은 흘러 끊임이 없고 만물은 생겨나 다하지 않으니, 모두 도(道)와 일체(一體)가 되어 밤낮으로 운행하여 그친 적이 없다. 그러므로 군자(君子)는 이를 본받아서 스스로 힘쓰고 쉬지 않는다."

〔按〕 살펴보건대, '흘러가는 것〔逝者〕'은 물이 흐르는 것을 가리킨 것이다. '이와 같구나〔如斯〕'는 중간에 끊기는 것이 없음을 말한 것이니, 바로 아래 글의 '밤낮으로 그치지 않는구나〔不舍晝夜〕'가 이것이다. 이것을 말하여 천지의 조화가 왕래하여 그침이 없는 것을 비유하였으니, 바로 도체(道體)의 자연스러움이다.

〔經〕 子在川上曰: "逝者如斯夫! 不舍晝夜."

〔註〕 程子曰: "此道體也, 天運而不已, 日徃則月來; 寒徃則暑來, 水流而

不息; 物生而不窮, 皆與道爲體, 運乎晝夜, 未嘗已也. 是以君子法之, 自
强不息."

〔按〕逝者, 指水之逝也. 如斯, 謂無間斷, 卽下文'不舍晝夜'是也. 言此以
喩天地之化, 徃來不息, 乃道體之自然也.

〔經〕 공자께서 말씀하시기를 "삼〔參〕아! 나의 도(道)는 하나의 이(理)가
만 가지 일을 꿰뚫고 있다." 하시니, 증자가 "예" 하고 대답하였다. 공자께
서 나가시자, 문인들이 "무슨 말씀입니까?" 하고 물으니, 증자가 대답하였
다. "부자(夫子)의 도(道)는 충(忠)과 서(恕)일 뿐이다."〈이인 제15장〉

〔註〕 주자가 말씀하였다. "'지성무식(至誠無息)'은 도(道)의 체(體)이니
만수(萬殊)가 일본(一本)인 것이요, '만물(萬物)이 각기 제 자리를 얻음'
은 도(道)의 용(用)이니 일본(一本)이 만수(萬殊)인 것이다. 이로써 살
펴본다면, 일이관지(一以貫之)의 실제를 볼 수 있을 것이다."
○ 정자가 말씀하셨다. "성인(聖人)이 사람을 가르칠 적에는 각기 그 재
질을 따르셨다. '오도일이관지(吾道一以貫之)'는 오직 증자만이 그 뜻에
통달할 수 있었으니, 공자께서 이 때문에 증자에게 말씀해 주신 것이다.
증자가 문인에게 '부자의 도(道)는 충서(忠恕)일 뿐이다'라고 한 것 역시
부자께서 증자에게 말씀하신 뜻과 같은 것이다.
○ 서산 진씨(西山眞氏)가 말하였다. "천지와 성인은 다만 한 '성(誠)'자
일 뿐이다. 천지는 다만 한 성(誠)일 뿐인데 만물이 자연히 각각 그 삶을
이루고, 성인은 다만 한 성(誠)일 뿐인데 만사가 자연히 각각 이치에
합당하게 된다. 배우는 자는 이러한 경지에 이르지 못 하였으니, 우선
모름지기 충(忠)・서(恕) 두 글자에 진력해야 한다. 성(誠)은 자연스러

운 충·서이고 충·서는 힘을 기울이는 성(誠)이다. 요컨대 충·서를 다한 지점이 곧 성(誠)이다."

〔按〕 살펴보건대, 천도(天道)는 태극으로써 만물을 변화시키고 성인은 지성(至誠)으로써 만사를 이룬다. 배우는 자가 마음을 다하여 온갖 일을 미루어 나감에 비록 무위(無爲)와 유위(有爲)의 같지 않음이 있을지라도 그 이치는 일찍이 같지 않음이 없다. 증자가 문인에게 일러준 것이 비록 배우는 자를 위하여 말한 것이지만 내포한 뜻은 또한 크다. 천지에는 천지의 충·서가 있고, 성인에게는 성인의 충·서가 있다. 대개 태극은 천지의 충(忠)인데 만물을 변화시키는 것은 서(恕)이며, 지성은 성인의 충(忠)인데 만사를 이루는 것은 서(恕)이다. '일이관지(一以貫之)'의 본지를 깊이 이해한 증자가 아니면 말하는 것이 이와 같이 친절(親切)하지 못 할 것이니, 증자 같은 이는 공자의 뜻을 잘 계승한 자라고 이를 만하다.

〔經〕 子曰: "參乎! 吾道一以貫之." 曾子曰: "唯." 子出, 門人問曰: "何謂也?" 曾子曰: "夫子之道, 忠恕而已矣."

〔註〕 朱子曰: "至誠無息者, 道之體也, 萬殊之所以一本也; 萬物各得其所者, 道之用也, 一本之所以萬殊也. 以此觀之, 一以貫之之實, 可見矣."
○ 程子曰: "聖人敎人, 各因其才. 吾道一以貫之, 唯曾子爲能達此, 孔子所以告之也. 曾子告門人曰: '夫子之道, 忠恕而已矣.' 亦猶夫子之告曾子也."
○ 西山 眞氏曰: "天地與聖人, 只是一誠字. 天地只一誠, 而萬物自然各遂其生, 聖人只一誠, 而萬事自然各當乎理. 學者未到此地位, 且須盡忠恕二字. 誠是自然底忠恕, 忠恕是着力底誠. 要之忠恕盡處, 卽是誠."

〔按〕 天道以太極而化萬物; 聖人以至誠而成萬事. 學者盡心而推萬務, 雖有無爲有爲之不同, 然其理則未嘗不同也. 曾子之告門人, 雖爲學者言, 包

含亦大. 天地有天地之忠恕; 聖人有聖人之忠恕. 蓋太極天地之忠而化萬
物者恕也; 至誠聖人之忠而成萬事者恕也. 非曾子深契一貫之旨, 未能說
出如此親切, 若曾子, 可謂善繼夫子之志矣.

〔經〕 공자께서 말씀하시기를 "사〔賜〕야! 너는 내가 많이 배워 그것을 기억
하는 자라고 여기느냐?" 하시자, 자공(子貢)이 대답하였다. "그렇습니다.
아닙니까?" 공자께서 말씀하셨다. "아니다. 나는 하나의 이(理)가 만사를
꿰뚫는 사람이다."〈위령공 제2장〉

〔註〕 주자가 말씀하셨다. "이는 '지(知)'로써 말씀하신 것이다."
〔按〕 살펴보건대, 부자(夫子)께서 평소 문인들에게 가르친 것은 오직
학문 이외에 다른 일은 없었는데 지금 문득 이런 말씀을 하셨으니, 자공
이 어찌 의심하지 않을 수 있었겠는가. 그러므로 자공이 말하기를 "아닙
니까?"라고 하자, 부자께서 단호하게 "아니다."라고 말씀하신 것이다.
성인은 하나의 이치가 유통되어 자연스럽게 하나로 합치되니, 일반인들
이 일일이 이해하는 것과는 같지 않다. 성인 이하의 사람들은 모름지기
학문을 쌓은 공부가 지극한 뒤에 이치가 순한 경지에 이를 수 있다. 이치
가 순한 경지에 이르게 되면 또한 근원이 있는 샘물처럼 부단히 흘러나오
니 자공만이 그 경지에 거의 이를 수 있었다. 그러므로 부자께서 그를
불러 말씀해주신 것이다.

〔經〕 子曰: "賜也, 女以予爲多學而識之者與?" 對曰: "然, 非與?" 曰: "非
也, 予一以貫之."
〔註〕 朱子曰: "此以知言也."

〔按〕夫子平日教門人者, 唯學之外無他事也. 而今忽發此言, 子貢安得不疑乎? 故口: "非與?" 而夫子斷然曰: "非也." 蓋聖人一理流通, 自然湊合, 非如他人之件件理會也. 自聖人以下, 須積學功至而後, 可到理順之境. 到理順之境, 則亦源源而來, 唯子貢庶夷[1]近之. 故夫子呼而告之.

〔經〕공자께서 말씀하셨다. "나를 알아주는 이가 없구나!" 자공이 말하였다. "어찌하여 선생님을 알아주는 이가 없다고 하시는 것 입니까?" 공자께서 말씀하셨다. "하늘을 원망하지 않고 남을 탓하지 않으며, 아래로 인간의 일을 배워 위로 천리(天理)를 통달하였으니, 나를 알아주는 이는 하늘일 것이다!"〈헌문 제37장〉

〔註〕남헌 장씨(南軒張氏)가 말하였다. "아래로 인간의 일을 배워 위로 천리에 통달하지만, 천리는 애초 인간의 일에서 벗어나지 않는다. '나를 알아주는 이는 하늘일 것이다.'라는 말은, 이른바 '하늘'이란 이치일 뿐이니, 성인께서는 천리에 순일하시기 때문에 스스로 이와 같이 말씀하신 것이다."

〔經〕子曰: "莫我知也夫! 子貢曰: "何爲其莫知子也?" 子曰: "不怨天, 不尤人, 下學而上達. 知我者, 其天乎!"
〔註〕南軒張氏曰: "下學人事而上達天理, 天理初不外乎人事, '知我其天', 所謂天者理而已, 聖人純乎天理, 故其自言如此."

---

1 夷 : '기(幾)'의 오자인 듯하다.

〔經〕 공자께서 말씀하셨다. "성품은 서로 비슷하나 습관에 의하여 서로 멀어지게 된다."〈양화 제2장〉

〔註〕 주자가 말씀하였다. "여기에서 말한 '성(性)'은 기질(氣質)을 겸하여 말한 것이다. 기질의 성(性)은 본래 좋음과 나쁨의 차이가 있지만 그 처음을 가지고 말한다면 모두 서로 크게 멀지 않다."

○ 정자가 말씀하였다. "이것은 기질지성(氣質之性)을 말한 것이요, 본연지성(本然之性)을 말한 것이 아니다. 그 근본으로 말하면 성(性)은 곧 이(理)요, 이(理)에는 선(善)하지 않음이 없으니, 맹자께서 말씀하신 성선(性善)이 바로 이것이다. 그러니 어찌 서로 비슷하다는 말이 있을 수 있겠는가?"

〔按〕 살펴보건대, '성품은 서로 비슷하다'고 한 것은, 선(善)의 가운데에 많고 적음이 같지 않은 것이 있으나 선(善)과 악(惡)의 다름이 있는 것은 아님을 말한 것이다. 성(性)은 선(善)할 뿐이니 어찌 악한 성(性)이 있겠으며, 성(性)은 하나일 뿐이니 어찌 본연(本然)과 기질(氣質)의 두 가지 성(性)이 있겠는가. '성(性)'이라는 것은 이(理)가 기질에 부여되어 있는 이름이다. 이(理)가 기질에 부여되어 있게 되면 성(性)이라고 말할 수 있지만 이(理)라고 말할 수 없는데, 하물며 기질이라고 말할 수 있겠는가? 이(理)가 목(木)에 부여되면 인(仁)이 되고, 금(金)에 부여되면 의(義)가 되고, 화(火)에 부여되면 예(禮)가 되고, 수(水)에 부여되면 지(智)가 되고, 토(土)에 부여되면 신(信)이 되니, 이것이 오성(五性)의 절목으로서 순선한 것이다. 다소 같지 않은 것이 있는 것은, 목기(木氣)를 부여한 것이 승하면 인(仁)이 많고, 금기(金氣)가 승하면 의(義)가 많게 되는 것이다. 그러나 그 많고 적음을 가지고 곧 '악(惡)'이라 말할

수 없다. 악(惡)이 있는 것은 마음이 발하여 감정이 방탕해진 뒤의 일이고, 성(性)은 마음이 발하기 이전의 일이니, 악(惡)이라는 이름이 어디에 있겠는가. 맹자께서 말씀하신 성선(性善) 또한 크게 같고 서로 가까운 것에 나아가 말한 것이다. '이(理)와 의(義)가 나의 마음을 기쁘게 하는 것이 고기가 나의 입을 기쁘게 하는 것과 같다.'고 하신 말씀²을 살펴보면 그런 뜻을 알 수 있다.

〔經〕子曰: "性相近也, 習相遠也."
〔註〕朱子曰: "此所謂性, 兼氣質而言者也. 氣質之性, 固³有美惡之不同. 然以其初而言, 則皆不甚相遠也."
○ 程子曰: "此言氣質之性, 非言性之本也. 若言其本, 則性卽是理. 理無不善, 孟子之言性善是也, 何相近之有哉?"
〔按〕性相近云者, 謂於善之中, 有多小不同, 非有善惡之不同也. 蓋性則善而已, 豈有惡性; 性則一而已. 豈有本然、氣質之二性哉? 性者, 理賦在氣質之名. 理賦在氣質, 則只可謂之性, 不可謂之理, 況謂之氣質乎? 理賦於木則爲仁, 賦於金則爲義, 賦於火則爲禮, 賦於水則爲知, 賦於土則爲信. 此爲五性之目而純善者也. 其有多小不同者, 賦木氣勝則仁多, 金氣勝則義多. 然不可以其多小而便謂之惡, 其有惡者, 發而情蕩以後之事, 性則

---

2 의리가……말씀 : 이는 《맹자》〈고자 상(告子上)〉 제7장에서, "사람들의 마음이 다 같이 그렇게 여기는 것은 무엇인가? 이와 의를 이른다. 성인은 우리 마음에 똑같이 그렇게 여기는 바를 먼저 아셨다. 그러므로 이와 의가 나의 마음을 기쁘게 하는 것은 고기가 내 입을 기쁘게 하는 것과 같다.〔心之所同然者, 何也? 謂理也義也, 聖人先得我心之所同然耳. 故理義之悅我心, 猶芻豢之悅我口.〕"라고 한 부분에 보이는 말이다.
3 固 : 저본에는 '인(因)'으로 되어 있다. 대전본 《논어집주》에 의거하여 수정하였다.

發以前之事, 夫安有惡名哉? 孟子之言性善, 亦就其大同相近者而言, 觀其所謂'理義⁴之悅我心, 猶芻豢之悅我口', 可知矣.

〔經〕 자공(子貢)이 말하였다. "부자(夫子)의 문장(文章)은 들을 수 있으나, 부자께서 성(性)과 천도(天道)를 말씀하시는 것은 들을 수 없다."〈공야장 제12장〉

〔註〕 주자가 말씀하였다. "문장(文章)은 덕(德)이 밖으로 나타나는 것이니, 위의(威儀)와 문사(文辭)가 바로 이것이다. 성(性)은 사람이 부여받은 천리(天理)이고, 천도(天道)는 천리자연(天理自然)의 본체이니, 그 실상은 한 이치이다."
○ 정자가 말씀하였다. "이는 자공(子貢)이 부자(夫子)의 지극하신 말씀을 듣고 탄미(歎美)한 말이다."
〔按〕 살펴보건대, 성(性)은 덕(德)이 안에 쌓인 것이고, 천도(天道)는 또 성(性)이 말미암아 나오는 것이니, 모두 은미하고 깊은 이치로서 부자께서 드물게 말씀하신 것이다. 그러므로 들을 수 없었던 것이다.

〔經〕 子貢曰: "夫子之文章, 可得而聞也; 夫子之言性與天道, 不可得而聞也."
〔註〕 朱子曰: "文章, 德之見乎外者, 威儀文辭是也. 性者, 人之所受之天理. 天道者, 天理自然之本體, 其實一理也."
○ 程子曰: "此子貢聞夫子之至論而歎美之也."

---

4 理義 : 저본에는 '義理'로 되어 있다. 대전본《맹자집주》에 의거하여 수정하였다.

〔按〕 性, 德之蘊於內者, 而天道又性之所自出, 皆理之微奧而夫子之所罕言, 故不可得而聞也.

〔經〕 공자께서 말씀하셨다. "나는 말을 하지 않으려고 한다." 자공이 말하였다. "선생님께서 만일 말씀하지 않으시면 저희들이 어떻게 도(道)를 전하겠습니까?" 공자께서 말씀하셨다. "하늘이 무슨 말씀을 하시던가? 그런데도 사시가 운행되고 온갖 만물이 생장하나니, 하늘이 무슨 말씀을 하시던가?" 〈양화 제19장〉

〔註〕 주자가 말씀하였다. "사시가 운행하고 온갖 만물이 생장하는 것은 천리(天理)가 발현하여 유행(流行)하는 실체가 아님이 없는데, 말을 기다리지 않고도 볼 수 있는 것이다. 성인(聖人)의 일동일정(一動一靜)은 오묘한 도(道)와 정밀한 의리(義理)의 발현이 아님이 없으니, 이 또한 하늘〔天〕일 뿐이다. 어찌 말씀을 기다려야 드러나겠는가?"

〔經〕 子曰: "予欲無言." 子貢曰: "子如不言, 則小子何述焉?" 子曰: "天何言哉? 四時行焉, 百物生焉, 天何言哉?"
〔註〕 朱子曰: "四時行, 百物生, 莫非天理發見流行之實也, 不待言而可見. 聖人一動一靜, 莫非妙道精義之發, 亦天而已. 豈待言而顯哉?"

〔經〕 공자께서 말씀하셨다. "중용(中庸)의 덕(德)이 지극하구나! 사람들이 이 덕을 소유한 이가 적은 지 오래이다." 〈옹야 제27장〉

〔註〕정자가 말씀하였다. "치우치지 않음을 중(中)이라 하고, 변치 않음을 용(庸)이라 한다. 중(中)은 천하(天下)의 바른 도(道)이고, 용(庸)은 천하의 정한 이(理)이다. 세상의 가르침이 쇠퇴함으로부터 사람들이 중용(中庸)의 도(道)를 행하는데 흥기하지 않아 이 덕(德)을 간직한 이가 적은 지 오래되었다."

〔經〕子曰: "中庸之爲德也, 其至矣乎! 民鮮久矣."
〔註〕程子曰: "不偏之謂中; 不易之謂庸. 中者, 天下之正道; 庸者, 天下之定理. 自世敎衰, 民不興行, 少有此德久矣."

〔經〕공자께서 말씀하셨다. "오직 지극히 지혜로운 자와 어리석은 자는 변화시킬 수 없다."〈양화 제3장〉

〔註〕정자가 말씀하였다. "사람의 성(性)이 본래 선(善)한데, 변화시킬 수 없는 것이 있음은 무슨 까닭인가. 그 성(性)을 말한다면 모두 선(善)하거니와 그 재(才)를 말한다면 하우(下愚)로서 변화시킬 수 없는 자가 있다는 것이다."
〔按〕살펴보건대, 상지(上知)와 하우(下愚)는 〈서로 비슷한 성(性)이〉 습관에 의해 멀어진 자'로부터 근본을 미루어 말한 것이다. 그 귀결점을 상고해보면 진실로 변화시킬 수 없는 분수가 있다.

〔經〕子曰: "唯上知與下愚不移."
〔註〕程子曰: "人性本善, 有不可移者何也? 語其性則皆善也; 語其才則有

下愚之不移."

〔按〕 上知下愚, 自其習之遠者而推本言之也. 考其歸則誠有不移之分.

〔經〕 공자께서 말씀하셨다. "사람이 도(道)를 넓히는 것이지, 도(道)가 사람을 넓히는 것은 아니다."〈위령공 제28장〉

〔註〕 주자가 말씀하였다. "사람 밖에 도(道)가 없고, 도(道) 밖에 사람이 없다. 그러나 인심(人心)은 지각(知覺)이 있고 도체(道體)는 함이 없다. 그러므로 사람은 그 도(道)를 크게 할 수 있고, 도(道)는 사람을 크게 할 수 없는 것이다."

〔按〕 살펴보건대, 사람이 현인이 되고 성인이 되는 것은 모두 스스로 그 도리를 확충하여 그렇게 된 것이지, 도(道)가 사람을 넓혀서 그렇게 되는 것은 아니다.

〔經〕 子曰: "人能弘道, 非道弘人也."

〔註〕 朱子曰: "人外無道, 道外無人. 然人心有覺而道體無爲. 故人能大其道, 道不能大其人也."

〔按〕 人之所以至賢至聖, 皆自能擴充其道理而然, 非道之弘人而然也.

인에 대해 말함
言仁

〔經〕공자께서 말씀하셨다. "말을 좋게 하고 얼굴빛을 곱게 하는 사람이 인(仁)한 이가 적다."〈학이 제3장, 양화 제17장〉

〔註〕주자가 말씀하였다. "그 말을 아름답게 하고 그 얼굴빛을 좋게 하여 남을 기쁘게 하기를 힘쓴다면, 본심(本心)의 덕(德)이 없어질 것이다."

〔按〕살펴보건대, 그 말을 공교롭게 꾸미고 그 얼굴빛을 좋게 하여 남을 기쁘게 하는 경우, 그 근원을 궁구해보면 모두 사악하고 사사로운 마음에서 나온 것이니, 실제의 덕이 없음을 알 수 있다.

〔經〕子曰: "巧言令色, 鮮矣仁."
〔註〕朱子曰: "好其言, 善其色, 務以悅人, 則本心之德亡矣."
〔按〕巧飾其言, 令悅其色, 究其根底, 皆出於邪私之心, 其無實德可知矣.

〔經〕공자께서 말씀하셨다. "강하고 굳세고, 질박하고 어눌(語訥)함이 인(仁)에 가깝다."〈자로 제27장〉

〔註〕정자가 말씀하였다. "목(木)은 질박함이요, 눌(訥)은 더디고 둔함이다. 이 네 가지는 자질이 인(仁)에 가까운 것이다."
○ 양씨(楊氏)가 말하였다. "강하고 굳세면 물욕(物慾)에 굽히지 않고, 질박하고 어눌하면 외물(外物)에 치달리지 않게 된다. 그러므로 인(仁)

에 가까운 것이다."

〔經〕子曰:"剛毅木訥, 近仁."
〔註〕程子曰:"木者質樸, 訥者遲鈍, 四者, 質之近乎仁者也."
○ 楊氏曰:"剛毅則不屈於物欲, 木訥則不至於外馳. 故近仁."

〔經〕 공자께서 말씀하셨다. "오직 인자(仁者)여야 사람을 좋아하며, 사람을 미워할 수 있는 것이다."〈이인 제3장〉

〔註〕 주자가 말씀하였다. "사심(私心)이 없은 뒤에 좋아하고 미워함이 이치에 맞을 수 있는 것이니, 정자가 이른바 '그 공정(公正)함을 얻었다'는 것이 이것이다."
〔按〕 살펴보건대, 지자(知者)는 비록 좋아하고 미워할 줄 알지만 좋아함과 미워함의 실제를 다하지 못 한다. 오직 인자(仁者)만이 좋아함과 미워함의 실제를 다할 수 있다.

〔經〕子曰:"惟仁者, 能好人, 能惡人."
〔註〕朱子曰:"無私心, 然後好惡當於理, 程子所謂'得其公正'是也."
〔按〕知者, 雖知好惡而未能盡好惡之實, 惟仁者, 能盡好惡之實.

〔經〕 공자께서 말씀하셨다. "인(仁)하지 못한 자는 오랫동안 곤궁한 데에 처할 수 없으며 장구하게 즐거움에 처할 수 없으니, 인자(仁者)는 인(仁)을 편안히 여기고 지자(智者)는 인(仁)을 이롭게 여긴다."〈이인 제2장〉

〔註〕 사씨(謝氏)가 말하였다. "안인(安仁)은 인(仁)과 자신이 하나가 된 것이며, 이인(利仁)은 인(仁)과 자신이 분리된 것이다."

〔經〕 子曰: "不仁者, 不可以久處約; 不可以長處樂. 仁者, 安仁; 知者, 利仁."

〔註〕 謝氏曰: "安仁則一, 利仁則二."

〔經〕 공자께서 말씀하셨다. "안회(顏回)는 그 마음이 3개월 동안 인(仁)을 떠나지 않았고, 그 나머지 사람들은 하루나 한 달에 한 번 인(仁)에 이를 뿐이다."〈옹야 제5장〉

〔註〕 정자가 말씀하였다. "3개월은 천도(天道)가 조금 변하는 절기(節期)이니, 오래됨을 말한다. 이 경지를 지나면 성인(聖人)이다. 인(仁)을 떠나지 않는다는 것은 다만 털끝 만한 사욕(私慾)도 없음이니, 조금이라도 사욕이 있다면 곧 이는 인(仁)이 아니다."

〔經〕 子曰: "回也, 其心三月不違仁, 其餘則日月至焉而已矣."

〔註〕 程子曰: "三月, 天道小變之節, 言其久也, 過此則聖人矣. 不違仁, 只是無纖毫私欲, 小有私欲, 便是不仁."

〔經〕 공자께서 말씀하셨다. "덕(德)이 있는 자는 반드시 훌륭한 말을 하거니와, 훌륭한 말을 하는 자는 반드시 덕(德)이 있지는 못하다. 인자(仁者)는 반드시 용기가 있거니와, 용기가 있는 자는 반드시 인(仁)이 있지는

못하다.〈헌문 제5장〉

〔註〕주자가 말씀하였다. "덕(德)이 있는 자는 화순(和順)이 심중(心中)에 쌓여서 아름다운 영화(榮華)가 밖으로 나타나거니와, 말을 잘하는 자는 간혹 입으로 말만 잘할 뿐일 수 있다. 인자(仁者)는 마음에 사루(私累)가 없어서 의(義)를 보면 반드시 행하거니와, 용기가 있는 자는 간혹 혈기(血氣)의 강함일 뿐일 수 있다."

〔經〕子曰: "有德者, 必有言; 有言者, 不必有德. 仁者, 必有勇; 勇者, 不必有仁."

〔註〕朱子曰: "有德者, 和順積中, 英華發外; 能言者, 或便佞口給而已. 仁者, 心無私累, 見義必爲; 勇者, 或血氣之强而已."

〔經〕공자께서 말씀하셨다. "군자(君子)로서 인(仁)하지 못한 자는 있어도 소인(小人)으로서 인(仁)한 자는 있지 않다."〈헌문 제7장〉

〔註〕사씨가 말하였다. "군자는 인(仁)에 뜻을 둔다. 그러나 잠깐 사이라도 마음이 인(仁)에 있지 않으면 불인(不仁)을 면치 못하게 된다."
〔按〕살펴보건대, '군자로서 인(仁)하지 못한 자'라는 것은, 혹 한 가지 일이 인(仁)하지 못한 경우가 있음을 말한 것이지, 전체가 인(仁)하지 못 함을 말한 것은 아니다. 군자는 대체로 인(仁)이로되 혹 한 가지 일이 인(仁)하지 못한 경우가 있거니와, 소인은 대체로 인(仁)하지 못하여 한 가지 일도 인(仁)한 경우는 없다.

〔經〕子曰: "君子而不仁者有矣, 未有小人而仁者也."

〔註〕謝氏曰: "君子志於仁矣. 然毫忽之間, 心不在焉, 則未免爲不仁也."

〔按〕君子而不仁者, 謂容有一事之不仁者, 非謂全體之不仁也. 蓋君子大體皆仁而或有一事之不仁; 小人大體皆不仁而未有一事之或仁也.

〔經〕 공자께서 말씀하였다. "지자(智者)는 물을 좋아하고 인자(仁者)는 산을 좋아하며, 지자는 동적(動的)이고 인자는 정적(靜的)이며, 지자는 낙천적이고 인자는 장수한다."〈옹야 제21장〉

〔註〕 주자가 말씀하였다. "동(動)과 정(靜)은 체(體)로 말한 것이요, 낙(樂)과 수(壽)는 효과로 말한 것이다. 동(動)하여 막히지 않으므로 즐거워하는 것이요, 정(靜)하여 일정함이 있으므로 장수하는 것이다."

〔經〕子曰: "知者樂水; 仁者樂山. 知者動; 仁者靜. 知者樂; 仁者壽."

〔註〕朱子曰: "動、靜, 以體言; 樂、壽, 以效言. 動而不括故樂; 靜而有常故壽."

〔經〕 공자께서 말씀하셨다. "지혜로운 자는 의혹하지 않고, 인(仁)한 자는 근심하지 않고, 용맹한 자는 두려워하지 않는다."〈자한 제28장〉

〔註〕 주자가 말씀하였다. "지혜의 밝음이 사리(事理)를 밝힐 수 있기 때문에 의혹하지 않는 것이요, 천리(天理)가 사욕(私慾)을 이길 수 있기 때문에 근심하지 않는 것이요, 기운이 도의(道義)에 배합하기 때문에 두려워하지 않는 것이다."

〔經〕子曰: "知者不惑, 仁者不憂, 勇者不懼."

〔註〕朱子曰: "明足以燭理, 故不惑. 理足以勝私, 故不憂. 氣足以配道義, 故不懼."

〔經〕재아(宰我)가 물었다. "인자(仁者)는 비록 우물에 사람이 빠졌다고 말해 주더라도 우물에 빠진 사람을 구제하고자 하여 따라 우물에 들어가겠습니다." 공자께서 말씀하셨다. "어찌 그렇게 하겠는가. 군자는 우물까지 가게 할 수는 있으나 빠지게 할 수는 없으며, 이치에 있는 말로 속일 수는 있으나 터무니없는 말로 속일 수는 없는 것이다."〈옹야 제24장〉

〔註〕운봉 호씨(雲峯胡氏)가 말하였다. "사랑은 인(仁)을 다하기에 부족하니 인자(仁者)라야 반드시 사랑할 수 있다. 깨달음은 인(仁)이라 이름할 수 없으니, 인자라야 반드시 깨달을 수 있다."

〔經〕宰我問[5]曰: "仁者, 雖告之曰: '井有仁焉.' 其從之也." 子曰: "何爲其然也? 君子可逝也, 不可陷也; 可欺也, 不可罔也."

〔註〕雲峯 胡氏曰: "愛不足以盡仁, 仁者必能愛. 覺不可以名仁, 仁者必能覺."

〔經〕혹자가 말하기를 "염옹(冉雍)은 인(仁)하나 말재주가 없습니다." 하자, 공자께서 말씀하셨다. "말재주를 어디에다 쓰겠는가. 약삭빠른 구변으

---

5 問 : 저본에는 누락되어 있다. 대전본 《논어집주》에 의거하여 보충하였다.

로 남의 말을 막아서 자주 남에게 미움만 받을 뿐이니, 그가 인(仁)한지는 모르겠으나, 말재주를 어디에다 쓰겠는가?"〈공야장 제4장〉

〔註〕주자가 말씀하였다. "인(仁)의 도(道)는 지극히 커서 전체가 인(仁)이고 그침이 없는 자가 아니고서는 이에 해당될 수 없다. 안자(顏子)와 같은 아성(亞聖)으로서도 오히려 3개월이 지난 뒤에는 인(仁)을 떠남이 없지 못하였다. 더구나 중궁(仲弓)은 비록 어질다고 하지만 안자에 미치지 못하니, 성인께서 참으로 가볍게 허여 하실 수 없는 것이다."

〔按〕살펴보건대, 인자(仁者)는 말재주가 없으니, 말재주가 있으면 인(仁)하지 못한다. 중궁은 말재주가 없었으니 바로 자질이 인(仁)에 가까운 자이다. 그러나 부자(夫子)께서 그의 인(仁)을 허여하지 않으시고 인(仁)의 온전한 본체로써 말씀해주셨으니, 중궁이 진실로 미치지 못하는 바가 있는 것이다.

〔經〕或曰: "雍也仁而不佞." 子曰: "焉用佞? 禦人以口給, 屢憎於人. 不知其仁, 焉用佞?"

〔註〕朱子曰: "仁道至大, 非全體而不息者, 不足以當之. 如顏子亞聖, 猶不能無違於三月之後, 況仲弓雖賢, 未及顏子, 聖人固不得而輕許之也."

〔按〕仁者不佞, 佞則不仁. 仲弓之不佞, 乃質之近乎仁者也, 而夫子之不許其仁, 以仁之全體而言之, 仲弓誠有所不及也.

〔經〕맹무백(孟武伯)이 "자로(子路)는 인(仁)합니까?" 하고 묻자, 공자께서 "알지 못하겠다." 하고 대답하셨다. 다시 묻자, 공자께서 대답하셨다. "유(由)는 천승의 나라에 그 군정(軍政)을 다스리게 할 수는 있거니와 그가

인(仁)한지는 알지 못하겠다." 맹무백이 "구(求)는 어떻습니까?" 하고 묻자, 공자께서 말씀하셨다. "구(求)는 천실(千室)의 큰 읍(邑)과 백승의 집안에 재(宰)가 되게 할 수는 있거니와 그가 인(仁)한지는 알지 못하겠다." 맹무백이 "적(赤)은 어떻습니까?" 하고 묻자, 공자께서 말씀하셨다. "적(赤)은 예복을 입고 띠를 두르고 조정에 서서 빈객(賓客)을 맞아 대화를 나누게 할 수는 있거니와 그가 인(仁)한지는 알지 못하겠다."〈공야장 제7장〉

〔註〕 주자가 말씀하였다. "혼연한 천리(天理)[6]가 곧 인(仁)이니, 한 터럭만한 사사로운 뜻이 있으면 곧 불인(不仁)이다. 세 사람의 마음이 완전히 불인(不仁)한 것이 아니라 다만 순수하지 못할 뿐이다."

〔經〕 孟武伯問: "子路仁乎?" 子曰: "不知也." 又問. 子曰: "由也, 千乘之國, 可使治其賦也, 不知其仁也." "求也何如?" 子曰: "求也, 千室之邑, 百乘之家, 可使爲之宰也, 不知其仁也." "赤也何如?" 子曰: "赤也, 束帶立於朝, 可使與賓客言也, 不知其仁也."
〔註〕 朱子曰: "渾然天理, 便是仁. 有一毫私意, 便是不仁. 三子之心, 不是都不仁, 但是不純爾."

〔經〕 자장(子張)이 묻기를 "영윤(令尹)인 자문(子文)이 세 번 벼슬하여 영윤이 되었으되 기뻐하는 기색이 없었고, 세 번 벼슬을 그만두면서도 서운해 하는 기색이 없어서 옛날 자신이 맡아보던 영윤의 정사를 반드시 새로 부임해온 영윤에게 알려주었으니, 어떻습니까?" 하자, 공자께서 "충

---

6 혼연한 천리(天理) : 인욕을 버리고 천리와 완전히 합치되는 것을 말한다.

성스럽다."라고 대답하셨다. "인(仁)이라고 할 만합니까?" 하고 다시 묻자, "모르겠다. 어찌 인(仁)이 될 수 있겠는가." 하셨다.

"최자(崔子)가 제(齊)나라 임금을 시해하자, 진문자(陳文子)는 말 10승(乘)을 소유하고 있었는데, 이것을 버리고 그곳을 떠나 다른 나라에 이르러 말하기를 '이 나라 대부는 우리나라 대부 최자와 같구나.' 하고 그곳을 떠났으며, 또 한 나라에 이르러서 또 말하기를 '이 나라 대부 역시 우리나라 대부 최자와 같구나.' 하고 떠나갔으니, 어떻습니까?" 하고 묻자, 공자께서 "청렴하다." 하고 대답하셨다. "인(仁)이라고 할 만합니까?" 하고 다시 묻자, "모르겠다. 어찌 인(仁)이 될 수 있겠는가." 하셨다. 〈공야장 제18장〉

〔註〕 주자가 말씀하셨다. "두 사람의 일은 그 행실의 높음은 따라갈 수 없을 것 같다. 그러나 모두 그것이 꼭 이치에 합당하고 참으로 사심(私心)이 없었는지를 볼 수 없다. 자장이 인(仁)의 본체를 알지 못하고 어려운 일을 구차하게 해내는 것만을 좋아하여 끝내 작은 것을 큰 것으로 믿었으니, 부자께서 허여하지 않으심이 당연하다."

〔按〕 살펴보건대, 인(仁)하면 충성스럽지 않음이 없고 청렴하지 않음이 없다. 충성과 청렴에 인(仁)이 될 수 없는 점이 있는 것은 그들이 얻은 바의 충성과 청렴이 그들 마음의 편안한 데에까지 나아가지 못했기 때문이다. 그러나 충성과 청렴의 도를 능히 다하는 경우는 인자(仁者)가 아니면 또한 할 수 없다. 세 명의 인자[7]와 백이·숙제의 일을 살펴보면 그런 점을 알 수 있다.

〔經〕 子張問曰: "令尹子文三仕爲令尹, 無喜色, 三已之, 無慍色. 舊令尹

---

7 세 명의 인자 : 《논어》〈미자(微子)〉편에 보이는바, 미자(微子)·기자(箕子)·비간(比干)을 지칭한다.

之政, 必以告新令尹, 何如?"子曰: "忠矣." 曰: "仁矣乎?" 曰: "未知, 焉得仁?" "崔子弑齊君, 陳文子有馬十乘, 棄而違之. 至於他邦, 則曰: '猶吾大夫崔子也.' 違之. 之一邦, 則又曰: '猶吾大夫崔子也.' 違之. 何如?" 子曰: "淸矣." 曰: "仁矣乎?" 曰: "未知, 焉得仁?"

〔註〕朱子曰: "二子之事, 雖其制行之高, 若不可及. 然皆未有以見其必當於理而眞無私心也. 子張未識仁體而悅於苟難, 遂以其少者, 信其大者, 夫子之不許也宜哉!"

〔按〕仁則無不忠, 無不淸. 若忠淸有不得爲仁, 以其所得之忠淸, 不卽乎其心之安矣. 然能盡忠淸之道者, 非仁者, 亦未能焉. 觀於三仁、夷·齊之事可知爾.

〔經〕원헌(原憲)이 수치스러운 일을 물으니, 공자께서 대답하셨다. "나라에 도(道)가 있을 때에 녹(祿)만 먹으며, 나라에 도가 없을 때에 녹(祿)만 먹는 것이 수치스러운 일이다."〈헌문 제1장〉

〔註〕주자가 말씀하였다. "나라에 도(道)가 있거나 없거나 그저 녹(祿)만 먹을 줄 알고 조정에서 건의하는 바가 조금도 없다면 어찌 몹시도 부끄러워할 만하지 않겠는가."

〔按〕살펴보건대, 나라에 도가 있은 뒤에야 벼슬하여 녹을 먹을 수 있으니, 나라에 도가 없는데 녹만 먹으면 부끄러워할 만한 일이다.

〔經〕憲問恥. 子曰: "邦有道穀, 邦無道穀, 恥也."

〔註〕朱子曰: "有道無道, 只會食祿, 畧無建明, 豈不可深恥?"

〔按〕邦有道而后, 可仕而食祿. 邦無道而食祿, 則可恥之事也.

〔經〕 "남을 이기기를 좋아하고 자기의 공로를 자랑하며 남을 원망하고 탐욕스러운 짓을 행하지 않으면 인(仁)이라고 말할 수 있습니까?" 공자께서 말씀하셨다. "그것이 어렵다고 할 수는 있으나, 인(仁)인지는 내 알지 못하겠다."〈헌문 제2장〉

〔註〕 주자가 말씀하였다. "인(仁)은 천리(天理)가 완전하여 저절로 네 가지의 누(累)가 없는 것이니, 행하지 않는 것은 굳이 말할 것이 못된다."
〔按〕 살펴보건대, 원헌의 뜻에 '나라에 도가 있을 때 녹을 먹으면서 남을 이기기를 좋아하고 자기의 공로를 자랑하는 마음을 행하지 않고, 나라에 도가 없을 때 녹을 먹지 않으면서 원망하고 탐욕스러운 마음을 행하지 않으면 인(仁)이라 할 수 있을까.'라고 여긴 것인데, 부자(夫子)께서 답하시기를 "이 네 가지를 행하지 않는 것이 어려운 일이 될 수 있으나 인(仁)이라고 하는 것은 옳지 않다."라고 하신 것이다.

〔經〕 "克伐怨欲不行焉, 可以爲仁矣?" 子曰: "可以爲難矣, 仁則吾不知也."
〔註〕 朱子曰: "仁則天理渾然, 自無四者之累, 不行, 不足以言."
〔按〕 憲之意以爲'邦有道穀而克伐之心不行; 邦無道不穀而怨欲之心不行焉, 可以爲仁乎.' 夫子答云: "不行此四者, 則可以爲難矣, 仁則未可也."

〔經〕 자공(子貢)이 말하기를 "저는 남이 나에게 싫은 일을 가하기를 원하지 않는데 그런 일을 저도 남에게 가하지 않으려고 합니다." 하자, 공자께서 말씀하셨다. "사(賜)야! 이것은 네가 미칠 바가 아니다."〈공야장 제11장〉

〔註〕 정자가 말씀하였다. "내가 남이 나에게 가하기를 원하지 않는 일을 나 역시 남에게 가하지 않으려고 함은 인(仁)이요, 자신에게 시행하여 원하지 않는 것을 나 역시 남에게 베풀지 않으려 하는 것은 서(恕)이다. 서(恕)는 자공이 혹 힘쓸 수 있으나, 인(仁)은 미칠 수 있는 것이 아니다."

〔經〕 子貢曰: "我不欲人之加諸我也, 吾亦欲無加諸人." 子曰: "賜也, 非爾所及也."

〔註〕 程子曰: "我不欲人之加諸我也, 吾亦欲無加諸人, 仁也; 施諸己而不願, 亦勿施於人, 恕也. 恕則子貢或能勉之; 仁則非所及矣."

〔經〕 자공(子貢)이 말하였다. "만일 백성에게 은혜를 널리 베풀어 많은 사람을 구제한다면 어떻겠습니까? 인(仁)하다고 할 만합니까?" 공자께서 말씀하셨다. "어찌 인(仁)을 일삼는 데에서 그치겠는가. 반드시 성인일 것이다. 요순(堯舜)도 이에 있어서는 오히려 부족하게 여기셨을 것이다. 인자(仁者)는 자신이 서고자 할 적에 남을 서게 하며, 자신이 통달하고자 할 적에 남을 통달하게 한다. 가까운 데에서 취해 남에게 비유할 수 있으면 인(仁)을 하는 방법이라고 말할 만하다."〈옹야 제28장〉

〔註〕 주자가 말씀하였다. "가까이 자신에게서 취하여 자기가 원하는 것을 가지고 타인에게 비유하여 그가 원하는 것도 나와 같음을 안 다음, 자기가 원하는 것을 미루어 남에게 미쳐야 하니, 이는 서(恕)의 일로서 인(仁)을 행하는 방법이다. 여기에 힘쓴다면 인욕(人慾)의 사사로움을 이겨내어 천리(天理)의 공정(公正)함을 온전히 할 수 있을 것이다."

〔按〕 살펴보건대, 백성에게 은혜를 널리 베풀어 많은 사람을 구제하는

것은 성(聖)의 일이고, 자신이 서고자 할 적에 남을 서게 하고 자신이
통달하고자 할 적에 남을 통달하게 하는 것은 인(仁)의 일이고, 가까운
데에서 취하여 비유할 수 있는 것은 서(恕)의 일이다.

〔經〕子貢曰: "如有博施於民而能濟衆, 何如? 可謂仁乎?" 子曰: "何事於
仁! 必也聖乎! 堯舜其猶病諸! 夫仁者, 己欲立而立人, 己欲達而達人. 能
近取譬, 可謂仁之方也已."

〔註〕朱子曰: "近取諸身, 以己所欲, 譬之他人, 知其所欲亦猶是也. 然後
推其所欲, 以及於人, 則恕之事而仁之術也, 於此勉焉, 則有以勝其人欲之
私而全其天理之公矣."

〔按〕博施濟衆, 聖之事. 立人達人, 仁之事. 能近取譬, 恕之事.

〔經〕공자께서 말씀하셨다. "사람이 인(仁)에 대하여 필요함은 물과 불보
다도 심하니, 물과 불은 밟다가 죽는 자를 내가 보았거니와 인(仁)을 밟다
가 죽는 자는 내 아직 보지 못하였다."〈위령공 제34장〉

〔註〕이씨(李氏)가 말하였다. "이것은 부자(夫子)께서 남들에게 인(仁)
을 행하도록 권면하신 말씀이다."

〔經〕子曰: "民之於仁也, 甚於水火. 水火, 吾見蹈而死者矣; 未見蹈仁而
死者也."

〔註〕李氏曰: "此夫子勉人爲仁之語"

〔經〕 공자께서 말씀하셨다. "진실로 인(仁)에 뜻을 두면 악(惡)함이 없다."〈이인 제4장〉

〔註〕 양씨(楊氏)가 말하였다. "진실로 인(仁)에 뜻을 두었다 하더라도 반드시 지나친 행동이 없지는 못하다. 그러나 악(惡)을 하는 일은 없을 것이다."

〔按〕 살펴보건대, 진실로 인(仁)에 뜻을 둘 수 있으면 악(惡)을 제거하는 데에 반드시 힘을 쓰지 않아도 악(惡)이 자연히 없어질 것이다.

〔經〕 子曰: "苟志於仁, 無惡也."
〔註〕 楊氏曰: "苟志於仁, 未必無過舉也. 然而爲惡則無矣."
〔按〕 誠能志於仁, 則不必用力於去惡, 而惡自然無矣.

〔經〕 공자께서 말씀하셨다. "인(仁)을 담당하여 스승에게도 사양하지 않는다."〈위령공 제 35장〉

〔註〕 정자가 말씀하였다. "인(仁)을 행함은 자신에게 달려있으니, 양보와 관계되는 바가 없다. 그러나 선(善)한 명칭으로서 밖에 있는 것으로 말하면 양보하지 않을 수 없다."

〔按〕 살펴보건대, 의(義) 역시 성(性)으로서 나에게 있는 것이니, 남에게 양보해서는 안 된다. 여기에서는 다만 인(仁)을 말하여 의(義)를 포괄한 것이다.

〔經〕 子曰: "當仁, 不讓於師."

〔註〕程子曰: "爲仁在己, 無所與遜. 若善名在外, 則不可不遜."

〔按〕義, 亦性之在我者, 不可讓於他人, 而此特言仁而包之矣.

〔經〕 공자께서 말씀하셨다. "인(仁)이 멀리 있는가? 내가 인(仁)하고자 하면 인(仁)이 당장 이르는 것이다."〈술이 제29장〉

〔註〕 정자가 말씀하였다. "인(仁)을 행하는 것은 자신에게 달려있어서 인(仁)을 하고자 하면 이르니, 무슨 멂이 있겠는가?"

〔經〕 子曰: "仁遠乎哉? 我欲仁, 斯仁至矣."

〔註〕 程子曰: "爲仁由己, 欲之則至, 何遠之有?"

〔經〕 공자께서 말씀하셨다. "나는 인(仁)을 좋아하는 자와 불인(不仁)을 미워하는 자를 보지 못하였다. 인(仁)을 좋아하는 자는 더할 나위가 없고, 불인을 미워하는 자는 그가 인(仁)을 행함에 있어 불인한 것으로 하여금 그의 몸에 가해지지 못하게 한다.〈이인 제6장〉

〔註〕 주자가 말씀하였다. "인(仁)을 좋아하는 자는 인(仁)이 좋아할 만한 것임을 참으로 안다. 그러므로 천하의 일이 그보다 더할 수 없는 것이요, 불인(不仁)을 싫어하는 자는 불인이 미워할 만함을 참으로 안다. 그러므로 그가 인(仁)을 함에 불인한 일을 완전히 끊어버려서 조금이라도 자기 몸에 미침이 있지 않게 한다."

〔按〕 살펴보건대, 인(仁)을 좋아하는 사람은 그 경지가 멀고 높아서 다시

더할 것이 없다. 불인(不仁)을 미워하는 사람은 그가 인(仁)을 행함에 불인한 일이 자신에게 가해지지 않게 하니, 이것은 인(仁)을 좋아하는 자의 다음이다.

〔經〕子曰: "我未見好仁者, 惡不仁者. 好仁者, 無以尙之; 惡不仁者, 其爲仁矣, 不使不仁者加乎其身."

〔註〕朱子曰: "好仁者, 眞知仁之可好. 故天下之物, 無以加之; 惡不仁者, 眞知不仁之可惡. 故其所以爲仁者, 必能絶去不仁之事, 而不使少有及於其身."

〔按〕好仁者, 其地位迥高, 無以復加矣. 惡不仁者, 其所以爲仁者, 不使不仁之事, 加於其身, 此其好仁之次也.

〔經〕하루라도 그 힘을 인(仁)에 쓰는 자가 있는가? 나는 힘이 부족한 자를 아직 보지 못하였노라. 아마도 그런 사람이 있을 터인데 내가 아직 보지 못하였나보다." 〈이인 제6장〉

〔註〕주자가 말씀하였다. "'유지(有之)'는 힘을 쓰는데도 힘이 부족한 자가 있음을 이른다. 감히 끝내 이것을 쉽게 여기지 못하고, 또 사람들이 인(仁)에 힘쓰기를 즐겨하는 이가 없음을 탄식하신 것이다."

〔按〕살펴보건대, '나는 힘이 부족한 자를 아직 보지 못하였다'는 것은 실제로 힘을 쓸 수 있으면 힘이 부족한 자가 있지 않음을 말한 것이니, 실제 인(仁)에 힘을 쓰는 자를 보지 못함을 깊이 탄식하신 것이다. 이미 인(仁)을 좋아하고 불인(不仁)을 미워하는 자를 보지 못하였다고 말씀하

시고, 또 인(仁)에 힘을 쓰는 자를 보지 못했다고 말씀하셨다. 이는 '아마도 이런 사람이 있을 터인데 내가 우연히 보지 못하였다.'라고 말씀하신 것이니, 성인께서 끝내 사람을 끊지 않으셨음을 여기에서 볼 수 있다.

〔經〕"有能一日用其力於仁矣乎? 我未見力不足者. 蓋有之矣, 我未之見也."

〔註〕朱子曰: "有之, 謂有用力而力不足者, 盖不敢終以爲易, 而又歎人之莫肯用力於仁也."

〔按〕我未見力不足者, 言實能用力, 則未有力不足者, 所以深歎實用力於仁者之未見也. 旣言好仁惡不仁者之未見, 又言用力於仁者之未見, 而此言: '盖有此等人, 而我偶未見', 聖人之不終絶人, 於此亦可見矣.

〔經〕공자께서 말씀하셨다. "부(富)와 귀(貴)는 사람들이 바라는 것이나 그 정상적인 방법으로써 하지 않고 그것을 얻으면 거기에 처하지 않으며, 빈(貧)과 천(賤)은 사람들이 싫어하는 것이나 그 정상적인 방법으로써 하지 않고서 그것을 얻었다 하더라도 거기에서 떠나지지 않는다."〈이인 제5장〉

〔註〕주자가 말씀하였다. "'그 정상적인 방법으로써 하지 않고 그것을 얻었다'는 것은 마땅히 얻어서는 안 될 것을 얻음을 말한다. 그러나 부귀에 있어서는 거기에 처하지 않고, 빈천에 있어서는 거기에서 떠나지 않으니, 군자가 부귀를 자세히 살피고 빈천을 편안히 여김이 이와 같다."

〔經〕子曰: "富與貴是人之所欲也, 不以其道得之, 不處也; 貧與賤是人之所惡也, 不以其道得之, 不去也."

〔註〕朱子曰: "不以其道得之, 謂不當得而得之. 然於富貴則不處; 於貧賤則不去, 君子之審富貴而安貧賤也如此."

〔經〕"군자가 인(仁)을 떠나면 어찌 명칭을 이룰 수 있겠는가."〈이인 제5장〉

〔註〕주자가 말씀하였다. "군자가 군자가 된 까닭은 그 인(仁) 때문이니, 만일 부귀를 탐하고 빈천을 싫어한다면 이는 스스로 그 인(仁)을 떠나서 군자의 실제가 없는 것이다. 그러니 어떻게 명칭을 이룰 수 있겠는가."

〔按〕살펴보건대, '군자' 이하는 마땅히 별도로 한 장(章)을 삼아야 하니, 아마도 '자왈(子曰)' 두 자가 빠진 듯하다. 군자는 덕을 이룬 자의 명칭이고 인(仁)은 덕의 실제이다. 군자로서 인(仁)을 떠나면 어디로부터 군자라는 명칭을 이룰 수 있겠는가.

〔經〕"君子去仁, 惡乎成名."

〔註〕朱子曰: "君子之所以爲君子, 以其仁也, 若貪富貴而厭貧賤, 則是自離於其仁, 而無君子之實矣. 何所成其名乎?"

〔按〕君子以下, 當自爲一章, 恐脫子曰二字, 君子成德之名, 而仁者德之實也, 君子而去仁, 何自而成君子之名乎?

〔經〕"군자는 밥을 먹는 짧은 시간이라도 인(仁)을 떠남이 없으니, 다급한 경황에서도 이 인(仁)에 반드시 하며, 위급한 상황에서도 이 인(仁)에

반드시 하는 것이다."〈이인 제5장〉

〔按〕 살펴보건대, 군자는 다급한 경황이거나 위급한 상황에 있어서 인(仁)에 반드시 하여 떠남이 없는 뒤에야 군자라는 명칭을 이룰 수 있다.

〔經〕 "君子無終食之間違仁, 造次必於是, 顚沛必於是."
〔按〕 君子於造次顚沛之頃, 必於仁而無違, 然後可以成君子之名.

〔經〕 번지(樊遲)가 인(仁)을 묻자, 공자께서 대답하셨다. "거처할 적에 공손하며, 일을 집행할 적에 공경하며, 사람을 대할 적에 충성스럽게 해야 한다. 이것은 비록 이적(夷狄)의 나라에 가더라도 버려서는 안 된다."〈자로 제19장〉

〔註〕 정자가 말씀하였다. "성인은 애당초 두 말씀이 없는 것이다. 이것을 자기 몸에 채우면 '덕스러운 모양이 얼굴에 빛나고 등에 가득하다'[8]는 것이 되고, 미루어 천하에 도달하면 '공손함을 돈독히 하매 천하가 평해진다'[9]는 것이 된다."

---

8 덕스러운……가득하다 : 이는 《맹자》〈진심 상(盡心上)〉의 "군자는 타고난 본성인 인의예지의 덕이 마음에 뿌리박혀 있어서 그 드러나는 빛이 맑고 윤택하게 얼굴에 나타나고 넉넉하며 두텁게 등에 나타난다.〔君子所性, 仁義禮智根於心, 其生色也, 睟然見於面, 盎於背.〕" 한 데서 나온 말로, 사람이 타고난 천성을 고이 보전했을 때 그것이 겉으로 드러나는 기상을 형용한 말이다.

9 공손함을……평해진다 : 이는 《중용장구(中庸章句)》 제33장에 《시경》에 '천자의 드러나지 않는 덕을 여러 제후들이 본받는다.' 하였다. 이 때문에 군자는 공손함을 돈독히 하매 천하가 평해지는 것이다.〔詩曰: '不顯惟德, 百辟其刑之.' 是故君子篤恭而天下平.〕" 라고 한 데서 보인다.

〔經〕樊遲問仁, 子曰: "居處恭, 執事敬, 與人忠, 雖之夷狄, 不可棄也."

〔註〕程子曰: "聖人, 初無二語也. 充之則睟面盎背; 推而達之則篤恭而天下平矣."

〔經〕번지(樊遲)가 지(智)에 대하여 묻자, 공자께서 말씀하셨다. "사람이 지켜야 할 도리를 힘쓰고 귀신을 공경하되 멀리한다면 지(智)라 말할 수 있다." 다시 인(仁)에 대하여 묻자, 또 말씀하셨다. "인자(仁者)는 어려운 일을 먼저 하고 얻는 것을 뒤에 하니, 이렇게 한다면 인(仁)이라고 말할 수 있다."〈옹야 제20장〉

〔註〕주자가 말씀하였다. "인도(人道)의 마땅히 해야 할 바에 오로지 힘을 쓰고, 귀신의 알 수 없는 것에 미혹하지 않는 것은 지자(智者)의 일이다. 일의 어려운 것을 먼저 하고 그 효과의 얻음을 뒤에 함은 인자(仁者)의 마음이다."

〔經〕樊遲問知, 子曰: "務民之義, 敬鬼神而遠之, 可謂知矣." 問仁, 曰: "仁者先難而後獲, 可謂仁矣."

〔註〕朱子曰: "專用力於人道之所宜, 而不惑於鬼神之不可知, 知者之事; 先其事[10]之難, 而後其效之所得, 仁者之心也."

〔經〕자공(子貢)이 인(仁)을 행함을 묻자, 공자께서 말씀하셨다. "공인(工

---

10 事 : 저본에는 '효(效)'로 되어 있다. 대전본 《논어집주》에 의거하여 수정하였다.

人)이 그 일을 잘하려면 반드시 먼저 그 기구를 예리하게 만들어야 하는 것이니, 이 고을에 살면서 그 대부 중 어진 자를 섬기며, 그 사(士) 중 인(仁)한 자를 벗 삼아야 것이다."〈위령공 제9장〉

〔註〕정자가 말씀하였다. "자공은 인(仁)을 행함을 물었지, 인(仁)을 물은 것이 아니다. 그러므로 공자께서는 그에게 인(仁)을 행하는 바탕으로써 일러주셨을 뿐이다."

〔經〕子貢問爲仁, 子曰: "工欲善其事, 必先利其器, 居是邦也, 事其大夫之賢者, 友其士之仁者."
〔註〕程子曰: "子貢問爲仁, 非問仁也. 故孔子告之以爲仁之資而已."

〔經〕중궁(仲弓)이 인(仁)을 묻자, 공자께서 말씀하셨다. "문을 나갔을 때에는 큰손님을 뵌 듯이 하며, 백성에게 일을 시킬 때에는 큰 제사를 받들 듯이 하고, 자신이 하고자 하지 않는 것을 남에게 베풀지 말아야 하니, 이렇게 하면 나라에 있어서도 원망함이 없으며, 집안에 있어서도 원망함이 없을 것이다." 중궁이 말하였다. "제[雍]가 비록 불민하오나 청컨대 이 말씀에 종사하겠습니다."〈안연 제2장〉

〔註〕주자가 말씀하였다. "극기복례(克己復禮)는 건도(乾道)이고, 경(敬)을 주장하고 서(恕)를 행함은 곤도(坤道)이다. 안자(顔子)와 염자(冉子)의 학문은 그 높고 낮음과 얕고 깊음을 여기에서 볼 수 있다. 그러나 배우는 자가 진실로 경(敬)과 서(恕)의 사이에서 종사하여 얻음이 있으면 또한 장차 이길 만한 사욕이 없게 될 것이다."
〔按〕살펴보건대, 자기의 사욕을 이겨 예(禮)에 돌아가면 바로 천하 사람

들이 인(仁)을 허여할 것이지만 경(敬)을 주장하고 서(恕)를 행하면 다만 나라와 집안에 있어서 원망함이 없을 뿐이다. 그 공효가 비록 현격히 다르지만 '원망함이 없음'을 말미암아서 곧장 천하 사람들이 인(仁)을 허여하는 경지에까지 이를 수 있다.

〔經〕仲弓問仁, 子曰: "出門如見大賓, 使民如承大祭. 己所不欲勿施於人, 在邦無怨, 在家無怨." 仲弓曰: "雍雖不敏, 請事斯語矣."

〔註〕朱子曰: "克己復禮, 乾道也; 主敬行恕, 坤道也. 顔、冉之學, 其高下淺深, 於此可見. 然誠能從事於敬恕之間而有得焉, 亦將無己之可克矣."

〔按〕克己復禮則便天下歸仁; 主敬行恕則只邦家無怨. 其功效雖懸絶, 然自無怨, 直可到歸仁矣.

〔經〕안연(顔淵)이 인(仁)을 묻자, 공자께서 말씀하셨다. "자기의 사욕을 이겨 예(禮)에 돌아감이 인(仁)을 하는 것이니, 하루 동안이라도 사욕을 이겨 예에 돌아가면 천하가 인(仁)을 허여 하는 것이다. 인(仁)을 하는 것은 자기 몸에 달려 있으니, 남에게 달려있는 것이겠는가?" 안연이 "그 조목을 묻겠습니다." 하고 말하자, 공자께서 말씀하셨다. "예가 아니면 보지 말며, 예가 아니면 듣지 말며, 예가 아니면 말하지 말며, 예가 아니면 동하지 마는 것이다." 안연이 말하였다. "제〔回〕가 비록 불민하오나 청컨대 이 말씀에 종사하겠습니다."〈안연 제1장〉

〔註〕주자가 말씀하였다. "'비례(非禮)'란 자기의 사욕이다. '물(勿)'이란 금지하는 말이다. 이것은 인심(人心)이 주장이 되어서 사욕을 이겨 예(禮)로 돌아가는 기틀인 것이다. 사욕을 이기면 동용(動容)과 주선(周

旋)이 예(禮)에 맞지 않음이 없어서 일상생활 하는 사이에 천리(天理)의 유행(流行) 아님이 없을 것이다."

〔按〕살펴보건대, '극기복례'가 비록 힘써 행해야 할 일이지만 먼저 박문(博文)[11] 상에서 치지(致知)[12]의 공부가 지극하지 않으면 회복한 예(禮)가 반드시 과연 절문(節文)에 맞지는 않을 것이다. 부자(夫子)께서는 안연이 박문 상에서 이미 도저(到底)하였음을 보셨다. 그러므로 곧장 극기복례가 인(仁)을 행하는 것이라고 말씀해주셨는데, 그 절목은 예(禮)가 아니면 보지 말고, 듣지 말고, 말하지 말고, 움직이지 말라는 것에서 벗어나지 않았다. 진실로 이 사물(四勿)에 종사하여서 보고 듣고 말하고 움직이는 것이 자연히 예(禮)에 맞는 경지에 이르면 성인을 배우는 일이 마쳐 질 것이다.

〔經〕顔淵問仁, 子曰:"克己復禮爲仁. 一日克己復禮, 天下歸仁焉. 爲仁由己, 而由人乎哉?"顔淵曰:"請問其目." 子曰:"非禮勿視, 非禮勿聽, 非禮勿言, 非禮勿動." 顔淵曰:"回雖不敏, 請事斯語矣."

〔註〕朱子曰:"非禮者, 己之私也. 勿者, 禁止之辭, 是人心之所以爲主而勝私復禮之機也. 勝私則動容周旋, 無不中禮, 而日用之間, 莫非天理之流行矣."

〔按〕克己復禮, 雖是力行之事, 不先博文上致知之工至, 則其所復之禮,

---

11 박문(博文) : 안연(顔淵)이 공자를 두고 말하기를, "부자(夫子)께서는 나를 문으로 넓혀 주고 예로써 요약하여 주셨다.〔博我以文, 約我以禮.〕"라고 한 데서 온 말이다. 《論語 子罕》

12 치지(致知) : 자신의 앎을 극대화하는 것이다. 《대학장구(大學章句)》경(經) 1장에 "자신의 앎을 극대화 시키는 방법은 사물의 이치를 궁구함에 달려 있다.〔致知在格物〕"라고 한 데서 보인다.

未必果當於節文, 夫子見顔淵於博文上已殺到. 故直以克復爲仁告之, 而 其目則不外乎勿視聽言動, 誠能從事於四勿, 以至於視聽言動, 自然中禮, 則學聖之事畢矣.

〔經〕 공자께서 말씀하셨다. "지사(志士)와 인인(仁人)은 삶을 구하여 인 (仁)을 해침이 없고, 몸을 죽여 인(仁)을 이루는 경우는 있다."〈위령공 제8장〉

〔註〕 정자가 말씀하였다. "몸을 죽여 인(仁)을 이루는 자는 다만 이 하나 의 옳음을 성취할 뿐이다."

〔按〕 살펴보건대, 삶을 구하였으나 이치에 합당하지 않으면 인(仁)을 해치게 되고, 자신의 몸을 죽여 이치에 합당하면 인(仁)을 이루게 된다.

〔經〕 子曰: "志士、仁人, 無求生以¹³害仁; 有殺身以¹⁴成仁."

〔註〕 程子曰: "殺身而成仁者, 只是成就一箇是而已."

〔按〕 求生而不當理則害仁, 殺身而當理則成仁.

〔經〕 미자(微子)는 떠나가고 기자(箕子)는 종이 되고 비간(比干)은 간 (諫)하다가 죽었다. 공자께서 말씀하셨다. "은(殷)나라에 세 인자(仁者) 가 있었다."〈미자 제1장〉

〔註〕 양씨(楊氏)가 말하였다. "이 세 사람은 각각 그 본심을 얻었다. 그러

---

13 以 : 저본에는 '이(而)'로 되어 있다. 대전본 《논어집주》에 의거하여 수정하였다.
14 以 : 저본에는 '이(而)'로 되어 있다. 대전본 《논어집주》에 의거하여 수정하였다.

므로 똑같이 인자(仁者)라고 이르신 것이다."

〔按〕 살펴보건대, 이 세 사람 역시 모두 인(仁)을 구하여 인(仁)을 얻어서 원망이 없었던 자이다.[15]

〔經〕 微子去之, 箕子爲之奴, 比干諫而死. 孔子曰: "殷有三仁焉."

〔註〕 楊氏曰: "此三人者, 各得其本心, 故同謂之仁."

〔按〕 此三人者, 亦皆求仁得仁而無怨者也.

〔經〕 사마우(司馬牛)가 인(仁)을 묻자, 공자께서 말씀하셨다. "인자(仁者)는 그 말을 참고 어렵게 한다." 사마우가 말하였다. "말을 참고 어렵게 하면 이것을 인(仁)이라고 할 수 있습니까?" 공자께서 말씀하셨다. "실천하기가 어려우니, 말을 참고 어렵게 하지 않을 수 있겠는가."〈안연 제3장〉

〔註〕 주자가 말씀하였다. "부자(夫子)께서는 사마우가 말이 많고 조급하기 때문에 이것으로써 말씀해 주어서 그가 이것[말]에 삼가게 하신 것이니, 그렇다면 인(仁)을 하는 방법도 여기에서 벗어나지 않는 것이다."

〔按〕 살펴보건대, 눌(訥)이 인(仁)에 가까우니, 그 말을 참고 어렵게 하는 것은 눌(訥)의 유(類)이다.

---

15 인(仁)을……자이다 : 이는 《논어》〈술이(述而)〉에 보이는 말로 백이와 숙제가 인(仁)을 실천했으므로, 그 자체로 이미 삶의 의미는 충족되었다는 뜻이다. 위(衛)나라 괴외(蒯聵)와 출공 첩(出公輒) 사이의 권력투쟁에 공자가 개입할지를 궁금해 하던 염유와 자공은 "백이와 숙제가 어떤 사람입니까?"라고 공자에게 물었다. 그러자 공자는 "인을 추구하다 인을 얻었으니 또 무엇을 원망하겠는가.〔求仁而得仁, 又何怨.〕"라고 대답하였는데, 자공은 공자가 위나라의 권력투쟁에 정당성을 부여하지 않는다고 판단하였다.

〔經〕司馬牛問仁, 子曰: "仁者其言也訒." 曰: "其言也訒, 斯謂之仁矣乎?"
曰: "爲之難, 言之得無訒乎?"

〔註〕朱子曰: "夫子以牛多言. 故告之以此, 使其於此而謹之, 則所以爲仁
之方, 不外是矣."

〔按〕訒是近仁, 其言也訒, 訒之類也.

〔經〕자장(子張)이 공자께 인(仁)을 물었는데, 공자께서 말씀하셨다. "다
섯 가지를 천하에 행할 수 있으면 인(仁)이 된다." 자장이 그것을 가르쳐
주시기를 청하니, 공자께서 말씀하셨다. "그것은 공손함, 너그러움, 믿음,
민첩함, 은혜로움이다. 공손하면 업신여김을 받지 않고, 너그러우면 여러
사람들을 얻게 되고, 믿음이 있으면 남들이 의지하게 되고, 민첩하면 공이
있게 되고, 은혜로우면 충분히 남들을 부릴 수 있다."〈양화 제6장〉

〔註〕장경부(張敬夫)가 말하였다. "능히 이 다섯 가지를 천하에 행할
수 있다면 그 마음이 공평하여 두루 미칠 수 있음을 알 수 있다."
○ 이씨(李氏)가 말하였다. "이 장(章)은 육언(六言)과 육폐(六蔽)[16], 오

---

16 육언(六言)과 육폐(六蔽) : 이는 《논어》〈양화(陽貨)〉 제8장에서 "인(仁)을 좋아하
고 배우기를 좋아하지 않으면 그 폐단은 어리석게 되는 것이고, 지혜로움을 좋아하고
배우기를 좋아하지 않으면 그 폐단은 방자하게 되는 것이고, 신의를 지키기를 좋아하고
배우기를 좋아하지 않으면 그 폐단은 진리를 해치게 되는 것이고, 정직함을 좋아하고
배우기를 좋아하지 않으면 그 폐단은 급하게 되는 것이고, 용기를 좋아하고 배우기를
좋아하지 않으면 그 폐단은 어지럽게 되는 것이고, 굳센 것을 좋아하고 배우기를 좋아하지
않으면 그 폐단은 경솔하게 되는 것이다.〔好仁不好學, 其蔽也愚; 好知不好學, 其蔽也蕩;
好信不好學, 其蔽也賊; 好直不好學, 其蔽也絞; 好勇不好學, 其蔽也亂; 好剛不好學, 其蔽
也狂.〕"라고 한 공자의 말에 보인다.

미(五美)와 사악(四惡)[17]의 종류와 마찬가지로 모두《논어》앞 뒤의 문체와는 매우 서로 같지 않다."

〔經〕子張問仁於孔子. 孔子曰: "能行五者於天下, 爲仁矣." "請問之." 曰: "恭寬信敏惠. 恭則不侮, 寬則得衆, 信則人任焉, 敏則有功, 惠則足以使人."
〔註〕張敬夫曰: "能行此五者於天下, 則其心公平而周遍, 可知矣."
○ 李氏曰: "此章與六言六蔽五美四惡之類, 皆與前後文體, 大不相似."

〔經〕자하(子夏)가 말하였다. "배우기를 널리 하고 뜻을 독실히 하며, 절실하게 묻고 가까이 생각하면 인(仁)이 그 가운데 있다."〈자장 제6장〉

〔註〕주자가 말씀하였다. "여기에 종사하면 마음이 밖으로 달리지 않아 보존하고 있는 것이 저절로 익숙해진다. 그러므로 인(仁)이 그 가운데 있다고 말씀한 것이다."

---

17 오미(五美)와 사악(四惡) : 이는《논어》〈요왈(堯曰)〉제2장의 "자장(子張)이 말하였다. '무엇을 오미(五美)라 합니까?' 공자께서 말씀하셨다. '군자(君子)는 은혜롭되 허비(虛費)하지 않으며, 수고롭게 하되 원망(怨望)하지 않으며, 하고자 하면서도 탐(貪)하지 않으며, 태연하면서도 교만(驕慢)하지 않으며, 위엄이 있으면서도 사납지 않은 것이다.'……자장이 말하였다. '무엇을 사악(四惡)이라 합니까?' 공자께서 말씀하셨다. '가르치지 않고 죽이는 것을 학(虐)이라 하고, 미리 경계하지 않고 성공(成功)을 요구하는 것을 폭(暴)이라 하고, 명령을 태만히 하고 기일(期日)을 각박하게 지키게 하는 것을 적(賊)이라 하고, 남들과 똑같이 물건을 주면서도 출납할 때에 인색한 것을 유사(有司)라고 한다.〔子張曰: '何謂五美?' 子曰: '惠而不費, 勞而不怨, 欲而不貪, 泰而不驕, 威而不猛.'……子張曰: '何謂四惡?' 子曰: '不敎而殺, 謂之虐; 不戒視成, 謂之暴; 慢令致期, 謂之賊; 猶之與人也, 出納之吝, 謂之有司.'〕"라고 한 데에서 보인다.

〔經〕子夏曰: "博學而篤志, 切問而近思, 仁在其中矣."

〔註〕朱子曰: "從事於此, 則心不外馳, 而所存自熟. 故仁在其中矣."

〔經〕유자(有子)가 말하였다. "그 사람됨이 효성스럽고, 공경스러우면서도 윗사람을 범하기를 좋아하는 자는 드물다. 윗사람을 범하기를 좋아하지 않으면서도 난을 일으키기를 좋아하는 자는 있지 않다. 군자는 근본을 힘쓰니, 근본이 확립되면 도(道)가 발생하는 것이다. 효성과 공경이란 인(仁)을 행하는 근본일 것이다."〈학이 제2장〉

〔註〕주자가 말씀하였다. "효제(孝弟)는 바로 인(仁)을 행하는 근본이니, 배우는 자들이 이것을 힘쓰면 인(仁)의 도(道)가 이로부터 생겨나게 된다."
○ 정자가 말씀하였다. "인(仁)은 사랑을 주장하고, 사랑은 어버이를 사랑하는 것보다 더 큰 것이 없다. 그러므로 '효제(孝弟)란 그 인(仁)을 행하는 근본일 것이다.'라고 말한 것이다."

〔按〕살펴보건대, '군자'이하는 따로 한 장이 되어야 할 듯하니, 이것은 증자의 말인 듯하다.

〔經〕有子曰: "其爲人也孝弟, 而好犯上者鮮矣. 不好犯上而好作亂者, 未之有也. 君子務本, 本立而道生. 孝弟也者, 其爲仁之本與!"

〔註〕朱子曰: "孝弟, 乃是爲仁之本, 學者務此, 則仁道自此而生也."
○ 程子曰: "仁, 主於愛, 愛, 莫大於愛親. 故曰: '孝弟也者, 其爲仁之本與!'"

〔按〕君子以下, 恐自爲一章, 似是曾子之言.

〔經〕 안연(顔淵)과 계로(季路)가 공자를 모시고 있었는데, 공자께서 "어찌 각기 너희들의 뜻을 말하지 않는가?" 하셨다. 자로가 말하였다. "저는 수레와 말을 타고 가벼운 갖옷을 입기를 친구와 함께 하여 해지더라도 유감이 없고자 합니다." 안연이 말하였다. "저는 제가 잘하는 것을 자랑함이 없으며, 공로를 과시함이 없고자 합니다." 자로가 "선생님의 뜻을 듣고 싶습니다." 하자, 공자께서 말씀하셨다. "나는 늙은이를 편안하게 해주고, 붕우에게는 미덥게 해주고, 젊은이를 감싸주고자 한다." 〈공야장 제25장〉

〔註〕 정자가 말씀하였다. "부자(夫子)께서는 인(仁)을 자연스레 행하셨고, 안연은 인(仁)을 떠나지 않은 것이요, 자로는 인(仁)을 구한 것이다. 먼저 안연과 자로 두 사람의 말을 살펴보고, 뒤에 성인(聖人)의 말씀을 살펴보면, 분명 천지의 기상이다. 무릇 《논어》를 읽을 때에는 그저 글자의 뜻만 알려 할 것이 아니라, 모름지기 성현의 기상을 알고자 해야 한다."

〔經〕 顔淵、季路侍, 子曰: "盍各言爾志?" 子路曰: "願車馬衣輕裘, 與朋友共, 敝之而無憾." 顔淵曰: "願無伐善, 無施勞." 子路曰: "願聞子之志." 子曰: "老者安之, 朋友信之, 少者懷之."
〔註〕 程子曰: "夫子安仁, 顔淵不違仁, 子路求仁. 先觀二子之言後觀夫子之言, 分明天地氣象. 凡看《論語》, 非但欲理會文字, 須要識得聖賢氣象."

〔經〕 자공(子貢)이 "종신토록 행할 만한 한마디 말씀이 있습니까?" 하고 묻자, 공자께서 말씀하셨다. "그것은 바로 서(恕)일 것이다. 자기가 하고 싶지 않은 것을 남에게 베풀지 말려는 것이다." 〈위령공 제23장〉

〔註〕 윤씨(尹氏)가 말하였다. "학문은 요점을 아는 것을 귀하게 여기니,

자공의 질문은 요점을 알았다고 이를 만하다. 공자께서는 그에게 인(仁)을 구하는 방법으로써 말씀해 주셨는데, 이것을 미루어 지극히 한다면 비록 성인의 무아(無我)[18]의 경지라 하더라도 여기에서 벗어나지 않을 것이니, 종신토록 행함이 당연하지 않은가?"

〔經〕 子貢問 "有一言而可以終身行之者乎?" 子曰: "其恕乎! 己所不欲, 勿施於人."

〔註〕 尹氏曰: "學貴知要, 子貢之問, 可謂知要矣. 孔子告以求仁之方也, 推以極之, 雖聖人無我, 不出乎此, 終身行之, 不亦宜乎?"

〔經〕 증자가 말씀하였다. "선비는 도량이 넓고 뜻이 굳세지 않으면 안 되니, 책임이 무겁고 길이 멀기 때문이다. 인(仁)으로써 자기의 책임을 삼으니 막중하지 않은가? 죽은 뒤에야 끝나니 멀지 않은가?"〈태백 제7장〉

〔註〕 정자가 말씀하였다. "도량이 넓고 뜻이 굳센 뒤에야 능히 무거운 책임을 감내하고 먼 곳에 이를 수 있다."

〔經〕 曾子曰: "士不可以不弘毅, 任重而道遠. 仁而爲己任, 不亦重乎? 死而後已, 不亦遠乎?"

18 무아(無我) : 이기적인 마음이 없는 것을 뜻한다. 《논어》〈자한(子罕)〉에 "공자는 네 가지의 마음이 전혀 없으셨으니, 사사로운 뜻이 없으셨으며, 기필 하는 마음이 없으셨으며, 집착하는 마음이 없으셨으며, 이기심이 없으셨다.〔子絶四, 毋意毋必毋固毋我.〕"라는 말이 나온다.

〔註〕 程子曰：“弘大剛毅然後, 能勝任而遠到.”

〔經〕 증자가 말씀하였다. “군자는 학문으로 벗을 모으고, 벗으로써 인(仁)을 돕는다.”〈안연 제24장〉

〔註〕 주자가 말씀하였다. “학문을 강하면서 벗을 모으면 도가 더욱 밝아지고, 상대방의 선(善)을 취해서 나의 인(仁)을 돕는다면 덕이 날로 진전될 것이다.”

〔經〕 曾子曰：“君子以文會友, 以友輔仁.”
〔註〕 朱子曰：“講學而會友, 則道益明, 取善以輔仁, 則德日進.”

〔經〕 자유(子游)가 말하였다. “나의 벗 자장(子張)은 어려운 일을 잘한다. 그러나 인(仁)하지는 못하다.”〈자장 제15장〉

〔註〕 주자가 말씀하였다. “자장은 행동이 지나치게 높으나 성실하고 간곡한 뜻이 부족하였다.”

〔經〕 子游曰：“吾友張也, 爲難能也, 然而未仁.”
〔註〕 朱子曰：“子張過高而少誠實惻怛之意.”

〔經〕 증자가 말씀하였다. “당당하구나, 자장이여! 함께 인(仁)을 행하기

는 어렵구나."〈자장 제16장〉

〔註〕 범씨(范氏)가 말하였다. "사장(子張)은 외적인 행동은 남음이 있으나 내면의 덕이 부족하였다. 그러므로 문인들이 모두 그가 인(仁)을 행하는 것을 인정하지 않은 것이다."

〔經〕 曾子曰: "堂堂乎張也. 難與并爲仁."
〔註〕 范氏曰: "子張外有餘而內不足, 故門人皆不與其爲仁."

〔經〕 공자께서 말씀하셨다. "사람이 잘못을 저지르는 것도 그 부류에 따라 각기 다르다. 잘못만 살펴보아도 그의 인(仁)을 알 수 있다."〈이인 제7장〉

〔註〕 정자가 말씀하였다. "사람의 과실은 각기 그 유(類)대로 하는 것이니, 군자는 항상 후한 데에 잘못되고 소인은 항상 박한 데에 잘못되며, 군자는 사랑에 지나치고 소인은 잔인함에 지나치는 것이다."
〔按〕 살펴보건대, 군자는 항상 후한 데에서 잘못되니 비록 과실이지만 이는 바로 인후한 일이다. 그러므로 "잘못만 살펴보아도 그의 인(仁)을 알 수 있다."라고 말씀하신 것이다.

〔經〕 子曰: "人之過也, 各於其黨, 觀過斯知仁矣."
〔註〕 程子曰: "人之過也, 各於其類, 君子常失於厚, 小人常失於薄; 君子過於愛, 小人過於忍."
〔按〕 君子常失於厚, 雖是過失, 而斯乃仁厚之事. 故曰: "觀過知仁."

〔經〕 공자께서는 이(利)와 명(命)과 인(仁)을 드물게 말씀하셨다. 〈자한 제1장〉

〔註〕 신안 진씨(新安陳氏)가 말하였다. "배우는 자가 이욕의 비천하고 더러움에 빠지는 것을 염려하셨는데, 또 배우는 자가 명(命)과 인(仁)의 정미하고 홍대함에 대해서 단계를 뛰어넘어 배울까 염려하셨으니, 그 염려하심이 심원하다."

〔經〕 子罕言利與命與仁.
〔註〕 新安 陳氏曰: "旣慮學者沒溺於利欲之卑汚, 又慮學者躐等於命與仁之精微弘大, 其爲慮遠矣."

예악에 대해 말함
言禮樂

〔經〕 공자께서 말씀하셨다. "사람으로서 인(仁)하지 않으면 예(禮)를 무엇하겠으며, 사람으로서 인(仁)하지 않으면 악(樂)을 무엇하겠는가."〈팔일 제3장〉

〔註〕 유씨(游氏)가 말하였다. "사람으로서 인(仁)하지 않으면 사람의 마음이 없는 것이니, 예악을 어떻게 하겠는가? 비록 예악을 쓰려고 하더라도 예악이 그를 위해 쓰이지 않을 것이다."

〔經〕 子曰 : "人而不仁, 如禮何, 人而不仁, 如樂何."
〔註〕 游氏曰 : "人而不仁, 則人心亡矣. 其如禮樂何哉. 雖欲用之, 而禮樂不爲之用也."

〔經〕 공자께서 말씀하셨다. "'이것이 예(禮)이다, 이것이 예(禮)이다.'라고 하지만, 옥과 비단을 말하는 것이겠는가. '이것이 악(樂)이다, 이것이 악(樂)이다.'라고 하지만, 종과 북을 말하는 것이겠는가."〈양화 제11장〉

〔按〕 살펴보건대, 사람들은 항상 옥과 비단, 종과 북을 예악으로 여기지만 진실로 그 근본을 구한다면 내 마음의 예악이 절로 있게 되니, 어찌 옥과 비단, 종과 북을 예악으로 삼겠는가?

논어강의論語講義 53

〔經〕 子曰: "禮云禮云, 玉帛云乎哉. 樂云樂云, 鍾鼓云乎哉."

〔按〕 人恒以玉帛鍾鼓爲禮樂, 然苟求其本, 則吾心之禮樂自在, 豈玉帛鍾鼓爲禮樂哉?

〔經〕 임방(林放)이 예(禮)의 근본을 물었는데 공자께서 말씀하셨다. "훌륭하다, 질문이여! 예(禮)는 사치하기보다는 차라리 검소하여야 하고, 상(喪)은 형식적으로 잘 치르기보다는 차라리 슬퍼하여야 한다." 〈팔일 제4장〉

〔註〕 양씨(楊氏)가 말하였다. "예(禮)는 음식에서 비롯되었다. 그러므로 옛날에는 웅덩이를 그릇으로 삼고 손으로 움켜 마시다가 후대에는 보궤(簠簋)·변두(籩豆)·뇌작(罍爵)의 꾸밈을 만든 것은 문식(文飾)을 하기 위한 것이었으니, 그렇다면 그 근본은 검소함일 뿐이다. 상(喪)은 감정을 그대로 나타내어 곧바로 행할 수 없기 때문에 최마(衰麻)와 곡하고 발구르는 수(數)를 제정하였으니 이것은 절제하기 위해서이니, 그렇다면 그 근본을 슬픔일 뿐이다."

〔經〕 林放問禮之本, 子曰: "大哉問! 禮與其奢也寧儉; 喪與其易也寧戚."

〔註〕 楊氏曰: "禮始諸飲食, 故汙尊而抔飲, 爲之簠簋、籩豆、罍爵之飾, 所以文之也, 則其本儉而已. 喪不可以徑情而直行, 爲之衰麻、哭踊之數, 所以節之也, 則其本戚而已."

〔經〕 계씨(季氏)가 태산(泰山)에 여제(旅祭)[19]를 지내었다. 공자께서 염유(冉有)에게 "네가 그것을 바로잡을 수 없겠느냐?" 하시자, 염유가 "저는

불가능합니다."라고 대답하였다. 공자께서 다음과 같이 말씀하셨다. "아! 너는 태산의 신령이 예의 근본을 물은 임방(林放)만도 못하여 그 제사를 받을 것이라고 생각하느냐?"〈팔일 제6장〉

〔註〕주자가 말씀하였다. "옛날 예(禮)에 의하면 제후는 국경 안의 산천에 제사하는데 계씨가 여제를 지낸 것은 참람한 짓이다."

〔按〕살펴보건대, 임방은 예의 근본을 물을 수 있었으니 태산의 신이 어찌 예(禮)를 참람하게 하여 지내는 제사를 흠향하려고 하겠는가?

〔經〕季氏旅於泰山. 子謂冉有曰: "女不能救與?" 對曰: "不能." 子曰: "嗚乎, 曾謂泰山不如林放乎?"

〔註〕朱子曰: "禮諸侯祭封內山川, 季氏祭之僭也."

〔按〕林放能問禮之本, 泰山豈肯享僭禮之祭乎?

〔經〕자공(子貢)이 초하룻날 사당에 고유(告由)[20]하면서 바치는 희생 양을 없애려고 하자, 공자께서 말씀하셨다. "사(賜)야! 너는 그 양을 아까워하느냐? 나는 그 예(禮)를 아까워한다."〈팔일 제17장〉

〔註〕양씨(楊氏)가 말하였다. "곡삭(告朔)은 제후가 천자에게 명을 받는 것이니, 예(禮)의 큰 것이다. 이때 노(魯)나라는 군주가 초하루에 고유하는 예를 살펴보지 않았다. 그러나 그 양이라도 남아있으면 곡삭이란

---

19 여제(旅祭): 산신제(山神祭)의 이름이다.

20 고유(告由): 국가나 사가(私家)에서 중대한 일을 치르기 전이나 치른 뒤에 그 사유(事由)를 종묘(宗廟)나 사당(祠堂)에 고(告)하는 일이다.

명칭이 없어지지 않아, 그 실상을 이로 인하여 거행할 수 있을 것이다. 이것이 공자께서 아깝게 여기신 까닭이다."

〔經〕子貢欲去告朔之餼羊, 子曰: "賜也, 爾愛其羊, 我愛其禮."
〔註〕楊氏曰: "告朔, 諸侯所以稟命於君, 禮之大者. 魯不視朔, 然羊存則 告朔之名未泯, 而其實因可擧, 此夫子所以惜之也."

〔經〕공자께서 계씨(季氏)를 두고 말씀하셨다. "천자의 팔일무(八佾舞)[21] 를 자기 뜰에서 춤추게 하니, 이 짓을 차마 한다면 무엇을 차마 하지 못하겠 는가."〈팔일 제1장〉

〔註〕범씨(范氏)가 말하였다. "공자께서 정사를 하신다면 제일 먼저 예악 을 바로잡으셨을 것이니, 계씨의 죄는 주륙(誅戮)을 당하여도 용서받지 못할 것이다."

〔經〕孔子謂季氏, "八佾舞於庭, 是可忍也, 孰不可忍也."
〔註〕范氏曰: "孔子爲政, 先正禮樂, 則季氏之罪不容誅矣."

---

21 팔일무(八佾舞): 천자(天子)의 종묘나 문묘의 제향 때에 추는 춤으로, 문무(文舞) 와 무무(武舞)가 있다. 일무(佾舞)는 악생의 숫자에 따라 팔일무(八佾舞), 육일무(六佾 舞), 사일무(四佾舞), 이일무(二佾舞) 등으로 나뉘는바, 가로 줄과 세로 줄의 인원이 똑같은데 예를 들면 팔일무의 경우 64인이 되고 육일무의 경우 36인이 된다. 팔일무는 천자만이 추게 할 수가 있었다.

〔經〕삼가(三家)에서 제사를 마치고 《시경》의 〈옹(雍)〉을 노래하면서 제기를 거두자, 공자께서 이에 대하여 말씀하셨다. "'제후들이 와서 제사를 돕자 천자는 심원한 용모를 보이셨네.'라는 가사를 어찌 삼가의 당(堂)에서 취해다 쓰는가."〈팔일 제2장〉

〔註〕정자가 말씀하였다. "주공(周公)의 공(功)이 진실로 컸다. 그러나 그것은 모두 신하의 직분 상 마땅히 해야 할 바였으니, 노(魯)나라만이 어찌 홀로 천자의 예악을 쓸 수 있겠는가. 성왕(成王)이 천자의 예악을 쓰도록 한 것과 백금(伯禽)이 그것을 받은 것은 모두 잘못이다. 그 인습의 폐단이 마침내 계씨로 하여금 팔일무를 참람히 쓰게 하였고, 삼가로 하여금 〈옹(雍)〉을 노래하면서 제기를 거두게 하였던 것이다. 그러므로 중니(仲尼)께서 기롱하신 것이다."

〔經〕三家者以雍徹, 子曰: "'相維辟公, 天子穆穆', 奚取於三家之堂."
〔註〕程子曰: "周公之功, 固大矣, 皆臣子之分所當爲, 魯安得獨用天子禮樂哉? 成王之賜、 伯禽之受, 皆非也. 其因習之蔽, 遂使季氏僭八佾, 三家雍徹, 故仲尼譏之.

〔經〕공자께서 말씀하셨다. "체(禘)제사에 강신주(降神酒)를 따른 뒤로부터는 내 보고 싶지 않다."〈팔일 제10장〉

〔註〕주자가 말씀하였다. "노나라의 체(禘)제사는 예가 아니었기 때문에 공자께서 본래 보고 싶어 하지 않으셨는데, 이때에 이르러서는 예를 잃은 가운데 또 예를 잃었다. 그러므로 이러한 탄식을 하신 것이다."

〔經〕子曰: "禘自旣灌而往者, 吾不欲觀之矣."

〔註〕朱子曰: "魯禘非禮, 孔子本不欲觀, 至此而失禮之中, 又失禮焉. 故發此歎."

〔經〕혹자가 체(禘)제사의 내용을 묻자, 공자께서 "나는 알지 못하겠다. 그 내용을 아는 자는 천하를 다스림에 있어 여기에다 올려놓고 보는 것처럼 쉬울 것이다." 하시고, 자기 손바닥을 가리키셨다.〈팔일 제11장〉

〔註〕주자가 말씀하였다. "체제사의 내용을 알면 이치가 밝지 않음이 없고, 정성이 이르지 않음이 없어서 천하를 다스림이 어렵지 않을 것이다. 성인이 이에 대해서 어찌 참으로 알지 못하시는 바가 있었겠는가."

〔經〕或問禘之說, 子曰: "不知也, 知其說者之於天下也. 其如視諸斯乎!", 指其掌.

〔註〕朱子曰: "知禘之說, 則理無不明, 誠無不格, 而治天下不難矣. 聖人於此, 豈眞有所不知也哉."

〔經〕공자께서 말씀하셨다. "능히 예(禮)와 겸양으로써 한다면 나라를 다스림에 무슨 어려움이 있으며, 예(禮)와 겸양으로써 나라를 다스리지 못한다면 예(禮)를 어찌하겠는가!"〈이인 제13장〉

〔按〕살펴보건대, 능히 예와 겸양으로써 나라를 다스린다면 온 나라 사람들이 겸양하는 마음을 일으킬 것이니[22] 나라를 다스리기에 부족함이 없을

것이다. 예와 겸양으로써 나라를 다스리지 않으면 상하가 서로 다투어 나라가 다스려지지 못할 것이니 예가 어찌 헛되이 행해질 수 있겠는가.

〔經〕 子曰: "能以禮讓, 爲國乎, 何有? 不能以禮讓爲國, 如禮何?"

〔按〕 能以禮讓爲國, 一國興讓, 國無足爲矣. 不能以禮讓爲國, 則上下交爭, 國不可爲矣, 禮何能虛行哉?

〔經〕 공자께서 말씀하셨다. "하(夏)나라의 예(禮)를 내가 말할 수 있으나 그 후손인 기(杞)나라에서 충분히 증거를 대주지 못하며, 은(殷)나라의 예(禮)를 내가 말할 수 있으나 그 후손인 송(宋)나라에서 충분히 증거를 대주지 못함은 문헌(文獻)이 부족하기 때문이다. 문헌이 충분하다면 내가 내 말을 증거 댈 수 있을 것이다."〈팔일 제9장〉

〔註〕 주자 말씀하였다. "하나라와 은나라의 예는 부자께서 진실로 일찍이 강구(講究)하셨다. 다만 기나라와 송나라가 쇠미해져 상고하여 '내 말'을 증명할 바가 없다고 하신 것이다. 만약 공자께서 때를 얻고 지위를 얻어 예를 제작함이 있었다면 의리에 맞게 예를 일으켜야 하는 것에 대해서는 반드시 조처함이 있었을 것이다.

〔經〕 子曰: "夏禮吾能言之, 杞不足徵也. 殷禮吾能言之, 宋不足徵也. 文

22 온……것이니: 《대학장구(大學章句)》 전(傳) 9장에 "임금의 집안이 인을 행하면 온 나라가 인한 마음을 일으키게 되고, 임금의 집안이 사양을 하면 온 나라가 사양하는 마음을 일으키게 된다.〔一家仁, 一國興仁, 一家讓, 一國興讓.〕"라는 말에서 나왔다.

獻不足故也, 足則吾能徵之矣."

〔註〕朱子曰: "夏殷之禮, 夫子固嘗講之, 但杞宋衰微, 無所考以證吾言矣. 若得時有作, 當以義起者, 固必有以處之."

〔經〕 공자께서 말씀하셨다. "주(周)나라는 하(夏)·은(殷) 이대(二代)를 보았으니, 찬란하다. 그 문채여! 나는 주나라의 예(禮)를 따르겠다." 〈팔일 제14장〉

〔註〕 남헌 장씨(南軒張氏)가 말하였다. "예(禮)가 주나라에 이르러 성대하고 또한 갖추어져 다시 더할 것이 없었다. 그러므로 부자께서 주나라의 예를 따르고자 하신 것이다. 만약 예를 제작할 수 있는 지위에 있었다면 그 대체는 주나라의 예를 따르고, 그 사이에 더하거나 줄이는 적절함은 하나라의 역법, 은나라의 수레, 순임금의 음악 등과 같은 것이 있을 것이다."

〔經〕 子曰: "周監於二代, 郁郁乎文哉. 吾從周."

〔註〕 南軒張氏曰: "禮至周盛且備, 不復有加. 故夫子欲從周, 使居制作之位, 大體從周, 其間損益之宜, 如夏時、殷輅、韶舞則有之矣."

〔經〕 공자께서 말씀하셨다. "선배들이 예악(禮樂)에 대하여 한 것을 지금 사람들이 촌스러운 사람이라 하고, 후배들이 예악에 대하여 하는 것을 군자라고 한다. 그러나 만일 내가 예악을 쓴다면 나는 선배들을 따르겠다." 〈선진 제1장〉

〔註〕 주자가 말씀하였다. "공자께서 이미 당시 사람들의 말을 기술하고, 또 스스로 말씀하시기를 이와 같이 하셨으니, 이는 지나침을 덜어 중도(中道)에 나아가게 하려고 하신 것이다."

〔按〕 살펴보건대, 선배들이 예악에 대해서는 질(質)이 문(文)을 이긴 듯하고, 후배들이 예악에 대해서는 비록 문(文)과 질(質)이 그 마땅함을 얻은 듯하지만, 그 실제는 후배들이 문(文)이 지나치고 선배들이 마땅함을 얻은 것이다. 그러니 만약 내가 예악을 쓴다면 마땅히 선배들을 따르겠다고 하신 것이다. 대개 주나라 말기에는 문(文)이 승하였기 때문에 지나침을 덜어 중도에 나아가게 한 것이다.

〔經〕 子曰: "先進於禮樂, 野人也. 後進於禮樂, 君子也. 如用之則吾從先進."

〔註〕 朱子曰: "孔子旣述時人之言, 又自言其如此, 盖欲損過而就中也."

〔按〕 先進之於禮樂, 雖若質勝於文; 後進之於禮樂, 雖若文質得宜, 其實後進文過, 先進得宜, 如吾用禮樂, 則當從先進. 盖周末文勝, 故損過而就中也.

〔經〕 공자께서 말씀하셨다. "공손하되 예(禮)가 없으면 수고롭고, 삼가되 예가 없으면 두렵고, 용맹스럽되 예가 없으면 혼란하고, 강직하되 예가 없으면 너무 급하다."〈태백 제2장〉

〔註〕 주자가 말씀하였다. "예가 없으면 절문(節文)이 없기 때문에 네 가지의 폐단이 있는 것이다.

〔按〕 살펴보건대, 다만 이 네 가지뿐만이 아니라, 모든 일에 예로써 준거를

삼지 않으면 반드시 정도에 지나치거나 미치지 못하는 폐단이 있을 것이다.

〔經〕 子曰: "恭而無禮則勞, 愼而無禮則葸, 勇而無禮則亂, 直而無禮則絞."
〔註〕 朱子曰: "無禮則無節文, 故有四者之蔽."
〔按〕 非徒此四者, 凡事不以禮準之, 必有過不及之蔽.

〔經〕 공자께서 말씀하셨다. "《시경》의 〈관저(關雎)〉는 즐거우면서도 지나치지 않고, 슬퍼하면서도 화(和)를 해치지 않았다."〈팔일 제20장〉

〔註〕 주자가 말씀하였다. "그 근심이 비록 깊으나 화(和)를 해치지 않고, 그 즐거움이 비록 성하나 그 바름을 잃지 않았다. 그러므로 부자께서 칭찬하시기를 이와 같이 하셨으니, 배우는 자들이 그 말을 음미해 보고 그 소리를 살펴서 성정(性情)의 바름을 알게 하고자 하신 것이다."
〔按〕 살펴보건대, 이는 부자께서 〈관저〉의 노래를 들으시고 그 음의 화평함을 칭찬하신 것이다.

〔經〕 子曰: "〈關雎〉, 樂而不淫, 哀而不傷."
〔註〕 朱子曰: "蓋其憂雖深, 而不害於和, 其樂雖盛, 而不失其正, 故夫子稱之如此, 欲學者玩其辭 審其音, 而有以識其性情之正也."
〔按〕 此夫子聽〈關雎〉之樂歌, 而稱其音之和平也.

〔經〕 공자께서 노(魯)나라 태사(太師)에게 음악을 말씀하셨다. "음악은 알 만한 것이다. 처음 시작할 적엔 오음(五音)을 합하여 연주하고, 연주를 진행할 적에는 오음이 조화를 이루고 각각의 음색이 분명하며, 끊어지지

않고 계속 이어져 한 장을 끝마쳐야 한다.”〈팔일 제23장〉

〔註〕주자가 말씀하였다. “그 어세를 완미해보면 이는 정악(正樂)을 가지고서 고해주신 말씀인 듯하다.”

○ 사씨(謝氏)가 말하였다. “오음(五音)과 육률(六律)이 갖추어지지 않으면 음악이라 말할 수 없다. ‘흡여(翕如)’는 그것이 합함을 말한다. 오음이 합하면 맑고 탁함과 높고 낮음이 마치 오미(五味)가 서로 도운 뒤에 조화되는 것과 같기 때문에 ‘순여(純如)’라고 말한 것이다. 합하여 조화를 이루면 서로 차례를 빼앗음이 없고자 하므로 ‘교여(皦如)’라고 말한 것이다. 그러나 어찌 궁(宮)은 궁대로 하고, 상(商)은 상대로 할 뿐이겠는가. 서로 반대되지 않고 서로 따름이 마치 구슬을 꿴 것과 같아야 한다. 그러므로 ‘끊어지지 않고 계속 이어져 한 장을 끝낸다.’라고 말씀한 것이다.”

〔經〕子語魯太師樂曰:“樂其可知也, 始作翕如也, 從之純如也, 皦如也, 繹如也以成.”

〔註〕朱子曰:“味其語勢, 盖將正樂而語之之辭.”

○ 謝氏曰:“五音、六律不具, 不足以言樂. ‘翕如’, 言其合也, 五音合矣, 清濁高下, 如五味之相濟以後和. 故曰:‘純如.’ 合而和矣, 欲其無相奪倫. 故曰:‘皦如.’ 然豈宮自宮而商自商乎? 不相反而相從, 如貫珠可也. 故曰:‘繹[23]如也以成.’”

〔經〕공자께서 소악(韶樂)을 평하시되 “지극히 아름답고 지극히 좋다.”

---

23 繹 : 저본에는 ‘탁(鐸)’으로 되어 있다. 대전본 《논어집주》에 의거하여 수정하였다.

하셨으며, 무악(武樂)을 평하시되 "지극히 아름답지만 지극히 좋지는 못하다." 하셨다.〈팔일 제25장〉

〔註〕 정자가 말씀하였다. "성탕(成湯)이 걸왕(桀王)을 내치고 부끄러워하는 마음이 있었는데, 무왕(武王) 또한 그러했기 때문에 지극히 좋지 못한 것이다. 요(堯)·순(舜)·탕(湯)·무(武)가 헤아려보면 그 법은 한 가지이니, 정벌함은 하고자 해서가 아니요, 만난 시대가 그러했기 때문이었다."

〔按〕 살펴보건대, 무왕이 정벌하고 주살한 것은 비록 하늘과 백성에 순응한 것이었으나 그 마음이 일찍이 스스로 흡족하지 못했기 때문에 음향에 나타난 것이 절로 화(和)에 순일하지 못한 것이다. 성인이 그 음향을 찾아보아 그것이 이와 같음을 절로 알 수가 있었으니, 다른 사람은 말해 내지 못한다.

〔經〕 子謂韶"盡美矣, 又盡善也." 謂武"盡美矣, 未盡善也."
〔註〕 程子曰: "成湯放桀, 惟有慙德, 武王亦然, 故未盡善. 堯、舜、湯、武, 其揆一也, 征伐非其所欲, 所遇之時然爾."
〔按〕 武王征誅, 雖順天應民, 然其心未嘗自慊, 故其發於音響者, 自不能純於和也. 聖人尋其音響, 自能知其如此, 他人道不出.

〔經〕 공자께서 제(齊)나라에 계실 적에 소악(韶樂)을 들으시고는 그것을 배우는 3개월 동안 고기 맛을 모르시고서 "순임금이 음악을 만든 것이 이러한 경지에까지 이르렀을 줄은 생각하지 못했다."라고 말씀하셨다.〈술이 제13장〉

〔註〕 범씨(范氏)가 말하였다. "소악은 지극히 아름답고 또 지극히 좋으니, 음악으로서 이보다 더한 것이 없다. 그러므로 그것을 배우는 3개월 동안 고기 맛을 모르시고 감탄하기를 이와 같이 하신 것이니, 정성이 지극하고 감동함이 깊은 것이다."

〔經〕 子在齊聞韶, 學之三月不知肉味, 曰: "不圖爲樂之至於斯也."
〔註〕 范氏曰: "韶盡美又盡善, 樂之無以加此也. 故學之三月, 不知肉味, 歎美之如此, 誠之至, 感之深也."

〔經〕 공자께서 말씀하셨다. "내가 위(衛)나라로부터 노(魯)나라로 돌아온 뒤로 음악이 바루어져서 아(雅)와 송(頌)이 각기 제자리를 찾게 되었다." 〈자한 제14장〉

〔註〕 주자가 말씀하였다. 이때에 왕자(王者)의 자취가 사라져 시(詩)가 없어졌으며, 보존된 것은 어긋나고 어지러워 순서를 잃었다. 공자께서 위나라로부터 노나라로 돌아와서 《시경》 3백 편을 정리해 편찬하시자 이에 아(雅)와 송(頌)이 각기 제자리를 찾게 되었다.

〔經〕 子曰: "吾自衛返魯然後樂正, 雅頌各得其所."
〔註〕 朱子曰: "是時王跡熄而詩亡, 其存者謬亂失次, 孔子自衛返魯定著爲三百篇, 於是雅頌各得其所."

〔經〕 공자께서 말씀하셨다. "사치하면 공순하지 못하고 검소하면 고루하니, 공순하지 못한 것보다는 차라리 고루한 것이 낫다."〈술이 제35장〉

〔註〕주자가 말씀하였다. "사치함과 검소함은 모두 중도를 잃은 것이나 사치함의 해가 더 크다."

〔按〕살펴보건대, 검소함을 말미암아 사치함으로 들어가기는 쉬우나 사치함을 말미암아 검소함으로 들어가기는 어렵다. 그러므로 부자께서 매번 사치함을 억제하고 검소함을 허여하신 것이다.

〔經〕子曰: "奢則不遜, 儉則固, 與其不遜也, 寧固."

〔註〕朱子曰: "奢儉俱失中而奢之害大."

〔按〕由儉入奢易, 由奢入儉難, 故夫子每抑奢而與儉.

배움에 대해 말함
言學

〔經〕 공자께서 말씀하셨다. "배우고 그것을 항상 익히면 또한 기쁘지 않겠는가." 〈학이 제1장〉

〔註〕 주자가 말씀하였다. "'학(學)'이란 말은 본받는다는 뜻이다. 사람의 본성은 모두 선(善)하나 이것을 앎에는 먼저 하고 뒤에 함이 있으니, 후각자는 반드시 선각자가 하는 바를 본받아야 선을 밝게 알아서 그 처음의 본성을 회복할 수 있다. 이미 배우고 또 항상 그것을 익히면 배운 것이 익숙해져서 마음속에 희열을 느껴 진보함을 저절로 그만둘 수 없을 것이다."

〔按〕 살펴보건대, 배움은 익히기를 요구하고 익히기는 익숙히 익히기를 귀하게 여기니, 익숙해짐에 이른 뒤에 곧 마음에 기쁨이 있다. 기쁨과 기쁘지 않음은 다만 익숙함과 익숙하지 않음에 관계될 뿐이니, 마치 과실이 처음에는 쓰고 떫은맛을 면하지 못하다가 익은 뒤에야 비로소 단 맛이 나는 것과 같다.

〔經〕 子曰: "學而時習之, 不亦悅乎."
〔註〕 朱子曰: "學之爲言效也, 人性皆善, 而覺有先後, 後覺者必效先覺之所爲, 乃可以明善而復其初也. 旣學而又時時習之, 則所學者熟而中心喜悅, 其進自不能已矣."
〔按〕 學要習, 習貴熟習, 到熟後便有悅意. 盖悅與不悅, 只關熟與不熟, 如果實然, 初間未免苦澁, 到熟後始有甘味.

〔經〕 "벗이 먼 곳으로부터 찾아온다면 또한 즐겁지 않겠는가." 〈학이 제1장〉

〔註〕 정자가 말씀하였다. "선(善)을 남에게 미쳐서 믿고 따르는 자가 많다. 그러므로 즐거울 수 있는 것이다."

〔按〕 살펴보건대, 뜻을 같이하는 사람이 먼 곳으로부터 찾아와 서로 배운 바를 강구하여 밝힌다면 그 즐거움이 어찌 다함이 있겠는가?

〔經〕 "有朋自遠方來, 不亦樂乎."

〔註〕 程子曰: "以善及人, 而信從者衆, 故可樂."

〔按〕 同志之人, 自遠來訪, 相與講明所學, 則其樂豈有旣乎?

〔經〕 "남이 나를 알아주지 않더라도 서운해 하지 않는다면 또한 군자가 아니겠는가." 〈학이 제1장〉

〔註〕 윤씨(尹氏)가 말하였다. "학문은 자신에게 달려 있고, 알아주고 알아주지 않음은 남에게 달려 있는 것이니, 어찌 서운해 할 것이 있겠는가."

〔按〕 살펴보건대, 배우는 것은 장차 그것을 행하려고 해서이다. 그러나 남으로부터 인정을 받지 못하더라도 서운해 함이 없는 것²⁴이 바로 군자

---

24 남으로부터……것 : 《주역》〈건괘(乾卦)〉 초구(初九)에 "못에 잠겨 있는 용이니 쓰지 말아야 한다.〔潛龍勿用〕" 하였는데, 이에 대해서 "용의 덕을 가지고 은둔한 자이니, 세상에 따라 변치 않고 명성을 이루려 하지 않아, 세상에서 은둔하되 근심하지 않으며, 남에게 인정받지 못하여도 서운해 하지 않아, 즐거운 세상이면 도를 행하고 걱정스러운 세상이면 떠나가서, 뜻이 확고하여 뽑을 수 없는 것이 잠룡이다.〔龍德而隱者也, 不易乎世, 不成乎名, 遯世无悶, 不見是而无悶, 樂則行之, 憂則違之, 確乎不可拔, 潛龍也.〕"라고 해설한 공자의 말에 보인다.

가 되는 바이다.

〔經〕 "人不知而不慍, 不亦君子乎."
〔註〕 尹氏曰: "學在己, 知不知在人, 何慍之有?"
〔按〕 學者, 將以行之也. 然不見是而无悶, 乃所以爲君子.

〔經〕 공자께서 말씀하셨다. "도(道)를 독실하게 믿으면서 배우기를 좋아하며, 죽음으로써 도를 지키면서 도를 잘 보존해야 한다."〈태백 제13장〉

〔註〕 주자가 말씀하였다. "죽음으로써 도를 지키는 것은 독실히 믿은 공효(功效)이고, 도를 잘 보존하는 것은 학문을 좋아한 공효이다."

〔經〕 子曰: "篤信好學, 守死善道."
〔註〕 朱子曰: "守死者, 篤信之效, 善道者, 好學之功."

〔經〕 "위태로운 나라에는 들어가지 않고, 어지러운 나라에는 살지 않으며, 천하에 도가 있으면 나아가 벼슬하고, 도가 없으면 숨어야 한다. 나라에 도가 있을 때에 가난하고 천한 것이 부끄러운 일이며, 나라에 도가 없을 때에 부하고 귀한 것이 부끄러운 일이다."〈태백 제13장〉

〔註〕 조씨(鼂氏)가 말하였다. "학문도 있고 지조도 있으면 거취(去就)의 의리가 깨끗하고, 출처(出處)의 분별이 명백한 뒤에야 군자의 온전한 덕(德)이 되는 것이다."

〔按〕 살펴보건대, 천하에 도가 있으면 학문을 좋아한 공효를 드러내고, 도가 없으면 도를 잘 보존한 실상을 숨기는 것이다.

〔經〕 "危邦不入, 亂邦不居, 天下有道則見, 無道則隱, 邦有道貧且賤焉, 恥也, 邦無道富且貴焉. 恥也."
〔註〕 鼂氏曰: "有學有守而去就之義潔, 出處之分明, 然後爲君子之全德."
〔按〕 有道則見好學之效, 無道則隱善道之實.

〔經〕 공자께서 말씀하셨다. "배움은 따라 가지 못할 듯이 하면서도 행여 그것을 잃을까 두려워하여야 한다."〈태백 제17장〉

〔註〕 주자가 말씀하였다. "사람이 학문을 함에 있어서, 이미 따라 가지 못할 듯이 여기면서도 그 마음에 두려워하여 혹시라도 그것을 잃을까 염려해야 한다."

〔經〕 子曰: "學如不及, 猶恐失之."
〔註〕 朱子曰: "人之爲學, 旣如有所不及矣, 而其心竦然, 惟恐其或失之."

〔經〕 공자께서 말씀하셨다. "제자가 들어가서는 효도하고 나와서는 공손하며, 행실을 삼가고 말을 신중하게 하며, 널리 사람들을 사랑하되 인(仁)한 이를 친히 해야 하니, 이것을 행하고 여력(餘力)이 있으면 글을 배워야 한다."〈학이 제6장〉

〔註〕주자가 말씀하였다. "힘써 행하기만 하고 글을 배우지 않는다면 성현이 만들어 놓은 법을 상고할 수 없고 사리의 당연함을 알 수가 없어서, 행하는 바가 혹 사사로운 뜻에서 나오게 된다."

〔按〕살펴보건대, 행실을 삼가고 말을 신중히 함은 집안에 들어가서 효도하고 밖에 나와서 공손히 하는 때의 일이고, 인(仁)한 이를 친히 함은 글을 배우는 때의 일이다. 효도와 공손을 행하고서 여력이 있으면 인(仁)한 이를 친히 하고 글을 배워야 한다.

〔經〕子曰: "弟子入則孝, 出則弟, 謹而愼, 汎愛衆, 而親仁, 行有餘力, 則以學文."

〔註〕朱子曰: "力行而不學文, 則無以考聖賢之成法, 識事理之當然, 而所行或出於私意."

〔按〕謹愼是入孝出弟時事; 親仁是學文時事. 行孝弟而有暇, 則親仁而學文.

〔經〕공자께서 말씀하셨다. "군자는 먹음에 배부름을 구하지 않으며, 거처할 때에 편안함을 구하지 않으며, 일을 민첩히 하고 말을 삼가며, 도(道)가 있는 이에게 찾아가서 질정한다면 학문을 좋아한다고 이를 만하다." 〈학이 제14장〉

〔註〕주자가 말씀하였다. "편안함과 배부름을 구하지 않는 것은 뜻이 다른 데 있어서 미칠 겨를이 없기 때문이다. 일에 민첩히 한다는 것은 그 부족한 것〔덕행(德行)〕을 힘쓰는 것이요, 말을 삼간다는 것은 그 유여한 것〔말〕을 다하지 못하는 것이다. 그러나 오히려 스스로 옳다 여기지

않고, 반드시 도(道)가 있는 사람에게 찾아가서 그 옳고 그름을 질정한다면 학문을 좋아한다고 이를 만하다."

〔按〕살펴보건대, 편안함과 배부름을 구하지 않는 것은, 군자의 자수(自修)하는 도가 마땅히 이와 같아야 한다. 일을 민첩히 함은 힘써 행하는 실제이고, 말을 삼감은 성(誠)을 세우는 근본이다. 이미 이와 같이 하고서 또 능히 도가 있는 이에게 나아가 질정하면 배우기를 좋아한다고 이를 만하다.

〔經〕子曰: "君子食無求飽, 居無求安, 敏於事而愼於言, 就有道而正焉, 可謂好學也已."

〔註〕朱子曰: "言[25]不求安飽者, 志有在而不暇及也. 敏於事者, 勉其所不足. 謹於言者, 不敢盡其所有餘也. 然猶不敢自是, 而必就有道之人, 以正其是非, 則可謂好學矣."

〔按〕不求安飽, 君子自修之道, 當如是也. 敏於事, 力行之實; 愼於言, 立誠之本, 旣如是而又能就正有道, 則可謂好學矣.

〔經〕계강자(季康子)가 묻기를 "제자 중에 누가 학문을 좋아합니까?" 하자, 공자께서 대답하셨다. "안회(顏回)라는 자가 학문을 좋아했었는데 불행히도 명이 짧아 죽었습니다. 지금은 학문을 좋아하는 자가 없습니다."
〈선진 제6장〉

〔按〕살펴보건대, 이때에 증자가 아직 어렸으니, 만약 일유(一唯)의 때[26]

---

25 言 : 대전본 《논어집주》 해당 원문에는 없는 글자이다.

26 일유(一唯)의 때 : 공자가 증자 불러서 "삼아, 나의 도는 하나의 이치가 모든 일을

였다면 응당 학문을 좋아하는 사람이 되지 않음이 없었을 것이다.

[經] 季康子問: "弟子孰爲好學?" 孔子對曰: "有顔回者好學, 不幸短命死矣, 今也則亡[27]."

[按] 是時曾子尙少, 若其一唯之時, 則未應不爲好學矣.

[經] 애공(哀公)이 "제자 중에 누가 학문을 좋아합니까?" 하고 묻자, 공자께서 대답하셨다. "안회(顔回)라는 자가 학문을 좋아하여 노여움을 남에게 옮기지 않으며 잘못을 두 번 다시 저지르지 않았는데, 불행히도 명이 짧아 죽었습니다. 그리하여 지금은 없으니, 아직 학문을 좋아한다는 자를 듣지 못하였습니다."〈옹야 제2장〉

[註] 주자가 말씀하였다. "노여움을 남에게 옮기거나 잘못을 되풀이하지 않음은 안자가 학문을 좋아한 증거이니, 그 학문은 모두 예가 아니면 보거나 듣거나 말하거나 움직이지 않은 것에 있었다."
○ 정자가 말씀하였다. "안자의 예(禮)가 아니면 보거나 듣거나 말하거나 동(動)하지 않은 것과 화를 남에게 옮기거나 잘못을 다시 되풀이하지 않음은 그 좋아함이 독실하고 배움에 그 요령을 얻은 것이다. 그러나 성인의 경지에 도달하지 못한 것은 지킨 것이요 저절로 화(化)한 것이

꿰뚫고 있다.[吾道一以貫之]"라고 하자, 증자가 "네, 그렇습니다.[唯]"라고 곧장 대답하고는, 다른 문인에게 "부자의 도는 바로 충·서이다.[夫子之道 忠恕而已矣]"라고 설명해 준 내용이 《논어》〈이인(里仁)〉에 나온다.

27 亡 : 저본에는 '무(無)'로 되어 있다. 대전본 《논어집주》에 의거하여 수정하였다.

아니기 때문이니, 몇 년만 수명을 연장해 주었다면 며칠이 되지 않아 저절로 화(化)하였을 것이다."

〔經〕哀公問: "弟子孰爲好學?" 孔子對曰: "有顔回者好學, 不遷怒, 不貳過, 不幸短命死矣, 今也則無, 未聞好學者也."

〔註〕朱子曰: "不遷怒不貳過, 是顔子好學之符驗, 其學全在非禮勿視聽言動上."

○ 程子曰: "顔子之非禮勿視聽言動不遷怒不貳過者, 其好之篤而學之得其道也. 然其未至於聖人者, 守之也, 非化之也, 假之以年, 則不日而化矣."

〔經〕공자께서 말씀하셨다. "어질다, 안회(顔回)여! 한 그릇의 밥과 한 표주박의 음료로 누추한 시골에서 사는 것을 다른 사람들은 그 근심을 견뎌내지 못하는데, 안회는 그의 즐거움을 변치 않으니, 어질다, 안회여!"〈옹야 제9장〉

〔註〕정자가 말씀하였다. "옛날 주무숙(周茂叔, 周敦頤)에게 가르침을 받을 때에, 매양 공자와 안자의 즐거워한 것을 찾게 하셨으니, 그 즐거워함은 어떠한 것이었는가?"

○ 주자가 말씀하였다. "학자들이 박문(博文)·약례(約禮)의 가르침에 종사하여, 그만두고자 하여도 그만둘 수 없어 자신의 재능을 다하는 데 이르면, 거의 그 도를 터득함이 있을 것이다."

〔按〕살펴보건대, 주무숙이 매양 공자와 안자가 즐거워한 것이 어떤 일인지를 찾게 하신 것은, 내가 생각건대 공자와 안자의 마음속에는 자연히 즐거움이 있어서 자신도 그 즐거움이 어떤 것인지 알지 못한 것이니,

다른 사람들이 어찌 그들이 즐거워한 것이 어떤 일인지를 찾을 수 있겠는가? 이 말을 한 것은 배우는 자들로 하여금 그 즐거움이 어떤 것인지 찾아서 그런 즐거움에 이르게 하고자 하신 것이다.

〔經〕子曰: "賢哉, 回也! 一簞食, 一瓢飮, 在陋巷, 人不堪其憂, 回也不改其樂, 賢哉, 回也!"

〔註〕程子曰: "昔受學於周茂叔, 每令尋仲尼、顔子樂處, 所樂何事?"
○ 朱子曰: "學者從事於博文約禮之誨, 以至於欲罷不能而竭其才, 則庶乎有以得之矣."

〔按〕周茂叔每令尋仲尼、顔子所樂何事, 竊意孔、顔心中, 自然有樂, 自不知其所樂何事, 他人安得尋其所樂何事? 爲此言者, 欲令學者, 尋其所樂者何事而至於樂也.

〔經〕공자께서 말씀하셨다. "안회(顔回)는 나를 돕는 자가 아니구나. 나의 말에 대해 기뻐하지 않는 바가 없구나."〈선진 제3장〉

〔按〕살펴보건대, 농담조로 말씀하여 깊이 기뻐하신 것이다.[28]

---

28 깊이……것이다 : 이 부분은 《논어집주》〈선진(先進)〉제3장에 "안자는 성인의 말씀에 대해 묵묵히 알고 마음으로 통하여 의문이 없었다. 그러므로 부자께서 이렇게 말씀하신 것이다. 그 말씀은 유감이 있는 듯하나 그 실제는 바로 깊이 기뻐하신 것이다.〔顔子於聖人之言, 默識心通, 無所疑問. 故夫子云然, 其辭若有憾焉, 其實乃深喜之.〕"라고 한 주자의 해설에 보인다.

〔經〕 子曰: "回也, 非助我者也. 於吾言, 無所不說[29]."
〔按〕 盖戲言而深喜之.

〔經〕 공자께서 말씀하셨다. "도(道)를 말해주면 게을리 하지 않는 자는 안회(顔回)일 것이다."〈자한 제19장〉

〔註〕 주자가 말씀하였다. "한 가지 선(善)을 얻으면 항상 마음속에 간직하여 잃지 않아 그만두고자 하여도 그만둘 수 없으니, 이는 모두 게을리 하지 않는 점이다."

〔按〕 살펴보건대, 공자의 말씀에 대해 기뻐하지 않음이 없었기 때문에 그에게 도를 말해주면 게을리 하지 않은 것이다.

〔經〕 子曰: "語之而不惰者, 其回也與."
〔註〕 朱子曰: "得一善, 則眷眷服膺而不失, 欲罷不能, 皆是其不惰處."
〔按〕 言無不悅, 故語之不惰.

〔經〕 공자께서 말씀하셨다. "내가 안회(顔回)와 더불어 온종일 이야기를 하였으나, 내 말을 어기지 않아 어리석은 사람인 듯하더니, 그가 물러간 뒤에 그 사생활을 살펴봄에 내가 말해준 것을 충분히 발명하니, 안회는 어리석지 않구나!"〈위정 제9장〉

---

29 說 : 저본에는 '열(悅)'로 되어 있다. 대전본 《논어집주》에 의거하여 수정하였다.

〔註〕주자가 말씀하였다. "들은 것이 귀로 들어가 마음에 간직되어 사지에 베풀어지고 동정에 나타나니, 부자의 말씀을 충분히 발명할 수 있었다는 것이다."

〔按〕살펴보건대, 여기서 또한 안자가 배우기를 좋아한 점을 볼 수 있다.

〔經〕子曰: "吾與回言終日, 不違如愚, 退而省其私, 亦足以發, 回也不愚."

〔註〕朱子曰: "所聞, 入耳着心, 布乎四體, 形乎動靜, 則足以發明夫子之言矣."

〔按〕此亦可見顏子之好學處.

〔經〕안연(顏淵)이 크게 탄식하며 말하였다. "부자의 도는 우러러볼수록 더욱 높고, 뚫을수록 더욱 견고하며, 바라봄에 앞에 있더니 홀연히 뒤에 있도다."〈자한 제10장〉

〔註〕주자가 말씀하였다. "이는 안연이 부자의 도가 무궁무진하며 방향과 형체가 없음을 깊이 알고 감탄한 것이다."

〔經〕顏淵喟然嘆曰: "仰之彌高, 鑽之彌堅, 瞻之在前, 忽焉30在後."

〔註〕朱子曰: "此顏淵深知夫子之無窮盡無方體, 而歎之也."

〔經〕"부자께서 차근차근히 사람을 잘 이끄시어 문(文)으로써 나의 지식

---

30 焉 : 저본에는 '연(然)'으로 되어 있다. 대전본《논어집주》에 의거하여 수정하였다.

을 넓혀주시고, 예(禮)로써 나의 행동을 요약해주셨다."〈자한 제10장〉

〔註〕정자가 말씀하였다. "성인이 사람을 가르칠 적에는 오직 이 두 가지
뿐이다."

〔經〕"夫子循循然善誘人, 博我以文, 約我以禮."
〔註〕程子曰: "聖人教人, 唯此二事而已."

〔經〕"공부를 그만두고자 해도 그만둘 수 없어 이미 나의 재주를 다하니,
부자의 도(道)가 내 앞에 우뚝 서있는 듯하다. 그리하여 그를 따르고자
하나 어디로부터 시작해야 할지 모르겠다."〈자한 제10장〉

〔註〕주자가 말씀하였다. "이는 안자가 자신의 학문이 이른 경지를 스스
로 말씀한 것이다. 기쁨이 깊고 힘씀이 극진하여 도(道)를 봄이 더욱
가까우나, 또한 그 힘을 쓸데가 없는 것이다."
〔按〕살펴보건대, 이는 안자가 도의 높고 묘함을 보고서 탄식한 것이다.
우러러볼수록 높고 뚫을수록 견고함은 행함이 미치지 못하는 것이며,
바라봄에 앞에 있더니 홀연히 뒤에 있음은 앎이 이르지 못함이다. 부자께
서 차근차근히 잘 이끄시어 문(文)으로써 나의 지식을 넓혀주시고 예
(禮)로써 나의 행동을 요약해주셨다. 이에 내 마음이 기쁜 것이 고기가
입에 맛있는 것과 같을 뿐만이 아니어서 그 재주와 힘을 극진히 하였더
니, 전에 바라봄에 앞에 있다가 홀연히 뒤에 있던 것이 우뚝 눈앞에 서있
는 듯하여 미칠 수 있을 듯하였으나 또한 그 힘을 쓸 바가 없었다. 그러나
안자가 이 말을 한 것은 다만 그 힘을 용납할 바가 없음을 탄식한 것일

뿐만 아니라, 반드시 장차 이로 인하여 넉넉히 침잠하고 순수하게 익혀서 일지(日至)의 때[31]를 기다려 화(化)하고자 한 것이니, 애석하도다! 그가 진전하는 것만 보았고 그칠 곳에 도달함을 보지 못하였다.[32]

〔經〕"欲罷不能, 旣竭吾才, 如有所立卓爾, 雖欲從之, 末由也已."

〔註〕朱子曰: "此顔子自言其學所至也, 盖悅之深而力之盡, 所見益親, 而又無所用其力也."

〔按〕此顔子見道之高妙而歎之也. 仰高鑽堅, 行之未及也; 瞻前忽後, 知之未至也. 夫子循循善誘, 文以博我知, 禮以約我行, 於是吾心之悅, 不啻芻豢之於口, 而竭盡其才力, 則向之瞻前忽後者, 如卓然立於目前, 若可企及, 而又無用其力焉矣. 然顔子之爲此言, 非徒歎其不容力爾, 必將因此而優游純熟, 以待日至之時而化矣. 惜乎! 見其進而不見其止也.

〔經〕공자께서 안연(顔淵)을 두고 평하셨다. "애석하구나, 나는 그가 전진

31　일지(日至)의 때 : 이 말은 《맹자》〈고자 상(告子上)〉에 "지금 모맥을 파종하고 씨앗을 덮되, 그 땅이 똑같으며 심는 시기가 똑같으면, 발연히 싹이 나와서 성숙한 때에 이르러 모두 익으니……그러므로 무릇 동류인 것은 대부분 서로 같으니, 어찌 홀로 인간에 이르러서만 의심을 하겠는가?〔今夫麰麥, 播種而耰之, 其地同樹之時又同, 勃然而生, 至於日至之時, 皆熟矣.……故凡同類者, 擧相似也, 何獨至於人而疑之?〕"라는 구절에서 유래하였다. 주자는 성숙지기(成熟之期)로 해석하였으나 일지(日至)는 원래 동지와 하지를 가리키는 말인데 여기서는 하지를 가리킨 것으로 해석하기도 한다.

32　애석하도다……못하였다 : 이는 〈자한(子罕)〉 제20장에 보이는 공자의 말씀을 인용한 것이다. 그러나 손암은 이 구절에 대해 주자의 해석과 다른 견해를 보였는바, 그 내용이 바로 다음 단락의 안설(按說)에 보인다.

하는 것만을 보았고 중지하는 것을 보지 못하였다."〈자한 제20장〉

〔註〕 주자가 말씀하였다. "안자가 죽자, 공자께서 그를 애석히 여겨 그의 학문이 바야흐로 진전하고 중지하지 않았음을 말씀하신 것이다."

〔按〕 살펴보건대, '지(止)'는 성취하여 그칠 곳에 이른 것을 말씀한 것이다. 이는 그가 바야흐로 진전하여 그칠 곳에 도달하지 못한 점을 애석히 여기신 것이다.

〔經〕 子謂顏淵曰: "惜乎! 吾見其進也, 未見其止也."

〔註〕 朱子曰: "顏子旣死, 而孔子惜之, 言其方進而未已也."

〔按〕 '止'言成就到止處也. 盖惜其方進而未到得止處地位.

〔經〕 증자가 말씀하였다. "능함으로써 능하지 못한 이에게 물으며, 학식이 많음으로써 학식이 적은 이에게 물으며, 있어도 없는 것처럼 여기고, 가득해도 빈 것처럼 여기며, 남이 자신에게 범접해도 따지지 않는 것을, 옛적에 나의 벗이 일찍이 이 일에 종사하였었다."〈태백 제5장〉

〔註〕 사씨(謝氏)가 말하였다. "유여(有餘)함이 자신에게 있고 부족함이 남에게 있음을 알지 못하며, 반드시 잘함이 자신에게 있고 잘못이 남에게 있다고 여기지 않아서, 무아(無我)[33]의 경지에 가까운 자가 아니면 이런 것을 능히 할 수 없다."

33 무아(無我) : 이기적인 마음이 없는 것을 뜻한다. 《논어》〈자한(子罕)〉에 "공자는 네 가지 일에서 완전히 자유로웠다. 그에게는 사적인 뜻과 기필(期必)하는 것과 집착하는 것과 이기적인 마음이 없었다.〔子絶四, 毋意毋必毋固毋我.〕"라는 말이 나온다.

〔按〕 살펴보건대, 이는 안자가 죽은 뒤에 증자가 선우(先友)의 학문을 좋아한 실제를 추모하고 찬탄한 것이다.

〔經〕 曾子曰: "以能問於不能, 以多問於寡, 有若無, 實若虛, 犯而不較, 昔者吾友嘗從事於斯矣."

〔註〕 謝氏曰: "不知有餘在己, 不足在人; 不必得爲在己, 失爲在人, 非幾於無我者, 不能也."

〔按〕 此顔子旣沒之後, 曾子追慕其先友好學之實, 而贊歎之也.

〔經〕 공자께서 말씀하셨다. "나면서부터 아는 것이 상등이요, 배워서 아는 것이 그 다음이요, 곤궁해지고 나서 배우는 것이 또 그 다음이니, 곤궁한데도 배우지 않으면 이런 사람은 하등이 된다."〈계씨 제9장〉

〔註〕 주자가 말씀하였다. "사람의 기질에는 대략 이 네 등급이 있음을 말씀한 것이다."

〔按〕 살펴보건대, 나면서부터 알고, 배워서 알고, 곤궁해지고 나서 배워 아는 것은 기질이 같지 않기 때문이지만 그 앎에 이르러서는 한 가지이니, 이는 이치가 같기 때문이다.

〔經〕 孔子曰: "生而知之者, 上也; 學而知之者, 次也; 困而學之, 又其次也. 困而不學, 民斯爲下矣."

〔註〕 朱子曰: "言人之氣質, 大約有此四等."

〔按〕 生知、學知、困知, 氣質之不同, 及其知之則一, 理同故也.

〔經〕 공자께서 말씀하셨다. "나는 열다섯 살에 학문에 뜻을 두었고, 서른 살에 도에 맞는 나의 가치관을 수립하였고, 마흔 살에 사리에 의혹하지 않았고, 쉰 살에 천명을 알았고, 예순 살에 귀로 남의 말을 들으면 그대로 이해되었고, 일흔 살에 마음에 하고자 하는 바를 좇아도 법도를 벗어나지 않았다."〈위정 제4장〉

〔註〕 정자가 말씀하였다. "공자께서 덕에 나아간 순서가 이와 같다고 스스로 말씀하신 것은, 성인이 반드시 그렇게 했다는 것이 아니요, 다만 배우는 자들을 위하여 법을 세워서 그들로 하여금 구덩이를 채운 뒤에 나아가고, 문장을 이룬 뒤에 통달하게 하신 것일 뿐이다."

○ 주자가 말씀하였다. "성인은 나면서부터 알고 도를 편안히 여겨 행하여, 진실로 차츰차츰 쌓아나가는 것이 없다. 그러나 그 마음은 일찍이 이미 이 경지에 이르렀다고는 스스로 생각하지 않았다. 이는 일상 생활하는 사이에 반드시 홀로 그 진보를 깨달았으나, 다른 사람은 미처 알지 못하는 것이 있었을 것이다. 그러므로 그 비슷한 것을 인하여 스스로 명명하여, 배우는 자들이 이것으로 법칙을 삼아 스스로 힘쓰게 하고자 하신 것이요, 마음속에 실제로 스스로 성인이라고 생각하면서 짐짓 이런 겸사(謙辭)를 하신 것은 아니다."

〔按〕 살펴보건대, '지(志)'는 마음을 전일하게 하여 그것을 이루는 것을 말한다. '학(學)'은 본받고 깨닫는 것이다. 선각자가 하는 것을 본받는 데에 마음을 전일하게 하여 도를 스스로 깨달음이 있는 것을 말한 것이다. '입(立)'은 도와 더불어 함께 서는 것이다. 스스로 설 수 있으면 그만두고자 해도 그만둘 수 없어 그 진보함이 그치지 않음이 있다. '불혹(不惑)'은 도리를 깨달아 의혹하는 바가 없음을 이르고, '지천명(知天命)'은 사물의 본말과 곡절에 대해 통달하지 않음이 없어 그 지극함을 다할 줄

아는 것을 이르며, '이순(耳順)'은 인위적으로 생각하지 않아도 아는 것을 이른다. '마음에 하고자 하는 바를 좇아도 법도(法度)에 벗어나지 않는다.'는 것은 마음이 곧 이(理)이고 하고자 하는 바가 곧 도(道)여서 움직이고 주선함에 법도를 어김이 없는 것이다. 이는 부자께서 평생 학문한 과정을 스스로 서술하여, 차례로 사람들에게 보여주신 것이다. 우리는 여기에서 비록 나면서부터 아는 자질이 있다 하더라도 배우지 않으면 성인이 될 수 없으며 이른바 '나면서부터 아는 자'라는 것도 배우기를 좋아함으로써 그런 이름을 얻은 것임을 알 수 있다.

〔經〕子曰: "吾十有五而志于學, 三十而立, 四十而不惑, 五十而知天命, 六十而耳順, 七十而從心所欲不踰矩."

〔註〕程子曰: "孔子自言其進德之序如此者, 聖人未必然, 但爲學者立法, 使之盈科而後進, 成章而後達耳."

○ 朱子曰: "聖人生知安行, 固無積累之漸, 然其心未嘗自謂己至此也. 是其日用之間, 必有獨覺其進, 而人不及知者, 故因其近似而自名, 欲學者以是爲則而自勉, 非心實自聖而姑爲是退托也."

〔按〕志者, 專心致之之謂, 學, 效也覺也. 言專心於效先覺之所爲, 而有以自覺於道也. 立, 謂與道俱立也. 有以自立, 則欲罷不能, 而其進有不容已也. 不惑, 謂覺得道理而無所疑惑也. 知天命, 謂事物之源委曲折, 無不洞達而知極其至也. 耳順, 謂不思而得也. 從心所欲不踰矩, 心卽理, 欲卽道, 動容周旋, 無違度, 此夫子自述其平生爲學程, 歷以示人, 於此可見雖有生知之資, 非學不可以爲聖人, 而所謂生知者, 亦以好學而得名也.

〔經〕 공자께서 말씀하셨다. 10호(戶)쯤 되는 조그만 고을에도 반드시 나처럼 충신(忠信)한 자가 있지만, 나처럼 학문을 좋아하는 자는 없다."〈공야장 제27장〉

〔註〕 주자가 말씀하였다. "아름다운 자질은 얻기 쉬우나 지극한 도는 듣기 어렵다. 배움을 지극히 하면 성인이 될 수 있고, 배우지 않으면 시골 사람이 됨을 면치 못할 것이니, 노력하지 않을 수 있겠는가."

〔經〕 子曰: "十室之邑, 必有忠信如丘者, 不如丘之好學也."
〔註〕 朱子曰: "美質易得, 而至道難聞, 學之至則可以爲聖人, 不學則不免爲鄕人而已. 可不勉哉."

〔經〕 공자께서 말씀하셨다. "나는 나면서부터 아는 자가 아니라, 옛 것을 좋아하여 급급히 그것을 구한 자이다."〈술이 제19장〉

〔註〕 주자 말씀하였다. "성인의 이와 같은 말씀은 모두 아래로 옮겨가 사람들을 교화시키는 것이고, 또한 성인의 보는 안목이 넓은 것이다. 스스로 자신을 봄에 오히려 만족스럽지 못한 곳이 있기 때문에 그 말씀이 이와 같은 것이니, 전혀 사실이 없는 것은 아니지만 다만 가설하여 말씀하신 것일 뿐이다."

〔按〕 살펴보건대, 이는 비록 성인이 스스로를 낮추어 말씀하신 것이나, 배우는 자들로 하여금 진실로 능히 옛 것을 좋아하여 급급히 그것을 구하게 한 것이니, 그러면 어찌 성현의 지위에 이르지 못함을 근심하겠는가.

〔經〕子曰: "我非生而知之者, 好古敏而求之者也."

〔註〕朱子曰: "聖人此等語, 皆是移向下以敎人, 亦是聖人看得地步闊, 自視猶有未滿足處, 所以其言如此, 非全無事實而但爲設辭也."

〔按〕此雖聖人自謙之辭, 然使學者, 眞能好古, 眞能敏求, 何患不到聖賢地位.

〔經〕공자께서 말씀하셨다. "나는 전술하기만 하고 창작하지 않으며, 옛 것을 믿고 좋아하기를 나는 삼가 우리 노팽(老彭)에게 견주노라."〈술이 제1장〉

〔註〕주자가 말씀하였다. "이 때를 당하여 창작(創作)은 대략 갖추어졌으므로 부자께서 여러 성인을 집대성하여 절충하신 것이니, 일은 비록 전술(傳述)이나 그 공(功)은 창작보다 곱절이나 된다."

〔經〕子曰: "述而不作, 信而好古, 竊比於我老彭."

〔註〕朱子曰: "當是時, 作者畧備, 夫子盖集群聖之大成, 而折衷之, 其事雖述, 而功則倍於作矣."

〔經〕공자께서 말씀하셨다. "묵묵히 기억하며, 배우면서 싫증내지 않으며, 남에게 가르치기를 게을리 하지 않는 것, 이중에 어느 것이 나에게 있겠는가."〈술이 제2장〉

〔註〕주자가 말씀하였다. "'묵묵히 기억하는 것'은 곧 마음에 그 이치를 아는 것이고, '배우면서 싫증내지 않는 것'은 곧 다시 강론하여 꿰뚫기를

더하는 것이고, '가르치기를 게을리 하지 않는 것'은 곧 남에게 베푸는 것이다."

〔按〕살펴보건대, 배운 것을 묵묵히 기억하고 배운 것을 남에게 가르침은 그 중점이 배우면서 싫증내지 않는 데에 달려있다.

〔經〕子曰: "默而識之, 學而不厭, 誨人不倦, 何有於我哉."

〔註〕朱子曰: "默而識之, 便是得之於心; 學而不厭, 便是更加講貫; 教不倦, 便是施於人."

〔按〕以所學而默識之, 以所學而誨人, 重在學不厭.

〔經〕공자께서 말씀하셨다. "덕이 닦여지지 못함과 학문이 강구되지 못함과 의(義)를 듣고 옮겨가지 못함과 불선(不善)을 고치지 못하는 것이 바로 나의 걱정거리이다."〈술이 제3장〉

〔註〕윤씨(尹氏)가 말하였다. "이 네 가지 일은 나날이 새롭게 하는 공부의 요체(要諦)이다."

〔經〕子曰: "德之不脩, 學之不講, 聞義不能徙, 不善不能改, 是吾憂也."

〔註〕尹氏曰: "此四者, 日新之要也."

〔經〕공자께서 말씀하셨다. "나가면 공경(公卿)을 섬기고, 들어오면 부형(父兄)을 섬기며, 상사(喪事)를 감히 힘쓰지 않음이 없으며, 술에 곤궁함을 당하지 않는 것, 이 중에 어느 것이 나에게 있겠는가."〈자한 제15장〉

〔註〕 주자가 말씀하였다. "일이 더욱 낮지만 뜻은 더욱 간절하다"

〔按〕 살펴보건대, 성인이 일의 천근한 데에서 그것을 관찰함이 이미 상세하니 도(道)는 위와 아래, 정밀함과 거침의 구별이 없기 때문이다.

〔經〕 子曰: "出則事公卿, 入則事父兄, 喪事不敢不勉, 不爲酒困, 何有於我哉."

〔註〕 朱子曰: "事愈卑而意愈切."

〔按〕 聖人於事之淺近者, 察之已審, 以道無上下精粗故也.

〔經〕 공자께서 말씀하셨다. "내 일찍이 종일토록 밥을 먹지 않으며 밤새도록 잠을 자지 않고서 생각을 하였는데 유익함이 없었다. 그것은 배우는 것만 못하였다."〈위령공 제30장〉

〔註〕 주자가 말씀하였다. "마음을 수고롭게 하여 반드시 구하려고 하는 것은 마음을 겸손히 하여 스스로 터득하는 것만 못하다."

〔按〕 살펴보건대, 부자께서 일찍이 실제로 이런 일이 있으셔서 기록하여 가르침을 남긴 것이다.

〔經〕 子曰: "吾嘗終日不食, 終夜不寢, 以思無益, 不如學也."

〔註〕 朱子曰: "蓋勞心而必求, 不如遜志而自得也."

〔按〕 夫子應嘗實有是事, 而記以垂教也.

〔經〕달항당(達巷黨)의 사람이 말하기를 "위대하구나, 공자여! 박학하였으나 어느 한 가지로 이름을 낸 것이 없구나." 하였다. 공자께서 이 말을 들으시고 뮤하의 제자들에게 다음과 같이 말씀하셨다. "내 무엇을 전문으로 잡을까? 말 모는 일을 잡을까? 아니면 활 쏘는 일을 잡을까? 내 말 모는 일을 잡겠다." 〈자한 제2장〉

〔註〕주자가 말씀하였다. "남이 자신을 칭찬하는 말을 듣고서 겸사로써 받아들인 것이다."

〔按〕살펴보건대, 여기에서 성인이 스스로 겸손해 하는 덕을 볼 수 있다. 그러나 또한 배우는 자는 마땅히 큰 도에 대해 마음을 궁구하여야지 어느 한 가지 기예로 이름을 이루어서는 안 된다는 뜻을 보이신 것이다.

〔經〕達巷黨人曰: "大哉孔子! 博學而無所成名." 子聞之謂門弟子曰: "吾何執? 執御乎? 執射乎? 吾執御矣."

〔註〕朱子曰: "聞人譽己, 承之以謙也."

〔按〕於此可見聖人自謙之德, 然亦以見學者當究心於大道, 不可以一藝而成名.

〔經〕공자께서 말씀하셨다. "군자의 도가 세 가지인데, 나는 능한 것이 하나도 없다. 인자(仁者)는 근심하지 않고, 지자(智者)는 의혹하지 않고, 용자(勇者)는 두려워하지 않는다." 〈헌문 제30장〉

〔註〕주자가 말씀하였다. "자책하여 다른 사람을 면려(勉勵)하신 것이다."

〔經〕子曰: "君子道者三, 我無能焉. 仁者不憂, 知者不惑, 勇者不懼."

〔註〕朱子曰: "自責以勉人也."

〔經〕 자공이 말하였다. "부자께서 스스로 하신 겸사이시다."〈헌문 제30장〉

〔經〕 子貢曰: "夫子自道也."

〔經〕 공자께서 말씀하셨다. "하늘이 나에게 몇 년의 수명을 빌려주어 《주역》배우는 것을 마치게 한다면 큰 허물이 없을 것이다."〈술이 제16장〉

〔註〕 주자가 말씀하였다. "성인이 일생 동안 학문을 함에 스스로 허물이 없다고 말씀하신 적이 없으셨다. 이러한 경지에 이르러 비로소 큰 허물이 없을 것이라고 말씀하신 것은 작은 허물은 있다는 듯하다. 이는 비록 겸사이지만 도리는 진실하여 무궁무진하니 말하는 자는 마땅히 이러한 것이 성인의 기상됨을 보아야 한다."

〔按〕 살펴보건대, 이상의 여러 조항은 모두 성인이 스스로 겸손해하신 말씀이다. 여기에서 덕이 더욱 성대하면 자처함이 더욱 겸손하고, 진실한 학문은 '스스로 보기에 항상 부족함'에 있다는 것을 보게 되었으니, 높고 큼을 스스로 말하는 자는 실제의 덕이 없다는 것을 이를 통해 알 수 있다.

〔經〕 子曰: "加我數年, 卒以學《易》, 可以無大過矣."

〔註〕朱子曰: "聖人一生學問, 未嘗自說無過, 至此境界, 方言無大過, 猶似有小過在, 雖是謙辭, 然道理眞實無窮盡期, 說者當看此等爲聖人氣象."

〔按〕以上諸條, 蓋聖人自謙之辭, 于以見德愈盛則自處愈卑, 而眞實學問在乎自視之恒不足. 其自言高大者無實德, 從可知矣.

〔經〕 공자께서 말씀하셨다. "세 사람이 길을 감에 반드시 나의 스승이 있으니, 그 중에 선한 것을 가려서 따르고, 선하지 못한 것을 가려서 자신의 잘못을 고쳐야 한다."〈술이 제21장〉

〔註〕 윤씨(尹氏)가 말하였다. "어진 이의 행동을 보고 나도 그와 똑같이 하기를 생각하고, 어질지 못한 이의 행동을 보고 안으로 자신을 살펴본다면, 선과 악이 모두 나의 스승일 것이니, 선에 나아감이 어찌 다함이 있겠는가."

〔經〕 子曰: "三人行, 必有我師焉. 擇其善者而從之, 其不善者而改之."
〔註〕 尹氏曰: "見賢思齊, 見不賢而內自省, 則善惡皆我師, 進善其有窮乎!"

〔經〕 위(衛)나라 공손조(公孫朝)가 자공(子貢)에게 물었다. "중니(仲尼)는 어디에서 배웠는가?" 자공이 말하였다. "문왕(文王)·무왕(武王)의 도가 아직 땅에 떨어지지 않아 사람들에게 남아 있다. 그리하여 현자는 그 큰 것을 기억하고, 어질지 못한 자들은 작은 것을 기억하고 있어서 문왕·무왕의 도를 갖고 있지 않음이 없으니, 부자께서 어디에서든 배우지 않으시며, 또 어찌 일정한 스승이 있었겠는가."〈자장 제22장〉

〔按〕 살펴보건대, 이는 자공이 부자의 학처(學處)에 대해 잘 말한 것이니, 다른 사람들은 여기에 쉽게 미치지 못한다.

〔經〕衛 公孫朝問於子貢曰: "夫子焉學?" 子貢曰: "文、武之道, 未墜於地在人, 賢者識其大者, 不賢者識其小者, 莫不有文、武之道焉. 夫子焉不學, 而亦何常師之有."

〔按〕此子貢善言夫子學處, 他人未易及此.

〔經〕 섭공(葉公)이 자로(子路)에게 공자의 인물됨을 물었는데, 자로가 대답하지 않았다. 공자께서 말씀하셨다. "너는 어찌 그 사람됨이 발분하여 먹는 것도 잊고, 이치를 깨달으면 즐거워 근심을 잊어서 늙음이 장차 닥쳐오는 것도 모른다고 말하지 않았느냐?"〈술이 제18장〉

〔註〕 주자가 말씀하였다. "학문을 좋아하는 독실함을 스스로 말씀하셨을 따름이다. 그러나 그 말을 깊이 음미해보면, 그 전체가 지극하여 순수함이 또한 그치지 않는 묘함[34]을 볼 수 있다."

〔經〕葉公問孔子於子路, 子路不對, 子曰: "女奚不曰: '其爲人也發憤忘食, 樂而忘憂, 不知老之將至云爾.'"

〔註〕朱子曰: "自言其好學之篤爾, 然深味之, 則見其全體至極, 純亦不已之妙."

---

34 순수함이……묘함 : 이는《중용》제26장에서 "《시경》에 이르기를 '하늘의 명이 아, 심원하여 그치지 않는다.'라고 하였으니, 이는 하늘이 하늘이 된 소이를 말한 것이요, '아, 드러나지 않겠는가. 문왕의 덕의 순수함이여.'라고 하였으니, 이는 문왕이 문이 되신 소이가 순수함이 또한 그치지 않음을 말한 것이다.〔詩云 : '維天之命, 於穆不已.' 蓋曰天之所以爲天也. '於乎不顯, 文王之德之純.' 蓋曰文王之所以爲文也, 純亦不已.〕"라고 한 데에 보인다. 여기에서 '역(亦)'자의 의미는 하늘의 명이 심원하여 그치지 않는데, 문왕 또한 순수하여 그치지 않음을 표현한 것이다.

〔經〕 공자께서 말씀하셨다. "성(聖)과 인(仁) 같은 것은 내 어찌 감히 자처할 수 있겠는가? 그러나 도를 행하기를 싫어하지 않으며, 남을 가르치기를 게을리 하지 않는 점은 그렇다고 말할 수 있다." 공서화(公西華)가 말하였다. "바로 이것이 저희 제자들이 미칠 수 없는 점입니다."〈술이 제33장〉

〔註〕 남헌 장씨(南軒張氏)가 말하였다. "부자께서 비록 성인으로 자처하지는 않으셨으나 이 말을 음미해보면 성인이 되신 이유를 또한 알 수 있다."

〔按〕 살펴보건대, 도를 행하기를 싫어하지 않으며, 남을 가르치기를 게을리 하지 않는 것은 인(仁)의 일이며 성(聖)의 도이다. 그러므로 말하길 "바로 이것이 저희 제자들이 미칠 수 없는 점입니다."라고 한 것이다.

〔經〕 子曰: "若聖與仁, 則吾豈敢, 抑爲之不厭, 誨人不倦, 則可謂云爾已矣." 公西華曰: "正唯弟子不能及也."

〔註〕 南軒 張氏曰: "夫子雖不居聖, 然玩味, 其所以爲聖者, 亦可得見矣."

〔按〕 爲之不厭, 誨人不倦, 是仁之事、聖之道. 故曰: "正唯弟子不能及也."

〔經〕 공자께서 말씀하셨다. "더불어 함께 배울 수는 있어도 함께 도에 나아갈 수는 없으며, 함께 도에 나아갈 수는 있어도 함께 도에 설 수는 없으며, 함께 도에 설 수는 있어도 함께 권도(權道)[35]를 행할 수는 없다."

〈자한 제29장〉

35 권도(權道) : '권(權)'은 저울의 추를 가리키는바, 물건을 저울질하여 그 경중을 아는 것인데, 이것을 가지고 권도(權道)를 비유한 것이다. 권도란 처리하기 어려운 일을 당해서 비록 정도(正道)는 아니지만 사리(事理)를 저울질하여 시의적절(時宜適切)하게 처리하는 것을 가리킨다.

〔註〕양씨(楊氏)가 말하였다. "자신을 위한 학문〔爲己之學〕을 알면 더불어 함께 배울 수 있고, 학문이 충분히 선(善)을 밝게 알 수 있은 뒤에야 함께 도(道)에 나아갈 수 있고, 도에 대한 믿음이 돈독한 뒤에야 함께 설 수 있고, 때에 맞게 조처할 줄을 안 뒤에야 함께 권(權道)를 행할 수 있는 것이다."

〔按〕살펴보건대, 더불어 함께 배울 수 있는 것은 칠십 제자들이 그런 사람들이고, 함께 도(道)에 나아갈 수 있는 것은 자유(子游)와 자하(子夏)의 무리가 그에 해당될 수 있고, 함께 설 수 있는 것은 염유(冉有)와 민자건(閔子騫)의 무리가 그에 해당될 수 있고, 함께 권도를 행할 수 있는 것은 안연(顏淵)과 증삼(曾參)의 지위에 있는 자들이 이것을 말할 수 있다. 권도는 칭경(稱經)과 반경(反經)의 차이[36]가 있다.

〔經〕子曰："可與共學, 未可與適道, 可與適道, 未可與立, 可與立, 未可與權."

〔註〕楊氏曰："知爲己, 則可共學矣. 學足以明善然後可與適道, 信道篤然後可與立, 知時之宜然後可與權."

〔按〕可與共學, 七十子是也. 可與適道, 游、夏之徒可以當之. 可與立, 冉、閔之徒可以當之. 可與權, 顏、曾地位可以語此. 權有稱經反經之異.

---

36 칭경(稱經)과 반경(反經)의 차이 : '경(經)'은 상도(常道)이다. '칭경'은 상도에 맞는 것이고 '반경'은 상도에 맞지 않는 것이다. 원래 '권(權)'에 대하여 한(漢)나라 유자들은 "상도에 어긋나더라도 도에 부합하면 된다.〔反經合道.〕"라고 해석하였는데, 송(宋)나라에 이르러 정자(程子)가 "권은 경(經)일 뿐이다."라고 주장하여 이를 그르게 여겼으며, 주자(朱子) 역시 정자의 의견을 따랐다.

〔經〕 공자께서 말씀하였다. "옛날 배우는 자들은 자신을 위한 학문을 하였는데, 지금 배우는 자들은 남을 위한 학문을 한다."〈헌문 제25장〉

〔註〕 정자가 말씀하였다. "위기(爲己)는 도를 자기 몸에 얻으려고 하는 것이요, 위인(爲人)은 남에게 인정을 받고자 하는 것이다."

〔按〕 살펴보건대, 위하는 바가 없이 배우는 것은 자신을 위한 것이고, 위하는 바가 있이 배우는 것은 남을 위한 것이다.

〔經〕 子曰: "古之學者, 爲己, 今之學者, 爲人."

〔註〕 程子曰: "爲己, 欲得之於己也. 爲人, 欲見知於人也."

〔按〕 無爲而學者, 爲己; 有爲而學者, 爲人.

〔經〕 공자께서 말씀하셨다. "군자가 후중(厚重)하지 않으면 위엄이 없으니, 학문도 견고하지 못하다. 충신(忠信)을 주로 하며, 자기와 뜻을 같이 하지 않는 자를 벗 하려 하지 말고, 허물이 있으면 고치기를 꺼려하지 말아야 한다."〈학이 제8장〉

〔註〕 면재 황씨(勉齋黃氏)가 말하였다. "밖으로는 후중하고 안으로는 충신하면 그 근본이 서고, 자기보다 나은 자를 벗하고 속히 허물을 고치면 그 덕이 진전된다."

〔按〕 살펴보건대, 자기만 못한 자를 벗 하면 뜻이 쉽게 만족하게 되고, 허물이 있는데도 고치기를 꺼리면 덕이 진전되지 않는 것이다.

〔經〕 子曰: "君子不重則不威, 學則不固. 主忠信, 無友不如己者, 過則不憚改."

〔註〕勉齋 黃氏曰: "外重厚而內忠信, 則其本立, 友勝己而速改過, 則其
德進."

〔按〕友不如己則志易盈; 過而憚改則德不進.

〔經〕 공자께서 말씀하셨다. "군자가 문(文)을 넓게 배우고 예(禮)로써 자
신을 요약하면, 또한 도에서 어긋나지 않을 것이다."〈옹야 제25장〉

〔註〕 주자가 말하였다. "배움은 넓게 하고자 하기 때문에 문(文)에 대해
서 고찰하지 않음이 없고, 자신을 지킴은 요약하고자 하기 때문에 움직일
때는 반드시 예로써 한다."

〔經〕 子曰: "君子博學於文, 約之以禮, 亦可以不畔矣夫!"
〔註〕朱子曰: "學欲其博, 故於文無不考; 守欲其要故, 其動必以禮."

〔經〕 공자께서 말씀하셨다. "유(由)야, 너는 육언(六言)과 육폐(六蔽)에
대해서 들어보았느냐?" 자로가 말하였다. "아직 들어보지 못했습니다."
공자께서 말씀하셨다. "앉거라, 내가 너에게 그것을 말해주겠다. 인(仁)만
좋아하고 배우기를 좋아하지 않으면 그 폐단은 어리석음이고, 지혜만 좋아
하고 배우기를 좋아하지 않으면 그 폐단은 방탕함이고, 믿음만 좋아하고
배우기를 좋아하지 않으면 그 폐단은 해침이고, 곧음만 좋아하고 배우기를
좋아하지 않으면 그 폐단은 급함이고, 용맹만 좋아하고 배우기를 좋아하지
않으면 그 폐단은 혼란함이고, 굳셈만 좋아하고 배우기를 좋아하지 않으면

그 폐단은 경솔함이다."〈양화 제8장〉

〔註〕 범씨(范氏)가 말하였다. "자로는 선(善)을 행하는 데에 용감하였으나, 그의 잘못은 배움을 좋아하여 그 이치를 밝히지 못하는 것이었다. 그래서 이것으로써 일러주신 것이다."

〔按〕 살펴보건대, 아름다운 덕이 있으나 배우지 않으면 폐단이 있는 것을 면하지 못한다. 이것이 군자가 배움을 귀하게 여기는 이유이다.

〔經〕 子曰: "由也, 女聞六言, 六蔽矣乎?" 曰: "未也." "居. 吾語女. 好仁不好學, 其蔽也愚; 好知不好學, 其蔽也蕩; 好信不好學, 其蔽也賊; 好直不好學, 其蔽也絞; 好勇不好學, 其蔽也亂; 好剛不好學, 其蔽也狂."

〔註〕 范氏曰: "子路勇於爲善, 其失之者, 未能好學而明之也. 故告之以此."

〔按〕 雖有美德, 不學則未免有蔽. 此君子之所以貴夫學也.

〔經〕 자로가 말하였다. "군자는 용맹을 숭상합니까?" 공자께서 말씀하셨다. "군자는 의(義)를 으뜸으로 삼으니, 군자가 용맹만 있고 의가 없으면 난을 일으키고, 소인이 용맹만 있고 의가 없으면 도둑이 된다."〈양화 제23장〉

〔註〕 윤씨(尹氏)가 말하였다. "의(義)를 숭상하면 그 용맹함이 크다."

〔按〕 살펴보건대, 의를 숭상하면 용맹은 그 가운데 있고, 용맹을 숭상하면 끝내 의를 업신여기는 지경에 이를 것이다.

〔經〕 子路問曰: "君子, 尙勇乎?" 子曰: "君子, 義以爲上, 君子有勇而無義, 爲亂; 小人有勇而無義, 爲盜."

〔註〕尹氏曰: "義以爲尙, 則其爲勇也, 大矣."
〔按〕尙義則勇在其中; 尙勇則終至於蔑義.

〔經〕 공자께서 말씀하셨다. "군자는 천하에 있어서 오로지 자기의 견해만을 주장하는 것도 없으며, 무조건 남의 의견에 반대하는 것도 없어서 오직 의(義)를 따를 뿐이다."〈이인 제10장〉

〔註〕 주자가 말하였다. "의(義)는 내 마음이 대처하는 바의 마땅함이니, 일에 있어서 응당 이렇게 해야 하는 부분을 보면 그것을 따라 응하여 다시는 고집하는 바가 없어야 한다."

〔按〕 살펴보건대, 의(義)이면 고집하고 의(義)가 아니면 반대하는 것이니, 오직 의(義) 밖에 다시 어찌 고집하고 반대함이 있겠는가.

〔經〕 子曰: "君子之於天下也, 無適也, 無莫也, 義之與比."

〔註〕 朱子曰: "義, 是吾心所處之宜者, 見事之合恁地處, 則隨而應之, 更無所執也."

〔按〕 義則適之, 非義則莫之, 惟義之外, 更何有適莫哉!

〔經〕 공자께서 말씀하셨다. "그것을 아는 것은 그것을 좋아하는 것만 못하고 그것을 좋아하는 것은 즐기는 것만 못하다."〈옹야 제18장〉

〔註〕 남헌 장씨(南軒張氏)가 말하였다. "오곡(五穀)에 비유하면, 아는 것은 그것이 먹을 수 있는 것임을 아는 것이고, 좋아하는 것은 그것을

먹고서 좋아하는 것이고, 즐거워하는 것은 그것을 좋아하여 배불리 먹는 것이다."

〔經〕子曰: "知之者, 不如好之者; 好之者, 不如樂之者."

〔註〕南軒 張氏曰: "譬之五穀, 知者, 知其可食者也; 好者, 食而嗜之者也; 樂者, 嗜之而飽者也."

〔經〕증자가 말하였다. "나는 날마다 세 가지로 나의 몸을 살피노니, 남을 위하여 일을 도모해 줌에 충성스럽지 않은가, 붕우와 더불어 사귐에 성실하지 않은가, 전수받은 것을 복습하지 않는가이다."〈학이 제4장〉

〔註〕윤씨(尹氏)가 말하였다. "증자는 지킴이 요약적이었기 때문에 행동할 때에 반드시 자신에게서 구하였다."

○ 사씨(謝氏)가 말하였다. "여러 제자들의 학문이 성인에게서 나왔으나 그 뒤에 세대가 더욱 멀어질수록 더욱 그 참됨을 잃었다. 유독 증자의 학문이 오로지 내면에 마음을 썼기 때문에 전수한 것이 폐단이 없었다."

〔經〕曾子曰: "吾日三省吾身, 爲人謀而不忠乎, 與朋友交而不信乎, 傳不習乎."

〔註〕尹氏曰: "曾子守約, 故動必求諸身."

○ 謝氏曰: "諸子之學, 皆出於聖人, 其後愈遠而愈失其眞, 獨曾子之學, 專用心於內. 故傳之無蔽."

〔經〕 증자가 병이 있자, 맹경자(孟敬子)가 문병을 왔다. 증자가 말씀하였다. "새가 장차 죽으려 할 때에는 울음소리가 애처롭고, 사람이 장차 죽으려 할 때에는 그 말이 선하다." 〈태백 제4장〉

〔註〕 주자가 말하였다. "새는 죽음을 두려워하기 때문에 울음소리가 애처롭고, 사람은 다하면 근본으로 돌아가기 때문에 말이 선하다."

〔經〕 曾子有疾, 孟敬子問之, 曾子言曰: "鳥之將死, 其鳴也哀; 人之將死, 其言也善."
〔註〕 朱子曰: "鳥畏死故, 鳴哀; 人窮返本故, 言善."

〔經〕 "군자가 귀하게 여기는 도가 세 가지 있으니, 용모를 움직일 때에는 포악함과 거만함을 멀리하고, 안색을 바르게 할 때에는 신실함에 가깝게 하고, 말을 할 때에 비루함과 이치에 위배되는 것을 멀리한다. 제기(祭器)를 다루는 등의 소소한 일로 말하면 유사(有司)〔담당자〕가 있어 하는 것이다." 〈태백 제4장〉

〔註〕 주자가 말하였다. "도는 존재하지 않는 곳이 없으나, 군자가 중하게 여기는 것은 이 세 가지에 있을 뿐이다. 이는 모두 수신의 요점이고, 정사를 하는 근본이니, 배우는 자들은 마땅히 조존(操存)하고 성찰(省察)하여 다급한 경황이나, 위급한 상황에서도 이를 어겨서는 안 된다."

〔經〕 "君子所貴乎道者三, 動容貌, 斯遠暴慢矣; 正顔色, 斯近信矣; 出辭氣, 斯遠鄙背矣, 籩豆之事則有司存矣."
〔註〕 朱子曰: "道無所不在, 然君子所重者, 在此三者而已. 是皆修身之要,

爲政之本, 學者所當操存省察, 而不可有造次顚沛之違者也."

〔經〕 자하(子夏)가 말하였다. "어진 이를 어질게 여기되 여색을 좋아하는
마음으로 바꾸며, 부모를 섬기되 능히 그 힘을 다하며, 군주를 섬기되 능히
그 몸을 바치며, 붕우와 더불어 사귀되 말함에 신실함이 있으면 비록 배우
지 않았다고 말하더라도 나는 반드시 그를 배웠다고 할 것이다."〈학이 제7장〉

〔註〕 주자가 말하였다. "남의 어짊을 어질게 여겨서 여색을 좋아하는
마음으로 바꾼다면 선을 좋아함에 성실함이 있을 것이다."
정자가 말하였다. "어진 이를 보면 안색을 바꾼다는 뜻이다. 《사기(史
記)》외국본(外國本)의 해석에는, '역(易)'을 '경(輕)'으로 풀이하였으
니,[37] 어진 이를 어질게 여기고 여색을 가벼이 여기는 것이다."

〔按〕 살펴보건대, '색(色)'은 겉모습이다. 사람이 어진 이에 대해서 겉모
습은 좋게 하지 않는 경우가 없지만 마음속의 실로 그렇지 않다. 겉모습
의 좋게 하는 것을 바꾸어 마음속에 보존하면 어진 이를 좋아하는 데에
실제가 있을 것이다.

〔註〕 주자가 말하였다. "자하(子夏)의 이 말은 자로(子路)의 '하필독서
(何必讀書)'의 설[38]과 더불어 같다. 그 유폐가 모두 학문을 폐하는 데에
이르렀다.

---

37 외국본(外國本)의……풀이하였으니 : 《사기(史記)》〈대완열전(大宛列傳)〉 중에서 역
(易)에 대한 풀이를 《사기집해(史記集解)》에서 진작(晉灼)이 경(輕)으로 풀이하고 있다.

38 자로(子路)의 '하필독서(何必讀書)'의 설 : 《논어》〈선진(先進)〉 24장(章)에 내용이
보인다.

〔按〕 살펴보건대, '수왈미학(雖曰未學)'은 그 말의 의미를 완미하면 중한 바가 배움에 있으니, 말에 병폐가 없는 듯하다.

〔經〕 子夏曰: "賢賢, 易色, 事父母, 能竭其力, 事君, 能致其身, 與朋友交, 言而有信, 雖曰: '未學', 吾必謂之學矣!"
〔註〕 朱子曰: "賢人之賢而易其好色之心, 好善有誠也."
程子曰: "見賢而變易顏色也. 外國解易輕也. 賢賢而輕色也."
〔按〕 色, 外貌也. 人於賢者, 外貌莫不好之, 而中實不然. 易其外貌之好而存於中, 則好賢有實也.
〔註〕 朱子曰: "子夏此言, 與子路何必讀書之說同, 其流蔽, 皆至於廢學."
〔按〕 '雖曰未學', 玩其辭義, 所重在學, 恐無語病.

〔經〕 자하(子夏)가 말하였다. "날마다 모르는 것을 알며, 달마다 능한 것을 잊지 않으면 배움을 좋아한다고 이를 만하다."〈자장 제5장〉

〔註〕 윤씨(尹氏)가 말하였다. "배움을 좋아한다는 것은 날마다 새롭게 하고 잊지 않는 것이다."
〔按〕 살펴보건대, 안자의 노여움을 옮기지 않고 잘못을 두 번하지 않는 것[39]은 배움을 좋아한 효험이다. 편안함과 배부름을 구하지 않고 일에 민첩하고 말을 신중히 하며, 도가 있는 이에게 나아가 자신을 바르게 한 것[40]은 배움을 좋아하는 규범이다. 이는 배움에 나아가는 공정을 말한 것이다.

---

39 안자의……것 :《논어》〈옹야(雍也)〉 2장(章)에 내용이 보인다.
40 편안함과……것 :《논어》〈학이(學而)〉 14장(章)에 내용이 보인다.

〔經〕 子夏曰: "日知其所亡, 月無忘其所能, 可謂好學也已矣."

〔註〕 尹氏曰: "好學者, 日新而不失."

〔按〕 顔子之不遷怒貳過, 好學之效也, 不求安飽敏事愼言就正有道, 好學之規範也, 此言進學之工也.

〔經〕 자하(子夏)가 말하였다. "모든 공인들이 공방에 있으면서 그 일을 이룬다. 군자는 배워서 그 도를 지극히 한다."〈자장 제7장〉

〔註〕 주자가 말하였다. "공인이 공방에 있지 않으면 다른 일에 마음이 옮겨져서 그 일이 정밀하지 못하다. 군자가 배우지 않으면 외물의 유혹에 마음을 빼앗겨서 뜻이 돈독하지 못하다."

〔經〕 子夏曰: "百工居肆, 以成其事, 君子學, 以致其道."

〔註〕 朱子曰: "工不居肆, 則遷於異物而業不精, 君子不學, 則奪於外誘而志不篤."

〔經〕 자하(子夏)가 말하였다. "벼슬하면서 여유가 있으면 배우고, 배우고서 여가가 있으면 벼슬한다."〈자장 제13장〉

〔註〕 주자가 말하였다. "벼슬하면서 배우면 벼슬하는 데에 의지하는 바가 더욱 깊고, 배우고서 벼슬하면 그 배움을 증험함이 더욱 넓어진다."

〔經〕 子夏曰: "仕而優則學; 學而優則仕."

〔註〕朱子曰: "仕而學, 則所以資其仕者, 益深; 學而仕, 則所以驗其學者, 益廣."

〔經〕자하(子夏)가 말하였다. "비록 작은 도라도 반드시 볼 만한 것이 있다. 그러나 원대함에 이르는 데에 방해가 될까 두려우니, 이 때문에 군자는 그런 것을 하지 않는다."〈자장 제4장〉

〔按〕살펴보건대, 자하는 번지(樊遲)가 농사를 배우는 것에 대해서 배우기를 청하였다가 부자의 질책을 당하는 것[41]을 보았다. 아마도 그래서 이러한 말을 한 듯하다.

〔經〕子夏曰: "雖小道, 必有可觀者焉, 致遠恐泥, 是君子不爲也."
〔按〕子夏見樊遲請學稼而遭夫子之責, 因有此言與!

〔經〕자하(子夏)가 말하였다. "큰 덕이 한계를 넘지 않으면 작은 덕은 비록 출입하더라도 괜찮다."〈자장 제11장〉

〔按〕살펴보건대, 자하는 도를 독실하게 믿고 행하였으니, 이 '소덕출입(小德出入)'의 말을 한 것은 아마도 이유가 있어서 말한 듯하다.

〔經〕子夏曰: "大德, 不踰閑, 小德, 雖出入可也."

---

41 번지가……것 : 《논어》〈자로(子路)〉 4장(章)에 내용이 보인다.

〔按〕子夏之篤信而爲此小德出入之言, 恐有爲而發也.

〔經〕자장(子張)이 말하였다. "덕을 잡아 지키는 것이 넓지 못하고, 도를 믿는 것이 독실하지 못하면 어찌 있다고 말하며 어찌 없다고 말하겠는가." 〈자장 제2장〉

〔按〕살펴보건대, 덕을 잡아 지키는 것이 넓은 자는 도를 믿음에 혹 독실하지 못하고, 도를 믿는 것이 독실한 자는 덕을 잡음에 혹 넓지 않다. 덕을 잡아 지키는 것이 넓고 도를 믿음에 독실한 것은 오직 증자만이 그렇게 하였다.

〔經〕子張曰: "執德不弘, 信道不篤, 焉能爲有, 焉能爲亡?"
〔按〕執德弘者, 信道或不篤; 信道篤者, 執德或不弘, 執德弘而信道篤, 惟曾子爲然.

〔經〕공자께서 말씀하셨다. "시(詩)에서 마음을 흥기시키며, 예(禮)에서 자신을 세우며, 악(樂)에서 온화한 성정을 완성한다." 〈태백 제8장〉

〔註〕주자가 말하였다. "이 세 가지는 소학(小學)의 전수하는 차례가 아니고, 바로 대학(大學)의 종신토록 행하여 얻는 바의 난이(難易)와 선후(先後)와 천심(淺深)이다."
〔按〕살펴보건대, 세 가지는 예(禮)가 주가 되니, 예가 아니면 감동하는 바와 기르는 바가 그 바른 것이 아닐 듯하다.

〔經〕子曰: "興於詩, 立於禮, 成於樂."

〔註〕朱子曰: "此二者, 非小學傳授之次, 乃大學終身所得之難易先後淺深也."

〔按〕三者, 以禮爲主, 非禮則所感所養, 恐非其正.

〔經〕자하(子夏)가 말하였다. "가난하되 아첨함이 없고, 부유하되 교만함이 없으면 어떻습니까?" 공자께서 말씀하셨다. "괜찮지만 가난하면서도 즐거워하며, 부유하면서도 예를 좋아하는 것만 못하다." 자공이 말하였다. "《시경》에 '자른 듯하며, 간 듯하며, 쪼아 놓은 듯하며, 간 듯하다.'라고 하였으니,⁴² 이 말은 바로 이런 점을 말한 것이로군요." 공자께서 말씀하셨다. "사(賜)는 비로소 더불어 시(詩)를 말할 만하구나. 지나간 것을 말해주니 다가올 일을 아는구나."〈학이 제15장〉

〔註〕면재 황씨(勉齋黃氏)가 말하였다. "앞의 문답은 덕의 천심(淺深)을 말하였고, 이는 시를 인용하여 배움의 소밀(疏密)을 말하였다."

〔按〕살펴보건대, 시(詩)에서 말한 바는 본래 위(衛)나라 무공(武公)의 성대한 덕의 광휘(光輝)를 칭송한 것인데 자공이 이 시를 인용하였으니, 학문이 더욱더 정밀한 것을 깨달은 것이다. 이것이 이른바 '지나간 것을 말해주니 올 것을 안다'는 것이다.

〔經〕子貢曰: "貧而無諂, 富而無驕, 何如?" 子曰: "可也, 未若貧而樂富而好禮者也." 子貢曰: "詩云: '如切如磋, 如琢如磨.' 其斯之謂與!" 子曰: "賜

---

42 시경에……하였으니 :《시경》〈기욱(淇奧)〉의 내용이다.

也, 始可與言詩而已! 告諸往而知來者!"

〔註〕勉齋 黃氏曰: "前之問答, 蓋言德之淺深, 此之引詩, 乃言學之疎密."

〔按〕詩之所言, 本爲衛武公之盛德光輝而子貢引之, 則論學之愈益精密, 此所謂告諸往而知來者也.

〔經〕 자하(子夏)가 물었다. "'예쁜 웃음에 보조개가 예쁘며, 아름다운 눈에 눈동자가 선명함이여, 흰 비단에다가 채색을 하였구나.'라고 하였으니,[43] 이는 무엇을 말한 것입니까?" 공자께서 말씀하셨다. "그림 그리는 일은 흰 비단을 마련하는 일 뒤에 하는 것이다." 자하가 말하였다. "예(禮)는 뒤이군요." 공자께서 말씀하셨다. "나를 흥기시키는 자는 상(商)이로구나. 비로소 함께 시(詩)를 말할 만하다."〈팔일 제8장〉

〔註〕주자가 말하였다. "사람이 이러한 보조개와 눈동자의 아름다운 바탕을 가지고 있고 또 화려한 채색을 더하였으니, 흰 바탕이 있는데 채색을 더한 것과 같다."

○ 사씨(謝氏)가 말하였다. "자공은 학문을 논함으로 인하여 시(詩)를 알았고, 자하는 시를 논함으로 인하여 학문을 알았다. 그래서 모두 더불어 시를 말할 수 있었다."

〔按〕살펴보건대, 사람이 이미 아름다운 바탕이 있고 또 예쁜 웃음과 눈동자의 선명함을 더한 것은 흰 바탕이 있는 데에 채색을 더한 것과 같다.

〔經〕子夏問曰: "巧笑倩兮, 美目盼兮! 素而爲絢兮', 何謂也?"子曰: "繪事

---

43 예쁜……하였으니 : 인용된 시(詩)는 일시(逸詩)이다.

後素." 曰: "禮後乎?" 子曰: "起予者, 商也. 始可與言詩已矣!"

〔註〕朱子曰: "人有此倩盼之美質, 而又加以華采之色, 如有素地而加采色也."

○ 謝氏曰: "子貢因論學而知詩; 子夏因論詩而知學. 故皆可與言詩."

〔按〕人旣有美質, 又加以巧笑目盼, 如有素地而加采色也.

〔經〕공자께서 말씀하셨다. "활 쏘는 데에 가죽을 뚫는 것을 주로하지 않음은 힘이 같지 않기 때문이니, 이것이 옛날의 도이다."〈팔일 제16장〉

〔按〕살펴보건대, 배움의 요점은 자신을 법도에 맞게 하는 것이니, 힘이 미치지 못하는 것은 혹 굳이 깊게 책망하지 않아도 되는 것이 있다.

〔經〕子曰: "射不主皮, 爲力不同科, 古之道也."

〔按〕學要納諸規矩, 力之不及, 容有不必深責.

치지에 대해 말함
言致知

〔經〕 공자께서 말씀하셨다. "배우기만 하고 사색하지 않으면 아는 것이 없고, 사색하기만 하고 배우지 않으면 위태롭다."〈위정 제15장〉

〔註〕 주자가 말씀하였다. "마음에서 구하지 않기 때문에 어두워서 얻음이 없고, 그 일을 익히지 않기 때문에 위태로워 편안하지 못하다."

〔按〕 살펴보건대, 다만 고인이 한 것만 본받고 마음에서 구하지 않으면 배운 것이 단지 거친 자취 뿐 자득의 실상이 없고, 사색에만 힘쓰고 고인에게서 질정하지 않는다면 사색한 바가 허황된 곳으로 들어가 안착할 곳이 없게 된다.

〔經〕 子曰: "學而不思則罔; 思而不學則殆."
〔註〕 朱子曰: "不求諸心, 故昏而無得; 不習其事, 故危而不安."
〔按〕 但效古人之所爲而不求之於心, 則所學者, 只是粗跡而無自得之實; 但務思索而不質之於古人, 則所思者, 入於虛荒而無安着之地.

〔經〕 공자께서 말씀하셨다. "남이 나를 알아주지 못함을 근심하지 말고, 내가 남을 알지 못함을 근심해야 한다."〈학이 제16장〉

〔註〕 윤씨가 말하였다. "군자는 자신에게 있는 것을 구하기 때문에 남이 나를 알아주지 않는 것을 근심하지 않고, 내가 남을 알지 못하면 옳고

그름과 간사하고 바름을 혹 분변할 수 없기 때문에 근심으로 삼는다."

〔按〕 살펴보건대, 남이 나를 알아주지 못함은 그 근심이 남에게 있는 것이고, 내가 남을 알아주지 못함은 나의 격물치지(格物致知)가 지극하지 못한 점이 있기 때문에 나의 근심으로 삼는다.

〔經〕 子曰 "不患人之不己, 知患不知人也."

〔註〕 尹氏曰: "君子求在我者. 故不患人之不己知, 不知人則是非邪正, 或不能知. 故以爲患也."

〔按〕 人之不知己, 其患在人. 不知人, 吾之格致有所不至, 故爲吾患.

〔經〕 공자께서 말씀하셨다. "옛 것을 충분히 익히고서 새 것을 알면, 스승이 될 수 있다."〈위정 제11장〉

〔註〕 주자가 말씀하였다. "옛 것을 충분히 익혀야 비로소 능히 새것을 알 수 있다. 옛 것을 충분히 익히지 않고 새 것을 알기를 구한다면 또한 구할 수가 없다."

〔按〕 살펴보건대, 옛 것을 충분히 익히고서 새 것을 알지 못하면 아는 것에 한계가 있고, 새 것을 알면서 옛 것을 익히지 않으면 아는 것이 쌓이지 않는다. 옛 것을 익히고서 새 것을 안 뒤에야 배움이 넓어져서 능히 여러 곳에 대응할 수 있다.

〔經〕 子曰: "溫故而知新, 可以爲師矣."

〔註〕 朱子曰: "溫故, 方能知新, 不溫故而求知新, 亦不可得而求矣."

〔按〕溫故而不知新, 則所知有限; 知新而不溫古, 則所知不蓄. 溫故而知新然後, 學博而能應衆.

〔經〕 공자께서 말씀하셨다. "유(由)야, 너에게 아는 것을 가르쳐 주겠다. 아는 것을 안다고 하고, 모르는 것을 모른다고 하는 것, 이것이 아는 것이다."〈위정 제17장〉

〔註〕 주자가 말씀하였다. "아는 것을 안다고 하고 모르는 것을 모른다고 하라.'고 하신 것이다. 이와 같이 하면 비록 혹 다 알지 못하더라도 스스로 속이는 가려짐이 없을 것이요, 또한 그 앎이 되는 것에는 해롭지 않다. 하물며 이로 말미암아 구하면 또 알 수 있는 이치가 있음에랴."

〔按〕 살펴보건대, 아는 것을 안다고 하고 모르는 것을 모른다고 하는 것이 모두 지(知)의 일이다. 그러므로 '이것이 아는 것이다.'라고 말씀하신 것이다.

〔經〕 子曰: "由, 誨女知之乎? 知之謂知之, 不知謂不知, 是知也."

〔註〕 朱子曰: "所知者則以爲知, 所不知者則以爲不知, 如此則雖或不能盡知, 而無自欺之蔽, 亦不害其爲知矣. 況由此而求之, 又有可知之理乎!"

〔按〕 以知爲知, 以不知爲不知, 是皆知之事. 故曰是知也.

〔經〕 공자께서 말씀하셨다. "여러 사람들이 그를 미워하더라도 반드시 살펴보며, 여러 사람들이 그를 좋아하더라도 반드시 살펴보아야 한다."〈위령공 제27장〉

〔按〕 살펴보건대, 맹자가 말씀하기를 "나라 사람들이 모두 '어질다'고 말하더라도 살펴보며, 나라 사람들이 모두 '죽일 만하다'고 말하더라도 살펴보아야 한다."[44]고 하였으니, 또한 이 뜻이다.

〔經〕 子曰: "衆惡之, 必察焉; 衆好之, 必察焉."
〔按〕 孟子曰: "國人皆曰賢, 察之; 國人皆曰可殺, 察之." 亦此意.

〔經〕 공자께서 말씀하셨다. "사람이 원대한 생각이 없으면 반드시 가까운 근심이 있다."〈위령공 제11장〉

〔註〕 소씨(蘇氏)가 말하였다. "사람이 밟는 것은 발을 용납하는 이외에는 모두 무용지지(無用之地)가 되나 버릴 수 없는 것이다. 그러므로 생각이 천리밖에 있지 않으면 근심이 앉은 자리의 아래에 있게 된다."
〔按〕 살펴보건대, 원대한 생각은 생각이 두루 미쳐 심원한 것을 말하고, 가까운 것을 버려두고 먼 것을 생각하는 것을 말하는 것이 아니다.

〔經〕 子曰: "人無遠慮, 必有近憂."
〔註〕 蘇氏曰: "人之所履者, 容足之外, 皆爲無用之地, 不可廢, 故慮不在千里之外, 則患在几席之下矣."
〔按〕 遠慮, 謂慮之周遍深遠, 非謂舍近而慮遠也.

---

44 나라……한다:《맹자》〈양혜왕 하〉제7장에 나오는 내용이다.

〔經〕 공자께서 말씀하셨다. "남이 나를 속일 것을 미리 생각하지 않으며, 남이 나를 믿지 않을 것을 억측하지 않으나, 또한 먼저 그런 의도를 깨닫는 것이 현명한 것이다."〈헌문 제33장〉

〔註〕 양씨(楊氏)가 말하였다. "군자는 성실함에 한결같이 할 뿐이다. 그러나 성실하고서 밝지 않은 자는 있지 않다. 그러므로 비록 남이 나를 속일까 역탐하지 않고 남이 나를 믿어주지 않을까 억측하지 않으나 항상 먼저 깨닫는 것이다."

〔經〕 子曰: "不逆詐, 不億不信, 抑亦先覺者, 是賢乎!"

〔註〕 楊氏曰: "君子, 一於誠而已. 然未有誠而不明者也. 故雖不逆詐, 不億不信而常先覺."

〔經〕 "당체(唐棣)의 꽃이여, 바람에 펄럭이는구나. 어찌 그대를 생각하지 않으리오마는 집이 멀어서 가지 못한다." 공자께서 말씀하셨다. "생각하지 않을지언정 어찌 집이 멂이 있겠는가."〈자한 제30장〉

〔按〕 살펴보건대, 생각이 지극하면 아무리 멀어도 이르지 못할 곳이 없다.

〔經〕 "唐棣之華, 偏其反而. 豈不爾思? 室是遠而." 子曰: "未之思也, 夫何遠之有."

〔按〕 思之至, 則無遠不到爾.

〔經〕 공자께서 말씀하셨다. "누가 밖을 나갈 적에 문을 경유하지 않는가. 그런데 어찌하여 이 도(道)를 따르는 이가 없는가."〈옹야 제15장〉

〔註〕 홍씨(洪氏)가 말하였다. "나갈 적에는 문을 거쳐야 함을 알면서도 행동할 때에 반드시 도를 따라야 함을 알지 못하니, 도가 사람을 멀리하는 것이 아니라 사람이 스스로 도를 멀리 하는 것이다."

〔經〕 子曰: "誰能出不由戶, 何莫由斯道也!"
〔註〕 洪氏曰: "知出必由戶, 而不知行必由道, 非道遠人, 人自遠爾."

〔經〕 공자께서 말씀하셨다. "아침에 도를 들으면 저녁에 죽어도 괜찮다."
〈이인 제8장〉

〔註〕 정자가 말씀하였다. "사람은 도를 알지 않으면 안 되니, 만약 도를 얻어 들는다면 비록 죽더라도 괜찮다."
○ 주자가 말씀하였다. "도는 사물의 당연한 이치이니, 도를 얻어 들는다면 살아서는 이치에 순응하고, 죽어서는 편안하여 다시 여한이 없을 것이다."
〔按〕 살펴보건대, 도를 들으면 일생의 일을 깨닫기 때문에 비록 죽더라도 괜찮다.

〔經〕 子曰: "誰不由戶, 何莫由斯道也!"[45]

45 《논어》〈옹야(雍也)〉 15장의 원문에서 '能出'자가 빠져 있다. 원래 본문이 앞에 있는 것으로 보아 이 문장은 잘못 들어간 듯하다.

〔經〕 子曰: "朝聞道, 夕死可矣."

〔註〕 程子曰: "人不可以不知道, 苟得聞道, 雖死可也."

○ 朱子曰: "道者, 事物當然之理, 苟得聞之, 則生順死安, 無復遺恨."

〔按〕 聞道則了得一生事. 故雖死可也.

〔經〕 자장이 물었다. "십세(十世)의 뒤를 알 수 있습니까?" 공자께서 말씀하셨다. "은(殷)나라는 하(夏)나라의 예(禮)를 인습하였으니, 손익(損益)한 것을 알 수 있으며, 주(周)나라는 은(殷)나라의 예를 인습하였으니, 손익한 것을 알 수 있다. 혹시라도 주(周)나라를 계승하는 자가 있다면 비록 백세(百世) 뒤의 일이라도 알 수 있을 것이다."〈위정 제23장〉

〔註〕 주자가 말씀하였다. "삼강오상의 대체(大體)는 삼대가 서로 이었으니, 모두 그것을 인습하고 바꾸지 않았다. 손익한 것은 문장과 제도에 약간 지나치거나 미치지 못한 것에 불과할 뿐이었는데 이미 그러한 자취를 이제 모두 볼 수 있으니, 지금 이후에 혹 주(周)나라를 잇는 왕자(王者)가 있다면, 비록 백세의 먼 훗날이라도 인습하고 변혁한 것 또한 이러한 것에 불과할 뿐이니, 어찌 십세(十世)일 뿐이겠는가. 성인이 미래의 일을 아는 것이 이와 같으니, 후세의 참위설(讖緯說)이나 술수학(術數學)과는 같지 않다."

〔經〕 子張問: "十世可知也?" 子曰: "殷因於夏禮, 所損益, 可知也; 周因於殷禮, 所損益, 可知也, 其或繼周者, 雖百世可知也."

〔註〕 朱子曰: "三綱五常之大體, 三代相繼, 皆因之而不能變, 其所損益, 不過文章制度小過不及之間, 而其已然之跡, 今皆可見, 則自今以往, 或有

繼周而王者, 雖百世之遠, 所因所革, 亦不過此, 豈但十世而已乎! 聖人所
以知來者, 蓋如此, 非若後世讖緯術數之學也."

〔經〕 공자께서 자공(子貢)에게 말씀하셨다. "네가 회(回)와 더불어 누가
나으냐?" 자공이 대답하였다. "제가 어찌 감히 회를 바라보겠습니까? 회는
하나를 들으면 열을 알고, 저는 하나를 들으면 둘을 압니다." 공자께서 말씀
하셨다. "너는 회만 못하다. 나는 네가 회만 못함을 허여한다."〈공야장 제8장〉

〔註〕 주자가 말씀하였다. "무릇 사람들은 자신이 미치지 못하는 점이
있음을 대부분 스스로 알지 못한다. 비록 알더라도 또 굴복하려 하지
않는다. 자공이 안자에게 스스로 굴복한 것과 같은 경우는 고명(高明)하
다고 이를 만하다."

〔經〕 子謂子貢曰: "女與回也, 孰愈?" 對曰: "賜也, 何敢望回. 回也, 聞一
以知十, 賜也, 聞一以知二." 子曰: "弗如也, 吾與女, 弗如也."

〔註〕 朱子曰: "凡人有不及處, 多不能自知, 雖知, 亦不肯屈服, 如子貢自
屈於顔子, 可謂高明."

〔經〕 자장(子張)이 밝음을 묻자, 孔子께서 말씀하셨다. "서서히 젖어드는
참소와 피부로 받는 하소연이 행해지지 않는다면 밝다고 이를 만하다.
서서히 젖어드는 참소와 피부로 받는 하소연이 행해지지 않는다면 멀다고
이를 만하다."〈안연 제6장〉

〔按〕 살펴보건대, 남을 헐뜯는 것은 점점 젖어들고 스며들어서 마치 물이

물건을 적시는 것과 같고, 자기를 하소연 하는 것은 빠르게 다가와 참혹하고 박절하여 마치 바늘이 피부를 찌르는 것과 같다. 그런데도 오히려 잘 살펴서 가려지지 않으면 밝음이 멀다고 할 수 있다.

〔經〕 子張問明, 子曰: "浸潤之譖, 膚受之愬, 不行焉, 可謂明也已矣. 浸潤之譖, 膚受之愬, 不行焉, 可謂遠也已矣."
〔按〕 毁人者, 漸而浸漬, 如水之潤物; 愬己者, 驟而慘切, 如針之刺膚, 而猶能察而不蔽, 則可謂明之遠矣.

〔經〕 자공(子貢)이 물었다. "한 고을 사람들이 모두 좋아하면 어떻습니까?" 공자께서 말씀하셨다. "옳지 않다." 자공이 물었다. "한 고을 사람들이 모두 미워하면 어떻습니까?" 공자께서 말씀하셨다. "옳지 않다. 그것은 한 고을 사람 중에 선한 자가 좋아하고, 한 고을 사람 중에 악한 자가 싫어하는 것만 못하다."〈자로 제24장〉

〔按〕 살펴보건대, 한 고을 사람 중에 선하지 않은 자가 현인과 군자에 대해서 혹 감히 드러내 놓고 배격하지 않음이 있더라도 그의 마음 한편에는 절로 좋지 않은 점이 있으니, 이것이 또한 그를 싫어하는 실상이 된다.

〔經〕 子貢問曰: "鄉人, 皆好之何如?" 子曰: "未可也." 鄉人, 皆惡之何如? 曰: "未可也. 不如鄉人之善者好之, 其不善者惡之."
〔按〕 鄉人之不善者, 於賢人君子, 容有不敢顯然排擊, 其一邊心裡, 自有不好底, 此亦爲惡之之實.

〔經〕 계문자(季文子)가 세 번 생각한 뒤에 행하였는데, 공자께서 이 말을 들으시고 말씀하셨다. "두 번이면 가(可)하다."〈공야장 제19장〉

〔註〕 정자가 말씀하였다. "악한 일을 하는 자는 일찍이 생각이 있음을 알지 못한다. 생각함이 있으면 선을 행한다. 그러나 두 번 생각하는 데에 이르면 이미 분명하고, 세 번 살피면 사사로운 마음이 일어나 도리어 현혹된다."

〔按〕 살펴보건대, 이치를 궁구할 때에는 마땅히 심사숙고해야 하고, 일을 할 때에는 두 번 생각함이 옳다. 세 번 생각하면 미혹이 일어난다.

〔經〕 季文子三思而後行, 子聞之曰: "再斯可矣."

〔註〕 程子曰: "爲惡之人, 未嘗知有思, 有思則爲善. 然至於再, 則已審, 三則私意起而反惑矣."

〔按〕 窮理則當深思熟考, 至當行事則再思可矣, 三則惑起矣.

〔經〕 자장(子張)이 선인(善人)의 도에 대해서 물었다. 공자께서 말씀하셨다. "성인의 자취를 밟지 않더라도 악한 일을 하지 않지만 또한 그렇다고 성인의 경지에는 들어가지 못한다."〈선진 제19장〉

〔註〕 정자가 말씀하였다. "선인은 비록 옛 자취를 따르지 않더라도 저절로 악한 일을 하지는 않는다. 그러나 또한 성인의 경지에는 들어가지 못한 자이다."

〔經〕 子張問善人之道, 子曰: "不踐跡, 亦不入於室."

〔註〕程子曰: "善人, 雖不必踐舊跡, 而自不爲惡, 然亦不能入聖人之室也."

〔經〕 공자께서 말씀하셨다. "마을의 풍속이 인후한 것이 아름다운 것이 되니, 거처를 가려서 인후한 곳에 살지 않으면 어찌 지혜롭다고 할 수 있겠는가.〈이인 제1장〉

〔註〕 주자가 말씀하였다. "마을에 인후한 풍속이 있는 것이 아름다운 것이 되니, 마을을 택하되 이러한 곳에 살지 않으면 그 시비의 본심을 잃어서 지혜가 될 수 없다."

〔按〕 살펴보건대, 마을을 택하되 인(仁)한 마을에 처하는 것이 오히려 아름다운 일이 되는데 술(術)을 택하되 인(仁)에 처하지 않는다면 어찌 지혜로운 사람이 될 수 있겠는가.

〔經〕 子曰: "里仁爲美, 擇不處仁, 焉得知?"

〔註〕 朱子曰: "里有仁厚之俗爲美, 擇里而不居於是焉, 則失其是非之本心, 而不得爲知矣."

〔按〕 擇里而處於仁里, 猶爲美事, 擇術而不處於仁, 安得爲知乎?

〔經〕 공자께서 말씀하셨다. "장문중(臧文仲)이 큰 거북을 보관하되 기둥머리의 두공(斗栱)에는 산을 조각하고 들보 위의 동자기둥에는 수초인 마름을 그렸으니, 어찌 지혜롭다 하겠는가."〈공야장 17장〉

〔註〕 주자가 말씀하였다. "당시 사람들은 장문중을 지혜롭다고 하였다.

공자께서 '그가 인간의 도의(道義)를 힘쓰지 않고 귀신에게 아첨하고 친압함이 이와 같았으니, 어떻게 지혜롭다 하겠는가.'라고 말씀하신 것이다."

〔經〕 子曰: "臧文仲, 居蔡, 山節藻梲, 何如其知也?"

〔註〕 朱子曰: "當時以文仲爲知, 孔子言: '其不務民義, 而諂瀆鬼神如此, 安得知?'"

〔經〕 공자께서 말씀하셨다. "영무자(甯武子)는 나라에 도가 있을 때에는 지혜로웠고, 나라에 도가 없을 때에는 어리석었으니, 그의 지혜는 남들도 미칠 수 있지만, 그의 어리석음은 남들이 미칠 수 없다."〈공야장 제20장〉

〔註〕 주자가 말씀하였다. "무자(武子)가 위나라에 벼슬했을 때 모든 그의 처신은 지혜롭고 재주 있는 사람들이 모두 깊이 피하고 즐겨 하지 않는 것이었는데, 마침내 자기 몸을 보전하고 그 임금을 구제할 수 있었으니, 이는 그의 어리석음을 따를 수 없는 것이다."

〔按〕 살펴보건대, 무자(武子)가 문공의 때를 당하여 볼만한 일이 없었다. 그러나 그가 처한 바의 어리석음으로 그의 지혜로움을 알 수 있다. 이 장의 뜻은 오로지 그의 어리석음은 남들이 미칠 수 없다는 것을 주로 하였으니, 그의 지혜로움은 남들도 미칠 수 있다는 것은 깊이 살펴볼 필요가 없다.

〔經〕 子曰: "甯武子, 邦有道則知; 邦無道則愚, 其知可及也; 其愚不可及也."

〔註〕朱子曰: "武子仕衛, 凡其所處, 皆知巧之士所深避, 而不肯爲者, 而能卒保其身, 以濟其君, 此其愚之不可及也."

〔按〕武子, 當文公之時, 無事可見. 然以其所處之愚, 可知其知爾. 此章之意, 專主乎其愚之不可及, 其知之可及處, 不必深考.

〔經〕자공(子貢)이 사람들을 비교하였는데, 공자께서 말씀하셨다. "사(賜)는 어진가보다. 나는 그럴 겨를이 없노라."〈헌문 제31장〉

〔註〕주자가 말씀하였다. "인물을 비교하여 그 장단을 따지는 것 또한 이치를 궁구하는 일이다. 그러나 오로지 이것을 하는 데에만 힘쓰면 마음이 밖으로 내달려서 스스로를 다스리는 것에 소홀해진다."

〔經〕子貢方人, 子曰: "賜也, 賢乎哉! 夫我則不暇."

〔註〕朱子曰: "比方人物, 較其長短, 亦窮理之事. 然專務爲此, 則心馳於外, 而所以自治者疎矣."

〔經〕공자께서 말씀하셨다. "더불어 말할 만한데도 말하지 않으면 사람을 잃고, 더불어 말할 만하지 않은데도 말하면 말을 잃으니, 지혜로운 자는 사람을 잃지 않고, 또한 말을 잃지 않는다."〈위령공 제7장〉

〔按〕살펴보건대, 먼저 사람을 알아보는 밝음이 있은 뒤에 사람을 잃지 않고, 또한 말을 잃지 않는다.

〔經〕子曰: "可與言而不與之言, 失人; 不可與言而與之言, 失言. 知者不失人, 亦不失言."

〔按〕先有知人之明, 然後不失人, 亦不失言.

〔經〕공자께서 말씀하셨다. "그가 하는 것을 살펴보고, 그가 말미암는 바를 살펴보고, 그가 편안하게 여기는 바를 살펴보면, 사람이 어찌 숨길 수 있겠는가, 사람이 어찌 숨길 수 있겠는가."〈위정 제10장〉

〔註〕정자가 말씀하였다. "나에게 있는 것은 능히 남의 말을 알고 이치를 궁구하는 것이니, 이것으로 남을 관찰하기를 성인과 같이 할 수 있다."

〔按〕살펴보건대, 이것은 공자께서 사람을 가르치고 사람을 관찰하는 법이다. 그러나 성인이 사람을 관찰하는 것은 또한 이에 불과하다. 다만 성인은 한번 눈을 들면 곧 분명하게 아니, 뭇 사람들이 마디마디 살펴보는 것과는 같지 않다.

〔經〕子曰: "視其所以, 觀其所由, 察其所安, 人焉廋哉! 人焉廋哉!"

〔註〕程子曰: "在己者, 能知言窮理, 則能以此察人如聖人也."

〔按〕此孔子教人觀人之法. 然聖人觀人, 亦不過此, 但聖人一舉目便了然, 不似衆人節節着眼.

〔經〕공자께서 말씀하셨다. "말은 뜻이 통하게 할 뿐이다."〈위령공 제40장〉

〔註〕주자가 말씀하였다. "말은 뜻이 통하게 함을 취할 뿐이요, 풍부하고

화려함을 뛰어난 것으로 삼지 않는다."

〔按〕 살펴보건대, 문장이 따르고 이치가 순한 뒤에 말의 뜻이 통할 수 있다.

〔經〕 子曰: "辭, 達而已矣."

〔註〕 朱子曰: "辭, 取達意而止, 不以富麗爲工."

〔按〕 文從理順而後, 辭可達.

〔經〕 공자께서 말씀하셨다. "너희들은 어찌 시(詩)를 배우지 않느냐. 시를 배우면 마음을 흥기시킬 수 있고, 잘잘못을 살필 수 있고, 남들과 두루 화합할 수 있고, 알아주지 않음을 원망할 수 있으며, 가까이는 어버이를 섬기고, 멀리는 군주는 섬기며, 새와 짐승, 풀과 나무의 이름을 많이 알게 된다."〈양화 제9장〉

〔註〕 주자가 말씀하였다. "인륜의 도가 시에 갖추어지지 않음이 없으니, 이 두 가지[46]는 무거운 것을 들어서 말한 것이다."

〔按〕 살펴보건대, 흥기할 수 있고 살필 수 있고 무리를 지을 수 있고 원망할 수 있은 뒤에 가까이는 어버이를 섬길 수 있고, 멀리는 군주를 섬길 수 있다.

〔經〕 子曰: "小子, 何莫學夫詩? 詩可以興, 可以觀, 可以羣, 可以怨, 邇之事父, 遠之事君, 多識於鳥獸草木之名."

46 이 두 가지 : 어버이와 임금을 섬기는 것을 가리킨다.

〔註〕朱子曰: "人倫之道, 詩無不備, 二者, 擧重而言."

〔按〕可以興觀群怨而後, 邇可事父, 遠可事君.

〔經〕공자께서 말씀하셨다. "《시경》300편을 외우는데도, 정사를 맡겼을 때에 통달하지 못하고, 사방에 사신으로 갔을 때에 능히 전적으로 대응하지 못하면, 비록 시를 많이 외우더라도 어디에 쓰겠는가."〈자로 제5장〉

〔註〕주자가 말씀하였다. "《시경》의 시는 인정에 근본하고, 사물의 이치를 포괄하여 풍속의 성쇠를 징험하고 정치의 잘잘못을 볼 수 있다. 그 말들이 온후하고 화평하여 풍자해서 깨우침에 뛰어나므로 시를 외우는 자는 반드시 정치에 통달하고 말에 능한 것이다."

〔按〕살펴보건대, 시에서 얻음이 있으면 정(情)과 성(性)을 바로잡고, 사리에 통달하고, 풍자하여 깨우침에 뛰어날 수 있으므로 정사에 종사할 수 있고 사신으로 가서 능히 전적으로 대응할 수 있다.

〔經〕子曰: "誦《詩》三百, 授之以政, 不達, 使於四方, 不能專對, 雖多亦奚以爲."

〔註〕朱子曰: "詩本人情, 該物理, 可以驗風俗之盛衰, 見政治之得失, 其言溫厚和平, 長於諷諭. 故誦之者, 必達於政而能言也."

〔按〕得於詩則可以正情性, 達事理, 長於諷諭. 故可以從政而能專對.

〔經〕공자께서 백어(伯魚)에게 말씀하셨다. "너는 〈주남(周南)〉과 〈소남(召南)〉을 배웠느냐? 사람으로서 〈주남〉과 〈소남〉을 배우지 않으면 바로

담장을 마주하여 서있는 것과 같은 것이다."〈양화 제10장〉

〔按〕 살펴보건대, 〈주남〉과 〈소남〉은 부부가 처신하는 도에 대해서 많이 말하였다. 부부는 인륜의 지극히 가까운 사이이니, 여기에서 처할 바를 모른다면 한 걸음도 앞으로 나아갈 수 없다.

〔經〕 子謂伯魚曰: "女爲〈周南〉·〈召南〉矣乎? 人而不爲〈周南〉·〈召南〉, 其猶正墻面而立也與!"

〔按〕〈周南〉、〈召南〉, 多言處夫婦之道. 夫婦, 人倫之至近, 於此而不知所處, 則一步不能前進矣.

〔經〕 공자께서 말씀하셨다. "정(鄭)나라에서 외교문서를 만들 때에 비침(裨諶)이 초고를 만들고, 세숙(世叔)[47]이 토론하고, 행인(行人)[48] 자우(子羽)[49]가 다듬고, 동리(東里)의 자산(子産)이 윤색하였다."〈헌문 제9장〉

〔註〕 주자가 말씀하였다. "정나라에서 외교문서를 만들 때에는 반드시 이 네 현자의 손을 거쳐 이루어서 상세하고 정밀함에 각기 그 장점을 다하였다. 그러므로 제후들과 응대할 적에 실패하는 일이 적었다."

〔經〕 子曰: "爲命, 裨諶草創之, 世叔討論之, 行人子羽修飾之, 東里子産潤色之."

47 세숙(世叔): 유길(游吉)이니,《춘추좌씨전》에서는 자태숙(子太叔)으로 되어 있다.
48 행인(行人): 사신을 접대하는 등 사신에 관한 일을 맡은 관직이다.
49 자우(子羽): 공손휘(公孫揮)이다.

〔註〕朱子曰: "鄭國之爲辭命, 必煩此四賢之手而成, 詳審精密, 各盡所長. 是以應對諸侯, 鮮有敗事."

〔經〕 공자께서 말씀하셨다. "내가 사람에 대해서 누구를 깎아내리고, 누구를 과하게 칭찬하겠는가? 만일 칭찬하는 바가 있다면, 아마 시험한 바가 있어서일 것이다. 이 백성들은 삼대(三代)[50]에 곧은 도로 행하던 이들이다."〈위령공 제24장〉

〔註〕 윤씨가 말하였다. "공자께서 사람에 대해 어찌 헐뜯거나 과찬함에 뜻을 두셨겠는가. 칭찬하신 것은 시험해 보아서 그의 아름다움을 아셨기 때문이다. 이 사람들은 삼대(三代)에 정직한 도(道)를 행하던 사람들이니, 어찌 그 사이에 사(私)를 용납할 수 있겠는가."

〔按〕 살펴보건대, 지금의 백성은 또한 삼대의 백성이다. 다만 교화가 밝아지지 못했기 때문에 삼대에 곧은 도로 행한 것과는 같지 않다. 만약 시험한 바가 있어서 그 선함을 알면 또한 어찌 미리 일컫지 않을 수 있겠는가.

〔經〕 子曰: "吾之於人也, 誰毀誰譽? 如有所譽者, 其有所試矣. 斯民者, 三代之所以直道而行也."

〔註〕 尹氏曰: "孔子之於人也, 豈有意毀譽哉! 其所以譽之者, 蓋試而知其美故也. 斯民也, 三代所以直道而行也, 豈得容私於其間哉!"

〔按〕 今時之民, 亦三代之民, 只因敎化不明. 故不似三代之直道而行也, 若有所試而知其善, 則亦安得不預爲之稱哉!

---

50 삼대(三代): 하(夏)·은(殷)·주(周)를 말한다.

〔經〕애공이 재아에게 사(社)에 대하여 물으니, 재아가 대답하기를 "하후씨는 소나무를 심어 사(社)의 신주로 사용하였고, 은나라 사람들은 잣나무를 사용하였고, 주나라 사람들은 밤나무를 사용하였으니, 밤나무를 사용한 이유는 백성들로 하여금 전율을 느끼게 하려고 해서였습니다." 하였다. 공자께서 이를 들으시고 말씀하셨다. "내 이루어진 일이라 말하지 않으며, 다 된 일이라 간하지 않으며, 이미 지나간 일이라 탓하지 않는다."〈팔일 제21장〉

〔註〕윤씨가 말하였다. "옛날에는 각각 토질에 맞는 나무로써 그 사(社)에 이름을 붙였을 뿐이고, 나무에서 뜻을 취한 것은 아니었다. 재아가 이것을 알지 못하고 함부로 대답하였기 때문에 공자께서 꾸짖으신 것이다."
〔按〕살펴보건대, 알지 못하면서 아는 체하였으니, 심하구나. 재아의 알지 못함이여.

〔經〕哀公, 問社於宰我, 宰我對曰: "夏后氏以松, 殷人以栢, 周人以栗, 曰使民戰栗." 子聞之曰: "成事不說, 遂事不諫, 旣往不咎."
〔註〕尹氏曰: "古者, 各以所宜木名其社, 非取義於木也, 宰我不知而妄對. 故夫子責之.
〔按〕以不知而爲知, 甚矣, 宰我之不知也!

〔經〕공자께서 말씀하셨다. "누가 미생고를 정직하다 하는가? 어떤 사람이 초〔醯〕를 빌리려 하자, 그의 이웃집에서 빌어다가 주는구나."〈공야장 제23장〉

〔註〕정자가 말씀하였다. "미생고가 정직하지 못함은 비록 작지만 정직함을 해침은 크다."

〔按〕 살펴보건대, 뜻을 굽혀 남을 따르는 것은 정직과 다른 점이 있다. 모든 일을 행할 때에 조금이라도 엄호(掩護)하는 뜻이 있으면 바로 이것이 정직하지 못함이다.

〔經〕 子曰: "孰謂微生高直? 或乞醯[51]焉, 乞諸其隣而與之."
〔註〕 程子曰: "微生高所枉雖小, 害直爲大."
〔按〕 曲意循物, 有異乎直, 行凡事, 有一毫掩護之意, 便是不直.

〔經〕 공자께서 말씀하셨다. "맹지반(孟之反)[52]은 공을 자랑하지 않았다. 패주하면서 후미에 처져 있다가 장차 도성 문을 들어오려 할 적에 말을 채찍질하며 '내 감히 용감하여 뒤에 있었던 것이 아니요, 말이 전진하지 못한 것이다.' 하였다."〈옹야 제13장〉

〔註〕 사씨(謝氏)가 말하였다. "사람이 능히 남보다 앞서려고 하지 않는 마음을 갖는다면 인욕이 날로 사라지고 천리가 날로 밝아질 것이니, 자기를 자랑하고 남에게 과시할 수 있는 것들은 모두 말할 것이 못된다."
〔按〕 살펴보건대, 공명(功名)이 마음에 얽매이지 않은 뒤에 능히 자신을 자랑하지 않을 수 있다.

---

51 醯 : 저본에는 '해(醢)'로 되어 있다. 대전본《논어집주》에 의거하여 수정하였다.
52 맹지반(孟之反) : '맹씨성인 반(反)'이라는 뜻으로 '지(之)'는 조사이다.《맹자》〈이루 하(離婁下)〉제24장에 보이는 유공지사(庾公之斯)와 윤공지타(尹公之他) 역시 같은 경우이다.

〔經〕子曰: "孟之反, 不伐. 奔而殿, 將入門, 策其馬曰: '非敢後也, 馬不進也.'"

〔註〕謝氏曰: "人能操無欲上人之心, 則人欲日消天理日明, 而凡可以矜己誇人者, 皆無足道矣."

〔按〕功名不累於心, 然後能不伐.

〔經〕공자께서 말씀하셨다. "맹공작(孟公綽)[53]은 조(趙)・위(魏)와 같은 경대부 집안의 가로(家老)가 되기에는 넉넉하겠지만, 등(滕)나라와 설(薛)나라의 대부가 될 수는 없다."〈헌문 제12장〉

〔註〕주자가 말씀하였다. "맹공작은 청렴하고 욕심이 적으나, 재능이 부족한 자인 듯하다."

〔經〕子曰: "孟公綽, 爲趙魏老則優, 不可以爲滕薛大夫."

〔註〕朱子曰: "公綽, 蓋廉靜公正而短於才者也.

〔經〕공자께서 말씀하셨다. "관중(管仲)의 기국이 작구나." 혹자가 물었다. "관중은 검소했습니까?" 공자께서 말씀하셨다. "관씨(管氏)는 삼귀(三歸)[54]를 두었으며, 관청의 일을 겸직시키지 않았으니, 어찌 검소하다고

---

53 맹공작(孟公綽): 노(魯)나라 대부이다.

54 삼귀(三歸): 《논어집주》에서 주자는 "삼귀는 대(臺)의 이름이니, 이에 대한 일이 유향(劉向)의 《설원(說苑)》에 보인다."고 하였다. 일설에는 세 여자에게 장가드는 것을

할 수 있겠는가." 혹자가 물었다. "그렇다면 관중은 예를 알았습니까?" 공자께서 말씀하셨다. "한 나라의 군주여야 병풍으로 문을 가릴 수 있는데 관씨도 병풍으로 문을 가렸으며, 한 나라의 군주여야 두 군주가 우호로 만날 때에 반점(反坫)[55]을 두는데 관씨도 반점을 두었으니 관씨가 예를 안다면 누가 예를 알지 못하겠는가."〈팔일 제22장〉

〔註〕 정자가 말씀하였다. "사치하여 예를 범하였으니, 그 기국이 작음을 알 만하다. 기국이 컸다면 스스로 예를 알아 이러한 잘못이 없었을 것이다."
〔按〕 살펴보건대, 삼귀를 두고 가신의 일을 겸직시키지 않음은 사치하여 가득 찬 것이며, 병풍으로 문을 가리고 반점을 둔 것은 참람하여 넘친 것이다. 이 두 가지는 모두 기국이 작은 징험이다. 기국이 크면 가득차고 넘치는 일이 절로 없을 것이다.

〔經〕 子曰: "管仲之器, 小哉." 或曰: "管仲儉乎?" 曰: "管氏, 有三歸, 官事不攝, 焉得儉?" "然則管仲, 知禮乎?" 曰: "邦君, 樹塞門, 管氏, 亦樹塞門, 邦君, 爲兩君之好, 有反坫, 管氏, 亦有反坫, 管氏而短禮, 孰不知禮?"
〔註〕 程子曰: "奢而犯禮, 其器之小, 可知. 盖器大則自得禮而無此失矣."
〔按〕 有三歸, 官事不攝, 奢而盈; 樹塞門, 有反坫, 僭而溢. 二者, 皆器小之驗, 器大則自無盈溢之事.

〔經〕 어떤 사람이 자산(子産)에 대해서 물었다. 공자께서 말씀하셨다. "자

삼귀라고 하는바, 이는 '귀(歸)'를 여자가 시집가는 것으로 해석한 것이다.
55 반점(反坫) : 술잔을 올려놓는 잔대이다.

산은 은혜로운 사람이다." 어떤 사람이 자서(子西)⁵⁶에 대해서 물었다. 공자께서 말씀하셨다. "그 사람이여. 그 사람이여." 어떤 사람이 관중(管仲)에 대해서 물었다. 공사께서 말씀하셨다. "이 사람이 백씨(伯氏)⁵⁷의 병읍(騈邑) 300호(戶)를 빼앗았는데 백씨는 거친 밥을 먹으면서 종신토록 원망하는 말이 없었다."〈헌문 제10장〉

〔註〕 주자가 말씀하였다. "관중의 덕은 그 재주를 이기지 못하였고, 자산의 재주는 그 덕을 이기지 못하였다. 그러나 성인의 학문에 대해서는 한결같이 들은 것이 없었다."

〔經〕 或問子産, 子曰: "惠人也." 問子西, 曰: "彼哉, 彼哉." 問管仲, 曰: "人也, 奪伯氏騈邑三百, 飯疏食, 沒齒無怨言."
〔註〕 朱子曰: "管仲之德, 不勝其才; 子産之才, 不勝其德. 然於聖人之學, 則槩乎其未有聞也."

〔經〕 자로(子路)가 말하였다. "환공(桓公)이 공자(公子) 규(糾)를 죽였는데 소홀(召忽)은 그때 죽고, 관중(管仲)은 죽지 않았으니, 관중은 인(仁)하지 않다고 하겠습니다." 공자께서 말씀하셨다. "환공이 제후들을 규합하되 병거(兵車)를 쓰지 않은 것은 관중의 힘이었으니, 누가 그의 인(仁)만 하겠는가. 누가 그의 인(仁)만 하겠는가."〈헌문 제17장〉

〔註〕 주자가 말씀하였다. "관중이 비록 인인(仁人)이 될 수는 없으나,

---

56 자서(子西) : 초(楚)나라 공자(公子) 신(申)이다.
57 백씨(伯氏) : 제(齊)나라 대부이다.

그 혜택이 사람들에게 미쳤으니 인(仁)의 공(功)이 있는 것이다."

〔經〕 子路曰: "桓公, 殺公子糾, 召忽死之, 管仲不死, 曰未仁乎." 子曰: "桓公, 九合諸侯, 不以兵車, 管仲之力也. 如其仁, 如其仁."

〔註〕 朱子曰: "管仲, 雖未得爲仁人, 而其利澤及人, 則有仁之功矣."

〔經〕 자공(子貢)이 말하였다. "관중은 인(仁)한 자가 아닐 것입니다. 환공(桓公)이 공자(公子) 규(糾)를 죽였는데 그는 능히 죽지 못하였고, 또 환공을 도왔습니다." 공자께서 다음과 같이 말씀하셨다. "관중이 환공을 도와서 제후의 패자가 되게 하여 한번 천하를 바로잡았으니, 백성들이 오늘에 이르기까지 그 은택을 받고 있다. 관중이 없었다면 우리는 머리를 풀고 옷섶을 왼쪽으로 여미는 오랑캐가 되었을 것이다. 어찌 필부필부가 작은 신의를 지키려 스스로 목매 죽어서 시신이 도랑에 뒹굴어도 사람들이 알아주는 이가 없는 것과 같이 하겠는가."〈헌문 제18장〉

〔註〕 주자가 말씀하였다. "관중은 공이 있고 죄가 없으므로, 성인이 그 공만을 칭찬한 것이다."

〔按〕 살펴보건대, 소홀의 죽음은 일의 바름이니, 관중이 죽지 않음은 죄가 없다고 할 수 없다. 뒤에 이룬 공이 그 죄를 가릴 만하였기 때문에 성인께서 남의 아름다움을 기꺼이 이루어 주어[58] 그 공을 칭찬하신 것이다.

---

58 남의……주어 : 이는 《논어》〈안연(顏淵)〉 제16장에서 "군자는 남의 아름다움을 이루어주고 남의 악함을 이루어주지 않으니, 소인은 이와 반대이다.〔君子成人之美, 不成人之惡, 小人反是.〕"라고 한 공자의 말씀에 보인다.

〔經〕子貢曰: "管仲, 非仁者與! 桓公, 殺公子糾, 不能死, 又相之." 子曰: "管仲, 相桓公霸諸侯, 一匡天下, 民到于今, 受其賜. 微管仲, 吾其被髮左衽矣. 豈若匹夫匹婦之爲諒也, 自經於溝瀆而莫之知也?"

〔註〕朱子曰: "管仲有功而無罪. 故聖人獨稱其功."

〔按〕召忽之死, 事之正也, 管仲不死, 不可謂無罪. 以後功之足以掩罪, 故聖人樂成人之美, 而贊其功也.

〔經〕공자께서 말씀하셨다. "진(晉)나라 문공(文公)은 속이고 정직하지 않았으며, 제(齊)나라 환공(桓公)은 정직하고 속이지 않았다."〈헌문 제16장〉

〔註〕주자가 말씀하였다. "비록 그들은 힘으로써 인(仁)을 빌려 마음이 모두 정직하지 않았으나, 환공은 초(楚)나라를 칠 때에 대의(大義)를 내세워 말하여 속임수를 쓰지 않았으니,[59] 오히려 환공이 문공보다 나은 것이 된다.[60] 문공은 위(衛)나라를 쳐서 초나라를 싸움에 끌어들이고[61] 음모로써 승리를 취하였으니, 그 속임이 심하다."

59 환공은……않았으니 : 원문의 '장의(仗義)'는 대의를 내세우는 것이고, '집언(執言)'은 구실을 삼아 상대방을 꾸짖는 명분으로 삼는 것이다. 당시 초나라는 주나라에 공물을 바치지 않았는데, 제나라 환공은 초나라를 정벌할 적에 이것을 대의명분으로 삼아 책망하였다. 이 내용은 《춘추좌씨전(春秋左氏傳)》 희공(僖公) 4년에 보인다.

60 오히려……된다 : 이는 《맹자》〈진심 하(盡心下)〉 제2장에 보이는바, 서로 큰 차이는 없지만 그래도 저것이 이것보다는 낫다는 뜻이다.

61 위(衛)나라를……끌어들이고 : 초나라를 치려 하였으나 명분이 없었기에 초나라의 동맹국인 위나라를 공격하여 초나라를 전쟁에 끌어들인 것이다. 이 내용은 《춘추좌씨전(春秋左氏傳)》 희공(僖公) 28년에 보인다.

〔經〕子曰: "晉文公譎而不正; 齊桓公正而不譎."

〔註〕朱子曰: "雖其以力假仁, 心皆不正. 然桓公伐楚, 仗義執言, 不由詭道, 猶爲彼善於此, 文公則伐衛以致楚, 而陰謀以取勝, 其譎甚矣."

〔經〕 자공(子貢)이 "공문자(孔文子)를 어찌하여 '문(文)'이라고 시호하였습니까?" 하고 묻자, 공자께서 대답하셨다. "명민(明敏)하면서도 배우기를 좋아하였으며, 아랫사람에게 묻기를 부끄럽게 여기지 않았다. 이런 까닭으로 '문(文)'이라 한 것이다."〈공야장 제14장〉

〔註〕주자가 말씀하였다. "시호를 내리는 법에 배우기를 부지런히 하고 묻기를 좋아하는 것을 '문(文)'이라 한 경우가 있으니, 이 역시 사람이 하기 어려운 것이다. 공어(孔圉)가 '문(文)'이라는 시호를 얻은 것은 이 때문일 뿐이다."

〔按〕살펴보건대, '위지문야(謂之文也)'는 허여하지 않는 말이다. 부자의 뜻은 '당시 공문자에게 시호하기를 문(文)으로써 한 것은 명민하면서도 배우기를 좋아하고, 아랫사람에게 묻기를 부끄러워하지 않는 덕이 있다고 말하였기 때문에 시호를 문으로써 한 것이다. 그러나 공문자가 과연 이러한 덕이 있었는가.'라고 여기신 것이니, 모름지기 말 밖에 뜻이 있음을 알아야 한다.

〔經〕子貢問曰: "孔文子, 何以謂之文也?" 子曰: "敏而好學, 不恥下問, 是以謂之文也."

〔註〕朱子曰: "謚法, 有以勤學[62]好問[63]爲文者, 盖亦人所難也. 孔圉得謚爲文, 以此而已."

〔按〕謂之文也者, 未許之辭. 夫子之意, 以爲'當時諡文子以文者, 謂有敏而好學, 不恥下問之德. 故諡之以文. 然文子果有此德否耶?' 須知言外有意!

〔經〕 공자께서 공숙문자(公叔文子)의 인품을 공명가(公明賈)에게 물으셨다. "참으로 그분이 함부로 말하지 않고 웃지 않고 취하지 않으시는가?" 공명가가 대답하였다. "말하는 자가 지나쳤습니다. 그 분은 때에 맞은 뒤에야 말씀하므로 사람들이 그의 말을 싫어하지 않으며, 즐거운 뒤에야 웃으므로 사람들이 그의 웃음을 싫어하지 않으며, 의(義)에 맞은 뒤에야 취하므로 사람들이 그의 취함을 싫어하지 않는 것입니다." 공자께서 말씀하셨다. "그러할까? 어찌 그럴 수 있겠는가."〈헌문 제14장〉

〔註〕 주자가 말씀하였다. "이 말은 예의(禮義)가 마음속에 충만하여 때에 알맞게 조처함을 얻은 자가 아니면 능할 수 없는 것이다. 공숙문자(公叔文子)가 비록 어질었으나 여기에는 미치지 못할 듯하다. 다만 군자는 남이 선을 하는 것을 도와주고,[64] 그의 잘못을 바로 말하려 하지 않는다. 이 때문에 '그러할까? 어찌 그러할 수 있겠는가.'라고 말씀하신 것이니, 이는 그를 의심한 것이다."

〔經〕 子問公叔文子於公明賈曰: "信乎夫子不言不笑不取乎?" 公明賈對曰: "以告者過也. 夫子時然後言, 人不厭其言; 樂然後笑, 人不厭其笑; 義

---

62 學 : 저본에는 빠져 있다. 대전본 《논어집주》에 의거하여 보충하였다.

63 問 : 저본에는 '문(文)'으로 되어 있다. 대전본 《논어집주》에 의거하여 수정하였다.

64 남이……도와주고 : 이는 《맹자》〈공손추 상(公孫丑上)〉 제8장에 보인다. 주자는 '남의 선행을 칭찬해 주어 더욱 열심히 하도록 도와주는 것이다.'라고 풀이하였다.

然後取, 人不厭其取." 子曰: "其然? 豈其然乎!"

〔註〕 朱子曰: "此言也, 非禮義充溢於中, 得時措之宜者, 不能. 文子雖賢, 疑未及此. 但君子與人爲善, 不欲正言其非也. 故曰: '其然? 豈其然乎!' 蓋疑之也."

〔經〕 공자께서 말씀하셨다. "장무중(臧武仲)이 방읍(防邑)을 가지고 노(魯)나라에 후계자를 세워줄 것을 요구하였으니, 비록 임금에게 강요하지 않았다고 말하나 나는 그 말을 믿지 않는다."〈헌문 제15장〉

〔按〕 살펴보건대, 장무중은 지혜롭지만 배우기를 좋아하지 않았기 때문에 군주에게 강요하는 죄를 범한 것이다.

〔經〕 子曰: "臧武仲, 以防, 求爲後於魯, 雖曰不要君, 吾不信也."

〔按〕 武仲, 知而不好學, 故犯於要君之科.

〔經〕 공자께서 위(衛)나라 영공(靈公)의 무도함을 말씀하시니, 강자(康子)가 말하였다. "이와 같은데도 어찌하여 지위를 잃지 않습니까?" 공자께서 말씀하셨다. "중숙어(仲叔圉)는 빈객을 다스리고 축타(祝鮀)는 종묘(宗廟)를 다스리고, 왕손가(王孫賈)는 군대를 다스린다. 이와 같으니 어찌 그 지위를 잃겠는가?"〈헌문 제20장〉

〔註〕 주자가 말씀하였다. "이들은 모두 위(衛)나라 신하로서 반드시 어질지는 못하였으나 그들의 재능이 쓸 만하였다. 영공(靈公)이 이들을 등용함에 또한 각각 그 재능에 맞게 하였다."

〔經〕子言衛靈公之無道也, 康子曰: "夫如是, 奚而不喪?" 孔子曰: "仲叔圉, 治賓客, 祝鮀, 治宗廟, 王孫賈, 治軍旅, 夫如是, 奚其喪?"

〔註〕朱子曰: "皆衛臣, 雖未必賢, 而其才可用, 靈公用之, 又各當其才."

〔經〕진(陳)나라 사패(司敗)가 "소공(昭公)이 예를 알았습니까?"라고 묻자, 공자께서 "예를 아셨다." 하고 대답하셨다. 공자께서 물러가시자, 사패가 무마기(巫馬期)에게 읍하여 그에게 나오게 하고서 말하였다. "내가 들으니 군자는 편당하지 않는다 하였는데, 군자도 편당을 하는가? 군주가 오(吳)나라에서 장가드셨으니, 동성(同姓)이 된다. 그러므로 그 사실을 숨기기 위해 오맹자(吳孟子)[65]라고 불렀으니, 이러한 군주로서 예를 알았다면 누가 예를 알지 못하겠는가?" 무마기가 이것을 아뢰자, 공자께서 말씀하셨다. "나는 다행이다. 만일 잘못이 있으면 남들이 반드시 아는구나."〈술이 제30장〉

〔註〕주자가 말씀하였다. "공자는 임금의 불미스러운 일을 숨긴 것이라고 스스로 말할 수도 없고, 또 동성에게 장가든 것을 예를 안다고 할수도 없었다. 그러므로 받아들여 허물로 삼고 사양하지 않으신 것이다."

〔按〕살펴보건대, 이 문답에서 성인의 사기(辭氣)가 분명하여 조물주가만물에 부여한 것과 더불어 자연스럽게 곡진하여 빠뜨림이 없음을 알

---

65 오맹자(吳孟子) : 춘추시대에 제후의 부인은 그 성(姓)을 칭호 밑에 붙였다. 예컨대 강성(姜姓)인 제(齊)나라는 문강(文姜)·성강(成姜)이라 하였고, 자성(子姓)인 송(宋)나라는 맹자(孟子)·중자(仲子)라 칭하였다. 오(吳)나라는 노(魯)나라와 마찬가지로 희성(姬姓)이므로 끝에 희(姬)를 붙여야 하지만 동성임을 휘(諱)하여 희(姬) 대신 자(子)를 붙이고 또 송나라 여자로 오인할까 염려하여 앞에 오(吳)를 붙인 것이다.

수 있다.

〔經〕陳司敗問: "昭公, 知禮乎?" 孔子曰: "知禮." 孔子退, 揖巫馬期而進
之曰: "吾聞君子不黨, 君子亦黨乎? 君取於吳, 爲同姓, 謂之吳孟子, 君而
知禮, 孰不知禮?" 巫馬期以告, 子曰: "丘也, 幸. 苟有過, 人, 必知之."
〔註〕朱子曰: "孔子不可自謂諱君之惡, 又不以取同姓爲知禮. 故受以爲過
而不辭."
〔按〕於此問答, 可見聖人辭氣分明, 與造化之賦物, 自然曲盡無遺爾.

〔經〕혹자가 물었다. "은덕(恩德)으로써 원한을 갚는 것[66]은 어떻습니까?"
공자께서 말씀하셨다. "그러면 무엇으로써 은덕을 갚을 것인가? 곧음으로
써 원한을 갚고, 은덕으로써 은덕을 갚아야 한다." 〈헌문 제36장〉

〔註〕주자가 말씀하였다. "혹자의 말은 후(厚)하다고 이를 만하다. 그러
나 성인의 말씀으로써 살펴보면 의도적인 사심에서 나와 원한과 은덕의

---

66 은덕(恩德)으로써⋯⋯것 : 이는 《노자(老子)》 제63장에도 보이는바, 그 내용은 다
음과 같다. "하지 않음을 행하고, 일없음을 일삼고, 맛없음을 맛보니, 작은 것을 크게
여기고, 적은 것을 많게 여기고, 은덕으로써 원한을 갚는다. 어려운 일을 하려면 쉬울
때 해야 하고 큰일을 하려면 작을 때 해야 한다. 천하의 어려운 일도 반드시 쉬운 일에서
시작되고, 천하의 큰일도 반드시 작은 일에서 시작된다. 이 때문에 성인은 끝내 위대하려
고 하지 않으므로 능히 그 위대함을 이룰 수 있는 것이다. 가벼운 승낙은 반드시 신의가
적으며, 크게 쉬운 일은 반드시 크게 어려워진다. 이 때문에 성인은 오히려 그것을 어렵게
여기므로 어려움 없이 마칠 수 있는 것이다.〔爲無爲, 事無事, 味無味, 大小多少, 報怨以
德, 圖難於其易, 爲大於其細, 天下難事, 必作於易, 天下大事, 必作於細. 是以聖人, 終不
爲大, 故能成其大. 夫輕諾必寡信, 多易必多難, 是以聖人, 猶難之, 故終無難矣.〕"

보답이 모두 그 공평함을 얻지 못한 것을 알 수 있다. 반드시 부자의 말씀과 같은 뒤에라야 두 가지의 보답이 각각 그 마땅함을 얻을 것이다."

〔經〕或曰: "以德報怨, 何如?" 子曰: "何以報德? 以直報怨, 以德報德."
〔註〕朱子曰: "或人之言, 可謂厚矣. 然以聖人之言觀之, 則見其出於有意之私, 而怨德之報皆不得其平也. 必如夫子之言, 然後二者之報各得其所."

〔經〕공자께서 말씀하셨다. "유(由)야, 덕을 아는 사람이 드물구나!"〈위령공 제3장〉

〔註〕남헌 장씨(南軒張氏)가 말하였다. "실천한 것이 지극하지 않기 때문에 진실로 그 의미를 알지 못한 것이다."
〔按〕살펴보건대, 앎이 깊으면 덕이 나의 소유가 된다.

〔經〕子曰: "由, 知德者鮮矣!"
〔註〕南軒 張氏曰: "以其踐履之未至, 故不能眞知其味."
〔按〕知之深, 則德爲吾有矣.

〔經〕자공(子貢)이 물었다. "군자 또한 미워하는 것이 있습니까?" 공자께서 말씀하셨다. "미워하는 것이 있다. 남의 악을 말하는 자를 미워하며, 아래 자리에 처해 있으면서 윗사람을 비방하는 자를 미워하며, 용기만 있고 예가 없는 자를 미워하며, 과감하기만 하고 꽉 막혀있는 자를 미워한다."〈양화 제24장〉

〔註〕 주자가 말씀하였다. "남의 악을 말하면 인후(仁厚)한 마음이 없고, 아래 자리에 처해 있으면서 윗사람을 비방하면 충성하고 공경하는 마음이 없으며 용기만 있고 예가 없으면 난을 일으키고, 과감하기만 하고 꽉 막혀있으면 함부로 행동하게 된다."

〔經〕 子貢曰: "君子亦有惡乎?" 子曰: "有惡, 惡稱人之惡者, 惡居下流而訕上者, 惡勇而無禮者, 惡果敢而窒者."
〔註〕 朱子曰: "稱人惡, 則無仁厚之意, 下訕上, 則無忠敬之心, 勇無禮則爲亂, 果而窒則妄作."

〔經〕 공자께서 물으셨다. "사(賜)야, 너 또한 미워하는 것이 있느냐?" 자공이 대답하였다. "남의 것을 엿보아 자신이 아는 것으로 삼는 자를 미워하며, 겸손하지 않으면서 용감한 체하는 자를 미워하며, 남의 비밀을 들추어내어 곧은 체하는 자를 미워합니다." 〈양화 제24장〉

〔按〕 살펴보건대, 부자가 미워하는 것은 그 미워할 만한 실상을 미워하는 것이다. 자공이 미워하는 것은 사이비(似而非)를 미워하는 것이다.

〔經〕 曰: "賜也亦有惡乎?" "惡徼以爲知者, 惡不孫以爲勇者, 惡訐以爲直者."
〔按〕 夫子之惡, 惡其可惡之實者也. 子貢之惡, 惡似而非者也.

〔經〕 공자께서 말씀하셨다. "자주색이 적색을 빼앗는 것을 미워하며, 정(鄭)나라의 문란한 음악이 선왕의 아악(雅樂)을 어지럽히는 것을 미워하

며, 말 잘하는 입이 나라를 뒤엎는 것을 미워한다."〈양화 제18장〉

〔註〕범씨(范氏)가 말하였다. "천하의 이치는 바르면서 이기는 경우는 항상 적고, 바르지 않으면서 이기는 경우가 항상 많으니, 성인은 그것을 미워하신 것이다."

〔經〕子曰: "惡紫之奪朱也, 惡鄭聲之亂雅樂也, 惡利口之覆邦家者."
〔註〕范氏曰: "天下之理, 正而勝者常少, 不正而勝者常多, 聖人所以惡之也."

〔經〕공자께서 말씀하셨다. "제대로 알지 못하면서 함부로 행동하는 것이 있던가? 나는 그러한 것이 없는 사람이다. 많이 듣고서 그 선한 것을 가려서 따르고, 많이 보고서 기억해두는 것이 제대로 알고 행동하는 것의 다음이 된다."〈술이 제27장〉

〔註〕주자가 말씀하였다. "공자가 스스로 말씀하시기를 '나는 함부로 행동한 적이 없다.'라고 하셨으니, 이 또한 겸사이다. 그러나 또한 어느 것인들 알지 못하는 바가 없었음을 알 수 있다."
〔按〕살펴보건대, 많이 듣고서 그 선한 것을 가려서 따르고, 많이 보고서 그 선악을 기억해두어 참고한다면 망작(妄作)의 가려짐이 절로 없을 것이다.

〔經〕子曰: "蓋有不知而作之者? 我無是也. 多聞, 擇其善者而從之, 多見而識之, 知之次也."

〔註〕朱子曰: "孔子自言, 未嘗妄作, 蓋亦謙辭. 然亦可見其無所不知也."

〔按〕多聞, 擇其善者而從之; 多見, 記其善惡而參考, 則自無妄作之蔽也.

〔經〕공자께서 말씀하셨다. "군자는 아홉 가지 생각함이 있으니, 봄에는 밝음을 생각하며, 들음에는 귀밝음을 생각하며, 얼굴빛은 온화함을 생각하며, 모습은 공손함을 생각하며, 말은 진실함을 생각하며, 일은 공경함을 생각하며, 의심스러움은 물음을 생각하며, 분함은 어려움을 생각하며, 얻는 것을 보면 의(義)를 생각하는 것이다."〈계씨 제10장〉

〔註〕정자가 말씀하였다. "아홉 가지 생각함은 각각 그 하나에 전념하는 것이다."

〔按〕살펴보건대, 마음이 보는 데에 있으면 보는 것이 분명해지고, 마음이 듣는 데에 있으면 듣는 것이 밝아지며, 마음이 화락하면 얼굴빛이 온화해지고, 마음이 겸손하면 모습이 공손해지며, 마음이 신실하면 말이 충실하다. 일은 공경하지 않으면 이루지 못하며, 의심스러움은 묻지 않으면 풀리지 않는다. 어려움을 생각하는 것은 분노를 징계하는 방법이며, 얻을 때에 의를 생각하는 것은 욕심을 막는 방법이다.[67]

〔經〕子曰: "君子有九思, 視思明, 聽思聰, 色思溫, 貌思恭, 言思忠, 事思敬, 疑思問, 忿思難, 見得思義."

---

67 어려움을……방법이다 : 이 부분은 《주역》〈손(損)〉에 보인다. "〈상전(象傳)〉에 말하였다. '산(山) 아래에 못이 있음이 손(損)이니, 군자가 보고서 분함을 징계(懲戒)하고 욕심을 막는다.'〔象曰: 山下有澤, 損. 君子以, 懲忿窒欲.〕"

〔註〕程子曰: “九思, 各專其一.”

〔按〕心在視則視明; 心在聽則聽聰. 心和則色溫, 心謙則貌恭, 心實則言忠. 事不敬則不就; 疑不問則不釋. 思難, 懲忿之方; 思義, 窒欲之道.

〔經〕증자가 말씀하였다. “군자는 생각이 그 지위를 벗어나지 않는다.”[68]

〈헌문 제28장〉

〔按〕살펴보건대, 생각이 그 지위를 벗어나면 생각하는 것이 비록 좋은 일이더라도 허망한 생각과 같다.

〔經〕曾子曰: “君子, 思不出其位.”

〔按〕思出位, 則所思雖好箇事, 等是虛妄之思.

〔經〕공자께서 말씀하셨다.[69] “나라 임금의 처(妻)를 임금이 부를 때에는 부인(夫人)이라고 하고, 부인이 스스로 일컬을 때에는 소동(小童)이라고

---

68 군자는……않는다 : 이 부분은 《주역》〈간(艮)〉에 보인다. “〈상전(象傳)〉에 말하였다. ‘산(山)이 거듭함이 간(艮)이니, 군자가 보고서 생각함이 그 지위를 벗어나지 않는다.’〔象曰: 兼山, 艮. 君子以, 思不出其位.〕”

69 공자께서 말씀하셨다 : 여기서는 ‘자왈(子曰)’ 두 글자가 있으나, 《논어집주》에는 있지 않다. 〈계씨(季氏)〉제14장으로, 주(註)에 “오씨(吳氏)가 말하였다. ‘무릇 《논어》 가운데에 기재된 내용으로 이와 같은 유(類)는 무엇을 말한 것인지 알지 못하겠다. 혹 예전에 있었던 것인지, 혹은 부자(夫子)께서 일찍이 말씀하신 것인지 상고할 수 없다.〔吳氏曰: 凡語中所載, 如此類者, 不知何謂. 或古有之, 或夫子嘗言之, 不可考也.〕”라고 하였다.

하고, 나라 사람들이 일컬을 때에는 군부인(君夫人)이라고 하고, 다른 나라 사람들에게 일컬을 때에는 과소군(寡小君)이라고 하고, 다른 나라 사람들이 일컬을 때에는 또한 군부인(君夫人)이라고 한다."〈계씨 제14장〉

〔經〕子曰: "邦君之妻, 君稱之曰夫人, 夫人自稱曰小童, 邦人稱之曰君夫人, 稱諸異邦曰寡小君, 異邦人稱之, 亦曰君夫人."

〔經〕공자께서 말씀하셨다. "도가 같지 않으면 서로 도모하지 말아야 한다."〈위령공 제39장〉

〔經〕子曰: "道不同, 不相爲謀."

〔經〕공자께서 말씀하셨다. "향원(鄕原)은 덕(德)의 적(賊)이다."〈양화 제13장〉

〔註〕주자가 말씀하였다. "향원은 덕(德)과 비슷하지만 덕이 아니어서 도리어 덕을 어지럽게 하기 때문에 덕의 적이라고 말씀하여 매우 미워하신 것이다."

〔經〕子曰: "鄕原, 德之賊也."
〔註〕朱子曰: "以其似德非德, 而反亂乎德, 故以爲德之賊而深惡之."

〔經〕 공자께서 말씀하셨다. "이단(異端)을 전공하면 해로울 뿐이다." 〈위정 제16장〉

〔註〕 혹자가 주자에게 묻기를 "《논어집주》에서 '공(攻)'은 '전치(專治)'라고 하셨는데, 만약 학문을 할 때는 마땅히 전치해야 하겠지만 이단은 전치함이 불가합니다."라고 하자, 주자가 답하였다. "전치해서는 안 됨을 말할 뿐만 아니라, 대략 그것을 이해하는 것도 옳지 않다. 만약 자신의 학문이 정립됨이 있고나서 이단의 병통을 본다면 괜찮다."

〔按〕 살펴보건대, 이단의 설은 분변하여 밝히는 것이 옳다. 만약 이단을 공격하길 힘쓴다면 이는 해가 된다.

〔經〕 子曰: "攻乎異端, 斯害也已."

〔註〕 問: "攻, 專治也,[70] 若爲學, 便當專治之, 異端則不可專治也." 朱子曰: "不惟說不可專治, 便畧去理會他也不得. 若是自家學有定止, 去看他病痛却得."

〔按〕 異端之說, 辨而明之可也. 若務攻擊, 斯爲害也.

70 問攻專治也 : 대전본 《논어집주》 세주(細註)에는 '問集註云攻專治也'로 되어 있다.

존양에 대해 말함
言存養

〔經〕 공자께서 말씀하셨다. "《시》300편을 한 마디 말로써 내용을 포괄하면 '생각에 사특함이 없다[71]'라고 할 수 있다."〈위정 제2장〉

〔註〕 정자가 말씀하였다. "'사무사(思無邪)'는 성(誠)이다."

○ 주자가 말씀하였다. "'사무사'는 다만 인심(人心)을 바르게 하고자 하는 것일 뿐이니, 요약하여 말하면 한 편에 하나의 '사무사'가 절로 있다."

〔按〕 살펴보건대, 생각에 사특함이 없은 뒤에 《시(詩)》를 배울 수 있다. 《시》300편은 본디 성인과 현사(賢士)의 말이 많다. 그러나 그 사이에 원망하고 풍자한 시도 있고, 음탕한 말과 빼어난 곡조도 있다. 그러므로 사특한 마음이 없는 뒤에 《시》를 배울 수 있다.

〔經〕 子曰: "《詩》三百, 一言以蔽之, 曰: '思無邪'"

〔註〕 程子曰: "思無邪者, 誠也."

○ 朱子曰: "思無邪, 只是要正人心. 約而言之, 一篇中自有一箇思無邪."

〔按〕 思無邪, 然後可以學詩. 《詩》三百篇, 固多聖人賢士之言. 然其間有

---

71 생각에 사특함이 없다 : 이와 같은 내용은 《시경(詩經)》〈노송(魯頌) 구(駒)〉제4장에 보인다. "살지고 살진 수말이 먼 들에 있으니, 잠깐 살진 말이로다. 인(駰)도 있고 하(騢)도 있으며 점(驔)도 있고 어(魚)도 있으니, 수레에 사용함에 튼튼하고 굳건하도다. 생각함에 사특함이 없으니, 말은 그저 달리도다.〔駉駉牡馬, 在坰之野. 薄言駉者, 有駰有騢, 有驔有魚, 以車祛祛. 思無邪, 思馬斯徂.〕"

怨有刺, 亦有淫辭逸調, 故無邪心而後可以學《詩》.

〔經〕 공자께서 말씀하셨다. "사람이 사는 이치는 정직하니, 정직하지 않으면서 사는 것은 죽음을 요행히 면한 것이다."〈옹야 제17장〉

〔註〕 정자가 말씀하였다. "삶의 이치는 본래 정직한 것이다. '망(罔)'은 정직하지 않은 것인데 그런데도 살아가는 것은 요행히 화를 면한 것뿐이다."

〔經〕 子曰: "人之生也直, 罔之生也, 幸而免."
〔註〕 程子曰: "生理本直. 罔, 不直也. 而亦生者, 幸而免耳."

〔經〕 공자께서 한가로이 계실 적에 모습은 활짝 편 듯이 하셨으며, 얼굴빛은 기쁜 듯이 하셨다.〈술이 제4장〉

〔註〕 정자가 말씀하였다. "이는 제자가 성인을 잘 형용한 부분이다. 지나치게 엄할 때에는 이 네 글자〔申申夭夭〕를 놓을 수 없으며, 게으르거나 제멋대로 할 때에도 이 네 글자를 놓을 수 없으니, 오직 성인만이 절로 중화의 기운이 있는 것이다."
〔按〕 살펴보건대, 아무런 일이 없을 때이므로 이 중화의 기운이 있다. 사물을 접할 때로 말하자면 은택과 위엄이 각각 그 마땅함을 얻는다.

〔經〕 子之燕居, 申申如也, 夭夭如也.
〔註〕 程子曰: "此弟子善形容聖人處也. 嚴厲時, 着此四字不得, 怠惰放肆

時, 亦着此四字不得. 惟聖人, 便自有中和之氣."

〔按〕 無事時, 故有此中和之氣. 若接物時, 則雨露霜雪, 各適其宜.

〔經〕 공자께서는 모습이 온화하면서도 엄숙하시고, 위엄이 있으면서도 사납지 않으시며, 공손하면서도 자연스러우셨다.〈술이 제37장〉

〔註〕 주자가 말씀하였다. "성인은 전체가 혼연하고 음양(陰陽)의 덕이 합하였기 때문에 그 중화의 기운이 용모의 사이에 나타남이 이와 같은 것이다."

〔經〕 子溫而厲, 威而不猛, 恭而安.

〔註〕 朱子曰: "聖人, 全體渾然, 陰陽合德, 故其中和之氣, 見於容貌之間者如此."

〔經〕 공자께서는 네 가지가 완전히 없으셨으니, 사사로운 뜻이 없으셨으며 기필함이 없으셨으며 집착함이 없으셨으며 사사로움이 없으셨다.〈자한 제4장〉

〔註〕 장자(張子)가 말하였다. "네 가지 중에 한 가지라도 있으면 천지와 더불어 서로 같지 않게 된다."

〔按〕 살펴보건대, 이상은 마음을 보존하여 본성을 양성함을 말한 것이다.

〔經〕 子絶四; 毋意, 毋必, 毋固, 毋我.

〔註〕 張子曰: "四者, 有一焉, 則與天地不相似."

〔按〕右言存心以養性.

〔經〕밥은 곱게 찧은 것을 싫어하지 않으시며, 회는 가늘게 썬 것을 싫어하지 않으셨다.

고기가 많더라도 밥 기운을 이기지 않게 하셨으며, 오직 술은 양을 한정하지 않으셨지만 정신을 어지럽게 하는 데까지는 이르지 않으셨다.

밥이 쉬어서 상한 것과 생선이 상하고 고기가 부패한 것을 잡수지 않으셨고, 색이 나쁜 것을 잡수지 않으셨고, 냄새가 나쁜 것을 잡수지 않으셨고, 설익은 것도 잡수지 않으셨으며 제철에 나지 않은 것도 잡수지 않으셨다.

자른 것이 바르지 않으면 잡수지 않으시고, 음식에 맞는 장(醬)을 얻지 못하면 잡수지 않으셨다.

시장에서 사온 술이나 포(脯)를 잡수지 않으셨다.

생강 드시는 것을 그만두지 않으시고, 많이 드시지 않으셨다.[72] 〈향당 제8장〉

〔按〕살펴보건대, 이 구절은 생강을 많이 드시지 않으셨음을 말한 것이다.

〔經〕食不厭精, 膾不厭細.

肉雖多, 不使勝食氣. 唯酒無量, 不及亂.

食饐而餲, 魚餒而肉敗, 不食. 色惡, 不食. 臭惡, 不食. 失飪, 不食. 不時, 不食.

---

72 이는 〈향당〉 제8장에 있는 내용으로 각 절의 순서가 《논어집주》와 같지 않다. 《논어집주》의 〈향당〉 제8장의 순서는 다음과 같다. "食不厭精, 膾不厭細. 食饐而餲, 魚餒而肉敗, 不食. 色惡不食. 臭惡不食. 失飪不食, 不時不食. 割不正, 不食, 不得其醬, 不食. 肉雖多, 不使勝食氣, 唯酒無量, 不及亂. 沽酒市脯不食, 不撤薑食, 不多食. 祭於公, 不宿肉. 祭肉, 不出三日. 出三日, 不食之矣. 食不語, 寢不言. 雖疏食菜羹, 瓜祭, 必齊如也."

割不正, 不食. 不得其醬, 不食.

沽酒市脯, 不食.

不撤薑食, 不多食.

〔按〕言不多食薑.

〔經〕 나라의 제사를 돕고 받은 고기는 밤을 새우지 않고 나누어 먹었으며, 집에서 제사지낸 고기는 사흘을 넘기지 않으셨으니, 사흘을 넘기면 그것을 잡숫지 않으셨다.

식사를 하면서 말씀하지 않으시고, 주무시면서 말씀하지 않으셨다.

비록 거친 밥과 나물국이라도 반드시 제반(祭飯)하셨는데, 반드시 재계하듯이 하셨다.〈향당 제8장〉

〔按〕 살펴보건대, 이 구절은 음식으로 몸을 기름에 대해 말한 것이다.

〔經〕 祭於公, 不宿肉. 祭肉, 不出三日. 出三日, 不食之矣.

食不語, 寢不言.

雖疏食菜羹, 瓜祭, 必齊如也.

〔按〕 右言飮食以養體

〔經〕 공자께서는 감색(紺色)이나 붉은색으로 옷에 선을 두르지 않으시고, 홍색과 자주색으로 평상복을 만들어 입지 않으셨다.

더울 때를 당해서는 가는 갈포(葛布)와 굵은 갈포로 만든 홑옷을 반드시 겉에다 입으셨다.

검은 옷에는 양 갖옷을 입고, 흰 옷에는 사슴 갖옷을 입고, 누른 옷에는 여우 갖옷을 입으셨다.

평상시에 입는 갖옷은 옷을 길게 하되, 오른쪽 소매를 짧게 하셨다.

반드시 잠옷이 있었는데 길이가 한 길하고 또 반이 더 있었다.

여우와 담비의 두터운 갖옷을 입고서 거처하셨다.

통폭으로 주름을 잡아 만드는 조복이나 제복이 아니면 반드시 폭을 줄여 만들어 입으셨다.

양 갖옷과 검은 관으로 조문하지 않으셨다.

재계하실 때에는 반드시 명의(明衣)를 입으셨는데 베로 만든 것이었다.[73]

상(喪)을 마친 뒤에는 패물(佩物)을 차지 않은 것이 없으셨다.

매월 초하루에는 반드시 조복을 입고 조회하셨다.〈향당 제6장〉

〔註〕 주자가 말씀하였다. "공자께서 벼슬을 그만두고 노(魯)나라에 계실 적에 이와 같이 하셨다."[74]

〔按〕 살펴보건대, 이상은 의복으로 위의(威儀)를 기름에 대해 말한 것이다.

〔經〕 君子不以紺緅飾,

紅紫不以爲褻服.

當暑, 袗絺綌, 必表而出之.

緇衣羔裘, 素衣麑裘, 黃衣狐裘.

褻裘長, 短右袂.

必有寢衣, 長一身有半.

---

73 재계하실……것이었다. : 이 부분은 〈향당(鄕黨)〉 제7장의 제1절로, 여기서는 제6장의 사이에 편집되었다.

74 공자께서……하셨다 : 이는 '吉月, 必朝服而朝.'에 대한 주자의 설명이다.

狐貉之厚以居.

非帷裳, 必殺之.

羔裘玄冠, 不以弔.

齊, 必有明衣, 布.

去喪, 無所不佩.

吉月, 必朝服而朝.

〔註〕朱子曰: "孔子在魯致仕時, 如此."

〔按〕右言衣服以養威儀.

〔經〕자리가 바르지 않으면 앉지 않으셨다.

주무실 때는 죽은 사람처럼 자지 않으시고, 집에 계실 때에는 몸가짐을 꾸미지 않으셨다.

재계하실 때에는 반드시 평소 음식을 바꾸셨으며, 거처도 반드시 평소 자리를 옮기셨다.

성찬(盛饌)을 받으시면 반드시 안색을 바꾸어 일어나셨다.

번쩍이는 우레와 사나운 바람이 불면 반드시 안색을 바꾸셨다.

수레에 오르실 때에는 반드시 바로 서서 끈을 잡으셨다.

수레 안에서는 돌아보지 않으시고 말을 빨리 하지 않으시고 손가락으로 사물을 가리키지 않으셨다.

상복(喪服) 입은 자를 보시면 비록 친한 사이라도 반드시 안색을 바꾸셨으며, 면류관을 쓴 자와 소경을 보시면 비록 잘 아는 사이일지라도 반드시 예모(禮貌)로 대하셨다.

수레를 타고 갈 적에 상복을 입은 자에게는 경의를 표하셨으며, 나라의 지도(地圖)와 호적(戶籍)을 짊어진 자에게도 경의를 표하셨다.[75]〈향당 제7~16장〉

제사를 지내실 적에는 조상이 계신 듯이 하셨으며, 신(神)에게 제사지내신 적에는 그 신이 계신 듯이 하셨다.[76]〈팔일 제12장〉

〔經〕席不正, 不坐.

寢不尸, 居不容.

齊必變食, 居必遷坐.

有盛饌, 必變色而作.

迅雷風烈, 必變.

升車, 必正立執綏.

車中, 不內顧, 不疾言, 不親指.

見齊衰者, 雖狎, 必變. 見冕者與瞽者, 雖褻, 必以貌.

凶服者式之, 式負版者.

祭如在, 祭神如神在.

〔經〕 공자께서 평소 늘 하신 말씀은 《시(詩)》와 《서(書)》와 예(禮)를 지키는 것이었으니, 이런 것들이 모두 평소에 늘 하신 말씀이셨다.〈술이 제17장〉

〔經〕 子所雅言, 詩書執禮, 皆雅言也.

75 이 부분은 〈향당(鄕黨)〉 제15장의 제3절에 보인다.

76 이 부분은 〈팔일(八佾)〉 제12장의 제1절에 보인다.

〔經〕 공자께서는 괴이(怪異)함과 용력(勇力)과 패란(悖亂)과 귀신(鬼神)의 일을 말씀하지 않으셨다.〈술이 제20장〉

〔經〕 子不語怪力亂神.

〔經〕 마구간에 불이 났었는데, 공자께서 조정에서 물러 나와 말씀하시기를 "사람이 상했느냐?"라고 하시고, 말에 대해서는 묻지 않으셨다.〈향당 제12장〉

〔按〕 살펴보건대, 사람이 상했는지를 물은 뒤에 말을 물으신 것이니, 바로 사람을 사랑하고 나서 다른 생물을 사랑하는 마음[77]이다.

〔經〕 廐焚, 子退朝曰: "傷人乎?" 不問馬.
〔按〕 問傷人而後問馬, 乃仁民而愛物之意.

〔經〕 공자께서는 상(喪)을 당한 사람의 곁에서 식사할 때에는 배부르게 잡순 적이 없으셨다.〈술이 제9장〉

〔經〕 子食於有喪者之側, 未嘗飽也.

77 사람을……마음 : 이와 같은 내용은 《맹자》〈진심 상(盡心上)〉 제45장과 〈진심 하 (盡心下)〉 제1장에 보인다.

〔經〕 공자께서는 이날에 곡(哭)을 하면 노래를 부르지 않으셨다.〈술이 제9장〉

〔註〕 사씨(謝氏)가 말하였다. "이 두 가지에서 성인의 성성(性情)이 바름을 볼 수 있다."[78]

○ 신안 진씨(新安陳氏)가 말하였다. "이날 노래를 부르다가 혹 곡(哭)을 해야 함을 만나면 슬퍼하기를 그만둘 수 없다."

〔經〕 子於是日哭, 則不歌.
〔註〕 謝氏曰 : "於此二者, 可見聖人情性之正也."
○ 新安 陳氏曰 : "是日歌, 或遇當哭, 哀不能已也."

〔經〕 공자께서는 낚시질은 하셨으나 그물질은 하지 않으셨으며, 주살질은 하셨으나 잠자는 새를 쏘지는 않으셨다.〈술이 제26장〉

〔註〕 남헌 장씨(南軒張氏)가 말하였다. "성인의 마음은 천지가 만물을 낳는 마음이다. 친한 이를 친히 하고서 백성을 인하게 하고 백성을 인하게 하고서 물건을 사랑하는 것[79]은 모두 이 마음이 발한 것이다."
〔按〕 살펴보건대, 이는 인(仁)을 이루 다 쓸 수 없는 점이다.

---

78 이……있다 : 배우는 자가 공자의 성정(性情)을 안 뒤에야 도를 배울 수 있음을 말한 것으로, 앞에 '학자(學者)'라는 말이 생략되어 있다.

79 친한……것 : 이는 《맹자》〈진심상(盡心上)〉제45장에 보이는데 친(親)·인(仁)·애(愛)가 모두 사랑한다는 뜻이다. 그러나 사랑함에 차등이 있어서 친(親)이 가장 깊고, 인(仁)은 인도(人道)로 대하는 것이며, 애(愛)는 물건을 아껴 함부로 살상하지 않음을 이른다.

〔經〕 子釣而不網, 弋不射宿.

〔註〕 南軒 張氏曰: "聖人之心, 天地生物之心也. 親親而仁民, 仁民而愛物, 皆是心之發."

〔按〕 此仁不可勝用處.

〔經〕 공자께서는 상복을 입은 자와 관복을 입은 자와 소경을 보실 때에는 그들이 비록 나이가 적더라도 반드시 수레에서 일어나셨고, 그들 앞을 지날 때에는 반드시 종종걸음을 하셨다.〈자한 제9장〉

〔註〕 범씨(范氏)가 말하였다. "성인의 마음은 상(喪)이 있는 자를 슬퍼하고, 관작(官爵)이 있는 자를 높이며, 완전하지 못한 자를 가엾게 여긴다. 그 수레에서 일어나고 종종걸음을 하신 것은 그렇게 하기를 기약하지 않아도 그렇게 된 것이다."

〔經〕 子見齊衰者、冕衣裳者與瞽者, 見之, 雖少必作, 過之必趨.

〔註〕 范氏曰: "聖人之心, 哀有喪, 尊有爵, 矜不成人, 其作與趨, 蓋不期然而然矣.

〔經〕 강자(康子)가 약을 보내오자, 공자께서 절하여 받고 말씀하셨다. "나는 이 약의 성분을 알지 못하므로 감히 맛보지 못합니다."〈향당 제11장〉

〔按〕 살펴보건대, 이상은 음식(飮食)・의복(衣服)・거처(居處)・언어(言語)・제사(祭祀)의 절도를 뒤섞어 기록해 놓았으니, 모두 성인의 자연스런

성덕(盛德)이다. 그러나 배우는 자가 여기에 마음을 쓴다면 음식·의복으로
몸을 기르고 언어와 동작으로 덕을 길러 존양(存養)의 일이 아닌 것이 없다.

〔經〕康子饋藥, 拜而受之, 曰: "未達[80], 不敢嘗."
〔按〕以上雜記飮食、衣服、居處、言語、祭祀之節, 皆聖人自然之盛德.
然學者於此而用心焉, 則飮食衣服以養形, 言語動作以養德, 無非存養之
事爾.

〔經〕 공자께서 병환이 위중하시자, 자로가 기도할 것을 청하였다. 공자께
서 "이런 이치가 있는가?" 하고 묻자, 자로가 대답하기를 "있습니다. 제문
에 '너를 상하의 신기(神祇)에게 기도하였다.'고 하였습니다." 하였다. 공
자께서 "나는 기도한 지가 오래이다." 하셨다.〈술이 제34장〉

〔註〕 주자가 말씀하였다. "기도하고 점치는 것들은 모두 성인이 만든
것이다. 부자에 이른 뒤에 사람들로 하여금 한결같이 이치에 의해 결정하
고 아득하여 알 수 없는 것을 달갑게 여기지 않도록 하였으니, 사람의
법도를 세운 공이 이에 갖추어졌다."

〔經〕子疾病, 子路請禱. 子曰: "有諸?" 對曰[81]: "有之. 誄曰: '禱爾于上下
神祇.'" 子曰: "丘之禱久矣."
〔註〕朱子曰: "祈禱卜筮之屬, 皆聖人之所作, 至於夫子而後, 敎人一決諸

---

80 未達 : 대전본 《논어집주》에는 "丘未達"로 되어 있다.
81 對曰 : 대전본 《논어집주》에는 "子路對曰"로 되어 있다.

理, 而不屑於冥漠不可知之間, 其所以建立人極之功, 於是而備."

〔經〕 공자께서 삼가신 것은 재계(齊戒)와 전쟁과 질병이었다.〈술이 제12장〉

〔註〕 윤씨(尹氏)가 말하였다. "부자는 삼가지 않으신 것이 없었는데 제자들이 그중에 큰 것만을 기록해 놓았다."

〔經〕 子之所愼, 齊戰疾.

〔註〕 尹氏曰: "夫子無所不謹, 弟子記其大者耳."

〔經〕 증자가 병이 들었을 때 제자들을 불러 말씀하셨다. "이불을 걷고서 나의 발과 손을 보아라. 《시경》의 시에 말하기를 '전전긍긍하여, 깊은 못에 임한 듯이 하고, 엷은 얼음을 밟는 듯이 하라.'[82]라고 하였다. 이제야 나는 잘못을 면한 줄 알겠구나, 얘들아!"〈태백 제3장〉

〔註〕 윤씨(尹氏)가 말하였다. "부모가 이 몸을 온전히 낳아주셨으니, 자식은 온전히 하여 돌아가야 한다. 증자가 임종할 때에 이불을 걷고서 손과 발을 보여주신 것이 이 때문이었다. 도를 터득하지 않고서 이와

82 전전긍긍하여……하라 : 이와 같은 내용은 《시경》〈소민(小旻)〉 제6장에 보인다. "감히 범을 맨손으로 잡지 못함과 감히 강을 맨몸으로 건너지 못함을 사람들은 하나만 알지 다른 것은 모른다. 전전(戰戰)하고 긍긍(兢兢)하여, 깊은 못에 임한 듯이 하고, 엷은 얼음을 밟는 듯이 하라.〔不敢暴虎 不敢馮河 人知其一 莫知其他 戰戰兢兢 如臨深淵 如履薄冰〕"

같을 수 있겠는가."

〔按〕 살펴보건대, 사람의 병세는 반드시 손과 발의 맥에 나타난다. 그러므로 증자가 병이 들었을 때 제자들을 불러 이불을 걷고서 손과 발을 보여주어 병세를 살펴보게 한 것이다.

〔經〕 曾子有疾, 召門弟子曰: "啓予足, 啓予手. 《詩》云: '戰戰兢兢, 如臨深淵, 如履薄氷.' 而今而後, 吾知免夫, 小子."

〔註〕 尹氏曰: "父母全而生之, 子全而歸之, 曾子臨終而啓手足, 爲是故也. 非有得於道, 能如是乎?"

〔按〕 人之病候, 必見于手足之脉, 故曾子有疾, 召門人, 啓其手足而診之候也.

〔經〕 공자께서 말씀하셨다. "용맹을 좋아하고 가난을 싫어하는 것이 난을 일으키고, 사람으로서 인(仁)하지 못한 것을 너무 미워하는 것도 난을 일으킨다."〈태백 제10장〉

〔註〕 주자가 말씀하였다. "두 가지 마음은 선악이 비록 다르나 그 난을 일으키는 것은 한 가지이다."

〔經〕 子曰: "好勇疾貧, 亂也. 人而不仁, 疾之已甚, 亂也."

〔註〕 朱子曰: "二者之心, 善惡雖殊, 然其生亂則一也."

〔經〕 공자께서 말씀하셨다. "군자에게 세 가지 경계함이 있으니, 젊을 때엔 혈기가 정해지지 않았으므로 경계함이 여색에 있고, 장성해서는 혈기가 한창 강하므로 경계함이 싸움에 있고, 늙어서는 혈기가 쇠하므로 경계함이 얻음에 있다." 〈계씨 제7장〉

〔註〕 주자가 말씀하였다. "때에 따라 경계할 줄을 알아 이치로써 혈기를 이기면 혈기에게 부림을 당하지 않을 것이다."

〔按〕 살펴보건대, 사람이 젊고 장성했을 때에는 그 지기(志氣)에 자못 볼만한 점이 있으나, 늙어서 낭패를 보는 자는 얻음을 탐하는 데에서 말미암지 않은 적이 없으니, 만년에 절조를 지키기가 어려움에 대해서 더욱 경계할 만하다.

〔經〕 孔子曰: "君子有三戒. 少之時, 血氣未定, 戒之在色. 及其壯也, 血氣方剛, 戒之在鬪. 及其老也, 血氣旣衰, 戒之在得."

〔註〕 朱子曰: "隨時知戒, 以理勝之, 則不爲血氣所使也."

〔按〕 人於少壯時, 其志氣, 頗有可觀, 而到老敗覆者, 未嘗不因於貪得, 晚節之難, 尤可戒也.

〔經〕 공자께서 말씀하셨다. "군자는 세 가지 두려워함이 있으니, 천명을 두려워하며 대인을 두려워하며 성인의 말씀을 두려워한다." 〈계씨 제8장〉

〔註〕 정자가 말씀하였다. "성인의 말씀을 두려워하면 덕을 진전시킬 수 있다."

〔經〕子曰: "君子有三畏. 畏天命, 畏大人, 畏聖人之言."

〔註〕程子曰: "畏聖人之言, 則可以進德."

〔經〕"소인은 천명을 알지 못하여 두려워하지 않는다. 대인을 함부로 대하며, 성인의 말씀을 업신여긴다."〈계씨 제8장〉

〔按〕살펴보건대, 대인과 성인의 말씀은 모두 천명의 마땅히 두려워 할 바인데 소인은 천명을 알지 못하기 때문에 꺼리는 바가 없어 두려워하지 않는다. 만약 그것을 안다면 자연히 두려워할 것이다.

〔經〕"小人不知天命而不畏也. 狎大人, 侮聖人之言."

〔按〕大人、聖人之言, 皆天命之所當畏者, 而小人不知天命, 故無所忌憚而不畏也. 若知之, 則自然畏之爾.

역행에 대해 말함
言力行

〔經〕 공자께서 말씀하셨다. "도에 뜻을 두고, 덕을 지키고, 인(仁)을 어기지 않고, 예(藝)를 익혀야 한다."〈술이 제6장〉

〔註〕 주자가 말씀하였다. "학문은 뜻을 세우는 것보다 앞서는 것이 없으니, 도에 뜻을 두면 마음이 바른 데에 있어 다른 데로 가지 않을 것이다. 덕을 지키면 도가 마음에 얻어져 잃지 않을 것이다. 인(仁)을 어기지 않으면 덕성이 항상 쓰여 물욕이 행해지지 않을 것이다. 예(藝)를 익히면 작은 일도 빠뜨리지 않아 움직이거나 쉬거나 길러지는 것이 있을 것이다."

〔按〕 살펴보건대, 도에 뜻을 두면서 덕을 지키고 인(仁)을 어기지 않으면 예(藝)는 뜻을 잃지 않게 되어 성(性)을 기르는 밑천이 될 것이다.

〔經〕 子曰: "志於道, 據於德, 依於仁, 游於藝."
〔註〕 朱子曰: "學莫先於立志, 志道, 則心存於正而不他. 據德, 則道得於心而不失. 依仁, 則德性常用, 而物欲不行. 游藝, 則小物不遺, 而動息有養."
〔按〕 志於道而據德依仁, 則藝不爲喪志, 而爲養性之資.

〔經〕 공자께서 말씀하셨다. "사(士)로서 도에 뜻을 두고서도 거친 옷과 거친 음식을 부끄러워하는 자는 더불어 도를 의논할 수 없다."〈이인 제9장〉

〔註〕 혹자가 묻기를 "도에 뜻을 두고서 어떻게 오히려 거친 옷과 거친

음식을 부끄러워할 수 있겠습니까?"라고 하자, 주자가 말씀하였다. "이처럼 반쯤 올라갔다가 떨어지는 사람이 있다. 그는 지향은 있지만 노력을 하지 않아 명분만 도에 뜻을 둔 섯에 불과하니 외물(外物)이 다가와 유혹하면 또한 옮겨 변해버린다."

〔按〕 살펴보건대, 명분은 도에 뜻을 두고서 거친 옷과 거친 음식을 부끄러워하는 것은 실제 도에 뜻을 둔 것이 아니니, 어찌 그와 더불어 도를 의논할 수 있겠는가.

〔經〕 子曰: "士志於道, 而耻惡衣惡食者, 未足與議也."

〔註〕 問: "志道, 如何尙耻惡衣食?" 朱子曰: "有這般半上落下底人也. 志得不力, 只名爲志道, 及外物來誘, 則又遷變了."

〔按〕 名爲志道, 而耻惡衣惡食, 是實不志道, 何足與議於道哉.

〔經〕 공자께서 말씀하셨다. "삼군(三軍)에서 그 장수를 뺏을 수는 있으나, 필부(匹夫)에게서 그 의지를 뺏을 수는 없다."〈자한 제25장〉

〔註〕 후씨(侯氏)가 말하였다. "삼군(三軍)의 용맹은 남에게 달려있고, 필부(匹夫)의 의지는 자신에게 있다."

〔按〕 살펴보건대, 학문은 의지를 세우는 것을 귀하게 여기니, 빼앗을 수 없는 의지를 가진 뒤에 도를 배울 수 있다.

〔經〕 子曰: "三軍可奪師也, 匹夫不可奪志也."

〔註〕 侯氏曰: "三軍之勇在人, 匹夫之志[83]在己."

〔按〕學貴立志, 有不可奪之志而後, 可以學道.

〔經〕 공자께서 말씀하셨다. "날씨가 추워진 뒤에 소나무와 잣나무가 뒤늦게 시듦을 안다."〈자한 제27장〉

〔註〕 범씨(范氏)가 다음과 같이 말하였다. "소인도 다스려진 세상에 있어서는 군자와 다를 것이 없으나, 오직 이해(利害)에 임하고 사변(事變)을 만난 뒤에라야 군자가 지키는 바를 볼 수 있다."

〔按〕 살펴보건대, '뒤늦게 시듦〔後凋〕'은 '시듦보다 더 뒤에 함을 본다'라고 말하는 것과 같으니, 뭇나무 잎이 시드는 데에 참여하지 않음을 말한 것이다.

〔經〕 子曰: "歲寒, 然後知松栢之後凋也."
〔註〕 范氏曰: "小人在治世, 或與君子無異, 惟臨利害, 遇事變, 然後君子之所守, 可見也.[84]"
〔按〕 後凋, 猶言見後於凋也. 謂不參於衆凋之中也.

〔經〕 공자께서 말씀하셨다. "해진 솜옷을 입고 여우나 담비의 갖옷을 입은 자와 함께 서 있어도 부끄러워하지 않을 자는 유(由)일 것이다!

83 志 : 저본에는 "용(勇)"으로 되어 있다. 대전본 《논어집주》에 근거하여 수정하였다.
84 也 : 저본에는 없다. 대전본 《논어집주》에 의거하여 보충하였다.

남을 해치지도 않고, 남의 것을 탐내지 않는다면 어찌 착하지 않겠는가?"⁸⁵
〈자한 제26장〉

〔註〕 여씨(呂氏)가 말하였다. "가난한 자와 부자가 교제할 적에는 강자(强者)는 반드시 부자를 해치고, 약자(弱者)는 반드시 탐낸다."

〔按〕 살펴보건대, 빈부(貧富)로써 그 마음을 동요하지 않는 것은 해치거나 탐내는 것이 없는 자가 아니면 할 수 없다. 그러므로 부자(夫子)가 이것으로 자로(子路)를 찬미하신 것이다.

〔經〕 子曰:"衣弊縕袍, 與衣狐貉者立, 而不恥者, 其由也與!
不忮不求, 何用不臧?"

〔註〕 呂氏曰:"貧與富交, 强者必忮, 弱者必求."

〔按〕 不以貧富動其心者, 非無忮求之者, 不能, 故夫子以是而美子路.

〔經〕 자로(子路)가 이 시구를 종신토록 외우려 하자, 공자께서 말씀하셨다. "이 한 가지 도가 어찌 족히 착하겠는가?"〈자한 제26장〉

〔註〕 주자가 말씀하였다. "종신토록 외우려 하면 스스로 자신의 능함을 기뻐하여 다시 도에 나아가기를 구하지 않을 것이다. 그러므로 부자가 다시 이를 말씀하시어 일깨우신 것이다."

〔按〕 살펴보건대, 종신토록 외운다는 것은 이 말로 그 몸을 마치도록

---

85 남을……않겠는가 : 이와 같은 내용은 《시경(詩經)》〈패풍(邶風) 웅치(雄雉)〉 제4장에 보인다. "모든 군자들은 덕행(德行)을 모르실까. 남을 해치지도 않고 남의 것을 탐내지도 않는다면 어찌 착하지 않겠는가?〔百爾君子, 不知德行. 不忮不求, 何用不臧.〕"

외우기를 그치지 않는 것과 같다. 남을 해치지도 않고, 남의 것을 탐내지도 않는 것이 비록 착한 일이지만 이것으로 종신토록 한다면 착함이 되지는 못할 것이다.

〔經〕子路終身誦之. 子曰: "是道也, 何足以臧?"

〔註〕朱子曰: "終身誦之, 則自喜其能, 而不復求進於道矣. 故夫子復言此而警之."

〔按〕終身誦之者, 若將以是終其身, 而誦之不已也. 不求不忮, 雖是善事, 而以是終身焉, 則未足爲善矣.

〔經〕공자께서 말씀하셨다. "사(士)로서 편안하기를 생각한다면 사라 할 수 없다."〈헌문 제3장〉

〔註〕주자가 말씀하였다. "'거(居)'는 뜻이 편안하게 여기는 것을 말한다."

〔按〕살펴보건대, 사(士)로서 따뜻하고 배불리 먹는 마음을 품으면 사라고 할 만하지 못하다.

〔經〕子曰: "士而懷居, 不足以爲士矣."

〔註〕朱子曰: "居, 謂意所便安處也."

〔按〕士而懷溫飽之心者, 不足以爲士矣.

〔經〕자공(子貢)이 군자에 대해 묻자, 공자께서 말씀하셨다. "그 말할 것

을 먼저 행하고, 그 뒤에 말이 행한 것을 따르는 것이다."〈위정 제13장〉

〔註〕 남헌 장씨(南軒張氏)가 말하였다. "군자는 행동을 주로 하고 말을 먼저 하지 않는다. 그러므로 그 말이 발하는 바는 힘써 행함이 이르는 곳으로, 말이 그것을 따른다."

〔經〕 子貢問君子. 子曰: "先行其言, 而後從之."
〔註〕 南軒張氏曰: "君子主於行, 而非以言爲先也. 故其言之所發, 乃其力行所至, 而言隨之也."

〔經〕 공자께서 말씀하셨다. "사람으로서 신(信)이 없으면 그가 무엇을 할 수 있을지 모르겠다. 큰 수레에 예(輗)가 없고, 작은 수레에 월(軏)이 없으면 무엇으로 수레를 움직이겠는가?"〈위정 제22장〉

〔註〕 주자가 말씀하였다. "신(信)은 말과 행동이 서로 돌아보는 것을 말한다. 사람이 만약 신(信)이 없으면 말에 진실이 없을 것이니, 어디에서 행할 수 있겠는가? 집에 있을 때에는 집에서 행할 수 없고, 향당(鄕黨)에 있을 때에는 향당에서 행할 수 없을 것이다."[86]

〔經〕 子曰: "人而無信, 不知其可也. 大車無輗, 小車無軏, 其何以行之哉?"
〔註〕 朱子曰: "信, 是言行相顧之謂. 人若無信, 語言無實, 何處行得? 處家則不能行於家, 處鄕黨則不能行於鄕黨."

86 집에……것이다 : 이와 같은 내용은 〈위령공(衛靈公)〉 제5장에도 보인다.

〔經〕 공자께서 말씀하셨다. "얼굴빛은 위엄이 있으면서 내면은 유약한 것을 소인에 비유하면 그런 사람은 벽을 뚫고 담을 넘는 도적과 같다."〈양화 제12장〉

〔註〕 주자가 말씀하였다. "그 실상이 없이 이름만 도둑질하여 항상 남들이 알까 두려워함을 말씀하신 것이다."

〔經〕 子曰: "色厲而內荏, 譬諸小人, 其猶穿窬之盜也與."
〔註〕 朱子曰: "言其無實盜名[87], 而常畏人知也."

〔經〕 공자께서 말씀하셨다. "길에서 듣고 길에서 말하면 덕을 버리는 것이다."〈양화 제14장〉

〔註〕 주자가 말씀하였다. "비록 좋은 말을 들었더라도 자신의 소유로 삼지 않으면 이는 그 덕을 스스로 버리는 것이다."
〔按〕 살펴보건대, '도청(盜聽)'은 길가는 사람의 말을 듣는 것과 같다. 말한 것이 다만 외면의 꾸미는 말일 뿐이면 이는 그 덕을 스스로 버리는 것이다.

〔經〕 子曰: "道聽而塗說, 德之棄也."
〔註〕 朱子曰: "雖聞善言, 不爲己有, 是自棄其德也."
〔按〕 聽言如聽道人之言, 所說, 祇是外面塗飾之言, 則是自棄其德也.

---

87 盜名 : 저본에는 없다. 대전본 《논어집주》에 근거하여 보충하였다.

〔經〕 공자께서 말씀하셨다. "남쪽 나라 사람들의 말에 '사람으로서 항심(恒心)이 없으면 무당이나 의원도 될 수 없다.'라고 하니, 신하나!"
'그 덕을 항상하지 않으면 혹 부끄러운 데로 나아갈 것이다.'[88]라고 하였으니,
공자께서 말씀하셨다. "그것은 점을 치지 않았기 때문이다."〈자로 제22장〉

〔註〕 양씨(楊氏)가 말하였다. "군자가 《역경》에 대해 진실로 그 점괘의 내용을 음미해보면 항심(恒心)이 없는 것이 부끄러움을 취하게 됨을 알 것이다. 그 항심이 없게 되는 것은 또한 점을 치지 않았기 때문이다."

〔經〕 子曰: "南人有言曰: '人而無恒, 不可以作巫醫.' 善夫!"
'不恒其德, 或承之羞.'
子曰: "不占而已."
〔註〕 楊氏曰: "君子於易, 苟玩其占, 則知無常之取羞矣. 其爲無常也, 蓋亦不占而已矣."

〔經〕 공자께서 말씀하셨다. "성인을 내 만나볼 수 없으면 군자라도 만나볼 수 있다면 괜찮겠다."
"선인(善人)을 내 만나볼 수 없으면 항심(恒心)이 있는 자라도 만나볼 수 있다면 괜찮겠다."〈술이 제25장〉

〔註〕 남헌 장씨(南軒張氏)가 말하였다. "성인과 군자는 학문으로써 말한 것이고, 선인과 항심이 있는 자는 자질(資質)로써 말한 것이다."
〔按〕 살펴보건대, 항심이 없으면 무당이나 의원도 될 수 없고[89] 항심이

---

88 그……것이다 : 이와 같은 내용은 《주역》〈항괘(恒卦)〉 육오효(六五爻)에 보인다.

있으면 성인의 경지에 나아갈 수 있으니, '항심이 있다'라는 말의 뜻이 크도다!

〔經〕子曰: "聖人, 吾不得而見之矣. 得見君子者, 斯可矣."
"善人, 吾不得以見之矣. 得見有恒者, 斯可矣."
〔註〕南軒 張氏曰: "聖人君子, 以學言, 善人有恒者, 以質言."
〔按〕無恒則不可以作巫醫, 有恒則可以進於聖人之域, 有恒之義, 大矣哉!

〔經〕공자께서 말씀하셨다. "자기 조상귀신이 아닌데 제사를 지내는 것은 아첨하는 것이고, 의(義)를 보고서 행하지 않는 것은 용기가 없는 것이다." 〈위정 제24장〉

〔註〕주자가 말씀하였다. "알면서도 행하지 않는 것은 용기가 없는 것이다."
〔按〕살펴보건대, 자기 조상귀신이 아니면 제사를 지내지 않는 것이 의리임을 알면서도 오히려 또한 제사를 지내는 것은 용기가 없는 것이다.

〔經〕子曰: "非其鬼而祭之, 諂也. 見義不爲, 無勇也."
〔註〕朱子曰: "知而不爲, 是無勇也."
〔按〕知非其鬼, 則不祭之爲義, 而猶且祭之, 是無勇也.

〔經〕공자께서 말씀하셨다. "어진 이를 보면 그와 같아지기를 생각하며,

---

89 항심이……없고 : 이와 같은 내용은 《논어》〈자로(子路)〉 제22장에 보인다.

어질지 못한 이를 보면 안으로 스스로 반성해야 한다."〈이인 제17장〉

〔按〕 살펴보건대, 선과 악은 모두 나의 스승이니, 덕을 증진시키는 데에 어찌 한량이 있겠는가?

〔經〕 子曰: "見賢思齊焉, 見不賢而內自省也."
〔按〕 善惡, 皆我師, 進德, 豈有量乎?

〔經〕 공자께서 말씀하셨다. "옛날에 말을 함부로 하지 않았던 것은 몸소 실천함이 미치지 못할까를 부끄러워해서였다."〈이인 제22장〉

〔註〕 주자가 말씀하였다. "사람이 말을 쉽게 하는 이유는 실상이 없는 빈말이 부끄러워할 만하다는 것을 모르기 때문이다. 만약 이를 부끄러워한다면 저절로 행실에 힘을 써서 말을 하는 것도 감히 쉽게 하지 못할 것이다."
〔按〕 살펴보건대, 군자는 말을 어눌하게 하고 행동을 민첩하게 하니,[90] 말을 어눌하게 하는 것은 행실이 미치지 못하는 것 때문만이 아니다. 이는 다만 가볍게 말하며 실상이 없는 자를 위하여 말씀하신 것일 뿐이다.

〔經〕 子曰: "古者言之不出, 恥躬之不逮也."
〔註〕 朱子曰: "人之所以易其言者, 以其不知空言無實之可恥也. 若恥, 則自是力於行, 而言之出, 也不敢易矣."

90 군자는……하니 : 이와 같은 내용은 《논어》〈이인(里仁)〉 제24장에 보인다.

〔按〕君子訥於言, 而敏於行, 訥於言, 不獨爲行不及也. 此則只爲輕言無實者發也.

〔經〕 재여(宰予)가 낮잠을 자자, 공자께서 말씀하셨다. "썩은 나무는 조각할 수 없고, 썩은 흙으로 쌓은 담장은 흙손질을 할 수 없다. 내 재여에게 무엇을 꾸짖겠느냐?"
"처음에 나는 사람에 대해 그의 말을 듣고 그의 행실을 믿었었는데, 지금 나는 사람에 대해 그의 말을 듣고 그의 행실을 살펴보니 재여에게서 이런 점을 고치게 되었다."⁹¹〈공야장 제9장〉

〔註〕 범씨(范氏)가 말하였다. "군자의 학문은 날마다 부지런히 힘써 죽은 뒤에야 그만두는데 오직 미치지 못할까를 두려워한다. 그런데 재여는 낮잠을 잤으니, 스스로 포기함이 무엇이 이보다 심하겠는가. 그러므로 부자가 그를 꾸짖은 것이다."

〔經〕 宰予晝寢. 子曰: "朽木不可雕也, 糞土之墻, 不可杇也. 於予與何誅?"
"始吾於人也, 聽其言而信其行, 今吾於人也, 聽其言而觀其行. 於予與改是."
〔註〕 范氏曰: "君子之學, 惟日孜孜, 斃而後已, 惟恐其不及也. 宰予晝寢, 自棄孰甚焉, 故夫子責之."

91 처음에……되었다 : 이 부분은 〈공야장(公冶長)〉 제9장으로, 제2절에는 '자왈(子曰)'이 생략되어 있다. 여기에 대해 《논어집주》에 "호씨(胡氏)〔胡寅〕가 다음과 같이 말하였다. '자왈(子曰)은 연문(衍文)인 듯하다. 그렇지 않다면 한 날의 말씀이 아닐 것이다.'〔胡氏曰: 子曰, 疑衍文. 不然則非一日之言也.〕"라고 하였다.

〔經〕 공자께서 말씀하셨다. "나는 강직한 자를 보지 못했다." 혹자가 말하기를 "신정(申棖)입니다."라고 하자, 공자께서 말씀하셨다. "신정은 욕심이 있으니, 어찌 강직할 수 있겠는가?" 〈공야장 제10장〉

〔註〕 정자가 말씀하였다. "사람이 욕심이 있으면 강직할 수 없고, 강직하면 욕심에 굽히지 않는다."

〔經〕 子曰：“吾未見剛者.” 或對⁹²曰：“申棖.” 子⁹³曰：“棖也慾⁹⁴, 焉得剛?”
〔註〕 程子曰：“人有欲則無剛, 剛則不屈於慾⁹⁵.”

〔經〕 자로(子路)는 좋은 말을 듣고 그것을 잘 행하지 않고서는 행여 다른 말을 들을까 두려워하였다. 〈공야장 제13장〉

〔註〕 주자가 말씀하였다. "앞에 들은 것을 미처 행하지 못하였으므로 다시 들음이 있어 행함에 넉넉지 못할까를 두려워한 것이다."
〔按〕 살펴보건대, 뒤에 들음이 있을까를 두려워한 것이 아니라 실제로는 앞에서 들은 것을 다 행하는 데에 미치지 못한 것을 두려워한 것이니, 좋은 말을 들으면 곧바로 행해야 하는 용감함⁹⁶이 이와 같다.

---

92 對 : 저본에는 없다. 대전본 《논어집주》에 의거하여 보충하였다.
93 子 : 저본에는 없다. 대전본 《논어집주》에 의거하여 보충하였다.
94 慾 : 저본에는 '욕(欲)'으로 되어 있다. 대전본 《논어집주》에 의거하여 수정하였다.
95 慾 : 저본에는 '욕(欲)'으로 되어 있다. 대전본 《논어집주》에 의거하여 수정하였다.
96 좋은……용감함 : 이와 같은 내용은 〈선진(先進)〉 제21장에 보인다.

〔經〕 子路有聞, 未之能行, 惟恐有聞.

〔註〕 朱子曰: "前所聞者, 旣未及行, 故恐復有所聞, 而行之不給也."

〔按〕 非恐後之有聞, 實恐前聞之未及盡行也. 其聞斯行之勇, 如是.

〔經〕 염구(冉求)가 말하기를 "제가 부자의 도를 좋아하지 않는 것이 아니나, 힘이 부족합니다."라고 하자, 공자께서 말씀하셨다. "힘이 부족한 자는 중도에 그만두는데 지금 너는 미리 한계를 긋고 있다."〈옹야 제10장〉

〔註〕 호씨(胡氏)가 말하였다. "가령 염구(冉求)가 부자의 도를 좋아함이 진실로 고기를 좋아하듯이 하였다면[97] 반드시 힘을 다하여 구했을 것이니, 어찌 힘이 부족함을 근심하겠는가? 미리 한계를 긋고 나아가지 않으면 날로 후퇴할 따름이다. 이것이 염구가 예(藝)에 국한된 이유이다."

〔按〕 살펴보건대, '힘이 부족한 자는 중도에 그만둔다.'고 한 것은 염구가 미리 한계를 그음에 대하여 말한 것이니, 과연 힘을 쓸 수 있다면 어찌 중도에 그만두는 이치가 있겠는가? 공자께서 다음과 같이 말씀하신 적이 있다. "과연 그 힘을 인(仁)에 쓴 자가 있는가? 내 아직 힘이 부족한 자를 보지 못하였다!"[98]

〔經〕 冉求曰: "非不悅子之道, 力不足也." 子曰: "力不足者, 中道而廢, 今女畫."

〔註〕 胡氏曰: "使求, 悅夫子之道, 誠如口之悅芻豢, 則必將盡力而求之,

---

97 고기를 좋아하듯이 하였다면 : 이와 같은 내용은 《맹자》〈고자 상〉 제7장에 보인다.

98 과연⋯⋯못하였다 : 이 부분은 《논어》〈이인(里仁)〉 제6장에 보인다.

何患力之不足哉. 畫而不進, 則日退而已矣. 此冉求之所以局於藝也."

〔按〕力不足者, 中途而廢云者, 對冉求之畫而爲言, 果能用力, 則豈有中途廢之理? 孔子嘗曰: "果能用其力於仁矣乎? 我未見力不足者."

〔經〕 공자께서 말씀하셨다. "문(文)이야 내 남과 같지 않겠는가. 그러나 군자의 도를 몸소 행함은 내 아직 얻지 못하였다."〈술이 제32장〉

〔按〕 살펴보건대, "문(文)은 내 다른 사람과 같으나 군자의 도를 몸소 행함은 아직 얻지 못하였다."라고 말씀하신 것이니, 스스로를 허여하면서 다른 사람을 권면한 것이다.

〔經〕 子曰: "文, 莫吾猶人也. 躬行君子, 則吾未之有得."

〔按〕 言文則吾與人同, 而躬行君子, 則未之得見, 蓋自許而勉人也.

〔經〕 자장(子張)이 묻기를 "사(士)가 어떠하여야 이에 달(達)이라고 말할 수 있습니까?"라고 하자, 공자께서 말씀하셨다. "무슨 말인가? 네가 말하는 달이라고 하는 것이." 자장(子張)이 대답하기를 "나라에 있어도 반드시 명성이 있으며, 집안에 있어도 반드시 명성이 있는 것입니다."라고 하자, 공자께서 말씀하셨다. "그것은 명성이지 달이 아니다. 달이란 질박하고 정직하여 의를 좋아하며, 남의 말을 살피고 얼굴빛을 관찰하며, 배려하여 남에게 자신을 낮추는 것이니, 나라에 있어도 반드시 달하고, 집안에 있어도 반드시 달한다."〈안연 제20장〉

〔註〕 주자가 말씀하였다. "안으로 충(忠)과 신(信)을 주로 하고 행하는

바가 의(義)에 합하며, 남을 접할 적에 살펴 자신을 낮추어서 자신을 기르
니, 이는 모두 스스로 안을 닦고 남이 알아주기를 구하지 않는 일이다."

〔按〕 살펴보건대, 남의 말을 살피고 얼굴빛을 관찰함은 곧 자세하고 신중
하게 하여 남을 접함을 말하는 것이지, 남의 감정에 맞춰주고자하여 그러
는 것은 아니다.

〔經〕 子張問: "士何如斯可謂之達矣?" 子曰: "何哉? 爾所謂達者." 子張對
曰: "在邦必聞, 在家必聞." 子曰: "是聞也, 非達也. 夫達也者, 質直而好
義, 察言而觀色, 慮以下人, 在邦必達, 在家必達.

〔註〕 朱子曰: "內主忠信, 而所行合義, 審於接物, 而卑以[99]自牧, 皆自修於
內, 而不求人知之事."

〔按〕 察言觀色, 乃審愼接物之謂, 非欲俯仰人情而然爾.

〔經〕 명성이란 얼굴빛은 인(仁)을 취하되 행실은 어긋나며, 마음가짐이
스스로 옳다 여겨 의심하지 않는 것이니, 나라에 있어도 반드시 명성이
있으며 집안에 있어도 반드시 명성이 있다."〈안연 제20장〉

〔註〕 정자가 말씀하였다. "배우는 자는 모름지기 실상을 힘써야 하고
명성을 가까이 하려 해서는 안 된다. 명성을 가까이 하는 데 뜻을 두면
큰 근본을 이미 잃은 것이니, 다시 무슨 일을 배우겠는가? 명성을 위해
배우면 이는 거짓이다. 명성을 위하는 것과 이익을 위하는 것은 비록
청(淸)과 탁(濁)이 같지 않으나 그 이기심은 같다."

99 以 : 저본에는 '이(而)'로 되어 있다. 대전본 《논어집주》에 의거하여 수정하였다.

〔經〕夫聞也者, 色取人而行違, 居之不疑, 在邦必聞, 在家必聞."

〔註〕程子曰: "學者, 須是務實, 不要近名. 有意近名, 大本已失, 复學何事. 爲名而學, 則是僞也.[100] 爲名與爲利, 雖淸濁不同, 然其利心則一也."

〔經〕 공자께서 말씀하셨다. "그 말을 부끄러워하지 않으면 행하기가 어렵다."〈헌문 제21장〉

〔按〕 살펴보건대, 그 말을 부끄러워하는 자는 행실이 반드시 지극하다.

〔經〕 子曰: "其言之不怍, 則爲之也難."

〔按〕 恥其言者, 行必至.

〔經〕 거백옥(蘧伯玉)이 사람을 공자께 심부름 보내자, 공자께서 그와 함께 앉아 물으셨다. "그분은 어찌 하고 계신가?" 그 심부름꾼이 대답하기를 "부자는 허물을 적게 하고자 하시지만 아직 능하지 못하십니다."라고 하자, 공자께서 말씀하시기를 "훌륭한 사자로구나! 훌륭한 사자로구나!"〈헌문 제26장〉

〔註〕 주자가 말씀하였다. "장주(莊周)가 이르기를 '거백옥(蘧伯玉)은 나이 50세가 되었을 때에 49년의 잘못을 알았다.'[101]라고 하였고, 또 이르기를 '거백옥은 나이 60세가 되어서도 60번 변화하였다.'[102]라고 하였으니,

---

100 爲名而學 則是僞也 : 저본에는 없다. 대전본 《논어집주》에 의거하여 보충하였다.

101 거백옥(蘧伯玉)은……알았다 : 이와 같은 내용은 《회남자(淮南子)》〈원도훈(原道訓)〉에 보인다.

그 덕에 나아가는 공부가 늙어서도 게으르지 않았던 것이다. 그러므로 실천함이 독실하고 빛이 드러나서 사신만이 그것을 알았을 뿐 아니라, 공자도 그것을 믿으신 것이다.”

〔按〕 살펴보건대, 거백옥이 독실하고 덕에 나아가고 학업을 닦는 공이 사자의 말에서 드러났으니, 부자가 사자를 깊이 허여하신 것은 또한 거백옥을 깊이 칭찬하신 것이다.

〔經〕 蘧伯玉使人於孔子. 孔子與之座而問焉, 曰: “夫子何爲?” 對曰: “夫子欲寡其過而未能也.” 使者出. 子曰: “使乎! 使乎!”

〔註〕 朱子曰: “莊周稱伯玉, 行年五十, 而知四十九年之非, 又曰[103]伯玉行年六十, 而六十而化, 蓋其進德之功, 老而不倦. 是以踐履篤實, 光輝宣著, 不惟使者知之, 而[104]夫子亦信之也[105].

〔按〕 伯玉篤實進修之功, 著於使者之言, 夫子之深許使者, 亦所以深讚伯玉也.

〔經〕 공자께서 말씀하셨다. “군자는 그 말을 부끄러워하고 그 행실을 여유 있게 한다.”〈헌문 제29장〉

〔註〕 주자가 말씀하였다. “‘치(恥)’는 감히 다하지 못하는 뜻이고, ‘과

---

102 거백옥은……변화하였다 : 이와 같은 내용은 《장자(莊子)》〈칙양(則陽)〉에 보인다.

103 曰 : 저본에는 ‘칭(稱)’으로 되어 있다. 대전본 《논어집주》에 의거하여 수정하였다.

104 而 : 저본에는 없다. 대전본 《논어집주》에 의거하여 보충하였다.

105 也 : 저본에는 없다. 대전본 《논어집주》에 의거하여 보충하였다.

(過)'는 남음이 있고자 하는 말이다."

〔按〕 살펴보건대, 혹자가 말하기를 "말은 행실보다 겸손하고, 행실은 말보다 지나치게 해야 한다."라고 하였다.

〔經〕 子曰: "君子恥其言而過其行."

〔註〕 朱子曰: "恥者, 不敢盡之意. 過者, 欲有餘之辭."

〔按〕 或曰: "言謙於行, 行過於言."

〔經〕 공자께서 말씀하셨다. "허물이 있으면서도 고치지 않는 것을 허물이라 한다."〈위령공 제29장〉

〔註〕 주자가 말씀하였다. "허물이 있으나 능히 고치면 허물이 없었던 데에 돌아간다. 허물을 고치지 않으면 그 허물이 마침내 이루어져 미처 고치지 못할 것이다."

〔經〕 子曰: "過而不改, 是爲過矣."

〔註〕 朱子曰: "過而能改, 則復於無過. 唯不改則其過遂成, 而將不及改矣."

〔經〕 공자께서 말씀하셨다. "나이 40세가 되어서도 남에게 미움을 받으면 그런 사람은 그대로 끝나고 말 것이다."〈양화 제26장〉

〔註〕 주자가 말씀하였다. "제때에 미쳐 선으로 옮기고 허물을 고칠 것을 사람들에게 권면하신 것이다."

〔按〕 살펴보건대, 미움을 받으면 그는 그대로 끝나고 말 것이며, 소문이 없는 것은 두려워할 만하지 못하다. 그대로 끝나고 말 뿐인 자는 가망이 없지만, 두려워할 만하지 못한 자는 오히려 힘쓰는 데에 있다.

〔經〕 子曰: "年四十而見惡焉, 其終也已."
〔註〕 朱子曰: "勉人及時遷善改過也."
〔按〕 見惡, 則其終也已, 無聞, 則不足畏, 其終也已者, 無可望也. 不足畏者, 猶在勉之已矣.

〔經〕 공자께서 말씀하셨다. "후생은 두려워할 만하니, 어찌 후배가 지금 사람만 못할 줄을 알겠는가? 그러나 40, 50세가 되어서도 명성이 없으면 이런 사람은 또한 두려워할 것이 못된다."〈자한 제22장〉

〔註〕 윤씨(尹氏)가 말하였다. "젊어서 힘쓰지 않고 늙어서 명성이 없으면 또한 끝이다. 젊었을 때부터 진보하는 자는 그가 지극한 경지에 이르지 못할 줄을 어찌 알겠는가? 이것이 두려울 만한 것이다."
〔按〕 살펴보건대, 후생은 공부할 나이가 많고 힘도 강하여 나아가고 나아가 그만두지 않는다면 그 조예를 어찌 헤아릴 수 있겠는가? 이는 두려울 만하다. 만약 그렇게 하지 않아서 늙음에 이르러 알려짐이 없다면 이는 애처로워할 만하니, 어찌 족히 두렵겠는가? 그러나 이는 다만 젊어서 힘쓰지 않는 자를 위해 말한 것이고, 늙어서 알려짐이 없는 자가 절망하게 한 것은 아니다. 비록 40, 50세에 알려짐이 없는 자라도 오히려 이때에 이르러 힘쓴다면 완전히 무너져 낭패한 자보다는 훨씬 나을 것이다.

〔經〕子曰: "後生可畏, 焉知來者之不如今也? 四十五十而無聞焉, 斯亦不足畏也已!"

〔註〕尹氏曰: "少而不勉, 老而無聞, 則亦已矣. 自少而進者, 安知其不至於極乎? 是可畏也[106]."

〔按〕後生年富力强, 進進不已, 則其造詣, 豈可量哉? 是可畏也. 如其不然, 而至於老而無聞, 則伊可哀也. 何足畏哉? 然此只爲少而不勉者發, 非是老而無聞者, 絶望之也. 雖四十五十無聞者, 猶及此時勉焉, 則絶勝於全然壞敗者.

〔經〕 공자께서 말씀하셨다. "비유하건대, 산을 만듦에 흙 한 삼태기를 덮지 못하고서 그만두는 것도 내가 그만두는 것이다. 비유하건대, 평지에 흙 한 삼태기를 덮고서 나아가는 것도 내가 나아가는 것이다."〈자한 제18장〉

〔註〕 주자가 말씀하였다. "스스로 힘쓰고 쉬지 않으면 적은 것을 쌓아 많은 것을 이룰 것이고, 중도에 그만두면 이전의 공이 모두 버려지니, 중도에 그만두고 일을 시작해 나가는 것은 모두 나에게 달린 것이지 남에게 달린 것이 아니다."

〔按〕 살펴보건대, 아홉 길의 산에 흙 한 삼태기 덮는 것이 어려움이 되니,[107] 이른바 '100리를 가는 사람은 90리를 왔어도 반밖에 오지 않았다'

---

106 也: 저본에는 없다. 대전본 《논어집주》에 의거하여 보충하였다.

107 아홉……되니: 이와 같은 내용은 《서경(書經)》〈주서(周書)〈여오(旅獒)〉 제9장에 보인다. "아! 이른 새벽부터 밤늦도록 혹시라도 부지런하지 않음이 없게 하소서. 작은 행실을 가지지 않으면 마침내 큰 덕(德)에 누가 되어 "작은 행실을 삼가지 않으면 마침내

고 여기는 것이다.[108] 공부가 지극한 곳에 이르면 진실로 힘을 쓰기가 매우 어려우니, 배우는 자가 마땅히 깊이 살펴야 하는 것이다.

〔經〕子曰: "譬如爲山, 未成一簣, 止, 吾止也. 譬如平地, 雖覆一簣, 進, 吾往也."

〔註〕朱子曰: "自强不息, 則[109]積少成多, 中道而止, 則前功盡棄, 其止其往, 皆在我而不在人也."

〔按〕九仞之山, 一簣爲難, 所謂行百里者, 半九十里也. 盖工夫到極處, 儘難爲力, 學者所當猛省也.

〔經〕공자께서 말씀하셨다. "싹이 났으나 꽃이 피지 못하는 것도 있고, 꽃이 피었으나 열매를 맺지 못하는 것도 있다."〈자한 제21장〉

〔註〕주자가 말씀하였다. "배우되 완성에 이르지 못하면 이와 같은 것이 있다."

〔按〕살펴보건대, 배우는 자 가운데 중도에 그만두는 자가 있으니 이는 말할 것이 못된다. 안자(顏子)가 스스로 의지를 강하게 하고서도 학문의 완성을 보지 못한 것은 애석할 만하다.

큰 덕에 누가 되어, 마치 아홉 길의 산을 만듦에 공(功)이 흙 한 삼태기 때문에 무너질 것입니다.〔嗚呼! 夙夜罔或不勤, 不矜細行, 終累大德, 爲山九仞, 功虧一簣.〕"

108 이른바……것이다 : 이와 같은 내용은 《전국책(戰國策)》 〈진책(秦策) 5〉에 보인다. 목표 지점에 가까이 다가올수록 일을 제대로 마무리하기가 더욱 어려워진다는 말이다.

109 則 : 저본에는 없다. 대전본 《논어집주》에 의거하여 보충하였다.

〔經〕子曰: "苗而不秀者, 有矣夫, 秀而不實者, 有矣夫."

〔註〕朱子曰: "學而不至於成, 有如此."

〔按〕學者有中途而廢者, 無足道也. 如顔子之自强而不見成實者, 爲可惜也.

〔經〕번지(樊遲)가 공자를 따라 무우(舞雩)의 아래에서 노닐었는데, 말하기를 "감히 덕을 높이고 사특함을 닦고 미혹을 분별하는 것을 여쭙습니다." 공자께서 말씀하셨다. "좋구나, 너의 물음이여. 일을 먼저하고 얻는 것을 뒤로 함이 덕을 높이는 것이 아니겠는가? 자신의 악을 다스리고 남의 악을 다스리지 않는 것이 사특함을 닦는 것이 아니겠는가? 하루아침의 분노로 자신을 잊어서 화가 자기 부모에게까지 미치게 함이 미혹이 아니겠는가?"〈안연 제21장〉

〔註〕주자가 말씀하였다. "마땅히 해야 할 것을 하고 그 공효를 계산하지 않으면 덕이 날로 쌓이는데도 스스로 알지 못할 것이다. 자신을 다스림에 오로지 하고 남을 책하지 않는다면 자신의 악이 숨겨질 곳이 없을 것이다. 하루아침의 분노는 매우 작고 화가 자기 부모에게까지 미침은 매우 큼을 알면 미혹을 분별하고 그 분노를 징계할 수 있을 것이다."

〔按〕살펴보건대, 선후(先後)를 긴헐(緊歇)로 보면 마땅히 해야 할 일은 긴급히 그것을 하고, 그것을 얻으려는 마음은 천천히 뒤로 해야 한다.

〔經〕樊遲從遊於舞雩之下, 曰: "敢問崇德, 脩慝. 辨惑."

子曰: "善哉, 問也! 先事後得, 非崇德與? 攻其惡, 無攻人之惡, 非脩慝與? 一朝之忿, 忘其身, 以及其親, 非惑與?"

〔註〕朱子曰: "爲所當爲, 而不計其功, 則德日積, 而不自知矣[110]. 專於治

己, 而不責人, 則己之惡, 無所匿矣. 知一朝之忿爲甚微[111], 禍及其親爲甚
大, 則有以辨惑, 以懲其忿矣."

〔按〕 先後以緊歇看, 當爲之事, 則緊急爲之, 其得之之心, 則歇後之.

〔經〕 공자께서 말씀하셨다. "윗자리에 있으면서 관대하지 않고, 예를 행하
면서 공경하지 않고, 상(喪)에 임하여 애달파하지 않으면 내가 무엇으로
그를 살펴보겠는가."〈팔일 제26장〉

〔註〕 주자가 말씀하였다. "윗자리에 있을 적에는 관대함으로 근본을 삼
고, 예를 행할 적에는 공경으로 근본을 삼고, 상에 임할 적에는 애통함으
로 근본을 삼는다. 이미 그 근본이 없으면 무엇을 가지고 그가 행하는
바의 잘잘못을 살펴보겠는가."

〔經〕 子曰: "居上不寬, 爲禮不敬, 臨喪不哀, 吾何以觀之哉."
〔註〕 朱子曰: "居上以寬爲本, 爲禮以敬爲本, 臨喪以哀爲本, 旣無其本,
則以何者而觀其所行之得失哉."

〔經〕 공자께서 말씀하셨다. "남이 나를 알아주지 않는 것을 걱정하지 말
고, 내가 남을 알아주지 못함을 걱정하라."〈헌문 제32장〉

〔註〕 주자가 말씀하였다. "성인께서 이 한 가지 일에 대해 자주 말씀을

---

110 而不自知矣 : 저본에는 없다. 대전본 《논어집주》에 근거하여 보충하였다.

111 微 : 저본에는 "징(徵)"으로 되어 있다. 대전본 《논어집주》에 근거하여 수정하였다.

하셨으니, 그 정녕한 의도를 또한 알 수 있다."

〔經〕 子曰: "不患人之不己知, 患其不能也."
〔註〕 朱子曰: "聖人於此一事, 盖屢言之, 其丁寧之意, 亦可其矣."

〔經〕 자장이 행(行)에 대해 묻자, 공자께서 말씀하셨다. "말이 진실하고 신실하며, 행실이 독실하고 경건하면, 비록 오랑캐의 나라라 하더라도 자신의 뜻을 행할 수 있겠지만, 말이 진실하고 신실하지 못하고, 행동이 독실하고 경건하지 못하면 비록 자기가 사는 고장에선들 자신의 뜻을 행할 수 있겠는가. 서 있으면 충신(忠信)·독경(篤敬)이 눈앞에 참여함을 보고, 수레에 타고 있을 때에는 그것이 멍에에 깃들어 있음을 보아야 한다. 이와 같은 뒤에야 자신의 뜻을 행할 수 있을 것이다." 자장이 이 말씀을 잊지 않고자 띠에 썼다.〈위령공 제5장〉

〔註〕 정자가 말씀하였다. "학문은 채찍질하여 내면에 가까이하기를 할 뿐이다. 배우기를 널리 하고 뜻을 독실하게 하며, 묻기를 간절히 하고 생각을 가까이 하며, 말이 충신(忠信)하고 행실이 독경(篤敬)하여 서면 그것이 앞에 참여함을 볼 수 있고, 수레를 타고 있으면 그것이 멍에에 깃들어 있는 것을 볼 수 있어야 한다. 이것이 바로 학문이다."
〔按〕 살펴보건대, 자장이 외면을 힘쓰기 때문에 부자께서 내면에 가까이 하는 공부로써 가르치셨으니 이것이 체신달순(體信達順)[112] 하는 방법이

---

112 체신달순(體信達順) :《예기(禮記)》〈예운(禮運)〉편에 "신실(信實)한 덕을 체득하여 화순(和順)한 경지에 이르게 한다.〔體信而達順〕"라고 하였다.

다, 자장이 잊지 않고자 띠에 썼으니, 이후로는 공부가 더욱 절실하였을 것이다.

〔經〕子張問行, 子曰: "言忠信, 行篤敬, 雖蠻貊之邦, 行矣, 言不忠信, 行不篤敬, 雖州里, 行乎哉. 立則見其參於前也, 在輿則見其倚於衡也, 夫然後, 行也[113]." 子張書諸紳.

〔註〕程子曰: "學要鞭辟近裏而已, 博學而篤志, 切問而近思 言忠信, 行篤敬, 立則見其參於前, 在輿則見其倚於衡, 卽此是學."

〔按〕子張, 務外, 故夫子敎之以近裡工夫, 此體信達順之道, 子張書諸紳, 自此而後工夫應更切實.

〔經〕자공이 말하였다. "주왕(紂王)의 불선이 애초 이와 같이 심하지는 않았다. 그러므로 군자는 하류에 처하는 것을 싫어하니, 천하의 악이 모두 거기로 돌아오기 때문이다.〈자장 제20장〉

〔經〕子貢曰: "紂之不善, 不如是之甚也, 是以, 君子, 惡居下流, 天下之惡, 皆歸焉."

〔經〕자공이 말하였다. "군자의 허물은 일식이나 월식과 같아서 허물이 있으면 사람들이 모두 보고, 허물을 고치면 사람들이 모두 그것을 우러러

113 也 : 대전본 《논어집주》에는 없다.

본다."〈자장 제21장〉

〔按〕살펴보건대, 이 말을 보면 사앙의 마음은 참으로 푸른 하늘의 밝은 해와 같다.

〔經〕子貢曰: "君子之過也, 如日月之食焉, 過也. 人皆見之, 更也, 人皆仰之."

〔按〕觀此之言, 子貢胸中, 眞如靑天白日.

〔經〕공자께서 말씀하셨다. "만일 주공(周公)과 같은 아름다운 재예(才藝)를 가지고 있더라도 교만하고 인색하다면, 그 나머지는 볼 것이 없다."
〈태백 제11장〉

〔註〕정자가 말씀하였다. "이는 교만하고 인색함이 불가함을 심히 말씀한 것이다. 주공과 같은 덕이 있으면 자연히 교만하고 인색함이 없을 것이다. 다만 주공과 같은 재예가 있더라도 교만하고 인색하다면, 또한 볼 것이 없다."

〔經〕子曰: "如有周公之才之美, 使驕且吝, 其餘, 不足觀也已."

〔註〕程子曰: "此甚言驕吝之不可也. 盖有周公之德, 則自無驕吝, 若但有周公之才而驕吝焉, 亦不足觀矣."

〔經〕공자께서 말씀하셨다. "지혜가 그 일에 미치더라도 인(仁)으로 능히

그것을 지키지 못하면 비록 그것을 얻더라도 반드시 잃는다. 지혜가 거기에 미치며 인으로 능히 그것을 지키더라도 장엄함으로써 백성들에게 임하지 않으면 백성들이 그를 공경하지 않는다. 지혜가 미치며 인으로 능히 지키며 장엄함으로써 백성들을 임하더라도 백성들을 예로써 고무시키지 않으면 선하지 못하다."〈위령공 32장〉

〔註〕주자가 말씀하였다. "학문이 인(仁)에 이르면 선을 자기 몸에 소유해서 대본(大本)이 확립되니, 장엄함으로써 백성을 대하지 못하고 예로써 백성을 고무시키지 하지 못함은 그 기품(氣稟)과 학문의 작은 하자일 뿐이다. 그러나 또한 진선(盡善)의 도가 아니다."

〔經〕子曰: "知及之, 仁不能守之, 雖得之, 必失之. 知及之, 仁能守之, 不莊而涖之, 則民不敬. 知及之, 仁能守之, 莊而涖之, 動之不以禮, 未善也."

〔註〕朱子曰: "學至於仁, 則善有諸己而大本立矣, 涖之不莊, 動之不以禮, 乃其氣稟學問之小疵, 然亦非盡善之道也."

〔經〕공자께서 말씀하셨다. "누구인들 밖을 나갈 적에 문을 경유하지 않고 나갈 수 있겠는가. 그런데 어찌하여 이 도를 따르는 이가 없는가."〈옹야 제15장〉

〔註〕홍씨(洪氏)[114]가 말하였다. "사람이 나갈 적에 반드시 문을 경유해야 할 줄은 알면서도 행동할 때에 반드시 도를 따라야 함은 알지 못하니, 도가

---

114 홍씨(洪氏): 홍흥조(洪興祖, 1090~1155)를 말한다. 남송의 학자로 자는 경선(慶善), 단양(丹陽)사람이다. 저서는《노장본지(老莊本旨)》《주역통의(周易通義)》가 있다.

사람을 멀리 하는 것이 아니라, 사람이 스스로 도를 멀리 할 뿐이다."

〔經〕子曰: "誰能出不由戶, 何莫由斯道也".

〔註〕洪氏曰: "知出必由戶, 而不知行必由道, 非道遠人, 人自遠爾."

〔經〕 **공자께서 말씀하셨다. "아침에 도를 들으면 저녁에 죽어도 괜찮다."**
〈이인 제8장〉

〔註〕정자가 말씀하였다. "사람은 도를 알지 않으면 안 되니, 만일 도를 얻어 듣는다면 비록 죽더라도 괜찮다고 말씀하신 것이다."
○ 주자가 말씀하였다. "도는 사물의 당연한 이치이다. 만일 그것을 얻어 들으면, 살아서는 이치에 순응하고, 죽어서는 편안해서 다시 여한이 없을 것이다.
〔按〕살펴보건대, 도를 들으면 일생을 알 수 있기 때문에 비록 죽더라도 괜찮다는 것이다.

〔經〕子曰: "朝聞道, 夕死, 可矣."

〔註〕程子曰: "人不可以不知道, 苟得聞道, 雖死, 可也."

○ 朱子曰: "道者, 事物當然之理, 苟得聞之, 則生順死安, 無復遺恨."

〔按〕聞道, 則了得一生, 故, 雖死, 可也.

군자에 대해 말함

言君子

〔經〕 공자께서 말씀하셨다. "군자는 그릇(器)처럼 국한되지 않는다."〈위정 제12장〉

〔註〕 주자가 말씀하였다. "그릇은 각각 그 용도에 적합하여 서로 통용될 수 없다. 덕을 이룬 선비는 본체가 갖추어지지 않음이 없으므로 작용이 두루 통하지 않음이 없다."

〔按〕 살펴보건대, 그릇은 한량이 있지만, 군자는 그 양을 한량할 수 없기 때문에 '그릇처럼 국한되지 않는다.'고 한 것이다.

〔經〕 子曰: "君子, 不器".

〔註〕 朱子曰: "器者, 各適其用不能相通. 成德之士, 體無不具, 故用無不周."

〔按〕 器者, 有限量之, 謂君子, 其量無限, 故, 曰: 不器.

〔經〕 공자께서 자천(子賤)을 두고 평하셨다. "군자답구나, 이 사람이여! 노(魯)나라에 군자가 없었다면 이 사람이 어디에서 이러한 덕을 취했겠는 가."〈공야장 제2장〉

〔經〕 子謂子賤, "君子哉, 若人, 魯無君子者, 斯焉取斯."

〔經〕 자공(子貢)이 "저는 어떻습니까?" 하고 묻자, 공자께서 "너는 그릇이다." 하셨다. 자공이 "어떤 그릇입니까?" 하자, 공자께서 "호련(瑚璉)이다." 하셨다. 〈공야장 제3장〉

〔註〕 남헌 장씨(南軒張氏)[115]가 말하였다. "호련(瑚璉)은 비록 귀한 것이지만 결국 그릇이 됨을 면하지 못한다. 자공이 그가 도달한 바를 인하여 그가 도달하지 못한 것을 힘쓰면 또한 어찌 한량할 바가 있겠는가."

〔經〕 子貢曰: "賜也, 何如?" 曰: "女器也." 曰: "何器也?" 曰: "瑚璉也."
〔註〕 南軒張氏曰: "瑚璉, 雖貴, 終未免於可器也 賜, 能因其所至, 而勉其所未至, 則亦何所限量哉."

〔經〕 공자께서 말씀하셨다. "군자는 덕을 생각하고 소인은 처하는 곳을 생각하며, 군자는 법을 생각하고 소인은 은혜를 생각한다." 〈이인 제11장〉

〔註〕 윤씨(尹氏)[116]가 말하였다. "선을 좋아하고 불선을 싫어함은 군자가 되는 까닭이요, 구차히 편안하려 하고 얻기를 힘씀은 소인이 되는 까닭이다."

〔經〕 子曰: "君子, 懷德, 小人, 懷土, 君子, 懷刑, 小人, 懷惠."

---

115 남헌 장씨(南軒張氏) : 장식(張栻, 1133~1180)을 말한다. 자는 경부(敬夫), 호는 남헌(南軒)이며 광한(廣漢)사람이다. 주자와 여조겸(呂祖謙)과 더불어 동남삼현(東南三賢)으로 칭했으며 저서로는 《장남헌문집》이 있다.
116 윤씨(尹氏) : 윤돈(尹燉 1071~1142)을 말한다. 남송(南宋)의 학자, 자는 언명(彦明), 하남(河南)사람이다. 저서로는 《맹자해(孟子解)》, 《화정집(和靖集)》이 있다.

〔註〕尹氏曰: "樂善惡不善, 所以爲君子, 苟安務得, 所以爲小人."

〔經〕 공자께서 말씀하셨다. "군자는 평탄하여 여유가 있고, 소인은 늘 근심한다." 〈술이 제36장〉

〔註〕 정자가 말씀하였다. "군자는 천리를 따르므로 항상 몸과 마음이 펴지고 태연하며, 소인은 외물에 사역을 당하므로 걱정과 근심이 많다."

〔按〕 살펴보건대, 군자와 소인을 형용한 것은 이보다 더 적절한 것이 없다. 배우는 자가 마땅히 그것을 깊이 체득하는 것이다.

〔經〕 子曰: "君子, 坦蕩蕩, 小人, 長戚戚."

〔註〕 程子曰: "君子坦蕩蕩, 心廣體胖."

〔按〕 形容君子小人, 莫此爲切, 學者, 所宜深體之.

〔經〕 공자께서 말씀하셨다. "군자는 의(義)에 밝고, 소인은 이익에 밝다." 〈이인 제16장〉

〔註〕 정자가 말씀하였다. "군자가 의(義)에 대한 것은 소인이 이익에 대한 것과 같다. 군자는 오직 의를 깊이 깨닫기 때문에 독실하게 좋아한 것이다."

〔按〕 살펴보건대, 군자가 좋아하는 것은 의(義)이고, 소인이 좋아하는 것은 이(利)이다. 오직 그들이 독실하게 좋아하기 때문에 깊이 깨닫는 것이다.

〔經〕子曰: "君子, 喩於義, 小人, 喩於利."

〔註〕程子曰: "君子之於義, 猶小人之於利也, 惟其深喩, 是以篤好."

〔按〕君子之所好者義, 小人之所好者, 利, 惟其篤好, 是以深喩.

〔經〕공자께서 말씀하셨다. "군자는 두루 화협하고 뇌동하지 않으며, 소인은 뇌동하고 화협하지 않는다."〈자로 제23장〉

〔註〕윤씨(尹氏)가 말하였다. "군자는 의리를 숭상한다. 그러므로 뇌동하지 않는다. 소인은 이익을 숭상하니, 어떻게 화협할 수 있겠는가."

〔按〕살펴보건대, 군자는 도리에서 어그러진 마음은 없고 의리의 논쟁만 있기 때문에 화이부동(和而不同)하고, 소인은 좋아하며 서로 아첨하고 편당을 지어 이기려는 마음이 있기 때문에 동이불화(同而不和)한다.

〔經〕子曰: "君子, 和而不同, 小人, 同而不和."

〔註〕尹氏曰: "君子, 尙義故, 不同, 小人, 尙利, 安得而和."

〔按〕君子, 无乖戾之心, 而有義理之爭, 故和而不同, 小人, 好相阿比, 而有忌克之心, 故, 同而不和.

〔經〕공자께서 말씀하셨다. "군자는 태연하되 교만하지 않고, 소인은 교만하되 태연하지 못하다."〈자로 제26장〉

〔按〕살펴보건대, 군자는 뜻을 얻어도 태연하고, 뜻을 잃어도 태연하다. 소인은 뜻을 얻으면 교만하고, 뜻을 잃으면 시름에 겨워한다.

〔經〕子曰: "君子, 泰而不驕, 小人, 驕而不泰."

〔按〕君子, 得志亦泰, 失志亦泰, 小人, 得志則驕, 失志欿然.

〔經〕남궁괄(南宮适)이 공자께 여쭙기를 "예(羿)는 활을 잘 쏘았고, 오(奡)는 힘이 세어 육지에서 배를 끌고 다녔지만, 모두 제대로 죽지 못하였습니다. 그러나 우왕(禹王)과 직(稷)은 몸소 농사를 지었는데도 천하를 소유하셨습니다." 하니, 공자께서 대답하지 않으셨다. 남궁괄(南宮适)이 밖으로 나가자, 공자께서 말씀하셨다. "군자로구나, 이 사람이여! 덕(德)을 숭상하는구나. 이 사람이여!"〈헌문 제6장〉

〔註〕신안 진씨(新安陳氏)가 말하였다. "군자는 덕을 숭상하고 소인은 힘을 숭상한다. 남궁괄이 예(羿)와 오(奡)를 경계하고 우임금과 직을 존숭하였으니, 이것이 덕을 숭상하고 힘을 숭상하지 않는 것이다. 그래서 공자께서 군자라고 허여하셨다."

〔經〕南宮适, 問於孔子曰: "羿, 善射, 奡, 盪舟, 俱不得其死, 然, 禹·稷, 躬稼而有天下." 南宮适, 出, 子曰: "君子哉, 若人, 尙德哉, 若人."

〔註〕新安陳氏曰: "君子, 尙德, 小人, 尙力, 适, 戒羿·奡, 尊禹·稷, 是尙德, 不尙力故, 許以君子."

〔經〕공자께서 말씀하셨다. "군자는 위로 통달하고, 소인은 아래로 통달한다."〈헌문 제24장〉

〔註〕주자가 말씀하셨다. "군자는 천리(天理)를 따르기 때문에 날로 고명

한 데로 나아가고, 소인은 인욕(人慾)을 따르기 때문에 날로 낮은 데로
이른다."

〔按〕 살펴보건대, 의(義)에 밝기 때문에 위로 통달하고, 이(利)에 밝기
때문에 아래로 통달한다.

〔經〕 子曰: "君子, 上達, 小人, 下達."

〔註〕 朱子曰: "君子, 反天理故, 日進乎高明, 小人, 狥人欲故, 日究乎汙下."

〔按〕 喩於義, 故, 上達, 喩於利, 故, 下達.

〔經〕 공자께서 말씀하셨다. "기마(驥馬)는 그 힘을 칭찬하는 것이 아니라,
그 덕을 칭찬하는 것이다."〈헌문 제35장〉

〔按〕 살펴보건대, 힘이 있고 덕이 있는 후에 바야흐로 '기(驥)'라고 할
수 있다. 그러나 기를 귀하게 여기는 것은 진실로 덕에 있는 것이지,
힘에 있는 것이 아니다.

〔經〕 子曰: "驥, 不稱其力, 稱其德."

〔按〕 有力有德而後, 方可稱驥, 然所貴乎驥者, 固在德, 不在力也.

〔經〕 자로(子路)가 군자에 대하여 묻자, 공자께서 "경(敬)으로써 몸을 닦
는 것이다." 하셨다. 자로가 "이와 같을 뿐입니까?" 하자, "몸을 닦아서
사람을 편안하게 하는 것이다." 하고 대답하셨다. 다시 "이와 같을 뿐입니
까?" 하고 묻자, 다음과 같이 말씀하셨다. "몸을 닦아서 백성을 편안하게

하는 것이니, 몸을 닦아서 백성을 편안하게 하는 일은 요순(堯舜)께서도 오히려 부족하게 여기셨다."〈헌문 제45장〉

〔註〕주자가 말씀하였다. "경(敬)은 성학의 시작을 이루고 끝을 이루는 것이니, 모두 이를 말미암는다. 그래서 '경으로써 몸을 닦는다.' 하신 것이다. 아래에 '남을 편안하게 하고 백성을 편안하게 한다.'고 한 것은 모두 이를 말미암는다. 다만 자로의 질문을 방치할 수 없었기 때문에 부자께서 다시 이 말씀으로 답하여 요약하신 것이다. 다만 이 경(敬)으로써 자신을 닦으면 그 일이 모두 완료된다."

〔經〕子路問君子, 子曰: "脩己以敬." 曰: "如斯而已乎?" 曰: "脩己以安人." 曰: "如斯而已乎?" 曰: "脩己以安百姓, 脩己以安百姓, 堯·舜, 其猶病諸."

〔註〕朱子曰: "敬者, 聖學之所以成始而成終, 皆由此, 故曰: 修己以敬, 下面, 安人安百姓, 皆由於此, 只子路問不置, 故夫子復以此答之要之, 只是箇脩己以敬, 則其事皆了."

〔經〕공자께서 말씀하셨다. "군자는 의(義)로써 바탕을 삼고, 예(禮)로써 그것을 행하며, 겸손함으로써 그것을 드러내며, 신(信)으로써 그것을 완성하니, 이것이 군자이다."〈위령공 제17장〉

〔按〕살펴보건대, 의(義)로써 바탕을 삼고, 예로써 행하고, 신으로써 완성하면 아마도 남은 흠결이 없을 듯하다. 그런데 굳이 겸손으로써 표현하는 것을 추가한 것은 다시 세밀한 공부를 한 것이다.

〔經〕子曰: "君子, 義以爲質, 禮以行之, 遜以出之, 信以成之, 君子哉."

〔按〕義以爲質, 禮以行, 信以成, 則似無餘欠, 而必加之以遜出者, 更下細密工夫.

〔經〕공자께서 말씀하셨다. "군자는 자기의 무능함을 병으로 여기고, 남이 자신을 알아주지 못함을 병으로 여기지 않는다."〈위령공 제18장〉

〔按〕살펴보건대, 군자는 자기에게서 구하니, 남이 알아주지 않는 것을 어찌 병으로 여기겠는가.

〔經〕子曰: "君子, 病無能焉, 不病人之不己知也."

〔按〕君子, 求諸己, 人之不知, 何足病哉?

〔經〕공자께서 말씀하셨다. "군자는 자신에게서 원인을 찾고, 소인은 남에게서 원인을 찾는다."〈위령공 제20장〉

〔按〕살펴보건대, 실제를 힘쓰는 것이 군자가 되고, 명예를 바라는 것이 소인이 된다.

〔經〕子曰: "君子, 求諸己, 小人, 求諸人."

〔按〕務實之爲君子, 要名之爲小人.

〔經〕 공자께서 말씀하셨다. "군자는 씩씩하되 다투지 않으며, 무리를 짓되 편당하지 않는다."〈위령공 제21장〉

〔註〕 주자가 말씀하였다. "씩씩하게 자기 몸을 갖는 것을 긍(矜)이라 한다. 그러나 이치에 어긋난 마음이 없으므로 다투지 않는다. 화협하게 여러 사람과 처하는 것을 군(群)이라 한다. 그러나 아첨하고 패를 짓는 의도가 없으므로 편당하지 않는 것이다."

〔經〕 子曰: "君子, 矜而不爭, 羣而不黨."
〔註〕 朱子曰: "莊而持己曰: 矜. 然無乖戾之心, 故不爭, 和而處衆曰: 羣. 然無阿比之意, 故不黨."

〔經〕 공자께서 말씀하셨다. "군자는 말을 잘한다고 해서 그 사람을 등용하지 않으며, 사람이 나쁘다 하여 그의 좋은 말을 버리지 않는다."〈위령공 제22장〉

〔按〕 살펴보건대, 말을 잘한다고 해서 그 사람을 등용하게 되면 사람을 잃고, 사람이 나쁘다고 해서 그의 좋은 말을 버리면 좋은 말을 잃는 것이다. 군자는 그 사람도 잃지 않고 또한 좋은 말도 잃지 않는다.

〔經〕 子曰: "君子, 不以言舉人, 不以人廢言."
〔按〕 以言舉人則失人, 以人廢言則失言, 君子, 不失人, 亦不失言.

〔經〕 공자께서 말씀하셨다. "군자는 도를 도모하고 밥을 도모하지 않는다. 농사를 지어도 굶주림이 그 가운데에 있을 수 있고, 학문을 해도 녹(祿)이 그 가운데 있을 수 있으니, 군자는 도를 걱정하고 가난을 걱정하지 않는다."〈위령공 제31장〉

〔註〕 윤씨(尹氏)가 말하였다. "군자는 근본을 다스리고 그 지엽은 걱정하지 않으니, 어찌 밖으로부터 이른 것으로써 근심과 즐거움을 삼겠는가."

〔經〕 子曰："君子, 謀道, 不謀食, 耕也, 餒在其中矣, 學也, 祿在其中, 君子, 憂道, 不憂貧."
〔註〕 尹氏曰："君子, 治其本而不郵其末, 豈以自外至者, 爲憂樂哉."

〔經〕 공자께서 말씀하셨다. "군자는 정도(正道)를 굳게 지키며 작은 신의(信義)에 얽매이지 않는다."〈위령공 제36장〉

〔註〕 주자가 말씀하였다. "'정(貞)'은 올바르고 견고함이요, '량(諒)'은 시비(是非)를 가리지 않고 신(信)에만 기필하는 것이다."
〔按〕 살펴보건대, 정의를 굳게 지키는 것을 '정(貞)'이라 하고, 작은 일에 반드시 신의를 지키는 것을 '량(諒)'이라 한다.

〔經〕 子曰："君子, 貞而不諒"
〔註〕 朱子曰："貞, 正而固也, 諒, 則不擇是非而必於信."
〔按〕 固守正義之謂貞, 小事必信之謂諒.

〔經〕 공자께서 말씀하셨다. "군자는 작은 일로써 그의 덕을 알 수는 없으나 큰일을 맡을 수 있고, 소인은 큰일을 맡을 수 없으나 작은 일에서 그의 능력을 알 수 있다."〈위령공 제33장〉

〔註〕 주자가 말씀하였다. "군자는 작은 일에 있어서 반드시 볼 만한 것은 아니나 재질과 덕이 족히 중임(重任)을 맡을 만하며, 소인은 비록 기량이 얕고 좁으나 반드시 한 상점도 취힐 민한 것이 없는 것은 아니다."

〔經〕 子曰: "君子, 不可小知而可大受也, 小人, 不可大受而可小知也.
〔註〕 朱子曰: "君子於細[117]事, 未必可觀, 而材德, 足以任重, 小人, 器雖淺陜, 而未必無一長可取."

〔經〕 공자께서 말씀하셨다. "군자는 종신토록 이름이 일컬어지지 못함을 싫어한다."〈위령공 제19장〉

〔註〕 범씨(范氏)가 말하였다. "종신토록 이름이 일컬어지지 않는다면 선을 행한 실제가 없음을 알 수 있다."[118]
〔按〕 살펴보건대, 40세나 50세가 되도록 세상에 알려지지 않고[119], 죽은

---

117 細 : 저본에는 '소(小)'로 되어 있다. 대전본 《논어집주》에 의거하여 수정하였다.
118 범씨(范氏) : 범조우(范祖禹, 1041~1098)를 말한다. 북송의 학자로 자는 순부(淳夫)이며 성도(成都)사람이다.
119 40세나……않고 : 《논어》〈자한(子罕)〉 제22장에 "후생(後生)이 두려울 만하니 앞으로 오는 자들이 지금의 나보다 못할 줄을 어찌 알겠는가. 그러나 40~50세가 되어도 알려짐이 없으면 그 또한 족히 두려울 것이 없는 것이다."〔後生可畏, 焉知來者之不如今也. 四十五十而無聞焉, 斯亦不足畏也已.〕"

뒤에도 이름이 일컬어짐이 없는 부류들은 모두 칭찬할 만한 실질적인 선행이 없음을 말한다. 배우는 자가 만약 이 말로써 조금이라도 명예를 구하는 마음이 있다면 잘못이다.

〔經〕子曰: "君子, 疾沒世而名不稱焉."

〔註〕范氏曰: "沒世而名不稱焉, 卽[120]無爲善之實, 可知."

〔按〕四十五十無聞, 沒世名不稱之類, 皆謂無實善可稱也. 學者, 若以是言, 而有一毫求名之心, 誤矣.

〔經〕공자께서 말씀하셨다. "질(質)이 문(文)을 이기면 촌스럽고, 문이 질을 이기면 세련되니, 문과 질이 적당히 배합된 뒤에야 군자이다."〈옹야 제16장〉

〔註〕신안 진씨가 말했다. "문이 그 중을 얻어야 문과 질이 알맞게 된다. 문이 미치지 못하면 촌스럽게 되고, 문이 너무 지나치면 세련되게 된다. 문은 줄이고 보탤 수 있지만 질은 줄이고 보탤 수 없다.

〔經〕子曰: "質勝文則野, 文勝質則史, 文質彬彬然後, 君子."

〔註〕新安 陳氏曰: "文得其中, 文與質稱, 文不及則爲野, 文太過則爲史, 故, 文可損益, 而質無損益."

---

120 卽 : 저본에는 없다. 대전본 《논어집주》에 의거하여 보충하였다.

〔經〕극자성(棘子成)이 말하였다. "군자는 질박하면 될 뿐이니, 문채를 어디에 쓰겠는가." 자공(子貢)이 말하였다. "애석하다! 그대의 말이 군자다우나 네 마리 말이 끄는 빠른 수레로도 말실수 한 그 혀는 따라갈 수 없다. 문채와 질박은 똑같이 중요하고, 질박과 문채는 비중이 같다. 문채가 필요 없다면 범·표범의 화려한 털을 벗긴 가죽은 개·양의 털 벗긴 가죽과 같을 것이다."〈안연 제8장〉

〔註〕주자가 말씀하였다. "극자성(棘子成)은 당시 문의 폐단을 바로잡되 진실로 지나침에 잘못되었고, 자공은 자성(子成)의 폐단을 바로잡되 또 본말(本末)과 경중(輕重)의 차이가 없었으니, 모두 잘못이다."

〔按〕살펴보건대, 자공의 의도는 "문과 질이 어느 한 쪽으로 치우치게 기울어서는 안 된다. 만약 질뿐이라면 호표(虎豹)와 견양(犬羊)의 가죽을 어떻게 분별하겠는가?"라고 생각한 것이니, 말의 잘못이 없는 듯하다.

〔經〕棘子成曰: "君子, 質而已矣[121], 何以文爲." 子貢曰: "惜乎[122], 夫子之說, 君子也, 駟不及舌. 文猶質也, 質猶文也, 虎豹之鞟, 猶犬羊之鞟."
〔註〕朱子曰: "棘子成, 矯當時文弊, 固失之過, 而子貢, 矯子成之弊, 又無本末輕重之差, 胥失之矣.[123]"
〔按〕子貢之意, 以爲'文質不可偏勝. 若質而已, 則虎豹犬羊之鞟, 以何辨乎?' 恐無語病.

121 矣 : 저본에는 없다. 대전본 《논어집주》에 의거하여 보충하였다.
122 惜乎 : 저본에는 없다. 대전본 《논어집주》에 의거하여 보충하였다.
123 矣 : 저본에는 없다. 대전본 《논어집주》에 의거하여 보충하였다.

〔經〕 공자께서 말씀하셨다. "군자는 두루 사랑하고 편당하지 않으며, 소인은 편당하고 두루 사랑하지 않는다."〈위정 제14장〉

〔註〕 주자가 말씀하였다. "'주(周)'는 두루 친한 것이며, '비(比)'는 편당하는 것이다. 모두 남과 친하고 두터이 하는 뜻이지만 주(周)는 공(公)이고, 비(比)는 사(私)이다."

〔按〕 살펴보건대, 군자와 소인은 서로 차이가 매우 크지만, 그 처음엔 다만 공(公)과 사(私)의 사이에 아주 작은 차이가 있을 뿐이다. 배우는 자가 반드시 그 기미의 차이를 지극히 살피면 거의 소인으로 전락하는 것을 면할 수 있을 것이다.

〔經〕 子曰: "君子, 周而不比, 小人, 比而不周."
〔註〕 朱子曰: "周, 普徧也, 比, 偏黨也, 皆與人親厚之意, 但周公而比私."
〔按〕 君子小人, 相去甚遠, 然其初, 只是公私之間, 毫釐之差耳. 學者, 必致察於幾微之間, 庶幾免於小人之歸矣.

〔經〕 공자께서 말씀하셨다. "군자는 남의 아름다움을 이루어주고, 남의 악을 이루어주지 않으니, 소인은 이와 반대로 한다."〈안연 제16장〉

〔註〕 주자가 말씀하였다. "군자와 소인은 마음가짐에 이미 후박(厚薄)의 차이가 있고, 그 좋아하는 바에도 또 선악의 다름이 있다. 그러므로 그 마음 씀의 같지 않음이 이와 같은 것이다."

〔按〕 살펴보건대, 군자는 남의 악을 숨겨주고 선을 드러내어 남의 아름다운 이름을 이루어 주는 것을 좋아하고, 소인은 남의 선을 숨기고 악을

들추어 남의 악명을 이루는 것을 좋아한다.

〔經〕子曰: "君子成人之美, 不成人之惡, 小人反是."
〔註〕朱子曰: "君子小人, 所存旣有厚薄之殊, 而其所好又有善惡之異, 故, 其用心不同, 如此."
〔按〕君子, 隱惡揚善, 好成人之美名, 小人, 匿善播惡, 好成人之惡名.

〔經〕공자께서 말씀하셨다. "군자는 다투는 것이 없으나 다투는 것이 있다면 그것은 반드시 활쏘기일 것이다. 활쏘기를 할 적에는 서로 읍(揖)하고 사양한 뒤 활터로 올라가 활을 쏜 뒤에는 내려와 벌주를 마시니, 이러한 다툼이 군자의 다툼이다."〈팔일 제7장〉

〔按〕살펴보건대, 군자는 다투는 바가 없다. 활쏘기의 다툼은 또한 이른바 다툰다는 것이 아니다.

〔經〕子曰: "君子, 無所爭, 必也射乎, 揖讓而升, 下而飮, 其爭也君子."
〔按〕君子無所爭, 射之爭, 亦非所謂爭也.

〔經〕자하(子夏)가 말하였다. "소인들의 허물은 반드시 꾸미는 것이다."
〈자장 제8장〉

〔按〕살펴보건대, 잘못이 있더라도 고치면 선(善)이 되고, 잘못하고도 꾸미면 악이 된다.

〔經〕 子夏曰: "小人之過也必文."

〔按〕 過而改則爲善 過而文則惡矣.

〔經〕 자로(子路)가 완성된 사람에 대해 묻자, 공자께서 말씀하셨다. "만일 장무중(臧武仲)의 지혜와 공작(公綽)의 탐욕스럽지 않음과 변장자(卞莊子)의 용기와 염구(冉求)의 재예(才藝)에 예악으로 문채를 내면, 또한 완성된 사람이 될 수 있을 것이다." 다시 말씀하셨다. "지금의 완성된 사람이 어찌 군이 그러하겠는가. 이(利)를 보고 의(義)를 생각하며, 위태로움을 보고 목숨을 바치며, 오래된 약속에 평소의 말을 잊으면, 또한 완성된 사람이 될 수 있을 것이다."〈헌문 제13장〉

〔註〕 정자가 말씀하였다. "장무중(臧武仲)은 지(智)이요, 공작(公綽)은 인(仁)이요, 변장자(卞莊子)는 용(勇)이요, 염구는 재예(才藝)이니, 모름지기 이 네 사람의 장점을 합하고서 예악으로써 문채를 내면, 또한 완성된 사람이 될 수 있다. 그러나 그 대성인(大成人)을 논한다면 여기에 그치지 않을 것이다. 지금의 성인(成人)과 같은 경우는 충신(忠信)이 있으나 예악에 미치지 못하니, 또한 그 다음이 된다."

〔經〕 子路問成人, 子曰: "若臧武仲之知, 公綽之不欲, 卞莊子之勇, 冉求之藝, 文之以禮樂, 亦可以爲成人矣." 曰: "今之成人者, 何必然, 見利思義, 見危授命, 久要, 不忘平生之言, 亦可以爲成人矣."

〔註〕 程子曰: "武仲知也, 公綽仁也, 卞莊子勇也, 冉求藝也, 須是合此四人之能, 文之以禮樂, 亦可以爲成人矣. 然而論其大成, 則不止於此, 若今之成人, 有忠信而不及於禮樂, 則又其次也."

〔經〕 공자께서 자하(子夏)에게 말씀하셨다. "너는 군자다운 학자가 되고, 소인같은 학자가 되지 말라."〈옹야 제11장〉

〔註〕 정자가 말씀하였다. "군자다운 학자는 자신의 덕성을 함양하기 위하여 공부하고, 소인같은 학자는 남에게 명예를 얻기 위하여 공부한다."

〔經〕 子謂子夏曰: "女爲君子儒, 無爲小人儒."
〔註〕 程子曰: "君子儒, 爲己, 小人儒, 爲人."

〔經〕 증자가 말씀하였다. "육척의 어린 임금을 맡길 만하고, 사방 백리의 땅을 다스리는 제후국의 명을 부탁할 만하며, 대절(大節)에 임해서 그 절개를 빼앗을 수 없다면, 군자다운 사람인가, 군자다운 사람이다."〈태백 제6장〉

〔註〕 정자가 말씀하였다. "절개와 지조가 이와 같으면, 군자라고 할 만하다."
〔按〕 살펴보건대, 군자는 덕을 완성한 명칭이다. 그 재능과 그 절개가 이와 같아 덕을 이루었다고 할 수 있기 때문에 '군자다운 사람이다'라고 하신 것이다.

〔經〕 曾子曰: "可以托六尺之孤, 可以寄百里之命, 臨大節而不可奪也, 君子人與, 君子人也."
〔註〕 程子曰: "節操, 如是, 可謂君子."
〔按〕 君子, 成德之名, 其才其節, 如此, 可謂成德, 故曰: 君子人也.

〔經〕 공자께서 말씀하셨다. "언론이 독실한 사람을 허여하면 군자다운 자일까, 얼굴만 장엄하게 하는 자일까."〈선진 제20장〉

〔註〕 주자가 말씀하였다. "이는 말과 외모로 사람을 취해서는 안 됨을 말씀한 것이다."

〔按〕 살펴보건대, 언론이 독실한 사람은 진실로 군자다운 사람도 있고, 또한 얼굴만 장엄하게 하는 자도 있으니 일괄적으로 그들을 허여해서는 안 된다.

〔經〕 子曰:"論篤是與, 君子者乎, 色莊者乎?"

〔註〕 朱子曰:"言不可以言貌取人."

〔按〕 言論篤實者, 固有君子者, 亦有色莊者, 未可槩以與之.

제가에 대해 말함
言齊家

〔經〕 어떤 이가 공자께 이르기를 "선생께서는 어찌하여 정사(政事)를 하지 않으십니까?" 하자, 공자께서 말씀하셨다. "《서경》에 효(孝)에 대하여 말하였다. '부모에게 효도하며, 형제간에 우애하여, 정사에 그것을 베푼다.'고 하였으니, 이 또한 정사를 하는 것이다. 어찌 벼슬해서 정사하는 것만이 정사하는 것이 되겠느냐."〈위정 제21장〉

〔註〕 남헌 장씨가 말하였다. "부모에게 효도하면 반드시 형제에게 우애하게 되고, 효도와 우애가 집안에 돈독하면 정사에 베풀어지게 되니 이 또한 옳다."

〔經〕 或謂孔子曰: "子, 奚不爲政?" 子曰: "書云孝乎, '惟孝, 友于兄弟, 施於有政.' 是亦爲政, 奚其爲爲政."
〔註〕 南軒 張氏曰: "孝於親, 則必友于兄弟, 孝友篤于家, 則施於有政, 亦是."

〔經〕 공자께서 말씀하셨다. "아버지가 살아 계실 때에는 그 자식의 뜻을 관찰하고 아버지가 돌아가셨을 때에는 그 자식의 행동을 관찰하니, 3년 동안 아버지의 도를 고치지 말아야 효(孝)라 이를 수 있다."〈학이 제11장〉

〔註〕 연평 이씨(延平李氏)가 말하였다. "'도(道)'는 오히려 통행할 수 있는 것이다. 3년 동안 세월이 빨리 흘러간다. 만약 조금 뜻에 맞지 않는 것이 있다고 바로 서둘러 그것을 고친다면 효자의 마음이 어디에 있겠는가."

〔按〕 살펴보건대, 사람이 차마 부모가 죽었다고 여기지 못하는 마음을 능히 보존하면, 3년 안에 어찌 갑자기 그 아버지의 도를 고침이 있겠는가.

〔經〕 子曰: "父在, 觀其志, 父沒, 觀其行, 三年, 無改於父之道, 可謂孝矣."
〔註〕 延平 李氏曰: "道者, 是猶可以通行者也, 三年之中, 日月易邁, 若稍有不愜意, 便率爾改之, 卽[124]孝子之心, 何在乎?"
〔按〕 人能存不忍死其親之心, 則三年之內, 豈有遽改其父道乎?

〔經〕 맹의자(孟懿子)가 효를 묻자, 공자께서 말씀하셨다. "어김이 없어야 한다." 번지(樊遲)가 수레를 몰고 있었는데, 공자께서 말씀하셨다. "맹손씨(孟孫氏)가 나에게 효를 묻기에 내가 '어김이 없어야 한다.'고 하였다." 번지가 "무슨 말씀입니까?" 하고 묻자, 공자께서 말씀하셨다. "부모가 살아 계실 적엔 섬기기를 예로써 하고, 돌아가시면 장사지내기를 예로써 하고, 제사지내기를 예로써 하는 것이다."〈위정 제5장〉

〔註〕 호씨(胡氏)가 말하였다. "'이른바 예(禮)로써 한다.'는 것은 자기가 할 수 있는 것을 할 뿐이다."[125]
〔按〕 살펴보건대, '무위(無違)'는 어버이의 뜻을 어김이 없어야 한다는 말이다. 대개 맹희자(孟僖子)가 맹의자(孟懿子)에게 명하여 부자께 예를 배우게 하였다. 그래서 맹의자로 하여금 아버지의 뜻을 저버리지 않게

---

124 卽 : 저본에는 없다. 대전본 《논어집주》에 의거하여 보충하였다.
125 호씨(胡氏) : 호인(胡寅, 1099~1157)을 말한다. 남송의 학자로 자는 명중(明仲), 호는 지당(致堂)이며 건안(建安)사람이다. 일생을 숭유척불(崇儒斥佛)에 주력하였다. 저서로는 《숭정변(崇正辨)》, 《비연집(斐然集)》, 《논어상설(論語詳說)》이 있다.

하여 살아 계실 때 섬기는 것과 돌아가셨을 때 장사지내고 제사지내는 것을 예로써 하게 하였으니 '효'라고 할 만하다.

〔經〕孟懿子問孝, 子曰:"無違." 樊遲御, 子告之曰:"孟孫問孝於我, 我對曰:'無違.'" 樊遲曰:"何謂也?" 子曰:"生事之以禮, 死葬之以禮, 祭之以禮."

〔註〕胡氏曰:"所謂以禮者, 爲其所得爲者而已矣."

〔按〕無違, 謂無違親志也. 盖孟僖子命懿子, 學禮於夫子, 使懿子能不負親志, 而生事死葬祭之以禮, 可謂孝矣.

〔經〕맹무백(孟武伯)이 효를 묻자, 공자께서 말씀하셨다. "부모는 오직 자식이 병들까 근심하신다."〈위정 제6장〉

〔註〕주자가 말씀하였다. "부모가 자식을 사랑하는 마음은 이르지 않는 데가 없으나, 오직 자식에게 질병이 있을까 염려하여 항상 근심하신다. 그러니 자식이 이것을 본받아 부모의 마음으로 자신의 마음을 삼는다면, 모든 그 몸을 지키는 것이 스스로 삼가지 않음을 용납하지 않을 것이다"

〔按〕살펴보건대, 부모가 자식을 사랑하는 마음이 이르지 않는 데가 없으나 자식이 질병이 있는 것으로 근심을 삼으니, 의롭지 못하고 상서롭지 못한 것이 자식의 몸에 연루된 것에 대해서는 더욱 더 잘 알 수 있다. 자식이 이런 부모의 마음을 체득하여 그 몸을 삼가면 효라고 할만하다.

〔經〕孟武伯問孝, 子曰:"父母, 唯其疾之憂."

〔註〕朱子曰: "父母愛子之心, 無所不至, 唯恐其有疾病, 常以爲憂, 人子
體此, 而以父母之心, 爲心, 則凡所以守其身者, 自不容於不謹矣."

〔按〕父母愛子之心, 無所不至, 而以其有疾病爲憂, 則其於不義不祥之累
其身者, 尤可知矣. 人子能體此父母之心, 以謹其身, 則可謂孝矣.

〔經〕 자유(子游)가 효를 묻자, 공자께서 말씀하셨다. "지금의 효라는 것은
물질적으로 봉양을 잘하는 것을 말한다. 그러나 견마(犬馬)에게도 모두
길러줌이 있으니, 공경하지 않는다면 이와 무엇으로 분별하겠는가."〈위정
제7장〉

〔註〕 주자가 말씀하였다. "사람이 견마(犬馬)를 기를 적에도 모두 음식으
로 길러줌이 있다. 만약 그 부모를 물질적으로 봉양만 하고 공경하지
않으면, 견마(犬馬)를 기르는 것과 무엇이 다르겠는가. 이는 불경(不敬)
의 죄를 심히 말씀하신 것이니, 깊이 경계해야 할 것이다."

〔經〕 子游問孝, 子曰: "今之孝者, 是謂能養. 至於犬馬, 皆能有養, 不敬,
何以別乎."

〔註〕朱子曰: "人蓄大馬, 皆能有以養之, 若能養其親而敬不至[126], 則與養
犬馬者何異. 甚言不敬之罪, 所以深警之也."

〔經〕 자하(子夏)가 효를 묻자, 공자께서 말씀하셨다. "얼굴빛을 온화하게

---

126 敬不至 : 저본에는 '不敬'으로 되어 있다. 대전본 《논어집주》에 의거하여 수정하였다.

하는 것이 어려우니, 부형(父兄)에게 일이 있으면 제자(弟子)가 그 수고로움을 대신하고, 술과 밥이 있으면 부형에게 잡수게 하는 것을 너는 효라고 생각하느냐?"〈위정 제8장〉

〔註〕 주자가 말씀하였다. "효자로서 깊은 사랑이 있는 자는 반드시 화기(和氣)가 있고, 화기가 있는 자는 반드시 유순(柔順)한 안색이 있고, 유순한 안색이 있는 자는 반드시 공순한 용모가 있다. 그러므로 부모를 섬길 때에 오직 얼굴빛을 온화하게 하는 것이 어려움이 되고, 수고로운 일을 대신하고 음식을 봉양하는 것은 효가 되기에 부족하다."

〔經〕 子夏問孝, 子曰: "色難, 有事, 弟子服其勞, 有酒食, 先生饌, 曾是以爲孝乎."

〔註〕 朱子曰: "孝子之有深愛者, 必有和氣, 有知氣者, 必有愉色, 有愉色者, 必有婉容, 故事親之際, 惟色爲難耳, 服勞奉養, 未足爲孝也."

〔經〕 공자께서 말씀하셨다. "부모를 섬기되 기미를 보아 간언해야 하니, 부모의 뜻이 내 말을 따르지 않음을 보고서는 더욱 공경하고 어기지 않으며, 수고롭되 원망하지 않아야 한다."〈이인 제18장〉

〔註〕 주자가 말씀하였다. "이 장은 《예기》〈내칙(內則)〉의 내용과 서로 표리가 된다. '기(幾)'는 은미함이니, 은미하게 간하는 것은 〈내칙〉에 이른바 '부모가 과실이 있거든 기운을 내리고 얼굴빛을 화하게 하여 부드러운 소리로써 간한다.'는 것이다. '부모의 마음이 내 말을 따르지 않음을 보더라도 더욱 공경하고 어기지 말라'는 것은 〈내칙〉에 이른바 '간하는

말이 만일 받아들여지지 않더라도 더욱 공경하고 더욱 효를 하여 기뻐하시면 다시 간한다.'는 것이다. 수고롭되 원망하지 않는다는 것은 〈내칙〉에 이른바 '부모가 향당(鄕黨)·주려(州閭)에서 죄를 얻기보다는 차라리 익숙히 간해야 할 것이니, 부모가 노하여 기뻐하지 않아서 종아리를 쳐 피가 흐르더라도 감히 부모를 미워하고 원망하지 말고, 더욱 공경하고 효를 하라'는 것이다."

〔經〕 子曰: "事父母, 幾諫, 見志不從, 又敬不違, 勞而不怨."
〔註〕 朱子曰: "此章, 與內則之言相表裡. 幾, 微也, 微諫, 所謂父母有過, 下氣怡色柔聲以諫也, 見志不從, 又敬不違, 所謂諫若不入, 起敬起孝, 悅則復諫也, 勞而不怨, 所謂與其得罪於鄕黨州閭, 寧孰諫, 父母怒不悅而撻之流血, 不敢疾怨, 起敬起孝也."

〔經〕 공자께서 말씀하셨다. "부모가 생존해 계시거든 멀리 외유하지 않으며, 외유하더 반드시 일정한 방소(方所)가 있어야 한다."〈이인 제19장〉

〔按〕 살펴보건대, 《예기》에 이른바 '떠나간 후에는 말씀드린 방향을 바꾸지 않고, 돌아올 때 일정을 경과하지 않는다.'라 한 것도 이 뜻이다. 대개 자식이 부모를 섬김에 부모가 근심함이 없게 하고자 할 따름이다.

〔經〕 子曰: "父母在, 不遠游, 游必有方."
〔按〕 《禮記》所謂, 出不易方, 復不過時, 亦此意, 盖子之事親, 欲親之無憂而已.

〔經〕 공자께서 말씀하셨다. "부모의 나이는 알지 않으면 안 되니, 알면 한편으로는 기쁘고 한편으로는 두렵다."〈이인 제21장〉

〔註〕 주자가 말씀하였다. "항상 부모의 나이를 기억하여 알고 있으면 이미 그 장수하신 것이 기쁘고, 또 그 노쇠하신 것이 두려워서 날짜를 아끼는 정성에 있어 절로 능히 그만둘 수 없게 됨이 있을 것이다."

〔經〕 子曰: "父母之年, 不可不知也, 一則以喜, 一則以懼."
〔註〕 朱子曰: "常知父母之年, 則旣喜其壽 又懼其衰, 而於愛日之誠, 自有不能已者."

〔經〕 공자께서 말씀하셨다. "효성스럽다. 민자건(閔子騫)이여! 사람들이 그 부모·형제의 칭찬하는 말에 트집을 잡지 못하는구나!"〈선진 제4장〉

〔註〕 호씨(胡氏)가 말하였다. "부모·형제가 그의 효도와 우애를 칭찬함에 사람들이 모두 믿고 딴 말이 없었으니, 이는 그 효도와 우애의 실제가 심중(心中)에 쌓여 밖에 드러남이 있었기 때문이었다. 그러므로 부자께서 감탄하고 찬미하신 것이다."

〔按〕 살펴보건대, 민자건이 효도와 우애의 실제가 내면에 쌓여 밖으로 드러나 사람들이 모두 그것을 믿었다. 그래서 비록 부모·형제와 불화했다는 말이 있더라도 사람들이 이로써 민자건에게 의심을 두지 않았으니, 공자께서 탄미하신 까닭이다. 아마도 이 말은 그 어머니가 돌아가시기 전에 말한 것인 듯하다.

〔經〕 子曰: “孝哉, 閔子騫! 人不間於其父母昆弟之言.”

〔註〕 胡氏曰: “父母兄弟稱其孝友, 人皆信之, 無異辭者[127], 蓋其孝友之實, 有以積於中而著於外, 故夫子嘆而美之.”

〔按〕 閔子, 孝友之實, 積於中而著於外, 人皆信之. 故雖有父母兄弟不和之言, 人不以是而置疑於閔子, 孔子所以歎美也. 抑斯言也, 據其母未化時而發與.

〔經〕 섭공(葉公)이 공자에게 말하였다. “우리 고을에 자신을 정직하게 하는 자가 있으니, 그의 아버지가 양(羊)을 훔치자, 아들이 그것을 증명하였습니다.” 공자께서 말씀하셨다. “우리 고을의 정직한 자는 이와 다르다. 아버지가 자식을 위하여 숨겨주고, 자식이 아버지를 위하여 숨겨주니, 정직함이 그 가운데 있다.”〈자공 제18장〉

〔註〕 주자가 말씀하였다. “아버지와 자식이 서로 숨겨줌은 천리(天理)와 인정(人情)의 지극히 당연한 것이다. 그러므로 정직하기를 구하지 않아도 정직함이 그 가운데 있는 것이다.”

〔按〕 살펴보건대, 사리에 마땅히 정직해야 할 경우가 있고, 마땅히 바르게 하지 아니해야 할 경우가 있다. 마땅히 바르게 해서는 안 될 경우에 바르게 하지 아니하는 것도 정직한 도를 다하는 것이다.

〔經〕 葉公語孔子曰: “吾黨有直躬者, 其父攘羊, 而子證之.” 孔子曰: “吾黨之直者異於是, 父爲子隱, 子爲父隱, 直在其中矣.”

127 者 : 저본에는 없다. 대전본 《논어집주》에 의거하여 보충하였다.

〔註〕朱子曰: "父子相隱, 天理人情之至也, 不求爲直, 而直在其中矣."
〔按〕事埋, 有當直者, 有當曲者, 當曲而曲, 乃所以盡直之道.

〔經〕 진항(陳亢)이 백어(伯魚)에게 물었다. "그대는 또한 특별한 들음이 있는가." 백어가 대답하였다. "없다. 일찍이 선생님께서 홀로 서 계실 때에 내가 빨리 걸어 뜰을 지나는데, '너는 시(詩)를 배웠느냐?' 하고 물으시기에 '아직 배우지 못하였습니다.' 하고 대답하였더니, '시를 배우지 않으면 말을 할 수 없다.' 하시므로 내가 물러가 시를 배웠다. 훗날 선생님께서 또 홀로 서 계실 때 내가 빨리 걸어 뜰을 지나는데, '너는 예(禮)를 배웠느냐?' 하고 물으시기에 '아직 배우지 못하였습니다.' 하고 대답하였더니, '예를 배우지 않으면 자신을 세울 길이 없다.' 하시므로 내가 물러 나와 예를 배웠다.〈계씨 제13장〉

〔註〕 주자가 말하기를, "시(詩)를 배우면 사리가 통달하고 심기(心氣)가 화평해지기 때문에 말을 잘하게 된다. 예를 배우면 품절(品節)에 대해 자세하고 밝아 덕성이 굳게 정해지기 때문에 자신을 세울 수 있다."
〔按〕 살펴보건대, 사리에 통달하고 비유를 잘 하기 때문에 말을 잘하고, 그 지기(志氣)를 안정시켜 그 근골(筋骨)을 견고히 하기 때문에 자신을 세울 수 있는 것이다.

〔經〕 陳亢問於伯魚, 曰: "子亦有異聞乎?" 對曰: "未也. 嘗獨立, 鯉趨而過庭. 曰: '學詩乎?' 對曰: '未也.' '不學詩, 無以言.' 鯉退而學詩. 他日, 又獨立, 鯉趨而過庭, 曰: '學禮乎?' 對曰: '未也.' '不學禮, 無以立也.' 鯉退而學禮."

〔註〕朱子曰: "學詩則事理通達而心氣知平. 故能言. 學禮則品節詳明而德性堅定, 故能立."

〔按〕達於事理而長於比喩, 故能言, 定其志氣而固其筋骨, 故能立.

〔經〕"나는 이 두 가지를 들었다."〈계씨 제13장〉

〔按〕살펴보건대, 평소의 말씀 외에는 달리 들음이 없는 것이다.

〔經〕"聞斯二者."

〔按〕盖雅言之外, 無他聞.

〔經〕진항(陳亢)이 물러 나와 기뻐하면서 말하였다. "하나를 물어서 셋을 들었으니, 시(詩)를 듣고 예(禮)를 들었으며, 또 군자가 자기 아들을 멀리 하는 것을 들었다."〈계씨 제13장〉

〔註〕남헌 장씨 말하였다. "양단(兩端)의 가르침을 다하시니, 친소(親疎) 와 현우(賢愚)에 따라 달리 하신 것이 없다."

〔按〕살펴보건대, 처음에는 특별한 들음이 있을 것이라 의심하였고, 마지막엔 그 자식을 멀리했다고 생각했으니, 진항은 진실로 성인을 알지 못하는 자이다.

〔經〕陳亢, 退而喜曰: "問一得三, 聞詩聞禮, 又聞君子之遠其子也."

〔註〕南軒 張氏曰: "竭兩端之敎, 於親疎賢愚, 無以異也."

〔按〕始疑有異聞, 終謂遠其子, 亢固不知聖人者.

〔經〕 재아(宰我)가 말하였다. "삼년상은 일 년 만하더라도 너무 오래입니다. 군자가 3년 동안 예를 행하지 않으면 예가 반드시 무너지고, 3년 동안 음악을 익히지 않으면 음악이 반드시 무너질 것입니다. 묵은 곡식이 다 없어지고 새 곡식이 오르며, 불씨 만드는 나무도 바뀌니, 1년이면 그칠 만합니다." 공자께서 "쌀밥을 먹고 비단옷을 입는 것이 너에게는 편안하냐?" 하시니, 재아가 대답하기를 "편안합니다." 하였다. 공자께서 말씀하셨다. "네가 편안하면 그리 해라. 군자가 거상(居喪)할 때에는 맛있는 것을 먹어도 달지 않으며 음악을 들어도 즐겁지 않으며, 거처가 편안하지 않기 때문에 하지 않는 것이니, 네가 편안하면 그리 해라." 재아가 밖으로 나가자, 공자께서 말씀하셨다. "재아의 인(仁)하지 못함이여! 자식이 태어나서 3년이 지난 뒤에야 부모의 품을 벗어나게 된다. 삼년상은 온 천하에 통용되는 상(喪)이니, 재여도 그 부모에게 3년의 사랑을 받았을 것이다."
〈양화 제21장〉

〔註〕 범씨가 말하였다. "'3년이 지난 뒤에야 부모의 품을 벗어난다.'고 하신 말씀은 다만 재아의 은혜 없음을 나무라서 그로 하여금 그에 미치게 함이 있고자 하신 것이다."

〔按〕 살펴보건대, 재아가 상례를 단축하는 것을 물은 것은 이미 성인의 문하에서 배척을 당한 것이다. 그러나 그의 예가 무너지고 악이 무너진다는 말을 보면 그 상중에 있으면서 슬픔을 다했음을 또한 알 수 있다. 후세에 이름은 상에 거한다고 하면서 고기를 먹고 술을 마시며 평소와 다름이 없는 자는 또한 재아의 죄인이다.

〔經〕宰我問, "三年之喪, 期已久矣. 君子 三年, 不爲禮, 禮必壞, 三年, 不爲樂, 樂必崩, 舊穀旣沒, 新穀旣升, 鑽燧改火, 期可已矣." 子曰: "食夫稻, 衣夫錦, 於女, 安乎?" 曰: "安." "女安則爲之. 夫君子之居喪, 食旨不甘, 聞樂不樂, 居處不安. 故不爲也, 今女安則爲之." 宰我出, 子曰: "予之不仁也. 子生三年然後, 免於父母之懷, 夫三年之喪, 天下之通喪也, 予也有三年之愛於其父母乎."

〔註〕范氏曰: "所謂三年然後免於父母之懷, 特以責宰我之無恩, 欲有以跂而及之耳."

〔按〕宰我短喪之問, 固已見斥於聖門, 然見其禮壞樂崩之說, 則其居喪而盡乎哀戚, 亦可知矣. 後世, 名爲居喪而食肉飮酒, 無異平日者, 又宰我之罪人也.

〔經〕 공자께서 말씀하셨다. "내가 제사에 참여하지 않으면 제사하지 않은 것과 같다."〈팔일 제12장〉

〔經〕 子曰: "吾不與祭, 如不祭."

〔經〕 자로(子路)가 "어떠하여야 이에 선비라 이를 만합니까?" 하고 묻자, 공자께서 대답하셨다. "간절하고 자상히 권면하며 화락하면 선비라 이를 만하다. 붕우 간에는 간절하고 자상히 권면하며, 형제간에는 화락하여야 한다."〈자로 제28장〉

〔註〕 주자[128]가 말씀 하였다. "이것들을 시행함에 혼동하게 되면 형제간에는 은혜를 해치는 화가 있고, 붕우 간에는 유순하기를 잘하는 손해가 있을까 염려되므로 구별하여 말씀하신 것이다."

〔按〕 살펴보건대, 이는 선비가 형제와 붕우의 사이에 처신하는 도이지, 선비의 전체 처신에 대한 도는 아니다.

〔經〕 子路問曰: "何如, 斯可謂之士矣?" 子曰: "切切偲偲, 怡怡如也, 可謂士矣, 朋友, 切切偲偲, 兄弟, 怡怡."

〔註〕 朱子曰: "恐其混於所施, 則兄弟有賊思之禍, 朋友有善柔之損, 故別而言之."

〔按〕 是士之處兄弟朋友之道, 非士之全體也.

〔經〕 공자께서 공야장(公冶長)을 두고 평하시기를 "이 사람은 사위 삼을 만하다. 비록 포승으로 묶여 옥중에 있었으나 그의 죄가 아니었다." 하시고, 자기의 딸을 그에게 시집보내셨다.〈공야장 제1장〉

〔按〕 살펴보건대, 부자께서 공야장으로 사위를 삼으려 하자, 어떤 이가 일찍이 포승으로 묶여 옥중에 있었던 것을 말하였다. 그러므로 그의 죄가 아니라는 것으로 해명한 것이다.

〔經〕 子謂公冶長: "可妻也. 雖在縲絏之中, 非其罪也." 以其子妻之.

〔按〕 夫子以公冶長, 爲可妻而或以曾在縲絏爲言, 故以非其罪解之.

128 주자 : 호씨(胡氏, 胡寅)의 잘못이다.

〔經〕 공자께서 남용(南容)을 두고 평하시기를 "나라에 도가 있을 때에는 버려지지 않을 것이요, 나라에 도가 없을 때에는 형벌을 면할 것이다." 하시고, 형의 딸을 그에게 시집보내셨다.〈공야장 제1장〉

〔註〕 주자가 말씀하였다. "그는 언행을 삼가였으므로, 잘 다스려지는 조정에서는 능히 쓰이고, 난세에는 화를 면할 수 있었다."

〔按〕 살펴보건대, 공야장에 대해서는 '그 죄가 아니다' 하고, 남용에 대해서는 '형육(刑戮)을 면할 수 있다'고 하셨으니, 사위를 택하면서 그 사람이 처자를 보호할 수 있을지를 먼저 살펴보신 것이다. 성인의 마음도 보통사람과 같다.

〔經〕 子謂南容; "邦有道, 不廢, 邦無道, 免於刑戮, 以其兄之子, 妻之."
〔註〕 朱子曰: "以其謹於言行. 故, 能用於治朝, 免禍於亂世."
〔按〕 謂公冶長: '非其罪.' 謂南容: '免於刑戮' 擇婿而先觀其人之可保妻子, 聖人之心, 與人同爾.

〔經〕 남용(南容)이 백규(白圭)의 시를 하루에 세 번 반복해 외우니, 공자께서 그 형의 딸을 그에게 시집보내셨다.〈선진 제5장〉

〔註〕 범씨(范氏)가 말하였다. "남용이 그 말을 삼가고자 함이 이와 같았다면, 반드시 그 행실을 삼갔을 것이다."

〔按〕 살펴보건대, 남용은 유용한 재목이고 또 능히 언행에 신중하기 때문에 부자께서 이를 취하신 것이다.

〔經〕南容, 三復白圭, 孔子以其兄之子, 妻之.

〔註〕范氏曰: "南容, 欲謹其言, 如此, 則必能謹其行矣."

〔按〕南容, 是有用之材, 而又能謹於言行, 故夫子取之.

〔經〕 공자께서 위(衛)나라의 공자(公子) 형(荊)을 두고 논평하셨다. "그는 집안을 잘 다스렸다. 처음 가재도구를 소유했을 때에는 '그런대로 이만하면 모여졌다.' 하였고, 조금 더 갖추어졌을 때에는 '그런대로 이만하면 갖추어졌다.' 하였고, 많이 갖추고 있을 때에는 '그런대로 이만하면 아름답다.' 하였다."〈자로 제8장〉

〔註〕 주자가 말씀하였다. "순서를 따르고 절도가 있어 빨리 하고자 하고 모은 것을 아름답게 하려는 욕심이 마음을 얽매지 않음을 말한 것이다."

〔按〕 살펴보건대, 그가 집안을 다스릴 적에 힘에 따라 점점 나아가서, 처음 소유했을 때에는 '그런대로 이만하면 모여졌다.' 하였고, 다소 갖추어지면 '그런대로 이만하면 갖추어졌다.' 하였고, 많이 갖추어지면 '그런대로 이만하면 아름답다.' 한 것이다.

〔經〕 子謂衛公子荊: "善居室, 始有, 曰: '苟合矣.' 少有, 曰: '苟完矣.' 富有, 曰: '苟美矣.'"

〔註〕 朱子曰: "言其循序而有節, 不以欲速盡美累其心也."

〔按〕 爲其居室而隨力漸進, 始有則曰苟合可矣, 少有則曰苟完可矣, 富有則曰苟美可矣.

〔經〕 공자께서 말씀하셨다. "단속함으로써 자신을 실수하는 자는 적다."
〈이인 제23장〉

〔註〕 윤씨(尹氏)가 말하였다. "모든 일은 단속하면 실수가 적을 것이니, 다만 검약(儉約)만을 말한 것이 아니다."

〔經〕 子曰: "以約失之者, 鮮矣."
〔註〕 尹氏曰: "凡事約則鮮失, 非止謂儉約也."

〔經〕 공자께서 말씀하셨다. "가난하면서 원망이 없기는 어렵고, 부자이면서 교만이 없기는 쉽다."〈헌문 제11장〉

〔註〕 주자가 말씀하였다. "마땅히 그 어려운 것을 힘써야 하며, 그 쉬운 것을 소홀히 해서는 안 된다."
〔按〕 살펴보건대, 가난하면서도 아첨함이 없기는 쉽지만,[129] 가난하면서 원망이 없기는 어렵다.

〔經〕 子曰: "貧而無怨難, 富而無驕易."
〔註〕 朱子曰: "當勉其難, 而不可忽其易也."
〔按〕 貧而無諂, 易; 貧而無怨, 難.

---

129 가난하면서도……쉽지만 : 《논어》〈학이(學而)〉에 "가난하되 아첨함이 없으며, 부유하되 교만함이 없으면 어떻습니까?〔貧而無諂, 富而無驕, 何如?〕"라고 한 데에 보인다.

〔經〕 안연이 죽자, 안로(顔路)가 공자의 수레를 팔아 곽(槨)을 만들 것을 청하니, 공자께서 말씀하셨다. "재주가 있거나 재주가 없거나 간에 또한 각각 자기의 아들을 말한다. 내 아들 이(鯉)가 죽었을 때에 관(棺)만 있었고 곽(槨)은 없었으니, 내가 수레를 팔아 도보로 걸어 다니며 곽을 만들어 주지 못함은 내가 대부의 뒤를 따르기 때문에 도보로 걸어 다닐 수 없어서이다."〈선진 제7장〉

〔按〕 살펴보건대, 정(情)이 진지(眞摯)하셨기 때문에 상세하게 모두 일러 주신 것이다.

〔經〕 顔淵死, 顔路請子之車, 以爲之槨, 子曰: "才不才, 亦各言其子也, 鯉也死, 有棺而無槨, 吾不徒行, 以爲之槨, 以吾從大夫之後, 不可徒行也."
〔按〕 情之摯, 故告之詳悉.

〔經〕 공자께서 말씀하셨다. "오직 여자와 소인은 기르기가 어려우니, 가까이 하면 불손하고 멀리하면 원망한다."〈양화 제25장〉

〔註〕 주자가 말씀하였다. "군자가 신첩(臣妾)에게 장엄함으로써 임하고 자애로써 길러주면 이 두 가지의 병폐가 없을 것이다."

〔經〕 子曰: "唯女子與小人, 爲難養也, 近之則不遜, 遠之則怨."
〔註〕 朱子曰: "君子之於臣妾, 莊而涖之, 慈以蓄之, 則無二者之失矣."

〔經〕 시골 사람들이 굿을 할 적에는 조복(朝服)을 입고 동쪽 섬돌에 서

계셨다.〈향당 제10장〉

〔經〕鄕人儺, 朝服而立於阼階.

〔經〕증자가 말씀하였다. "초상(初喪)을 삼가고 돌아가신 분을 추모하면 백성들의 덕이 후덕한 데로 돌아갈 것이다."〈학이 제9장〉

〔註〕소씨가 말하였다. "상례와 제례에 소홀하고 간략하면 죽은 자를 배반하고 살아 있는 자를 잊는 자가 많아 풍속이 야박하게 된다."

〔按〕살펴보건대, '신종추원(愼終追遠)'은 효자가 어버이를 사랑하는 지극한 마음에서 나온 것이니, 이것으로써 솔선하면 백성들의 덕이 자연히 후덕한 데로 돌아갈 것이다.

〔經〕曾子曰: "愼終追遠, 民德, 歸厚矣."
〔註〕蘇氏曰: "忽畧於喪祭, 則背死忘生者衆 而俗薄矣."
〔按〕愼終追遠, 出於孝子愛親之至意, 以是率之. 則民德, 自然歸厚矣.

〔經〕사마우(司馬牛)가 걱정하면서 말하였다. "사람들은 모두 형제가 있는데 나만 홀로 형제가 없다." 자하(子夏)가 말하였다. "나는 들으니, 사(死)와 생(生)은 명(命)이 있고, 부(富)와 귀(貴)는 하늘에 달려 있다고 하였다. 군자가 공경하여 잃음이 없으며, 남과 더불어 공손하고 예가 있으면 온 세상 사람들이 다 나의 형제일 것이니, 군자가 어찌 형제가 없음을 걱정하겠는가."〈안연 제5장〉

〔註〕 주자가 말씀하였다. "자하(子夏)는 사마우(司馬牛)의 근심을 풀어 주고자 하여 이 부득이한 말을 한 것이니, 독자들은 이 말로써 본의를 해치지 않는 것이 옳다."

〔經〕 司馬牛憂曰: "人皆有兄弟, 我獨無." 子夏曰: "商, 聞之矣, 死生有命, 富貴在天. 君子敬而無失, 與人恭而有禮, 四海之內, 皆兄弟也, 君子何患乎無兄弟也."
〔註〕 曰: "子夏欲以寬牛之憂, 而爲是不得已之辭, 讀者不以辭害意, 可也."

〔經〕 자유(子游)가 말하였다. "상사(喪事)에는 슬픔을 극진히 하면 되는 것이다."〈자장 제14장〉

〔註〕 주자가 말씀하였다. "'이지(而止)'라는 두 글자는 고원함에 지나쳐서 세미한 것을 간략하게 해버리는 폐단이 조금 있다."
〔按〕 살펴보건대, 자유는 절문(節文)에 대해 상세히 알았던 자라서 그 말이 이와 같았던 것이니, 옛 사람의 무실(務實)을 알 수 있다.

〔經〕 子游曰: "喪致乎哀而止."
〔註〕 朱子曰: "而止二字, 亦微有過於高遠, 而簡畧細微之弊."
〔按〕 子游詳明於節文者, 其言如是, 古人之務實, 可知.

〔經〕 증자가 말씀하였다. "내가 부자께 들으니, '사람이 스스로 정성을

극진히 하는 것이 없다 하더라도 반드시 친상(親喪)에는 정성을 다한다.'
라고 하셨다."〈자장 제17장〉

〔註〕주자가 말씀하였다. "친상(親喪)은 사람의 진정(眞情)으로서 스스
로 그만둘 수 없는 것이다."

〔按〕살펴보건대, 사람이 다른 일에 있어서는 몸가짐에 스스로 정성을
극진히 하지 못하는 것이 혹 있으나, 오직 부모의 상(喪)에 있어서는
정성을 극진히 하지 않음이 없으니, 이는 진정(眞情)이 발현되는 것을
스스로 그만둘 수 없기 때문이다. 이것은 성인이 사람들에게 지적해 보여
주어 그들로 하여금 스스로 그 양심을 알아서 감동하게 한 것이다.

〔經〕曾子曰 : "吾聞諸夫子, '人未有自致者也, 必也親喪乎.'"

〔註〕朱子曰 : "盖人之眞情, 所不能自已者."

〔按〕人於他事, 容有未能自致者, 而惟父母之喪, 無不自致者, 盖眞情所
發, 不能自已也. 此聖人指而示人, 使之自識其良心而感動之.

〔經〕증자가 말씀하였다. "내가 부자께 들으니, '맹장자(孟莊子)의 효는
그 다른 일은 미칠 수 있으나, 그가 아버지의 신하와 아버지의 정사(政事)
를 고치지 않은 일은 능히 하기 어렵다.' 하셨다."〈자장 제18장〉

〔經〕曾子曰 : "吾聞諸夫子, '孟莊子之孝也, 其他可及也, 其不改父之臣與
父之政, 是難能也.'"

遜庵集
손암집

제6권

논어강의
論語講義

논어강의 論語講義

교우에 대해 말함
言交友

〔經〕 공자께서 말씀하였다. "유익한 세 가지 벗함이 있고, 손해되는 세 가지 벗함이 있으니, 곧은 이를 벗하고, 진실한 이를 벗하고, 문견(聞見)이 많은 이를 벗하면 유익하고, 편벽(便辟)된 이를 벗하고, 유순한 이를 벗하고 말을 잘하는 이를 벗하면 손해이다."〈계씨 제4장〉

〔註〕 윤씨(尹氏)가 말하였다. "천자로부터 서인에 이르기까지 벗을 기다려 자신을 완성하지 않는 자가 없는데, 그 손해와 유익함이 이와 같은 점이 있으니, 삼가지 않을 수 있겠는가."

〔經〕 孔子曰: "益者三友, 損者三友, 友直, 友諒, 友多聞, 益矣, 友便辟, 友善柔, 友便佞, 損矣."
〔註〕 尹氏曰: "自天子, 至於庶人, 未有不須友以成者, 而其損益, 有如是者, 可不謹哉?"

〔經〕 공자께서 말씀하였다. "안평중(晏平仲)은 남과 사귀기를 잘하였도

다! 사람과 사귐이 오래되어도 그를 공경하였도다."〈공야장 제16장〉

〔註〕 정자가 말씀하였다. "사람은 사귐이 오래되면 공경이 시들해 지니, 교제가 오래되어도 능히 공경함은 사귀기를 잘한 것이다."

〔經〕 子曰: "晏平仲 善與人交! 久而敬之."
〔註〕 程子曰: "人交久則敬衰, 久而能敬, 所以爲善."

〔經〕 공자께서 말씀하셨다. "백이(伯夷)와 숙제(叔齊)는 남이 옛날에 저지른 잘못을 염두에 두지 않았다. 이 때문에 원망하는 사람이 드물었다."
〈공야장 제22장〉

〔註〕 정자가 말씀하였다. "남이 옛날에 저지른 잘못을 생각하지 않는 것, 이것은 청렴한자의 도량이다."
〔按〕 살펴보건대, 이것이 바로 맑은 성인[1]의 경지이다.

〔經〕 子曰: "伯夷、叔齊, 不念舊惡. 怨是用希."
〔註〕 程子曰: "不念舊惡, 此淸者之量."
〔按〕 是淸之聖處.

---

1 맑은……경지 :《맹자》〈만장 하(萬章下)〉에 "백이는 성인 가운데 맑은 분이다.〔伯夷 聖之淸者也〕"라는 말이 있다.

〔經〕 자공(子貢)이 교우에 대하여 묻자, 공자께서 말씀하였다. "충심으로 말해주고 잘 인도하되 불가능하면 그만두어서 스스로 욕됨이 없도록 해야 한다."〈안연 제23장〉

〔註〕 주자가 말씀하였다. "만일 그의 잘못에 대해 자주 말하다가 소원함을 당한다면 스스로 욕되는 것이다."

〔經〕 子貢問友, 子曰: "忠告而善道之, 不可則止, 無自辱焉."
〔註〕 朱子曰: "若以數而見疏, 則自辱矣."

〔經〕 공자께서 말씀하셨다. "유익한 세 가지 좋아함과, 손해되는 세 가지 좋아함이 있으니, 예악(禮樂)을 절제하기를 좋아하며, 남의 선(善)을 말하길 좋아하며, 어진 벗이 많음을 좋아하면 유익하고, 교만하게 즐기기를 좋아하며, 편안히 놀기를 좋아하며, 향락에 빠지기를 좋아하면 손해가 된다."〈계씨 제5장〉

〔按〕 살펴보건대, 사람이 좋아하는 바의 손익을 알지 못함이 없는데도 오히려 손해되는 쪽을 좋아하는 것은 다만 공경이 태만을 이기지 못하기 때문이다.

〔經〕 孔子曰: "益者三樂, 損者三樂, 樂節禮樂, 樂道人之善, 樂多賢友, 益矣, 樂驕樂, 樂佚遊, 樂宴樂, 損矣."
〔按〕 人莫不知所樂之損益, 而猶樂其損者, 只是敬不勝怠也.

〔經〕 공자께서 말씀하셨다. "말을 잘하고 얼굴빛을 좋게 하고 공손을 지나치게 함을 좌구명이 그것을 부끄럽게 여겼는데, 나 또한 그것을 부끄럽게 여긴다. 원망을 감추고 그 사람과 벗하는 것을 좌구명이 그것을 부끄럽게 여겼는데, 나 또한 그것을 부끄럽게 여긴다."〈공야장 제24장〉

〔註〕 사씨(謝氏)가 말하였다. "세 가지의 부끄러워할 만한 일은 담을 뚫고 담을 뛰어넘는 도둑질보다 심함이 있다."

〔按〕 살펴보건대, 말을 잘하고 얼굴빛을 좋게 하고 공손을 지나치게 하며 원망을 감추고 벗하는 것이 비록 네 가지의 일이지만 혈맥이 상통한다. 말을 잘하고 얼굴빛을 좋게 하는 것은 공손을 지나치게 하는 것의 태도이나, 원망을 감추고 그 사람과 벗하는 자가 어떤 말인들 잘하지 못하겠으며 어떤 얼굴빛인들 좋게 하지 못하겠는가. 이에 말을 잘하고 얼굴빛을 좋게 하는 자는 그 인품이 비천(卑賤)하여 부끄럽게 여길 만할 뿐만 아니라, 또한 그의 음흉(陰譎)한 심술(心術)이 두려워 할만함을 알겠다.

〔經〕 子曰: "巧言令色足恭, 左丘明恥之, 丘亦恥之, 匿怨而友其人, 左丘明恥之, 丘亦恥之."

〔註〕 謝氏曰: "三者之可恥, 有甚於穿窬者."

〔按〕 巧令足恭, 匿怨而友, 雖是四件事, 血脉相通. 巧言令色, 是足恭之態, 而匿怨而友者, 何言不巧, 何色不令. 是知巧令者, 不徒其人品之卑賤可恥, 亦其心術陰譎之可怕.

〔經〕 붕우가 죽어서 귀의할 곳이 없으면 "우리 집에 빈소(殯所)를 차리라." 하셨다.〈향당 제14장〉

〔經〕朋友死無所歸, 曰:"於我殯."

〔經〕붕우의 선물이 비록 수레와 말이라 할지라도 제사지낸 고기가 아니면 절하지 않으셨다.〈향당 제14장〉

〔經〕朋友之饋, 雖車馬, 非祭肉, 不拜.

〔經〕공자께서 광(匡)땅에서 경계하는 마음을 품고 계실 적에 안연(顏淵)이 뒤에 떨어져 있다가 오자, 공자께서 "나는 네가 죽은 줄로 생각했었다."라고 말씀하셨다. 그러자 안연(顏淵)이 대답하였다. "선생님께서 살아계신데 제가 어찌 감히 죽겠습니까."〈선진 제22장〉

〔註〕주자가 말씀하였다. "벗에게 죽음으로써 허락하지 않는 것[2]은 환난을 만나기 전에야 그와 같이 할 수 있다. 이미 환난을 만났으면 도리어 이와 같이 말할 수 없다."

〔按〕살펴보건대, 합천(陜川) 이상학(李相學)이 말하기를 "'회하감사(回

---

2 벗에게……것 :《예기》〈곡례(曲禮)〉에 "부모가 생존해 계시면 벗에게 죽음을 허락하지 않고, 사사로운 재물을 두지 않는다.〔父母存, 不許友以死, 不有私財.〕"라고 하였는데, 이에 대한 진호(陳澔)의 주에 "'벗에게 죽음을 허락하지 않는다.'라는 것은 그 벗을 위해 원수를 갚지 않음을 말한다. 어버이가 살아 있는데 몸을 남에게 허락하는 것은 어버이를 잊는 마음이 있는 것이고, 어버이가 살아 있는데 재물을 자신만 차지하는 것은 어버이를 떠나는 뜻이 있는 것이다.〔不許友以死, 謂不爲其友報仇也. 親在而以身許人, 是有忘親之心, 親在而以財專已己 是有離親之志.〕"라고 한 내용이 보인다.

何敢死)'의 '사(死)'는 마땅히 '先(선)'이 되어야 한다."라고 하였다.

〔經〕 子畏於匡, 顏淵後, 子曰: "吾以女爲死矣." 曰: "子在, 回何敢死."
〔註〕 朱子曰: "不許友以死, 此未遇難之前, 乃可如此, 已遇難, 却如此說
不得."
〔按〕 陜川李相學曰: "死, 當作先."

〔經〕 공자께서 말씀하셨다. "덕이 있는 자는 외롭지 않으니, 반드시 이웃
이 있다."〈이인 제22장〉

〔註〕 주자가 말씀하였다. "덕은 고립(孤立)되지 않고 반드시 동류끼리
호응하기 때문에 덕이 있는 자는 반드시 그 동류가 따르는 것이다."

〔經〕 子曰: "德不孤, 必有隣."
〔註〕 朱子曰: "德不孤立, 必以類應, 故有德者, 必有其類從之."

〔經〕 안연(顏淵)이 죽자, 공자의 문인들이 후하게 장사지내려 하였다. 그
러자 공자께서 "옳지 않다."라고 하셨다.〈선진 제10장〉

〔註〕 주자가 말씀하였다. "가난하면서 후히 장사지냄은 이치를 따르는
것이 아니다. 그러므로 부자께서 그만두게 하신 것이다."

〔經〕 顏淵死, 門人欲厚葬之, 子曰: "不可."

〔註〕朱子曰：“貧而厚葬, 不循理也, 故夫子止之.”

〔經〕 문인들이 안연을 후하게 장사지내자,〈선진 제10장〉

〔註〕 주자가 말씀하였다. “아마도 안로(顏路)가 문인들의 청을 들어준 듯하다.”

〔經〕 門人厚葬之.
〔註〕 朱子曰：“盖顏路從之.”

〔經〕 공자께서 말씀하셨다. “안회(顏回)는 나 보기를 아버지처럼 여겼는데, 나는 그를 자식처럼 볼 수 없으니, 나의 잘못이 아니라 자네들 때문이다.”〈선진 제10장〉

〔註〕 주자가 말씀하였다. “이는 자신의 아들 이(鯉)를 장사지낼 적에 마땅함을 얻었던 것과 같을 수 없어서 문인들을 책망하신 것이다.”

〔經〕 子曰：“回也視余, 猶父也, 余不得視猶子也, 非我也, 夫二三子也.”
〔註〕 朱子曰：“盖不得如葬鯉之得宜, 以責門人也.”

〔經〕 안연이 죽자, 공자께서 말씀하셨다. "아! 하늘이 나를 버리셨구나!" 〈선진 제8장〉

〔註〕 주자가 말씀하였다. "도가 전해짐이 없음을 슬퍼하기를 하늘이 자신을 버린 것과 같이 여기신 것이다."

〔按〕 살펴보건대, 하늘이 나를 버렸다는 것은 슬픔이 깊고 애통함이 절박한 말씀이다.

〔經〕 顔淵死, 子曰: "噫! 天喪予!"

〔註〕 朱子曰: "悼道無傳, 若天喪己."

〔按〕 天喪予者, 哀深痛迫之辭.

〔經〕 안연이 죽자, 공자께서 곡을 너무나 애통하게 하시니 종자가 말하였다. "선생님께서 너무 애통해 하십니다." 〈선진 제9장〉

〔按〕 살펴보건대, 종자는 아마도 부자가 슬픔을 절도에 맞게 하기를 바란 것인 듯하다.

〔經〕 顔淵死, 子哭之慟, 從者曰: "子慟矣."

〔按〕 從者, 盖欲夫子之節哀也.

〔經〕 공자께서 말씀하셨다. "너무 애통해 하더냐? 허나 저 사람을 위해 애통해 하지 않고 누구를 위해 애통해 하겠느냐." 〈선진 제9장〉

〔註〕 주자가 말씀하였다. "공자께서는 그의 죽음이 애석할 만하여 곡이 애통해함이 마땅하니, 다른 사람에 견줄 바가 아니었던 것이다."

〔按〕 살펴보건대, 슬퍼함에 때로 지나친 경우가 있는 것도 정(情)의 바름이다.

〔經〕 曰: "有慟乎? 非夫人之爲慟而誰爲."

〔註〕 朱子曰: "其死可惜, 哭之宜慟, 非他人之比也."

〔按〕 盖哀有時而過, 亦情之正也.

〔經〕 백우(伯牛)가 몹쓸 병에 걸렸는데, 공자께서 문병하실 적에 남쪽 창문에서 그의 손을 잡고 말씀하셨다. "이런 병에 걸릴 리가 없는데 천명인가보다. 하필이면 이 사람이 이런 병에 걸리다니, 이 사람이 이런 병에 걸리다니."〈옹야 제8장〉

〔註〕 후씨(侯氏)가 말하였다. "백우(伯牛)는 덕행으로 알려져 안자(顔子)와 민자(閔子) 다음이라 일컬어졌다. 그러므로 그가 죽으려 할 때에 공자께서 더욱 애석해 하신 것이다."

〔經〕 伯牛有疾, 子問之自牖執其手曰: "無之, 命矣. 夫斯人也而有斯疾也. 斯人也而有斯疾也."

〔註〕 侯氏曰: "伯牛以德行, 稱亞於顔閔. 故其將死, 孔子尤痛惜之."

〔經〕 공자께서 다른 사람과 노래를 부를 적에 상대방이 노래를 잘하면,

반드시 다시 부르게 하시고 그 뒤에 화답하셨다. 〈술이 제31장〉

〔註〕 주자가 말씀하였다. "반드시 다시 노래를 부르게 하신 것은, 그 상세함을 알아 그 좋은 점을 취하려한 것이다. 뒤에 화답하신 것은 그 자세함을 얻어 그 좋은 점을 함께하게 된 것을 기뻐하신 것이다."

〔經〕 子與人歌而善, 必使反之而後和之.
〔註〕 朱子曰: "必使復歌者, 欲得其詳而取其善也, 而後和之者, 喜得其詳而與其善也."

〔經〕 호향(互鄕) 사람은 함께 말하기 어려웠는데, 호향의 동자가 찾아와 공자를 뵈니, 문인들이 의혹을 품었다. 그러자 공자께서 말씀하셨다. "그가 찾아온 것을 허여한 것이지 그가 물러간 뒤에 불선한 짓을 하는 것까지 허여하는 것은 아니다. 너무 심한 것이 아니냐. 사람이 자신을 가다듬어 깨끗이 하고서 찾아오면 그의 깨끗한 것을 허여할 뿐, 지난날의 잘못을 마음 속에 담아둘 필요는 없는 것이다." 〈술이 제28장〉

〔註〕 주자가 말씀하였다. "이 장은 착간(錯簡)이 있는 듯하다."
〔按〕 살펴보건대, '내가 그 사람을 보는 방법은 다만 그가 찾아와서 뵙는 선(善)을 허여할 뿐, 그가 물러간 뒤 불선(不善)한 일을 하는 것을 허여하는 것이 아니니, 어찌 유독 이 사람에게만 매우 심하게 대하는가.'라고 말씀 하신 것은, 공자께서 그 사람을 만나보지 않으면 너무 심한 것이 됨을 말한 것이다. 누구를 막론하고 자신을 깨끗이 해서 찾아오면 그의 능히 스스로 깨끗함을 허여할 뿐, 그 지난날의 깨끗하지 못했던 것을

마음 속에 담아 둘 필요가 없으니, 여기에서 부자께서 사람을 대하는 넓은 도량을 알 수 있다.

〔經〕互鄉難與言, 童子見, 門人惑. 子曰: "與其進也, 不與其退也. 唯何甚? 人潔己以進, 與其潔也, 不保其往也."

〔註〕朱子曰: "此章, 疑有錯簡."

〔按〕言吾之所以見其人者, 但許其進而來見之善, 不許其旣退而爲不善也, 何獨於此而爲已甚, 謂不見則爲已甚也. 勿論誰人, 潔己而進, 但許其能自潔, 不必保其前日之不潔也, 此可見夫子待人之洪量矣.

〔經〕원양(原壤)이 걸터앉아 공자를 기다리고 있었다. 공자께서 말씀하시기를 "어려서는 공손하지 못하고, 장성해서는 칭찬할 만한 일이 없고, 늙어서도 죽지 않는 것, 이것이 바로 적(賊)이 된다." 하시고, 지팡이로 그의 정강이를 치셨다. 〈헌문 제46장〉

〔註〕정씨(鄭氏)가 말하였다. "그를 미워하되 그 말을 겸손히 한 것은 그를 멀리한 것이니, 양화(陽貨)를 만난 것이 바로 이러한 경우이다. 미워하되 그의 죄를 지적한 것은 그를 친히 여긴 것이니 원양(原壤)을 만난 것이 바로 이러한 경우이다."

〔經〕原壤夷俟子曰: "幼而不遜弟, 長而無述焉, 老而不死, 是爲賊." 以杖叩其脛.

〔註〕鄭氏曰: "惡之而遜其辭, 遠之也, 遇陽貨, 是也, 惡之而斥其罪, 親之也, 遇原壤, 是也."

〔經〕 공자께서 말씀하셨다. "몸소 자책하기를 후하게 하고, 다른 사람을 책망하기를 박히게 하면 원망이 멀어질 것이다." 〈위령공 제14장〉

〔註〕 주자가 말씀하였다. "자신을 책망하기를 후하게 하기 때문에 몸이 더욱 닦여지고, 남을 책망하기를 박하게 하기 때문에 남들이 따르기가 쉬운 것이다. 이 때문에 사람들이 그를 원망할 수 없는 것이다."

〔按〕 살펴보건대, 자신을 꾸짖기를 두루 하고 중하게 하며, 남을 꾸짖기를 간략 하고 가볍게 하면 원망이 생겨날 길이 없을 것이다.

〔經〕 子曰: "躬自厚, 而薄責於人, 則遠怨矣."
〔註〕 朱子曰: "責己厚, 故身益脩, 責人薄, 故人易從, 所以人不得而怨之."
〔按〕 責己也, 周而重, 責人也, 約而輕, 則怨無自而生也.

〔經〕 고을 사람들과 함께 술을 마실 적에 지팡이를 짚은 어른이 나가면 그때 나가셨다. 〈향당 제10장〉

〔經〕 鄕人飮酒, 杖³者出, 斯出矣.

〔經〕 소경인 악사(樂師) 면(冕)이 뵈올 적에 섬돌에 이르자 공자께서 "섬돌입니다"라고 말씀하셨고, 자리에 미치자 공자께서 "자리입니다"라고 말

---

3 杖 : 저본에는 '장(長)'으로 되어 있다. 대전본 《논어집주》에 의거하여 수정하였다.

씀하셨고, 모두 그 자리에 앉자 공자께서 "아무개는 여기에 있고 아무개는 여기에 있습니다."라고 말씀하셨다. 악사 면이 나가자, 자장(子張)이 묻기를 "이것이 악사와 더불어 말하는 방도입니까?"라고 하자, 공자께서 말씀하셨다. "그렇다. 이것이 악사를 돕는 방법이다."〈위령공 제41장〉

〔註〕범씨(范氏)가 말하였다. "성인이 홀아비와 과부를 업신여기지 않고, 하소연할 데가 없는 이를 괄시하지 않으신 것을 여기에서 알 수 있으니, 이것을 천하에 미룬다면 하나의 사물도 제자리를 얻지 못함이 없을 것이다."

〔經〕師冕見, 及階, 子曰: "階也." 及席, 子曰: "席也." 皆坐, 子曰: "某在斯, 某在斯." 師冕出, 子張問曰: "與師言之道與?" 子曰: "然. 固相師之道也."
〔註〕范氏曰: "聖人不侮鰥寡, 不虐無告, 可見於此, 而見天下⁴, 無一物不得其所矣."

〔經〕공자께서 말씀하셨다. "군자를 모시는데 세 가지 잘못이 있으니, 말이 그에게 미치지 않았는데 말하는 것을 조급함〔躁〕이라 하고, 말이 그에게 미쳤는데 말하지 않는 것을 숨김〔隱〕이라 하고, 안색을 보지 않고 말하는 것을 봉사〔瞽〕라 한다."〈계씨 제6장〉

〔註〕윤씨(尹氏)가 말하였다. "제때에 말하면 세 가지의 잘못이 없을 것이다."

---

4 而見天下 : 대전본 《논어집주》에는 '可見於此 推之天下'로 되어 있다.

〔按〕 살펴보건대, 보통사람의 허물은 조급함이 7~8할을 차지하고, 숨김이 2~3할을 차지하고, 봉사 같은 행동이 5~6할을 차지한다.

〔經〕 孔子曰: "侍於君子, 有三愆, 言未及之而言, 謂之躁, 言及之而不言, 謂之隱, 未見顔色而言, 謂之瞽."
〔註〕 尹氏曰: "時然後言, 則無三者之過矣."
〔按〕 恒人之愆, 躁居七八, 隱居二三, 瞽居五六.

〔經〕 유자(有子)가 말하였다. "약속이 의리에 가까우면 그 약속한 말을 실천할 수 있으며, 공손(恭遜)함이 예에 가까우면 치욕(恥辱)을 멀리할 수 있으며, 의탁함에 있어 친애할 만한 현덕자를 택한다면 역시 그를 높여 주인으로 섬길 수 있을 것이다."〈학이 제13장〉

〔註〕 주자가 말씀하였다. "사람의 언행과 교제는 모두 처음에 삼가서 그 끝맺을 바를 생각해야 한다."

〔經〕 有子曰: "信近於義, 言可復也, 恭近於禮, 遠恥辱也, 因不失其親, 亦可宗也."
〔註〕 朱子曰: "人之言行交際, 皆當謹之於始, 而慮其所終."

〔經〕 자유(子游)가 말하였다. "임금을 섬길 적에 자주 간언을 하면 욕을 당하고, 붕우 간에 자주 충고하면 소원해진다."〈이인 제26장〉

〔註〕범씨(范氏)가 말하였다. "군신과 붕우는 모두 의(義)로써 합하였다. 그러므로 그 일이 같은 것이다."

〔經〕子游曰: "事君數, 斯辱矣, 朋友數, 斯疎矣."
〔註〕范氏曰: "君臣朋友, 皆以義合. 故其事同也."

〔經〕자하(子夏)의 문인이 자장(子張)에게 교제에 대해 물었는데, 자장이 "자하가 뭐라고 하던가." 하니, 대답하기를 "자하께서는 '사귈만한 자를 사귀고 사귈만하지 못한 자를 사귀지 말라.'고 하셨습니다."라고 하였다. 그러자 자장이 말하였다. "내가 들은 것과 다르구나. 군자는 어진 이를 존중하고 대중을 포용하며, 잘하는 이를 아름답게 여기고 잘하지 못하는 이를 불쌍히 여긴다. 내가 크게 어질면 다른 사람들에 대해 어떤 것인들 용납하지 못하겠으며, 내가 어질지 못하면 다른 사람들이 먼저 나를 거절할 것이니, 내가 어떻게 다른 사람을 거절하겠는가."〈자장 제3장〉

〔註〕주자가 말씀하였다. "자하의 말이 너무 박절하고 좁으니 자장이 비판한 것이 옳다. 다만 자장이 말한 것 역시 지나치게 고원한 폐단이 있다."
〔按〕살펴보건대, 자하의 말은 박절하고 좁아 그 폐단이 작으며, 자장의 말은 지나치게 고원하여 그 폐단이 크다.

〔經〕子夏之門人, 問交於子張, 子張曰: "子夏云何?" 對曰: "子夏曰: '可者與之, 其不可者拒之.'" 子張曰: "異乎吾所聞. 君子尊賢而容衆, 嘉善而矜不能. 我之大賢與於人, 何所不容, 我之不賢與人將拒我, 如之何其拒人也?"

〔註〕朱子曰："子夏之言迫狹，子張譏之，是也. 但其所言, 亦有過高
之弊."

〔按〕子夏之言, 迫狹而其蔽小, 子張之言, 過高而其蔽大.

출처와 교제에 대해 말함
言出處交際

〔經〕 자금(子禽)이 자공(子貢)에게 물었다. "부자께서 이 나라에 이르셔서는 반드시 그 나라의 정사를 들으셨으니, 그것을 구하신 것입니까? 아니면 임금이 준 것입니까?" 자공이 말하였다. "부자께서는 온순하고 어질고 공손하고 검소하고 겸양함으로써 그것을 얻으신 것이니, 부자께서 그것을 구하신 것은 남들이 그것을 구한 것과는 다를 것이다."〈학이 제10장〉

〔註〕 주자가 말씀하였다. "성인이 지나가면 사람들이 감화되고 마음에 지닌 생각이 신묘한 그 묘함은 엿보기가 쉽지 않다. 그러나 이에 나아가 관찰하면 그 덕이 성대하고 예가 공손해서 바깥에 있는 것을 원하지 않음을 또한 알 수 있다."

〔按〕 살펴보건대, 온순함과 어짊과 공손함과 검소함과 겸양은 성인의 중화(中和)의 덕으로 사시(四時)에 짝하는 것이다. 온순함은 봄에 짝하고 어짊은 여름에 짝하고 검소함은 가을에 짝하고 겸양은 겨울에 짝하며 공손함은 네 가지 안에 두루 통용된다. 성인은 이 중화의 덕이 있기 때문에 당시의 군주가 덕을 좋아하는 양심을 스스로 발하여 와서 정사를 물은 것이니, 다른 사람이 구하여 얻는 것과는 같지 않다.

〔經〕 子禽問於子貢曰: "夫子至於是邦也, 必聞其政, 求之與? 抑與之與?" 子貢曰: "夫子溫良恭儉讓以得之, 夫子之求之也, 其諸異乎人之求之與."
〔註〕 朱子曰: "聖人過化存神之妙, 未易窺測, 然卽此而觀, 則其德盛禮恭, 而不願乎外, 亦可見矣."

〔按〕溫良恭儉讓, 聖人中和之德, 配乎四時者, 溫配春, 良配夏, 儉配秋, 讓配冬, 而恭則流通于四者之中也. 聖人有此中和之德, 故時君自發好德之良心, 而來問以政, 非如他人之求而得之.

〔經〕왕손가(王孫賈)가 물었다. "사람들이 '방 귀퉁이 신(神)에게 잘 보이기보다는 차라리 부엌의 신에게 잘 보이는 것이 낫다.'고 하니, 이는 무슨 말입니까?" 공자께서 말씀하셨다. "그렇지 않다. 하늘에 죄를 얻으면 빌 곳이 없다."〈팔일 제13장〉

〔註〕주자가 말씀하였다. "다만 마땅히 이치에 순응할 따름이니, 부엌의 신에게 아첨함이 마땅하지 않을 뿐만 아니라, 또한 방 귀퉁이의 신에게 아첨하는 것도 불가하다."

○ 서산 진씨(西山眞氏)가 말하였다. "성인은 도가 크고 덕이 넓음이 천지와 같다. 그러므로 그 말을 함이 온전하여 규각이 드러나지 않고, 이미 아첨하며 남을 따름이 없으며, 또 어기고 거스름이 없다. 이것이 성인의 말이 되는 까닭이다."

〔按〕살펴보건대, 부엌의 신에게 아첨하고 방 귀퉁이의 신에게 아첨하고 권력을 농단하는 것은 모두 죄를 얻게 되니 성인이 한 마디 말을 하여 경계하는 바가 매우 많다.

〔經〕王孫賈問曰: "與其媚於奧, 寧媚於竈, 何謂也?" 子曰: "不然. 獲罪於天, 無所禱也."

〔註〕朱子曰: "但當順理, 非特不當媚竈, 亦不可媚於奧也."

○ 西山眞氏曰: "聖人道大德宏, 如天地, 故其發言渾然圭角不露, 旣無阿徇, 又不違忤, 此所以爲聖人之言也."

〔按〕媚竈、媚奧、弄權, 俱爲獲罪, 聖人一言, 而所警甚多.

〔經〕의(儀)땅의 관문(關門)을 지키는 관원이 공자를 뵙기를 청하며 말하기를 "군자가 이곳에 이르면 내 일찍이 만나보지 않은 적이 없었다."라고 하였다. 종자가 뵙게 해주자, 그가 공자를 뵙고 나와서 말하였다. "그대들은 어찌 부자께서 지위를 잃었다고 걱정하는가. 천하에 도가 없어진지 오래되었다. 그러니 하늘이 장차 부자를 목탁으로 삼으실 것이다."〈팔일 제24장〉

〔註〕주자가 말씀하였다. "목탁(木鐸)은 정교(政敎)를 베풀 때에 흔들어 여러 사람을 경계시키는 것이다. 이는 '어지러움이 극에 달하여 다스려질 때가 되었으니 하늘이 반드시 부자(夫子)로 하여금 지위를 얻어 교화를 베풀게 하여 벼슬을 잃음을 오래가지 않게 할 것이다.'라고 말한 것이다."

〔按〕살펴보건대, 봉인(封人)이 뵙기를 청하였는데 그 말이 겸손하고, 뵙고 나서 느낀바가 깊었으니 현명하며 덕이 있는 자라 할 수 있다. 그러나 그의 성명(姓名)을 잃어버렸으니, 애석하다.

〔經〕儀封人請見曰: "君子之至於斯也, 吾未嘗不得見也." 從者見之, 出曰: "二三子, 何患於喪乎? 天下之無道也, 久矣, 天將以夫子爲木鐸."

〔註〕朱子曰: "木鐸, 施政教時, 所振以警衆者. 言亂極當治, 天必將使夫子, 得位設敎, 不久失位."

〔按〕封人請見而其辭遜, 得見而所感深, 可謂賢有德者, 而失其姓名, 惜哉!

〔經〕 공자께서 말씀하셨다. "지위가 없음을 걱정하지 말고 지위에 설 것을 걱정하며, 자신을 알아주는 이가 없음을 걱정하지 말고 알려질 수 있기를 구하라."〈이인 제14장〉

〔註〕 주자가 말씀하였다. "임금을 성왕에 이르게 하고 백성을 윤택하게 하는 것은 자신이 통달하게 되면 그것을 행하는 것이니, 지위가 없는 것은 걱정할 바가 아니다."

〔按〕 살펴보건대, 지위가 없음을 걱정하는 자는 그 설 바가 없음을 알 수 있고, 아무도 자기를 알아주지 않음을 걱정하는 자는 그 알려질 만함이 없음을 알 수 있다.

〔經〕 子曰: "不患無位, 患所以立, 不患莫己知, 求爲, 可知也."

〔註〕 朱子曰: "致君澤民, 達則行之, 無位非所患也."

〔按〕 患無位者, 可知其無所立, 患莫己知者, 可知其無可知.

〔經〕 공자께서 칠조개(漆雕開)에게 벼슬하게 하시자, 대답하기를 "저는 벼슬하는 것에 대해 아직 자신할 수 없습니다." 하니, 공자께서 기뻐하셨다.〈공야장 제5장〉

〔註〕 정자가 말씀하였다. "칠조개가 이미 대의(大義)를 보았다. 그러므로 부자께서 기뻐하신 것이다."

〔按〕 살펴보건대, '아직 자신할 수 없다'는 것은 그가 등용되어 도를 행함을 자신할 수 없음을 말한 것이다. 이때를 당하여 문인들이 대개 녹(祿)을 구하는 이가 많았는데, 칠조개만이 홀로 스스로 아직 자신할 수 없다 하였

다. 그러므로 부자께서 그 스스로 앎이 밝은 것을 기뻐하신 것이다.

〔經〕 子使漆雕開仕, 對曰: "吾斯之未能信." 子悅.

〔註〕 程子曰: "漆雕開已見大義, 故夫子悅之."

〔按〕 未能信, 謂未能自信其用行也. 當時門人槩多干祿, 而開獨自以爲未信. 故夫子悅其自知之明也.

〔經〕 공자께서 안연에게 일러 말씀하셨다. "등용하면 도를 행하고 버리면 도를 간직하는 것을 오직 나와 너만이 이러한 점을 가지고 있다."〈술이 제10장〉

〔註〕 윤씨(尹氏)가 말하였다. "등용하거나 버리는 것은 나와 상관이 없으며, 도를 행하고 간직하는 것은 만나는 환경에 따라 편안히 여기니, 명(命)은 말할 것이 못된다."

〔按〕 살펴보건대, 중인 이하는 버려지면 도를 간직하기가 어렵고, 중인 이상은 등용되면 도를 행하기가 어렵다. 능히 도를 간직하고 능히 도를 행함은 오직 그가 만나는 바에 따라 어려울 바가 없으니 성인에 가까운 자가 아니면 쉽게 말할 수 없다.

〔經〕 子謂顔淵曰: "用之則行, 舍之則藏, 惟我與爾, 有是夫."

〔註〕 尹氏曰: "用舍, 無與於已, 行藏, 安於所遇, 命不足道也."

〔按〕 中人以下, 舍藏難, 中人以上, 用行難, 能藏能行, 惟其所遇而無所難, 非幾於聖者, 未易言之.

〔經〕자로(子路)가 말하였다. "부자께서 삼군(三軍)을 거느리신다면 누구와 함께 하시겠습니까?" 공자께서 말씀하셨다. "맨손으로 호랑이를 잡으려 하고 맨몸으로 깅을 건너다 죽더라도 후회함이 없는 자를 나는 함께 하지 않을 것이다. 나는 반드시 일에 임하여 두려워하고, 도모하기를 좋아하여 성공하는 자와 함께 할 것이다."〈술이 제10장〉

〔註〕사씨(謝氏)가 말하였다. "도모하지 않으면 그 일을 이룰 수가 없고, 두려워하지 않으면 반드시 패한다. 작은 일도 오히려 그러한데 하물며 삼군을 출동함에 있어서이겠는가?"

〔按〕살펴보건대, 부자께서 자로를 일컬으시기를 천승(千乘)의 나라에서 군대재정을 다스리게 할 수 있다고 하셨으나, 끝내 거친 생각이 있었기 때문에 이로써 경계하신 것이다.

〔經〕子路曰: "子行三軍, 則誰與?" 子曰: "暴虎憑河, 死而無悔者, 吾不與也, 必也臨事而懼, 好謀而成者也."

〔註〕謝氏曰: "不謀無成, 不懼必敗, 小事尙然, 而況於行三軍乎?"

〔按〕夫子稱子路, 千乘之國, 可使治賦, 而終是粗底意思在, 故以是戒之.

〔經〕공자께서 말씀하셨다. "부(富)를 만약 뜻대로 구할 수 있다면, 채찍을 잡는 마부라도 내 또한 그 일을 하겠다. 그러나 만약 부를 구할 수 없는 것이라면, 내가 좋아하는 바를 따르겠다."〈술이 제11장〉

〔註〕주자가 말씀하였다. "부자께서 가설하여 말씀하시기를, '부(富)를 만일 구할 수 있는 것이라면 비록 이 몸이 천한 일을 하더라도 사양하지 않을 것이나, 그것은 천명에 달려있어 구하여 얻을 수 있는 것이 아니니

의리에 편안히 할 뿐이다. 어찌 반드시 굳이 욕됨을 취하겠는가.'라고 하신 것이다."

〔按〕살펴보건대, '부이가구(富而可求)'는 부를 구함이 가능한 일이 된다고 말하는 것과 같다. 부자께서 가설하여 말씀하시기를 '부를 구함이 가능한 일이 된다고 한다면 비록 천한 일이라도 내가 부를 구함을 사양하지 않을 것이나, 본디 가능한 일이 아니라면 내가 좋아하는 바를 따를 뿐이다.'라고 하신 것이다.

〔經〕子曰: "富, 而可求也, 雖執鞭之士, 吾亦爲之. 如不可求, 從吾所好."

〔註〕朱子曰: "夫子設言, '富, 若可求, 則雖身爲賤役, 亦所不辭, 然有命焉, 非求之可得也, 則安於義理而已矣, 何必徒取辱哉?'"

〔按〕富而可求, 猶言求富爲可也. 夫子設言: "求富爲可也, 則雖賤役, 吾不辭求富, 本非可也, 則從吾所好而已."

〔經〕염유(冉有)가 말하기를 "부자께서 위(衛)나라 군주를 도우시겠는가?"라고 하자, 자공(子貢)이 말하기를 "내가 여쭈어보겠다." 하고, 들어가서 "백이와 숙제는 어떠한 사람입니까?" 하고 묻자, 공자께서는 "옛날의 현인이시다." 하고 대답하셨다. 자공이 "그들을 원망하였습니까?" 하고 묻자, "그들은 인(仁)을 구하여 인을 얻었으니, 또 어찌 원망하였겠는가."라고 대답하셨다. 자공이 나와서 문인들에게 말하기를 "부자께서는 위나라 군주를 돕지 않으실 것이다."라고 하였다.〈술이 제14장〉

〔註〕정자가 말씀하였다. "백이와 숙제는 나라를 사양하여 도망하였고, 정벌을 간(諫)하다가 굶주려 죽었으나 끝내 후회함이 없었다. 부자께서

그들을 어질게 여기셨으므로 부자(夫子)께서 위(衛)나라 왕 첩(輒)을 돕지 않으실 것을 안 것이다.”

〔按〕 살펴보건대, 백이와 숙제는 천리의 마땅함에 나아가서 마음의 덕을 이루었으므로 '인을 구하여 인을 얻었다'고 말하신 것이다.

〔經〕 冉有曰: “夫子爲衛君乎?” 子貢曰: “吾將問之.” 入曰: “伯夷、叔齊, 何人也?” 曰: “古之賢人也.” 曰: “怨乎?” 曰: “求仁而得仁, 又何怨?” 出曰: “夫子, 不爲也.”

〔註〕 程子曰: “伯夷、叔齊, 遜國而逃, 諫伐而餓, 終無怨悔, 夫子以爲賢, 故知其不與輒也.”

〔按〕 伯夷、叔齊, 卽乎天理之宜, 而遂吾心之德, 故曰: “求仁得仁.”

〔經〕 공자께서 말씀하셨다. “그 지위에 있지 않으면 그 정사를 도모하지 않는다.”〈태백 제14장〉

〔註〕 정자가 말씀하였다. “그 지위에 있지 않다'는 것은 그 일을 맡지 않은 것이다. 그러나 만일 임금과 대부가 물으면 대답하는 경우는 있다.”

〔經〕 子曰: “不在其位, 不謀其政.”

〔註〕 程子曰: “不在其位, 則不任其事也. 若君大夫問, 而告者則有矣.”

〔經〕 자공(子貢)이 말하기를 “여기에 아름다운 옥(玉)이 있을 경우, 이것

을 궤짝 속에 넣어 감추어 두시겠습니까? 아니면 좋은 값을 구하여 파시겠습니까?"라고 하자, 공자께서 대답하셨다. "팔아야지, 팔아야지. 그러나 나는 좋은 값을 기다리는 자이다."〈자한 제12장〉

〔註〕 남헌 장씨(南軒張氏)가 말하였다. "좋은 값을 받고 팔기를 기다리는 자가 천리(天理)를 따라 좋은 값을 구하면 이미 마음이 먼저 동한 것이다."

〔經〕 子貢曰: "有美玉於斯, 韞櫝而藏諸? 求善價而沽諸?" 子曰: "沽之哉, 沽之哉. 我待賈者也."

〔註〕 南軒 張氏曰: "待賈者, 循乎天理而求善賈, 則已心先動."

〔經〕 자로(子路)가 자고(子羔)를 비읍(費邑)의 읍재(邑宰)로 삼자, 공자께서 말씀하셨다. "남의 아들을 해치는구나!" 자로가 말하였다. "백성이 있고 사직(社稷)이 있으니, 하필 글을 읽은 뒤에야 학문을 하는 것이겠습니까?" 그러자 공자께서 말씀하셨다. "이러므로 내가 말재주 있는 자를 미워하는 것이다."〈선진 제24장〉

〔註〕 주자가 말씀하였다. "자로의 말은 그의 본뜻이 아니다. 다만 논리가 굽히고 말이 궁하여 입으로 변명을 취하여 남의 입을 막은 것일 뿐이다. 그러므로 공자께서 그의 잘못을 배척하지 않으시고, 다만 그의 말재주만을 미워하신 것이다."

〔按〕 살펴보건대, 자로의 말이 스스로 이미 벼슬을 한 자로서 말한 것이라면 혹 가할 것이나, 만약 벼슬하지 않고 벼슬하고자 하여 배우는 자라면 잘못됨이 심하다.

〔經〕子路使子羔爲費宰, 子曰: "賊夫人之子." 子路曰: "有民人焉, 有社稷焉, 何必讀書然後爲學?" 子曰: "是故惡夫佞者."

〔註〕朱子曰: "子路之言, 非其本意, 但理屈辭窮, 而取辦於口, 以禦人, 故夫子不斥其非, 而特惡其佞也."

〔按〕子路之言, 自己仕者而言, 則容或可也, 若未仕而欲仕而爲學, 則失之甚矣.

〔經〕 자로(子路)·증석(曾晳)·염유(冉有)·공서화(公西華)가 공자를 모시고 앉아있었다.〈선진 제25장〉

〔按〕 살펴보건대, 나이순으로 앉은 것이다.

〔經〕子路·曾晳·冉有·公西華侍坐.

〔按〕以年序坐.

〔經〕공자께서 말씀하셨다. "내 나이가 너희들보다 조금 많으나 그렇다고 나를 어려워 말고 말을 하도록 해라. 너희들이 평소에 말하기를 '나를 알아주지 않는다.'라고들 하는데, 만일 너희들을 알아준다면 어찌 하겠느냐?" 자로가 선뜻 대답하기를 "천승(千乘)의 제후국이 대국의 사이에 끼어 있는데 병력으로 위협을 가하고 기근(饑饉)이 잇따를 경우 제가 그 나라를 다스린다면, 3년 만에 백성들을 용맹하게 할 수 있고, 또 의리로 향함을 알게 할 수 있습니다."라고 하니, 공자께서 빙그레 웃으셨다.〈선진 제25장〉

〔按〕살펴보건대, 백성은 풍족한 뒤에 용기가 있는 법이니, 다스리는

방도를 알지 못하면 혼란스러워지기 쉽다. 그러니 마땅히 예(禮)로써 그들을 인도해야 한다.

〔經〕子曰:"以吾一日長乎爾, 無吾以也. 居則曰:'不吾知也.'如或知爾, 則何以哉?"子路率爾而對曰:"千乘之國, 攝乎大國之間, 加之以師旅, 因之以飢饉, 由也爲之, 比及三年, 可使有勇, 且知方也."夫子哂之.
〔按〕民足而後有勇, 不知方, 則易於亂, 當以禮道之.

〔經〕"구(求)야, 너는 어떻게 하겠느냐?"라고 하시자, 대답하기를 "사방 60~70리, 혹은 50~60리쯤 되는 작은 나라를 제가 다스릴 경우, 3년 만에 백성들을 풍족하게 할 수 있거니와, 예악(禮樂)으로 교화하는 것 같은 일은 군자를 기다리겠습니다."〈선진 제25장〉

〔按〕살펴보건대, 염유(冉有)는 정사에 장점이 있으므로 백성들을 풍족하게 할 수 있으나 예악은 그가 잘하는 바가 아니므로 군자를 기다리려고 한 것이다.

〔經〕"求, 爾何如?"對曰:"方六七十, 如五六十, 求也爲之, 比及三年, 可使足民, 如其禮樂, 以俟君子."
〔按〕冉有長於政事, 故可使足民, 禮樂, 非其所長, 故以俟君子.

〔經〕"적(赤)아, 너는 어떻게 하겠느냐?"라고 하시자, 대답하기를 "제가 그 일에 능하다는 말이 아니라, 배우기를 원합니다. 종묘(宗廟)의 일과

또는 제후들이 회동(會同)할 때에 현단복(玄端服)을 입고 장보관(章甫冠)을 쓰고 작은 집례자(執禮者)가 되기를 원하옵니다."〈선진 제25장〉

〔按〕 살펴보건대, 공서화(公西華)는 예(禮)에 뜻을 둔 자이니, 스스로 겸사한 것이 많다.

〔經〕 "赤, 爾何如?" 對曰: "非曰能之, 願學焉. 宗廟之事, 如會同, 端章甫, 願爲小相焉."
〔按〕 志於禮者, 自多遜辭.

〔經〕 "점(點)아, 너는 어떻게 하겠느냐?"라고 하시자, 증석이 비파 타기를 드문드문 하더니, '딩' 하는 소리와 함께 비파를 놓으며 일어나 대답하기를 "세 사람이 갖추어 말씀드린 것과는 다릅니다."라고 하니 공자께서 말씀하시기를 "무슨 상관이냐." 또한 각기 자기의 뜻을 말하는 것이다."라고 하시자, 대답하기를 "늦봄에 봄옷이 이루어지면 관을 쓴 어른 5~6명과 동자 6~7명과 함께 기수(沂水)에서 목욕하고 무우(舞雩)에서 바람 쐬고 노래하면서 돌아오겠습니다."라고 하니 공자께서 크게 찬탄하시며 "나는 점(點)을 허여한다."라고 하셨다.〈선진 제25장〉

〔按〕 살펴보건대, 크게 찬탄하신 것은 세상에 아무도 함께하지 않음을 탄식한 것이다. 이미 아무도 함께하지 않으니, 증점(曾點)과 더불어 함께 돌아가지 않을 수 없었던 것이다.

〔經〕 "點, 爾何如?" 鼓瑟希鏗爾, 舍瑟而作對曰: "異乎三子者之撰." 子曰: "何傷乎? 亦各言其志也." 曰: "莫春者, 春服旣成, 冠者五六人, 童子六七人, 浴乎沂, 風乎舞雩, 詠而歸." 夫子, 喟然歎曰: "吾與點也."

〔按〕 喟然歎者, 歎世莫與爲也, 旣莫與爲, 則不得不與點同歸也.

〔經〕 세 사람이 나가자, 증석이 뒤에 남았었는데, 증석이 말하기를 "저 세 사람의 말이 어떻습니까?"라고 하자, 공자께서 대답하시기를 "또한 각각 제 뜻을 말했을 뿐이다."라고 하셨다. 증석이 "선생님께서는 어찌하여 유(由)를 비웃었습니까?"라고 묻자, 답하시길 "나라를 다스림은 예로써 해야 하는데, 그의 말이 겸손하지 않았기 때문에 웃은 것이다."라고 하였다. 증석이 묻기를 "구(求)가 말한 것은 나라를 다스리는 일이 아닙니까?"라고 하자, 공자께서 다음과 같이 대답하셨다. "땅이 사방 60∼70리, 또는 50∼60리가 되는 것이 나라가 아닌 경우를 어디서 보겠느냐." 증석이 또 묻기를 "적(赤)이 말한 것은 나라를 다스리는 일이 아닙니까?"라고 하자, 답하시기를 "종묘의 일과 회동하는 일이 제후의 일이 아니고 무엇이겠느냐. 적(赤)이 말한 것이 작은 일이라면 그 무엇이 능히 큰일이 되겠느냐."라고 하였다.〈선진 제25장〉

〔註〕 정자가 말씀하였다. "옛날의 학자들은 오랜 시간을 두고 침잠하고 충분히 음미하여 선후의 순서가 있었다. 예를 들면 자로(子路)·염유(冉有)·공서적(公西赤)이 자신의 뜻을 말한 것이 이와 같았는데, 부자(夫子)께서 허여 하시기를 또한 이것으로써 하셨으니, 실제로 할 수 있는 일이었다. 후세의 배우는 자들은 고원(高遠)한 것을 좋아하여 사람이 천리 밖에 마음을 노닐지만 자신은 도리어 이 세상에 있는 것과 같다. 공자의 뜻은 노인을 편안하게 해주고, 붕우를 미덥게 해주고, 젊은이를 감싸주어 만물로 하여금 그의 본성을 이루지 않음이 없게 하는 데 있었다. 그런데 증점은 이것을 알았기 때문에 공자께서 크게 찬탄하시며 '나

는 증점을 허여 한다'고 말씀하신 것이다."

〔經〕三子者出, 曾晳後, 曾晳曰: "夫三子者之言, 何如?" 子曰: "亦各言其
志也已矣." 曰: "夫子何哂由也?" 曰: "爲國以禮, 其言不讓. 是故哂之."
"唯求則非邦也與?" "安見邦六七十與五六十, 非邦也者?" "唯赤則非邦
也?" "與宗廟會同, 非諸侯而何, 赤也爲之小, 孰能爲之大?"

〔註〕程子曰: "古之學者, 優游厭飫, 有先後之序. 如子路、冉有、公西赤,
言志如此, 夫子許之亦以此, 自是實事. 後之學者, 好高 如人游心千里之
外, 然自身却只在此, 孔子之志, 在於老者安之, 朋友信之, 少者懷之, 使
萬物 莫不遂其性, 曾點知之, 故孔子喟然歎曰: '吾與點也.'"

〔經〕 공자께서 말씀하셨다. "정직하다, 사어(史魚)여! 나라에 도가 있을
때에도 화살처럼 곧으며, 나라에 도가 없을 때에도 화살처럼 곧도다. 군자
답다. 거백옥(蘧伯玉)이여! 나라에 도가 있으면 벼슬하고, 나라에 도가
없으면 거두어 안에 감추어 둘 수 있었다!"〈위령공 제6장〉

〔註〕 양씨(楊氏)가 말하였다. "거백옥과 같이 한 뒤에야 난세에서 화를
면할 수 있다. 사어와 같이 화살처럼 곧게 하면 비록 거두어 감추고자
하더라도 또한 그렇게 될 수 없는 경우가 있다."

〔按〕 살펴보건대, 사어의 다른 일은 알 수 없으나 그가 죽어서도 오히려
주검으로써 간언하여[5] 무도한 군주를 감오(感悟)시킨 것을 보면 충(忠)

---

5 주검으로써 간언하여 : 위(衛)나라 대부 사어(史魚)가 병이 들어 죽으려 할 때에 그의
아들에게 이르기를, "내가 거백옥(蘧伯玉)의 훌륭한 점에 대하여 자주 말하고 미자하(彌

을 다하였고 인(仁)을 법칙으로 삼았다고 할 수 있다. 대개 군자의 처세
는 마땅히 먼저 그 출처를 살펴야 한다. 만약 이미 벼슬을 한 뒤라면
마땅히 자신의 노력을 다해야지, 거두어 간직하려는 마음이 바로 있어서
는 안 된다.

〔經〕 子曰: "直哉, 史魚. 邦有道, 如矢, 邦無道, 如矢. 君子哉, 蘧伯玉.
邦有道, 則仕, 邦無道, 則可卷而懷之."

〔註〕 楊氏曰: "若蘧伯玉然後, 可免於亂世. 若史魚之如矢, 則雖欲卷而懷
之, 有不可得矣."

〔按〕 史魚他事, 不可知, 然觀其旣死而猶以尸諫, 感悟無道之君, 可謂忠
之盡仁之則也, 盖君子之處世, 當先審其出處, 若旣仕之后, 則當鞠躬盡
瘁, 不可便有卷懷之心也.

〔經〕 위(衛)나라 영공(靈公)이 공자에게 진법(陳法)을 묻자, 공자께서는
"제사에 대한 일은 일찍이 들었으나 군대에 관한 일은 배우지 못하였습니
다." 하시고, 다음날 마침내 떠나셨다. 〈위령공 제1장〉

子瑕)의 불초한 점에 대하여 자주 말하였지만 임금은 들어주지 않았다. 신하가 되어 생전
에 현인(賢人)을 진출시키지 못하고 불초(不肖)한 자를 퇴출시키지 못하였으니, 죽은
뒤에 정당(正堂)에서 상례를 치르는 것은 부당하다. 나의 빈소를 실(室) 밖에 두도록
하라." 하였는데, 위나라 영공(靈公)이 와서 보고 그 사실을 안 뒤에 거백옥을 진출시키고
미자하를 퇴출시킨 다음, 정당에다 빈소를 차리게 하여 예를 이루게 하고 돌아갔다. 후세
사람들은 이 일을 두고 죽은 뒤에도 임금에게 간하였다[尸諫]는 평을 하였다. 《韓詩外傳
卷7》

〔註〕윤씨(尹氏)가 말하였다. "위 령공(衛靈公)은 무도한 군주로 다시 전쟁의 일에 뜻을 두었기 때문에 공자께서 '배우지 못하였다'고 답하고서 떠나신 것이다."

〔經〕衛靈公問陳於孔子, 孔子對曰: "俎豆之事, 則嘗聞之矣, 軍旅之事, 未之學也." 明日遂行.
〔註〕尹氏曰: "衛靈公無道之君也, 復有志於戰伐之事. 故答以未學而去之."

〔經〕진(陳)나라에 계실 때에 양식이 떨어져 따르는 자들이 병들어 일어나지 못하였다. 자로가 성난 얼굴로 공자를 뵙고 말하기를 "군자도 궁할 때가 있습니까?"라고 묻자, 공자께서 말씀하셨다. "군자는 참으로 곤궁할 때가 있으니, 소인은 궁하면 외람된 짓을 한다."〈위령공 제1장〉

〔註〕주자가 말씀하였다. "성인은 떠나야 할 경우에는 떠나면서 돌아보고 염려하는 바가 없고, 곤경에 처해서도 형통하여 원망하거나 후회하는 바가 없음을 여기에서 볼 수 있다."
〔按〕살펴보건대, 자로(子路)가 '군자(君子)도 궁할 때가 있습니까?'라고 말하자 부자께서 답하시기를 '군자와 소인이 모두 궁한 때가 있으나 군자는 참으로 곤궁할 때가 있으니 소인은 궁하면 외람된 짓을 한다.'라고 하시니, 위의 한 절을 말한 것이 아니지만 그 의미는 말하기 전에 있다.

〔經〕在陳絶糧, 從者病, 莫能興, 子路慍見曰: "君子亦有窮乎?" 子曰: "君子固窮, 小人窮, 斯濫矣."

〔註〕朱子曰: "聖人當行而行, 無所顧慮, 處困而享, 無所怨悔, 於此可見."
〔按〕子路言君子亦有窮時乎, 夫子答云, 君子小人, 皆有窮時, 君子固窮, 小人窮, 斯濫矣, 不言上一節而意在言前.

〔經〕제(齊)나라 경공(景公)이 공자를 대우하며 말하기를 "계씨(季氏) 같이는 내 능히 대우하지 못하겠거니와 계씨와 맹씨(孟氏)의 중간 정도로 대우하겠습니다." 하였는데 뒤에 "내 늙었는지라 그대를 등용할 수 없습니다."라고 하자, 공자께서 제나라를 떠나셨다.〈미자 제3장〉

〔註〕정자가 말씀하였다. "대우의 경중(輕重)에 달려 있는 것이 아니요, 다만 등용하지 않았기 때문에 떠나셨을 뿐이다."

〔經〕齊景公待孔子曰: "若季氏則吾不能, 以季孟之間待之." 曰: "吾老矣, 不能用也." 孔子行.
〔註〕程子曰: "不繫待之輕重, 特以不用而去矣."

〔經〕제(齊)나라에서 미녀로 구성된 악단을 보내 왔는데, 계환자(季桓子)가 그것을 받고 3일 동안 조회를 열지 않자, 공자께서 떠나셨다.〈미자 제4장〉

〔按〕살펴보건대, 공자께서는 정(鄭)나라 음악을 내친 것을 정사의 급선무로 삼으셨다. 그러니 계환자가 여악(女樂)을 받아 정사를 돌보지 않았으니, 훌륭한 일을 할만하지 못하다는 것을 알 수 있다.

〔經〕齊人歸女樂, 季桓子受之, 三日不朝, 孔子行.

〔按〕放鄭聲爲政之先務, 而受女樂, 不聽政, 其不足有爲, 可知矣.

〔經〕 공자께서 구이(九夷)에 살려고 하시니, 혹자가 말하기를 "그 곳은 누추하니, 어떻게 사시겠습니까?"라고 하자, 이에 공자께서 대답하셨다. "군자가 거주하면 무슨 누추함이 있겠는가."〈자한 제13장〉

〔註〕 주자가 말씀하였다. "군자가 사는 곳은 교화되니, 무슨 누추함이 있겠는가."

〔按〕 살펴보건대, 해외의 구이에도 혹 다스릴 수 있는 방도가 있으니, 비유하자면 도읍의 사람들이 거짓을 일삼음이 날로 심하더라도 시골에는 순박한 풍습이 오히려 흩어지지 않음이 있는 것과 같다.

〔經〕 子欲居九夷, 或曰:"陋, 如之何?"子曰:"君子居之, 何陋之有?"

〔註〕 朱子曰:"君子所居則化, 何陋之有?"

〔按〕 海外九夷, 容有可爲之道, 譬如都邑之人, 詐僞日滋, 而鄙野之間, 淳樸猶有不散.

〔經〕 공자께서 말씀하시기를 "도가 행해지지 않으니, 내 뗏목을 타고 바다로 떠나 다른 곳으로 가려 한다. 이때 나를 따라올 사람은 유(由)일 것이다." 하셨다. 자로가 이 말씀을 듣고 기뻐하자, 공자께서 "유는 용맹을 좋아함은 나보다 나으나, 사리를 헤아려 맞게 재단하는 것이 없다."라고 하셨다.〈공야장 제6장〉

〔註〕 정자가 말씀하였다. "바다에 떠서 다른 곳으로 가겠다는 탄식은 천하에 어진 임금이 없음을 상심하신 것이다."

〔經〕 子曰: "道不行, 乘桴, 浮于海, 從我者, 其由也與." 子路聞之, 喜, 子曰: "由也, 好勇過我, 無所取材."

〔註〕 程子曰: "浮海之歎, 傷天下之無賢君也."

〔經〕 계자연(季子然)이 물었다. "중유(仲由)·염구(冉求)는 대신이라고 이를 만합니까?" 공자께서 말씀하셨다. "나는 그대가 특이한 질문을 하리라고 생각했었는데, 고작 유(由)와 구(求)를 묻는구나! 이른바 대신이란 도로써 군주를 섬기다가 불가하면 그만두는 자이다. 지금 유와 구는 숫자만 채우는 신하라고 할 만하다." "그렇다면 이들은 임금의 뜻을 따르기만 하는 자들입니까?" 공자께서 말씀하셨다. "아버지와 임금을 시해하는 일은 또한 따르지 않을 것이다."〈선진 제23장〉

〔註〕 주자가 말씀하였다. "이는 두 사람이 난(難)에 죽어도 빼앗을 수 없는 절개가 있음을 깊이 허여하시고, 또 계씨(季氏)가 신하로 대우하지 않는 마음을 은근히 꺾으신 것이다."

〔按〕 살펴보건대, 아버지와 임금을 시해하는 것은 무도한 소인이 아니라 할지라도 어찌 그것을 따를 이치가 있겠는가. 그러나 인습적이며 구차하게 하는 질문은 혹 질책을 받는 일을 면치 못하기도 하니, 이는 배우는 자들이 마땅히 깊이 삼가 미리 대비해야 할 바이다.

〔經〕 季子然問: "仲由、冉求, 可謂大臣與?" 子曰: "吾以子爲異之問, 曾由與求之問. 所謂大臣者, 以道事君, 不可則止. 今由與求也, 可謂具臣矣." 曰: "然則從之者與?" 子曰: "弒父與君, 亦不從也."

〔註〕朱子曰: "蓋深許二子死難不可奪之節, 而又以陰折季氏不臣之心也."

〔按〕弒父與君, 非無道小人, 豈有從之之理. 然因仍苟且之問, 或不免受其責. 此學者, 所宜深愼而預待也.

〔經〕 공백료(公伯寮)가 자로(子路)를 계손(季孫)에게 참소하니, 자복경백(子服景伯)이 공자께 아뢰기를 "대부 계손이 진실로 공백료에게 혹하여 마음을 빼앗긴 상태입니다. 그러나 제 힘으로도 오히려 공백료를 시가지나 조정처럼 사람이 많은 곳에서 주벌할 수 있습니다."라고 하자 공자께서 말씀하셨다. "도(道)가 장차 행해지는 것도 천명이며 도가 장차 폐해지는 것도 천명이니, 공백료가 천명을 어찌 하겠는가?"〈헌문 제38장〉

〔註〕주자가 말씀하였다. "이를 말씀하여 경백(景伯)을 깨우치고 자로를 안심시키고 공백료를 경계하신 것일 뿐이다. 성인이 이해(利害)의 사이에 있어서는 명(命)에 결정되기를 기다린 뒤에야 태연해 하시지 않았다."

〔經〕公伯寮, 愬子路於季孫, 子服景伯以告曰: "夫子固有惑志於公伯寮, 吾力, 猶能肆諸市朝." 子曰: "道之將行也, 與命也, 道之將廢也, 與命也, 公伯寮, 其如命何?"

〔註〕朱子曰: "言此以曉景伯安子路而警伯寮耳, 聖人於利害之際, 則不待決於命, 而後泰然也."

〔經〕 공자께서 말씀하셨다. "나라에 도가 있을 때에는 말을 곧게 하고 행실을 곧게 하며, 나라에 도가 없을 때에는 행실은 곧게 하되 말은 공손하게 하여야 한다."〈헌문 제4장〉

〔註〕 윤씨(尹氏)가 말하였다. "군자의 몸가짐은 변할 수 없거니와 말에 이르러서는 때로 감히 다하지 못하여 화를 피하는 경우가 있다.

〔經〕 子曰: "邦有道, 危言危行, 邦無道, 危行言孫."
〔註〕 尹氏曰: "君子持身, 不可變也, 至於言, 則有時而不敢盡, 以避禍也."

〔經〕 공자께서 말씀하셨다. "선을 보고서 미치지 못할 듯이 하며, 불선을 보고서 끓는 물을 만진 듯이 멀리 하는 것을 나는 그러한 사람을 보았고, 그러한 말을 들었다. 〈계씨 제11장〉

〔按〕 살펴보건대, 선을 좋아하고 불선을 미워한 것이니 이것이 바로 자신의 뜻을 추구하는 일이다.

〔經〕 孔子曰: "見善如不及, 見不善如探湯, 吾見其人矣, 吾聞其語矣."
〔按〕 好善惡不善, 乃求志之事.

〔經〕 은거해서는 자신의 뜻을 추구하고, 벼슬해서는 의를 행하면서 그 도를 달성한 것을, 나는 그러한 말만 들었고 그러한 사람은 보지 못하였노라."〈계씨 제11장〉

〔註〕 주자가 말씀하였다. "'자신의 뜻을 추구한다'는 것은 달성한 바의 도를 지키는 것이요, '그 도를 달성한다'는 것은 그가 구하던 바의 지향을 행하는 것이다."

〔按〕 살펴보건대, 그 뜻을 추구하면 도가 몸에 쌓이고, 그 도를 달성하면 뜻이 때에 행해진다.

〔經〕 "隱居以求其志, 行義以達其道, 吾聞其語矣, 未見其人也."
〔註〕 朱子曰: "求其志, 守其所達之道也, 達其道, 行其所求之志也."
〔按〕 求其志則道蓄于身, 達其道則志行乎時矣.

〔經〕 제 경공(齊景公)이 말 4천 필을 소유하였으나, 죽는 날에 사람들이 덕을 칭송함이 없었고, 백이와 숙제는 수양산 아래에서 굶어죽었으나 사람들이 지금에 이르도록 칭송하고 있으니, '진실로 부(富) 때문이 아니라 단지 특이함 때문이다.'라는 시(詩)가 있다. 〈계씨 제12장〉

〔註〕 호씨(胡氏)가 말하였다. "제12편의 착간(錯簡)이 여기에 있어야 하니, '사람들의 칭송함이 부(富)에 있지 않고 특이(特異)한 행동에 있다'는 것을 말한 것이다."

〔經〕 齊景公有馬千駟, 死之日, 民無德而稱焉, 伯夷、叔齊, 餓于首陽之下, 民到于今稱之, 誠不以富, 亦祇以異.
〔註〕 胡氏曰: "第十二篇錯簡, 當在此, 言人之所稱, 不在富, 而在於異也."

〔經〕 그 이것을 말한 것이다.〈계씨 제12장〉

〔註〕 주자가 말씀하였다. "이 책의 뒤 10편(篇)은 빠지고 잘못된 것이 많다."

〔經〕 其斯之謂與.

〔註〕 朱子曰: "後十篇多闕誤."

〔經〕 양화(陽貨)가 공자를 만나고자 하였으나, 공자께서 만나주지 않으시자, 양화가 공자에게 삶은 돼지를 선물로 보내주니, 공자께서도 그가 없는 틈을 타 가서 사례하고 오다가 길에서 마주쳤다. 그가 공자에게 말하기를 "이리 오시오. 내가 그대와 말을 하겠소. 훌륭한 보배를 품고서 나라를 어지럽게 버려두는 것을 인(仁)이라고 할 수 있습니까?" 하니, 공자께서 "불가합니다." 하셨다. 양화가 "종사(從事)하기를 좋아하면서 자주 때를 놓치는 것을 지혜 라고 할 수 있습니까?" 하니, 공자께서 "불가합니다." 하셨다. 양화가 "해와 달이 흘러가니, 세월은 나를 위하여 기다려주지 않습니다."라고 하니, 공자께서 "알았습니다. 나는 장차 벼슬을 할 것입니다." 하셨다.〈양화 제1장〉

〔按〕 살펴보건대, 양화가 공자를 만나고자 하였으나 공자께서 만나주지 않은 것은 예(禮)로 사귐이 지극하지 않기 때문이오, 길에서 만났을 때 피하지 않은 것은 박절함을 이에 알 수 있다. 군자의 행실은 구차하지 않게 할 뿐이다.

〔經〕 陽貨欲見孔子, 孔子不見, 歸孔子豚, 孔子時其無也而往拜之, 遇諸塗. 謂孔子曰: "來予, 與爾言. 懷其寶而迷其邦, 可謂仁乎?" 曰: "不可."
"好從事而亟失時, 可謂知乎?" 曰: "不可." "日月逝矣, 歲不我與." 子曰:
"諾. 吾將仕矣."
〔按〕陽貨欲見而不見者, 禮際不至也, 遇諸塗而不避者, 迫斯可以見也,
君子之行, 不苟而已.

〔經〕 공자께서 남자(南子)를 만나시자, 자로(子路)가 기뻐하지 않았다.
공자께서 맹세하여 말씀하셨다. "내 맹세코 부정한 짓을 한다면 하늘이
그것을 싫어할 것이다! 하늘이 그것을 싫어할 것이다!"〈옹야 제26장〉

〔註〕 주자가 말씀하였다. "성인은 도가 크고 덕이 완전하여 가(可)한
것도 없고 불가한 것도 없다. 악한 사람을 만나볼 적에는 진실로 '나에게
있어 만나볼 만한 예가 있으면 저 사람의 불선이 나와 무슨 상관이 있겠
는가'라고 여긴다. 그러나 이것을 어찌 자로가 능히 헤아릴 수 있겠는가.
그러므로 거듭 말씀하여 맹세한 것이니, 그가 우선 이 말을 믿고 깊이
생각하여 터득하게 하고자 하신 것이다."

〔經〕 子見南子, 子路不悅, 夫子矢之曰: "予所否者, 天厭之. 天厭之."
〔註〕 朱子曰: "聖人道大德全, 無可不可, 其見惡人, 固謂在我有可見之禮,
則彼之不善, 我何與焉, 然此豈子路所能測哉? 故重言以誓之, 欲其姑信
此, 而深思而得之也."

〔經〕 공산불요(公山弗擾)가 비읍(費邑)을 가지고 반란을 일으킨 뒤 공자를 부르니, 공자께서 가려고 하셨다. 자로(子路)가 기뻐하지 않으며 말하기를 "가실 곳이 없으면 그만둘 것이지, 어찌 굳이 공산씨(公山氏)에게 가려 하십니까."라고 하니, 공자께서 말씀하셨다. "나를 부르는 자가 어찌 공연히 부르는 것이겠는가. 만약 나를 써 주는 자가 있다면, 나는 장차 동쪽의 주(周)나라로 만들어 보리라."〈양화 제5장〉

〔註〕 정자가 말하였다. "성인에게 천하에 훌륭한 일을 할 수 없는 사람이 없으며, 또한 허물을 고칠 수 없는 사람이 없다. 그러므로 공산불요에게 가고자 하셨던 것이다. 그러나 끝내 찾아가지 않으신 것은 그가 반드시 잘못을 고치지 못할 것을 아셨기 때문이다."

〔經〕 公山弗擾, 以費畔, 召子, 欲往. 子路不悅曰: "末之也已, 何必公山氏之之也?" 子曰: "夫召我者, 而豈徒哉? 如有用我者, 吾其爲東周乎."
〔註〕 程子曰: "聖人以天下無不可有爲之人, 亦無不可改過之人. 故欲往, 然而終不往者, 知其必不能改故也."

〔經〕 필힐(佛肸)이 공자를 부르자, 공자께서 가려고 하셨다. 자로(子路)가 말하였다. "옛날에 제가 부자께 들으니, '몸소 그 몸에 착하지 않은 행동을 하는 자의 당(黨)에는 군자가 그 들어가지 않는다.'고 하셨습니다. 필힐이 지금 중모(中牟)땅을 가지고 반란하였는데, 부자께서 가려고 하심은 어째서입니까?" 공자께서 말씀하셨다. "그렇다. 그런 말을 한 적이 있다. 그러나 또 견고하다고 말하지 않았는가, 견고하면 갈아도 닳아지지 않는 법이다. 희다고 말하지 않았는가, 희면 검은 물을 들여도 검어지지 않는 법이다. 내가 어찌 조롱박과 같겠는가? 어찌 그처럼 한 곳에 매달려 있어 먹지도

못하고 지낼 수 있단 말인가. 하겠는가?"〈양화 제7장〉

〔註〕 장경부(張敬夫)가 말하였다. "지로기 예전에 들었던 것은 군자가 자신을 지키는 떳떳한 법이고, 공자께서 지금 하신 말씀은 도를 체득한 성인의 큰 권도(權道)이다.

〔按〕 살펴보건대, 성인이 어찌 진실로 따먹지 못하는 것을 걱정하였겠는가. 얇아지지도 않고 검어지지도 않으면 먹는 것이 한갓 먹는 것만이 되지 않고 반드시 일이 있는바가 있을 것이다.

〔經〕 佛肸召, 子欲往, 子路曰: "昔者, 由也聞諸夫子曰: '親於其身, 爲不善者, 君子不入也.' 佛肸 以中牟畔, 子之往也, 如之何?" 子曰: "然, 有是言也. '不曰堅乎, 磨而不磷! 不曰白乎, 涅而不緇!' 吾豈匏瓜也哉, 焉能繫而不食?"

〔註〕 張敬夫曰: "子路昔者之所聞, 君子守身之常法; 夫子今日之所言, 聖人體道之大權也."

〔按〕 聖人豈眞以不食爲慮哉? 不磷不緇, 則食不徒食而必有事在矣.

〔經〕 유하혜(柳下惠)가 사사(士師)가 되어 세 번 내침을 당하자, 혹자가 말하기를 "그대는 아직 떠날 만하지 않은가?" 하니, 유하혜가 대답하였다. "도를 곧게 하여 남을 섬긴다면 어디를 간들 세 번 내침을 당하지 않겠으며, 도를 굽혀 사람을 섬기면 어찌 굳이 부모의 나라를 떠나겠는가."〈미자 제2장〉

〔註〕 호씨(胡氏)가 말하였다. "이 구절에는 반드시 공자께서 단정하신

말씀이 있을 것인데, 없어졌다."

〔按〕 살펴보건대, 세 번 내침을 당하는 것은 뜻을 굽히고 자신을 욕되게 하는 것이고, 도를 곧게 하여 남을 섬기는 것은 행실이 사려에 맞는 것이며, 말의 기운이 부드러운 것은 말이 차례에 맞는 것이다.

〔經〕 柳下惠爲士師, 三黜, 人曰: "子, 未可以去乎?" 曰: "直道而事人, 焉往而不三黜? 枉道而事人, 何必去父母之邦?"

〔註〕 胡氏曰: "此必有孔子斷之之言而亡之矣."

〔按〕 三黜, 是降志辱身也; 直道而事人, 是行中慮也; 辭氣之雍容, 是言中倫也.

〔經〕 공자께서 말씀하셨다. "거친 밥을 먹고 물을 마시며 팔을 굽혀 베더라도 즐거움이 또한 그 가운데 있으니, 의롭지 못하고서 부유하고 또 귀함은 나에게 있어 뜬구름과 같다."〈술이 제15장〉

〔註〕 정자가 말하였다. "거친 밥을 먹고 물을 마시는 것을 즐거워한 것이 아니라, 비록 거친 밥을 먹고 물을 마시더라도 그 즐거움을 고치지 않는 것이다."

〔經〕 子曰: "飯疏食飮水, 曲肱而枕之, 樂亦在其中矣, 不義而富且貴, 於我如浮雲."

〔註〕 程子曰: "非樂疏食飮水也, 雖疏食飮水, 不能改其樂也."

〔經〕새가 사람의 안색을 보고 날아올라 빙빙 돌며 살펴본 뒤에 내려앉는다. 공자께서 말씀하시기를 "산골짜기 교량(橋梁)의 암꿩이 때를 만났구나, 때를 만났구나!" 하셨다. 자로가 그 꿩을 잡아 올리니, 세 번 냄새를 맡고 일어나셨다.〈향당 제17장〉

〔按〕살펴보건대, 억지로 풀이하지 못할 듯하다.

〔經〕色斯擧矣, 翔而後集, 曰: "山梁雌雉, 時哉, 時哉!" 子路共之, 三嗅而作.

〔按〕恐不强解.

〔經〕자장(子張)이 녹(祿)을 구하는 방법을 배우려고 하자, 공자께서 말씀하셨다. "많이 듣고서 의심나는 것을 제쳐놓고 그 나머지를 삼가서 말하면 허물이 적을 것이고, 많이 보고서 위태로운 것을 제쳐놓고 그 나머지를 삼가서 행하면 후회하는 일이 적을 것이다. 말에 허물이 적으며 행실에 후회할 일이 적으면 녹이 그 가운데에 있을 것이다."〈위정 제18장〉

〔註〕정자가 말씀하였다. "천작(天爵)을 닦으면, 인작(人爵)이 이르니, 군자가 언행을 삼가는 것이 녹을 얻는 방법이다. 자장이 녹을 구하는 방법을 배우려 하였으므로, 이것을 말씀하여 그 마음을 안정시켜 이록(利祿)에 동요되지 않게 하신 것이다."

〔按〕살펴보건대, 아마도 자장은 많이 듣고 많이 보려고 한 자인 듯하다. 그러므로 부자께서 의심나고 위태로운 것을 제쳐놓고 언행을 삼가는 것으로써 그에게 경계하신 것이다.

〔經〕子張學干祿, 子曰:"多聞闕疑, 愼言其餘則寡尤; 多見闕殆, 愼行其餘則寡悔, 言寡尤; 行寡悔, 祿在其中矣."

〔註〕程子曰:"修天爵, 則人爵至, 君子言行能謹, 得祿之道也, 子張學干祿, 故告之以此, 使定其心而不爲利祿動."

〔按〕子張盖欲多見多聞者, 故夫子, 以闕疑殆愼言行規之.

〔經〕계씨(季氏)가 민자건(閔子騫)을 비읍(費邑)의 수령으로 삼으려 하자, 민자건이 사자에게 말하였다. "나를 위해 잘 말해다오. 만일 다시 나를 부르러 온다면 나는 반드시 문수(汶水) 가에 있을 것이다."〈옹야 제7장〉

〔註〕사씨(謝氏)가 말하였다. "배우는 자가 내외의 구분을 조금 알면 모두 도를 즐기며 남의 형세를 잊을 수 있다. 하물며 민자(閔子)는 성인을 얻어 귀의처로 삼았으니, 그가 계씨(季氏)의 의롭지 못한 부귀 보기를 개나 돼지쯤으로 여길 뿐만이 아니었을 것이다. 그런데 또 따라서 신하 노릇함이 어찌 그의 본심이었겠는가?"

〔按〕살펴보건대, 민자건은 또한 쓰이면 도를 행하고 버려지면 도를 간직하는 자[6]에 가까운 듯하다. 그 말이 부드럽지만 범할 수 없으니 진실로 덕이 있는 자의 말이다.

〔經〕季氏使閔子騫, 爲費宰, 閔子騫曰:"善爲我辭焉, 如有復我者, 則吾必在汶上矣!"

6 쓰이면……자 : 이 부분은 〈술이(述而)〉 제7장 "쓰이면 도(道)를 행하고 버려지면 간직한다.〔用之則行, 舍之則藏.〕"라는 공자의 말을 인용한 것이다.

〔註〕謝氏曰: "學者, 能少知內外之分, 皆可以樂道而忘人之勢, 況閔子,
得聖人, 爲之依歸, 彼其視季氏不義之富貴, 不啻犬彘, 又從而臣之, 豈其
本心哉?"
〔按〕閔子, 其亦近於用行舍藏者與. 其辭婉而不可犯, 眞有德者之言也.

〔經〕 공자께서 말씀하셨다. "현자는 세상을 피하며, 그 다음은 어지러운
나라를 피하며, 그 다음은 예모가 쇠한 임금의 안색을 보고 피하며, 그
다음은 임금이 자기의 말을 어기면 피한다."〈헌문 제39장〉

〔按〕 살펴보건대, 네 경우는 기미를 살핀 선후로 차례를 삼은 것이다.
그러나 성인의 분수 상에 있어서는 반드시 이로써 일괄하지는 않는다.
성인은 어떤 일을 하지 못할 때가 없으며, 또한 어떤 일을 하지 못할
상황도 없다.

〔經〕 子曰: "賢者, 辟世; 其次, 辟地; 其次, 辟色; 其次, 辟言."
〔按〕 四者, 以見機之先後爲次第矣. 然在聖人分上, 不必以是爲檠. 聖人
無不可爲之時, 亦無不可爲之地.

〔經〕 공자께서 말씀하셨다. "떠나 은둔한 자가 일곱 사람이다."〈헌문 제40장〉
〔註〕 이씨(李氏)가 말하였다. "일곱 사람은 누구인지는 알 수 없으니,
굳이 그 사람들을 찾아서 실증하려 하면 천착(穿鑿)이다."

〔經〕 子曰："作者七人矣."

〔註〕 李氏曰："七人，不可知其誰何，必求其人以實之，則鑿矣."

〔經〕 초(楚)나라 광인(狂人)인 접여(接輿)가 공자의 수레 앞을 지나가며 노래하였다. "봉(鳳)이여, 봉이여! 어찌 덕(德)이 쇠하였는가. 지나간 것은 간(諫)할 수 없거니와 오는 것은 오히려 따를 수 있으니, 그만둘지어다, 그만둘지어다. 오늘날 정사에 종사하는 것은 위태롭다." 공자께서 수레에서 내려 그와 더불어 말씀하려고 하였는데, 달아나 피하니 그와 함께 말씀하시지 못하였다.〈미자 제5장〉

〔註〕 주자가 말씀하였다. "공자가 수레에서 내리신 것은 대개 그에게 출처(出處)의 의미를 일러 주려고 한 것인데, 접여(接輿)가 스스로를 옳다고 여겼기 때문에 그 말을 들으려 하지 않고 피한 것이다."

〔經〕 楚狂接輿歌而過孔子曰："鳳兮鳳兮, 何德之衰? 往者, 不可諫; 來者, 猶可追. 已而已而, 今之從政者殆而." 孔子下, 欲與之言, 趨而辟之, 不得與之言.

〔註〕 朱子曰："孔子下車, 蓋欲告之以出處之意, 接輿自以爲是. 故不欲聞而辟之也."

〔經〕 장저(長沮)와 걸닉(桀溺)이 함께 밭을 가는데 공자께서 지나가실 적에 자로(子路)에게 시켜 나루를 묻게 하셨다.〈미자 제6장〉

〔註〕 주자가 말씀하였다. "우(耦)는 함께 밭을 가는 것이다."

〔按〕 살펴보건대, '우(耦)'는 쟁기이니 쟁기로 밭을 가는 것을 말한다. 장저(長沮)와 걸닉(桀溺)이 모두 쟁기로 밭을 갈았기 때문에 아울러 그들을 말한 것이지, 한 곳에서 함께 밭을 간 것이 아니다. 아래의 문장을 살펴보면 알 수 있다.

〔經〕 長沮桀溺, 耦而耕, 孔子過之, 使子路問津焉.

〔註〕 朱子曰: "耦, 並耕也."

〔按〕 耦, 耒也, 謂以耒而耕也. 盖沮、溺, 俱以耒而耕. 故幷言之, 非一處幷耕也. 詳下文, 則可知矣.

〔經〕 장저가 말하기를 "수레 고삐를 잡고 있는 분이 누구인가?" 하자, 자로가 "공구(孔丘)이십니다." 하고 대답하였다. 그가 "저 분이 노(魯)나라의 공구인가?" 하고 다시 묻자, "그렇습니다." 하고 대답하니, "저 분이라면 나루를 알 것이다." 하였다. 〈미자 제6장〉

〔按〕 살펴보건대, '저 분이라면 나루를 알 것이다'라는 것은 공자가 천하를 주유(周遊)하여 그치지 않음을 기롱한 것이다.

〔經〕 長沮曰: "夫執輿者, 爲誰?" 子路曰: "爲孔丘." 曰: "是魯孔丘與?" 曰: "是也." 曰: "是知津矣."

〔按〕 是知津, 譏孔子之周流而不止.

〔經〕 걸닉에게 물으니, 걸닉이 "당신은 누구인가?" 하고 묻자, 자로가

"중유(仲由)라 합니다." 하고 대답하였다. 그가 "그대가 바로 노나라 공구의 무리인가?" 하고 다시 묻자, "그렇습니다." 하고 대답하였다. 그는 "도도한 형세가 천하가 모두 이러한데, 누구와 더불어 세상을 바꾸겠는가? 또한 그대가 사람을 피하는 선비를 따르기 보다는 세상을 피하는 선비를 따르는 것이 낫지 않겠는가?" 하고는 씨앗 덮는 일을 그치지 않았다.〈미자 제6장〉

〔按〕 살펴보건대, 장저와 걸닉이 한 곳에서 함께 밭을 갈았으면 장저에게 물어 보았을 때 나루를 알려주려 하지 않았으니, 응당 걸닉에게 다시 묻지 말았어야 할 것이고 또 걸닉도 장저와 문답하는 것을 들었으면 이미 자로가 공구의 무리임을 알았을 것이니, 응당 '그대가 바로 노나라 공구의 무리인가?'라고 다시 묻지 않았을 것이다.

〔經〕 問於桀溺, 桀溺曰: "子爲誰?" 曰: "爲仲由." 曰: "是魯孔丘之徒與?" 對曰: "然." 曰: "滔滔者, 天下皆是也, 而誰以易之? 且而與其從辟人之士也, 豈若從辟世之士哉?" 耰而不輟.

〔按〕 長沮、桀溺, 一處並耕, 則問於長沮而不肯指津, 則不應復問於桀溺, 且桀溺, 聞與長沮問答, 則已知子路之爲孔丘徒, 不應更問是魯孔丘之徒也.

〔經〕 자로가 돌아와서 아뢰니, 부자께서 쓸쓸히 탄식하셨다. "조수(鳥獸)와는 함께 무리 지어 살 수는 없는 것이니, 내가 이 세상 사람들과 함께 하지 않고 누구와 함께 하겠는가. 천하에 도가 있으면 내 세상 사람들과 함께하며 세상을 바꾸려 하지 않을 것이다."〈미자 제6장〉

〔註〕 장자(張子)가 말씀하였다. "성인의 인(仁)은 천하에 도가 없다고 하여 천하를 단정하여 버리시지 않는다."

〔經〕 子路行, 以告, 夫子憮然曰: "鳥獸, 不可與同群. 吾非斯人之徒與, 而誰與? 天下有道, 丘不與易也."

〔註〕 張子曰: "聖人之仁, 不以無道必天下而棄之也."

〔經〕 자로가 공자를 따라가다가 뒤에 처져 있었는데, 지팡이에 대바구니를 멘 노인을 만났다. 자로가 묻기를 "노인은 우리 선생을 보셨습니까?" 하니, 노인이 말하기를 "사지를 부지런히 움직이지 않고 오곡을 분별하지 못하니, 누구를 선생이라 하는가?" 하고, 지팡이를 꽂아놓고 김을 매었다.〈미자 제7장〉

〔註〕 주자가 말씀하였다. "농업을 일삼지 않고 스승을 따라 멀리 유학함을 책망한 것이다."

〔按〕 살펴보건대, 사지를 부지런히 하지 않고 오곡을 분별하지 못한다는 것은 아마도 부자를 기롱한 것인 듯하다.

〔經〕 子路從而後, 遇丈人以杖荷蓧, 子路問曰: "子見夫子乎?" 丈人曰: "四體不勤, 五穀不分, 孰爲夫子?" 植其杖而芸.

〔註〕 朱子曰: "責其不事農業而從師遠遊也."

〔按〕 四體不動, 五穀不分, 恐是譏夫子也.

〔經〕 자로가 손을 모으고 서 있자, 자로를 머물러 자게 하고는 닭을 잡고 기장밥을 지어 먹이고 그의 두 아들로 하여금 자로를 뵙게 하였다. 다음날 자로가 떠나와서 공자께 아뢰니, 공자께서 "은자이다." 하시고, 자로로 하여금 돌아가 만나보게 하셨는데, 도착하니 떠나가고 없었다. 자로가 말하였다. "벼슬하지 않는 것은 의리가 없으니, 장유(長幼)의 예절도 폐할 수 없는데 군신의 의리를 어찌 폐할 수 있겠는가. 벼슬하지 않음은 자기 몸을 깨끗하게 하고자 하여 큰 인륜을 어지럽히는 것이다. 군자가 벼슬하는 것은 그 의리를 행하는 것이니, 도가 행해지지 않음은 우리도 이미 알고 있다."〈미자 제7장〉

〔註〕 주자가 말씀하였다. "자로가 부자의 뜻을 서술하기를 이와 같이 한 것이다."

〔按〕 살펴보건대, 부자께서 자로로 하여금 돌아가서 그를 만나보게 할 때에 그로 하여금 이 말을 하게 하였는데, 도착해 보니 떠나가고 없었다. 그러므로 자로가 이에 그 말을 한 것이다.

〔經〕 子路拱而立, 止子路宿, 殺鷄爲黍而食之, 見其二子焉. 明日, 子路行, 以告, 子曰: "隱者也." 使子路反見之, 至則行矣. 子路曰: "不仕無義, 長幼之節, 不可廢也, 君臣之義, 如之何其廢之? 欲潔其身而亂大倫, 君子之仕也, 行其義也, 道之不行, 已知之矣."

〔註〕 朱子曰: "子路述夫子之意如此."

〔按〕 夫子使子路反見之時, 使以此言告之, 而至則行矣. 故子路乃述其言.

〔經〕 자로가 석문(石門)에서 유숙하였는데, 새벽에 성문 여는 일을 맡은

사람이 묻기를 "어디에서 왔는가?" 하자, 자로가 "공씨(孔氏)에게서 왔소."라고 대답하니, "그가 바로 불가한 줄을 알면서도 하는 자인가?" 허였다.〈헌문 제41장〉

〔註〕호씨(胡氏)가 말하였다. "새벽에 성문을 지키는 문지기는 세상이 불가한 줄을 알고서 하지 않은 자이다. 그러므로 이 말로써 공자를 조롱한 것이다. 그러나 성인이 천하를 볼 적에 할 수 없는 때가 없음을 알지 못한 것이다."

〔經〕子路宿於石門, 晨門曰: "奚自?" 子路曰: "自孔氏." 曰: "是知其不可而爲之者與?"

〔註〕胡氏曰: "晨門, 知世之不可而不爲. 故以是譏孔子. 然不知聖人之視天下, 無不可爲之時也."

〔經〕미생묘(微生畝)가 공자께 말하였다. "그대는 어찌하여 이리도 연연해하는가. 말재주로 사람들 비위나 맞추려는 게 아닌가?" 공자께서 말씀하셨다. "나는 감히 말재주로 사람들 비위나 맞추려는 게 아니라, 은둔만을 고집하는 완고한 사람들을 싫어하는 것이오."〈헌문 제34장〉

〔按〕살펴보건대, 미생묘는 고집스럽게 스스로를 옳다 여기고 다시 성인의 중정(中正)한 도에 나아가기를 구하지 않았다. 그러므로 부자가 말재주로 사람들 비위나 맞추려 한다고 여겨 스스로 지혜롭지 못한 구덩이에 빠진 것이다.

〔經〕微生畝謂孔子曰: "丘, 何爲是栖栖者與? 無乃爲佞乎?" 孔子曰: "非敢爲佞也, 疾固也."

〔按〕畝蓋耿介固執, 自以爲是, 而不復求進於聖人中正之道. 故以夫子爲佞, 而自陷於不知之科也.

〔經〕 공자께서 위(衛)나라에서 경쇠를 두드리셨는데, 삼태기를 메고 공씨(孔氏)의 문 앞을 지나가는 자가 듣고서 말하였다. "마음이 천하에 있구나. 경쇠를 두드림이여!" 조금 있다가 말하였다. "비루하다, 단단하구나. 자기를 알아주지 않으면 그만둘 뿐이니, 물이 깊으면 옷을 벗고 건너고 얕으면 옷을 걷고 건너야 한다." 공자께서 말씀하셨다. "과감하구나, 어려울 것이 없겠구나."〈헌문 제42장〉

〔按〕 살펴보건대, 배우는 자는 나아가고 물러날 때에 모름지기 충분히 헤아려야지 일괄적으로 구단(句斷)하여서는 안 된다. 부자가 천하를 주유(周遊)한 것을 살펴보면 백성들의 일을 생각하여 비록 신문(晨門), 하궤장인(荷蕢丈人), 장저(長沮)와 걸닉(桀溺) 등의 기롱[7]이 있더라도 개의치 않았다. 문인에 있어서는 증점(曾點)의 기상을 인정하고 칠조개(漆雕開)의 겸손함에 대해 기뻐하였으나,[8] 나머지 문인에 대해서는 또한 가볍게 그 출사(出仕)를 허여하지 않았다. 이는 벼슬에 나아가기는 어렵고 물러나기는 쉽게 여긴 것으로 배우는 자들의 상규(常規)이다. 그러나

---

7 신문(晨門)⋯⋯기롱 : 이 내용은 각각 〈헌문(憲問)〉 제41장, 제42장, 〈미자(微子)〉 제6장에 보인다.

8 증점(曾點)의⋯⋯기뻐하였으나 : 이 내용은 각각 〈공야장(公冶長)〉 제5장, 〈선진(先進)〉 제25장에 보인다.

성인의 분수 상에 있어서는 일을 할 만하지 않을 때가 없다.

〔經〕子擊磬於衛, 有荷蕢而過孔氏之門者曰: "有心哉, 擊磬乎!" 旣而,
曰: "鄙哉, 硜硜乎! 莫己知也, 斯已而已矣, '深則厲, 淺則揭'" 子曰: "果哉,
末之難矣."
〔按〕學者, 於出處之際, 須是十分商量, 不可一槩句斷. 觀夫子周流天下,
念念於生民之事, 而雖被晨門荷蕢沮溺之徒之譏, 而不顧也. 其於門人, 與
曾點, 說漆雕開, 而至他門人, 亦未嘗輕許其出仕. 盖難進易退, 學者之常
規, 而在聖人分上, 亦無不可爲之時.

〔經〕일민(逸民)은 백이(伯夷)와 숙제(叔齊)와 우중(虞仲)과 이일(夷逸)
과 주장(朱張)과 유하혜(柳下惠)와 소련(少連)이었다.〈미자 제8장〉

〔註〕주자가 말씀하였다. "'일민'은 지위가 없는 이의 칭호이다."
〔按〕살펴보건대, 지위가 있을 만한데 버려진 자를 일민이라 한다.

〔經〕逸民, 伯夷、叔齊、虞仲、夷逸、朱張、柳下惠、少連.
〔註〕朱子曰: "逸民者, 無位之稱."
〔按〕可以有位矣, 而遺逸者, 曰逸民.

〔經〕공자께서 말씀하셨다. "그 뜻을 굽히지 않고 그 몸을 욕되게 하지
않는 사람은 백이(伯夷)와 숙제(叔齊)이다." 유하혜(柳下惠)와 소련(少
連)을 평하시기를 "뜻을 굽히고 몸을 욕되게 하였으나 말이 의리에 맞으며

행실이 사려에 맞았으니, 이들은 이런 점일 뿐이다." 하셨다. 우중(虞仲)
과 이일(夷逸)을 평하시기를 "숨어 살면서 말을 함부로 하였으나 몸은
깨끗함에 맞았고, 벼슬하지 않음은 권도(權道)에 맞았다. 나는 이들과 달
라서 가한 것도 없고 불가한 것도 없다." 하셨다.〈미자 제8장〉

〔註〕양웅(揚雄)이 말하였다. "성인을 관찰하면 현인을 알 수 있다. 이
때문에 맹자께서 백이(伯夷)와 유하혜(柳下惠)를 말씀할 적에도 반드시
공자로써 결단하신 것이다."

〔經〕子曰: "不降其志; 不辱其身, 伯夷、叔齊與. 謂柳下惠、少連, 降志
辱身矣, 言中倫; 行中慮, 其斯而已矣. 謂虞仲、夷逸, 隱居放言, 身中淸;
廢中權. 我則異於是, 無可無不可."
〔註〕揚雄曰: "觀乎聖人, 則見賢人. 是以孟子語夷、惠, 亦必以孔子斷之."

〔經〕태사(大師) 지(摯)는 제(齊)나라로 가고, 아반간(亞飯干)은 초(楚)
나라로 가고, 삼반료(三飯繚)는 채(蔡)나라로 가고, 사반결(四飯缺)은 진
(秦)나라로 가고, 북을 치는 방숙(方叔)은 하내(河內)로 들어가고, 소고
(小鼓)를 흔드는 무(武)는 한중(漢中)으로 들어가고, 소사(少師) 양(陽)
과 경쇠를 치는 양(襄)은 해도(海島)로 들어갔다.〈미자 제9장〉

〔註〕주자가 말씀하였다. "이것은 현인이 은둔한 것을 기록하여 앞장에
다 붙인 것이다. 그러나 반드시 부자의 말씀이라고 할 수는 없다."

〔經〕太師摯, 適齊; 亞飯干, 適楚; 三飯繚, 適蔡; 四飯缺, 適秦, 鼓方叔,
入於河; 播鼗武, 入於漢; 少師陽・擊磬襄, 入於海.

〔註〕朱子曰："此記賢人之隱遁, 以附前章. 然未必夫子之言也."

〔經〕주(周)나라에 여덟 선비가 있었으니, 백달(伯達)과 백괄(伯适)과 중돌(仲突)과 중홀(仲忽)과 숙야(叔夜)와 숙하(叔夏)와 계수(季隨)와 계와(季騧)이다.〈미자 제11장〉

〔按〕살펴보건대, 아마도 또한 어진데도 지위를 얻지 못한 자들인 듯하다.

〔經〕周有八士：伯達、伯适, 仲突、仲忽, 叔夜、叔夏, 季隨、季騧.

〔按〕盖亦賢而不得位者.

〔經〕공자께서 말씀하셨다. "태백(泰伯)은 지극한 덕이 있다고 이를 만하다. 세 번 천하를 사양하였으나 백성들이 그 덕을 칭송할 수 없었다."〈태백 제1장〉

〔註〕귀진천(歸震川)9이 말하였다. "태백(泰伯)의 떠남은 왕위를 전위할

---

9 귀진천(歸震川)：명(明)나라 귀유광(歸有光, 1507~1571)이다. 명대의 산문가로 자가 희보(熙甫), 호가 진천이며 곤산(昆山, 지금의 江蘇)사람이다. 가정(嘉靖) 19년(1540)에 거인(舉人)이 된 후 8차례에 걸쳐 회시(會試)에 참가하였으나 번번이 낙방하였다. 가정(嘉定, 지금의 上海) 정정강(定亭江)으로 거처를 옮겨 독서하며 강학을 하였는데 그 문도가 수백 명이 되었으며 사람들은 그를 귀천선생(歸川先生)이라고 불렀다. 가정 44년(1565) 60세에 비로소 진사(進士)가 되어 장흥지현(長興知縣)을 제수받고 나중에 순덕통판(順德通判)이 되었다가 다시 남경(南京) 태복시승(太僕寺丞)으로 천거되어《세종실록(世宗實錄)》을 수찬하였다. 귀유광은 당시 문단을 풍미하고 있던 문필진한(文必秦

날을 기다리지 않고 약초를 캐러 갈 때보다 앞섰다. 이것이 백성들이 그의 덕을 칭송할 수 없었던 점이다. 백이(伯夷)가 아버지가 돌아가신 뒤 왕위를 양보한 것과 같은 경우는 백성들이 칭송할 만한 점이 있었다. 나라를 양보하였는데 '천하(天下)를 양보했'고 한 것은 나라는 천하와 일상적으로 통칭하는 말이기 때문이다."

〔經〕 子曰: "泰伯, 其可謂至德也已矣. 三以天下讓, 民無得而稱焉."

〔註〕 歸震川曰: "泰伯之去, 不待傳位之日, 而先于採藥之時. 此民無得以稱焉. 若伯夷, 讓于父卒之後, 則民有可稱者. 讓國而曰以天下讓者, 國與天下, 常言之通稱也."

漢)을 주장하는 후칠자(後七子)를 비판하고, 다시 도학(道學)을 근본으로 하는 당(唐)・송(宋) 양대의 산문을 모범으로 삼을 것을 주창하였다. 그는 후칠자의 중심인물인 왕세정(王世貞)을 "망령되고 용렬한 우두머리"라고 비난하였는데, 왕세정도 만년에는 그의 비판을 인정하였다. 귀유광은 왕신중(王愼中), 모곤(茅坤)과 함께 '가정삼대가(嘉靖三大家)', '당송파(唐宋派)'로 불린다. 저서에는 문집인 《귀천선생집(歸川先生集)》 30권, 《별집(別集)》 10권이 있다.

다스리는 도에 대해 말함

言治道

〔經〕 공자께서 말씀하셨다. "천승의 나라를 다스리되 정사를 공경하고 백성들에게 미덥게 하며, 재물을 쓰기를 절도 있게 하고 사람을 사랑하며, 백성을 부리기를 제때에 맞게 하여야 한다."〈학이 제5장〉

〔註〕 주자가 말씀하였다. "이 다섯 가지는 반복하여 서로 연관이 되어 각기 차례가 있으니, 독자들이 세세히 미루어야 한다."

〔按〕 살펴보건대, 나라를 다스리는 도는 사람을 사랑하는 것뿐이다. 그러나 자신이 솔선하지 않으면 일이 성립되지 않는다. 그러므로 반드시 먼저 일을 공경하여 그들로 하여금 믿게 해야 한다. 쓰기를 절도 있게 하는 것은 사람을 사랑하는 요긴한 도이고, 제때에 백성을 부리는 것은 백성을 사랑하는 중요한 일이다. 과연 능히 이러한 마음을 보존한다면 제도와 형정(刑政)을 거행하여 조치할 수 있을 것이다.

〔經〕 子曰: "道千乘之國, 敬事而信, 節用而愛人, 使民以時."

〔註〕 朱子曰: "五者, 反復相因, 各有次第, 讀者, 宜細推之."

〔按〕 治國之道, 愛人而已. 然不以身率之, 則事不立. 故必先敬事而信. 節用, 愛人之要道, 使民以時, 愛民之重事, 果能存此, 則制度刑政, 可擧而措之矣.

〔經〕 공자께서 말씀하셨다. "정치를 덕으로 하는 것은 비유하면, 북극성이 제자리에 머물러 있으면 여러 별들이 그에게로 향하는 것과 같다."〈위정 제1장〉

〔註〕 정자가 말씀하였다. "정치를 덕으로 한 뒤에 무위(無爲)할 수 있다."

〔按〕 살펴보건대, 정치를 덕으로 한다는 것은 덕을 갖추고서 정치를 하는 것을 말한 것과 같다. 덕이 있는 자가 정치를 할 적에 인위적으로 하는 것이 없으나 천하가 다스려진다. 그러므로 그 형상이 이와 같다.

〔經〕 子曰: "爲政以德, 譬如北辰居其所, 而衆星共之."

〔註〕 程子曰: "爲政以德, 然後無爲."

〔按〕 爲政以德, 猶言有德而爲政也. 有德之爲政, 無爲而天下治. 故其象如此.

〔經〕 애공(哀公)이 "어떻게 하면 백성이 복종합니까?" 하고 묻자, 공자께서 대답하셨다. "정직한 사람을 들어 쓰고 여러 굽은 사람을 버리면 백성들이 복종할 것이며, 굽은 사람을 들어 쓰고 여러 정직한 사람을 버리면 백성들이 복종하지 않을 것입니다."〈위정 제19장〉

〔註〕 정자가 말씀하였다. "들어 쓰고 버리는 것이 마땅함을 얻으면 인심이 복종한다."

〔按〕 살펴보건대, 이것은 비록 애공(哀公)이 사람을 들어 쓰고 버려둠이 마땅함을 잃었기 때문에 말씀한 것이지만, 나라를 다스리는 도가 이보다 뛰어난 것이 없다. 성인의 말씀이 완전하여 자취가 없는 것이 이와 같다.

〔經〕 哀公問曰: "何爲則民服?" 孔子對曰: "擧直錯諸枉, 則民服; 擧枉錯諸直, 則民不服."

〔註〕 程子曰: "擧錯得宜, 則人心服."

〔按〕此雖爲哀公擧錯失宜而發. 然爲國之道, 無過於此, 聖言之渾然無跡,
如此.

〔經〕계강자(季康子)가 "백성으로 하여금 윗사람에게 공경하고 충성 하
며 일을 권면(勸勉)하게 하려면 어찌합니까?" 하고 묻자, 공자께서 말
씀하셨다. "백성을 대하기를 장엄(莊嚴)함으로써 하면 백성들이 공경하
고, 부모에게 효도(孝道)하고 자식을 사랑하면 백성들이 충성하고, 잘
하는 자를 들어 쓰고 잘못하는 자를 가르치면 백성들이 권면할 것입니
다."〈위정 제20장〉

〔註〕남헌 장씨(南軒張氏)가 말하였다. "이것은 모두 나에게 있어서 마땅
히 행해야 할 것이지, 백성들로 하여금 윗사람을 공경하고 충성 하며
일을 권면하게 하도록 하기위하여 하는 것이 아니다. 그러나 능히 이와
같이할 수 있다면 백성들의 반응이 그러하기를 기약하지 않아도 그러함
이 있을 것이다."
〔按〕살펴보건대, 효제(孝弟)가 집안에서 행해진 이후에 인애(仁愛)가
물(物)에게 미친다. 그러므로 효도하고 사랑하면 백성들이 충성한다고
하신 것이다. 대개 효(孝)는 백성을 사랑하는 근본이 되니, 백성을 사랑
하면 백성들이 나에게 충성할 것이다.

〔經〕季康子問: "使民敬忠以勸, 如之何?" 子曰: "臨之以莊則敬, 孝慈則
忠, 擧善而敎不能則勸."
〔註〕南軒張氏曰: "此皆在我所當爲, 非爲欲使民敬忠以勸而爲之也. 然
能如是, 則其應盖有不期然而然者矣."

〔按〕孝弟行於家而後, 仁愛及於物. 故曰: '孝慈則忠.' 盖孝爲慈衆之本,
而慈衆, 則民忠於我矣.

〔經〕 공자께서 말씀하셨다. "옹(雍)은 남면(南面)하게 할 만하다." 중궁
(仲弓)이 자상백자(子桑伯子)에 대하여 물으니, 공자께서 대답하셨다.
"그가 남면할 수 있는 것이 간략하기 때문이다." 중궁이 말하였다. "경(敬)
에 마음을 두고 간략함을 행하여 백성을 대한다면 가하지 않겠습니까?
간략함에 마음을 두고 다시 간략함을 행한다면 너무 간략한 것이 아니겠습
니까?" 공자께서 말씀하셨다. "옹의 말이 옳다."〈옹야 제1장〉

〔註〕 정자가 말씀하였다. "경(敬)에 마음을 두면 심중(心中)에 아무런
일이 없으므로 행하는 바가 저절로 간략해지는 것이고, 간략함에 마음을
두면 먼저 간략함에 마음이 있어 하나의 간자(簡字)가 많게 된다. 그러므
로 너무 간략하다고 말씀한 것이다."

〔按〕 살펴보건대. 경(敬)에 마음을 두고 백성을 대하면 백성들이 반드
시 경외(敬畏)할 것이다. 그러므로 간략함으로써 행하면 일이 번거롭
지 않고 백성들이 동요하지 않을 것이니, 가하다고 한 까닭이다. 간략
함에 마음을 두고 백성들을 대하면 백성들이 소홀하고 태만하기 쉽다.
이와 같은데 또 간략함으로써 행하면 일이 대부분 소홀하고 간략 해지
고 백성들이 진작되지 않을 것이니, 어찌 너무 간략함에 빠진 잘못이
아니겠는가.

〔經〕 子曰: "雍也, 可使南面." 仲弓, 問子桑伯子, 子曰: "可也, 簡." 仲弓
曰: "居敬而行簡, 以臨其民, 不亦可乎? 居簡而行簡, 無乃太簡乎?" 子曰:

"雍之言, 然."

〔註〕程子曰: "居敬則心中無事. 故所行自簡. 居簡則先有心於簡, 而多一簡字矣. 故曰: '太簡'."

〔按〕敬而臨民, 民必敬畏. 故行之以簡, 則事不煩而民不擾, 所以爲可. 居簡而臨民, 民易忽慢. 如是而又行之以簡, 則事多忽畧而民不振, 豈不失之太簡乎?

〔經〕 공자께서 말씀하셨다. "제(齊)나라가 한 번 변화하면 노(魯)나라의 경우에 이르고, 노나라가 한 번 변화하면 선왕(先王)의 도에 이를 것이다."〈옹야 제22장〉

〔註〕 주자가 말씀하였다. "두 나라의 풍속은 오직 부자만이 변화시킬 수 있었는데, 비록 시험해보지 못하였으나 이 말씀으로 살펴보면 공자께서 완급(緩急)의 순서대로 시행하였음을 또한 대략 볼 수 있다."

〔按〕 살펴보건대, 배우는 자들은 마땅히 제나라와 노나라의 정사 중에 무엇이 변혁할만한 것인지, 그리고 어떻게 변혁할 것인지를 생각함이 옳다.

〔經〕 子曰: "齊一變, 至於魯; 魯一變, 至於道."

〔註〕朱子曰: "二國之俗, 惟夫子爲能變, 而雖不得試, 因其言而考之, 則其爲緩急之序, 亦略可見."

〔按〕 學者, 當思齊魯之政, 何者可變, 及其如何變易可也.

〔經〕 군자가 친척에게 후하면 백성들이 인(仁)에 흥기되고, 친구를 버리지 않으면 백성들의 인심이 각박해지지 않을 것이다.〟〈태백 제2장〉

〔註〕 주자가 말씀하였다. "군자는 윗자리에 있는 사람을 말한다."

〔經〕 君子篤於親, 則民興於仁; 故舊不遺, 則民不偸.
〔註〕 朱子曰: "君子, 謂在上之人."

〔經〕 제 경공(齊景公)이 공자에게 정사(政事)를 묻자, 공자께서 대답하셨다. "임금은 임금 노릇하며, 신하는 신하 노릇하며, 아버지는 아버지 노릇하며, 자식은 자식 노릇 하는 것입니다."〈안연 제11장〉

〔註〕 주자가 말씀하였다. "이것은 인도의 큰 법이고, 정사의 근본이다."

〔經〕 齊景公, 問政於孔子, 孔子對曰: "君君, 臣臣, 父父, 子子."
〔註〕 朱子曰: "此, 人道之大經; 政事之根本也."

〔經〕 제 경공이 말하였다. "좋은 말씀입니다. 진실로 임금이 임금 노릇을 못하고, 신하가 신하 노릇을 못하며, 아버지가 아버지 노릇을 못하고, 자식이 자식 노릇을 못한다면, 비록 곡식이 있으나 내가 그것을 먹을 수 있겠습니까."〈안연 제11장〉

〔註〕 주자가 말씀하였다. "경공(景公)이 공자의 말씀을 좋게 여겼으나 능히 쓰지 못하였다. 그 뒤에 과연 후계자를 정하지 못함으로 인하여

진씨(陳氏)가 군주를 시해하고 나라를 찬탈하는 화를 열어놓았다."

〔按〕 살펴보건대, 경공의 질문은 대개 나라를 부유하게 하려는 것이었으나 부자께서 이로써 고하셨다. 경공이 비록 그 말씀을 좋다고는 하였으나 이른바 "내가 그것을 먹을 수 있겠습니까."라고 하였으니 그의 생각은 끝내 먹는 것에 있었다. 그러므로 끝내 부자의 말씀으로 돌이켜 자신에게서 구하기 어려웠던 것이다.

〔經〕 公曰: "善哉. 信如君不君, 臣不臣, 父不父, 子不子, 雖有粟, 吾得而食諸?"

〔註〕 朱子曰: "景公, 善孔子之言, 而不能用, 其後, 果以繼嗣不定, 啓陳氏弑君簒國之禍."

〔按〕 景公之問, 蓋欲富國, 而夫子告之以此, 景公, 雖善其言, 其所謂吾得而食諸者, 其注意, 終在於食上. 故終難以夫子之言反求諸身也.

〔經〕 자장(子張)이 정사를 묻자, 공자께서 말씀하셨다. "마음가짐이 게으름이 없고 행하기를 충(忠)으로써 해야 한다."〈안연 제14장〉

〔註〕 주자가 말씀하였다. "'거(居)'는 마음에 보존함을 말하니 게으름이 없으면 시종이 한결같고, '행(行)'은 일에 드러냄을 말하니 충(忠)으로써 하면 표리가 한결같다."

〔按〕 살펴보건대, 마음가짐이 게으름이 없는 것은 동(動)으로부터 정(靜)을 꿰뚫는 것이고, 행하기를 충(忠)으로써 함은 안으로부터 밖으로 통달하는 것이다.

〔經〕子張問政, 子曰: "居之無倦; 行之以忠."

〔註〕朱子曰: "居, 謂存諸心, 無倦則始終如一; 行, 謂發於事, 以忠則表裏如一."

〔按〕居之無倦, 自動而貫靜也; 行之以忠, 自內而達外也.

〔經〕계강자(季康子)가 공자에게 정사를 묻자, 공자께서 대답하셨다. "정사는 바로잡는다는 뜻이니, 그대가 바름으로써 솔선한다면 누가 감히 바르지 않겠는가?"〈안연 제17장〉

〔註〕범씨(范氏)가 말하였다. "자신이 바르지 못하고서 남을 바르게 하는 자는 있지 않다."

〔按〕살펴보건대, 바르지 못한 것을 바로잡는 것을 '정(政)'이라 한다. '그대가 먼저 부정한 것을 바로 잡아 솔선하면, 백성들 가운데 어느 누가 감히 그들의 부정한 것을 바로잡지 않겠는가.'라고 한 것이다.

〔經〕季康子問政於孔子, 孔子對曰: "政者, 正也, 子帥以正, 孰敢不正?"

〔註〕范氏曰: "未有己不正而能正人者."

〔按〕正其不正之謂政. 子先正其不正而率之, 則民孰敢不正其不正?

〔經〕번지(樊遲)가 인(仁)을 묻자, 공자께서 "남을 사랑하는 것이다." 하셨다. 번지가 지(智)를 묻자, 공자께서 "남을 아는 것이다." 하셨다.〈안연 제22장〉

〔註〕 주자가 말씀하였다. "'애인(愛人)'은 인(仁)을 베푸는 것이고, '지인(知人)'은 지(智)를 힘쓰는 것이다."

〔經〕 樊遲問仁, 子曰: "愛人." 問知, 子曰: "知人."
〔註〕 朱子曰: "愛人, 仁之施; 知人, 知之務."

〔經〕 **번지(樊遲)가 그 내용을 통달하지 못하자,**〈안연 제22장〉
〔按〕 살펴보건대, 인(仁)과 지(智)가 서로 유통하지 않음을 의심한 것이다.

〔經〕 樊遲未達,
〔按〕 疑仁知之不相流通.

〔經〕 공자께서 말씀하셨다. "정직한 사람을 들어 쓰고 여러 부정직한 사람을 버리면 부정직한 자로 하여금 정직하게 할 수 있을 것이다."〈안연 제22장〉
〔按〕 살펴보건대, 정직한 사람을 들어 쓰고 부정한 사람을 버리는 것은 지(智)이고, 부정한 사람으로 하여금 정직하게 하는 것은 인(仁)이다.

〔經〕 子曰: "擧直錯諸枉, 能使枉者直."
〔按〕 擧直錯枉者, 知也, 使枉者直, 則仁矣.

〔經〕 번지(樊遲)가 물러나서 자하(子夏)를 보고 물었다. "지난번에 부자를 뵙고 지(智)를 물었더니, 부자께서 '정직한 사람을 들어 쓰고 모든 부정직한 사람을 버리면 부정직한 자로 하여금 정직하게 할 수 있다.'라고 하셨으니, 무슨 말씀인가?"〈안연 제22장〉

〔按〕 살펴보건대, 번지(樊遲)가 부자의 말씀을 듣고 인(仁)과 지(智)가 서로 용(用)이 됨을 알았으나 오히려 부정직한 자를 정직하게 하는 방법을 이해하지 못하였다. 그러므로 물러나서 자하(子夏)에게 질문을 한 것이다. 부자께 인(仁)과 지(智)를 물었는데 지금 자하(子夏)에게 지(智)를 물었다고 한 것은 이로써 자하가 부자의 이 말씀을 능히 아는지를 시험한 것인데 인(仁)을 포함해 말한 것이다.

〔經〕 樊遲退, 見子夏曰: "鄕也, 吾見於夫子而問知, 子曰: '擧直錯諸枉, 能使枉者直.' 何謂也?"
〔按〕 遲聞夫子之言, 知仁知之相爲用, 而猶未達枉者直之方. 故退而設問於子夏也. 問仁知而今曰問知者, 以試子夏之能曉夫子斯言, 兼包仁說也.

〔經〕 자하(子夏)가 말하였다. "풍부하다. 그 말씀이여! 순(舜)임금이 천하를 소유함에 여러 사람들 중에서 선발하여 고요(皐陶)를 등용하시니 불인(不仁)한 자들이 멀리 사라졌고, 탕(湯)임금이 천하를 소유함에 여러 사람들 중에서 선발하여 이윤(伊尹)을 등용하시니 불인한 자들이 멀리 사라졌다."〈안연 제22장〉

〔按〕 살펴보건대, 자하(子夏)는 부자의 말씀이 인(仁)과 지(智)를 포함하여 남김없이 모두 말씀하신 것을 깊이 알았으니 그와 번지(樊遲)가언

은 것의 심천(深淺)을 바로 알 수 있다.

〔經〕子夏曰: "富哉, 言乎! 舜有天下, 選於衆, 擧皐陶, 不仁者遠矣; 湯有
天下, 選於衆, 擧伊尹, 不仁者遠矣."
〔按〕子夏, 深知夫子之言, 兼包仁知, 而發盡無蘊, 其與樊遲所得之深淺,
卽可知矣.

〔經〕 자로(子路)가 정사를 묻자, 공자께서 말씀하셨다. "솔선하며 부지런
히 해야 한다." 〈자로 제1장〉

〔註〕 소씨(蘇氏)가 말하였다. "백성들이 행해야 할 것을 자신이 먼저
솔선하면 윗사람이 명령하지 않아도 행해지고, 백성들이 해야 할 일을
자신이 부지런히 애쓰면 백성들이 비록 수고롭더라도 윗사람을 원망하
지 않는다."

〔經〕 子路問政, 子曰: "先之勞之."
〔註〕 蘇氏曰: "凡民之行, 以身先之, 則不令而行; 凡民之事, 以身勞之,
則雖勤不怨."

〔經〕 더 말씀해 주실 것을 청하자, "게을리 하지 말아야 한다." 하셨다. 〈자
로 제1장〉

〔註〕 오씨(吳氏)가 말하였다. "용맹한 자는 일하기를 좋아하나 오래 버티

지 못한다. 그러므로 이것으로써 말씀해 주신 것이다."

〔按〕 살펴보건대, 자로(子路)는 솔선하는 것과 부지런히 하는 것을 어려울 것이 없다고 여겼다. 그러므로 더 말씀해 주실 것을 청하였는데, 부자께서 게을리 하지 말아야 한다는 것으로 일러주신 것은 정사가 이 두 가지를 벗어나지 않음을 밝히고, 자로가 시작만 있고 끝이 없을까 염려하신 것이다.

〔經〕 請益, 曰:"無倦."

〔註〕 吳氏曰:"勇者, 喜於有爲而不能持久. 故以此告之."

〔按〕 子路, 以先之勞之爲無難. 故請益, 而夫子, 以無倦告之者, 以明政不外是二者, 而只恐有始而無終也.

〔經〕 자로(子路)가 말하였다. "위(衛)나라 군주가 선생님을 기다려 정사를 하려고 하니, 선생께서는 장차 무엇을 먼저 하시렵니까?" 공자께서 대답하셨다. "반드시 명분을 바로잡겠다." 〈자로 제3장〉

〔註〕 사씨(謝氏)가 말하였다. "명분을 바로잡는 것은 비록 위(衛)나라 군주때문에 하신 말씀이나 정사를 하는 도리는 모두 당연히 이것을 우선으로 삼아야 한다."

〔按〕 살펴보건대, 이는 부자(父子)의 명분을 바로잡는 것이다.

〔經〕 子路曰:"衛君, 待子而爲政, 子將奚先?" 子曰:"必也正名乎!"

〔註〕 謝氏曰:"正名, 雖爲衛君而言. 然爲政之道, 皆當以此爲先."

〔按〕 盖正父子之名.

〔經〕 자로(子路)가 말하였다. "이런 점이 있으십니다. 선생님의 우활하심이여! 어떻게 명분을 바로잡으시겠습니까?" 공자께서 말씀하셨다. "속되구나, 유(由)여! 군자는 자기가 알지 못하는 것에 대해 제쳐놓고 말하지 않는다.⟨자로 제3장⟩

〔按〕 살펴보건대, 알지 못하면서 함부로 대답하는 것이 바로 말 기운이 비루하고 도리에 위배된 것이다.

〔經〕 子路曰: "有是哉, 子之迂也! 奚其正?" 子曰: "野哉, 由也! 君子於其所不知, 蓋闕如也."
〔按〕 不知妄對, 是辭氣之鄙背.

〔經〕 명분이 바르지 못하면 말이 이치에 순응하지 못하고, 말이 이치에 순응하지 못하면 일이 이루어지지 못하고,⟨자로 제3장⟩

〔按〕 살펴보건대, 부자(父子)의 명분을 바로잡지 않으면 아비를 아비라 할 수 없고 아들을 아들이라 할 수 없다. 이와 같으면 사람의 큰 윤리가 무너질 것이니 어떤 일이 이루어질 수겠는가.

〔經〕 "名不正, 則言不順; 言不順, 則事不成."
〔按〕 不正父子之名, 則父不得謂父, 子不得謂子. 如是則人之大倫, 壞矣, 何事可成?

〔經〕 일이 이루어지지 못하면 예악(禮樂)이 일어나지 못하고, 예악이 일어나지 못하면 형벌(刑罰)이 알맞지 못하고, 형벌이 알맞지 못하면 백성들이 손발을 둘 곳이 없게 된다.〈자로 제3장〉

〔註〕 범씨(范氏)가 말하였다. "일이 그 순서를 얻음을 예라 하고, 사물이 그 화(和)함을 얻음을 악(樂)이라 한다. 일이 이루어지지 못하면 순서가 없고 화(和)하지 못한다. 그러므로 예악이 일어나지 못하고, 예악이 일어나지 못하면 정사를 시행함에 모두 그 도를 잃게 된다. 그러므로 형벌이 알맞지 못하게 된다."

〔經〕 "事不成, 則禮樂不興; 禮樂不興, 則刑罰不中; 刑罰不中, 則民無所措手足."
〔註〕 范氏曰: "事得其序之謂禮; 物得其和之謂樂. 事不成, 則無序而不和. 故禮樂不興. 禮樂不興, 則施之政事, 皆失其道. 故刑罰不中."

〔經〕 그러므로 군자가 명분을 내세우면 반드시 말할 수 있어야하며, 말할 수 있으면 반드시 행할 수 있어야 하며, 군자는 그 말에 대하여 구차함이 없을 뿐이다."〈자로 제3장〉

〔註〕 정자가 말씀하였다. "명분과 실제가 서로 필요로 하니, 한 가지 일이 구차하면 그 나머지도 모두가 구차하게 된다."
〔按〕 살펴보건대, 실제를 가지고 명분을 붙이기 때문에 반드시 말할 수 있고, 말이 구차하지 않기 때문에 반드시 행할 수 있어서 일이 이루어지는 것이다. 만약 부자(父子)의 명분이 바르지 않으면 말이 어찌 구차하지

않을 수 있겠는가.

〔經〕"故君子, 名之, 必可言也; 言之, 必可行也. 君子於其言, 無所苟而
已矣."
〔註〕程子曰: "名實相須, 一事苟, 則其餘皆苟矣."
〔按〕名之以其實. 故必可言; 言之不苟. 故必可行而事成. 若父子之名不
正, 則言安得不苟哉?

〔經〕번지(樊遲)가 농사일을 배우기를 청하자, 공자께서 "나는 늙은 농부
만 못하다." 하셨다. 또 채전(菜田)을 가꾸는 것을 배우기를 청하자, "나는
늙은 원예사만 못하다." 하셨다. 번지가 나가자, 공자께서 말씀하셨다.
"소인이구나, 번수(樊須)여.〈자로 제4장〉

〔註〕주자가 말씀하였다. "'소인(小人)'은 서민(庶民)을 말한다."

〔經〕樊遲請學稼, 子曰: "吾不如老農." 請學爲圃, 曰: "吾不如老圃." 樊遲
出, 子曰: "小人哉, 樊須也!"
〔註〕朱子曰: "小人, 謂細民也."

〔經〕윗사람이 예를 좋아하면 백성들이 윗사람을 공경하지 않는 이가 없
고, 윗사람이 의(義)를 좋아하면 백성들이 복종하지 않는 이가 없고, 윗사
람이 신(信)을 좋아하면 백성들이 감히 실정(實情)대로 하지 않는 이가
없을 것이다. 이렇게 되면 사방의 백성들이 자식을 포대기에 싸서 올 것이

니, 어찌 농사를 쓰겠는가."〈자로 제4장〉

〔按〕 살펴보건대, 농사와 채전(菜田)을 가꾸는 일은 소인(小人)의 일이고 대인(大人)의 일은 이 세 가지가 있으니, 배우는 자가 마땅히 먼저 힘써야 하는 것은 그 큰 것일 것이다.

〔經〕 上好禮, 則民莫敢不敬; 上好義, 則民莫敢不服; 上好信, 則民莫敢不用情. 夫如是, 則四方之民, 襁負其子而至矣, 焉用稼?
〔按〕 農圃, 是小人之事, 而大人之事, 有是三者. 學者, 所當先務, 其大者矣.

〔經〕 공자께서 말씀하셨다. "자신이 바르면 명령하지 않아도 행해지고, 자신이 바르지 못하면 비록 명령하더라도 백성들이 따르지 않는다."〈자로 제4장〉

〔註〕 남헌 장씨(南軒張氏)가 말하였다. "백성들이 명령을 따르고 어기는 근본은 명령하는 데 달려있지 않고 그들에게 보여주는 것이 어떠한가에 달려있다."[10]

〔經〕 子曰: "其身正, 不令而行; 其身不正, 雖令不從."
〔註〕 南軒 張氏曰: "從違之本, 不係於令, 而係於所以示之何如耳."

---

10 백성들이……달려있다 : 이 부분은 〈자로(子路)〉 제6장에 보인다.

〔經〕 자장(子張)이 말하였다. "《서경》에 이르기를 '고종(高宗)이 양암(諒陰)에 삼년 동안 말하지 않았다.' 하니, 무엇을 말합니까?" 공자께서 말씀하셨다. "하필 고종 뿐이겠는가. 옛사람이 다 그러하였다. 군주가 죽으면 백관들이 자신의 직책을 총괄하여 총재(冢宰)에게 명령을 듣기를 삼년 동안 하였다."〈헌문 제43장〉

〔按〕 살펴보건대, 총재(冢宰)의 자리에 적임자를 얻으면 나라에 근심할 만한 일이 없을 것이다.

〔經〕 子張曰: "書云: '高宗, 諒陰三年不言.' 何謂也?" 子曰: "何必高宗? 古之人皆然. 君薨, 百官總己, 以聽於冢宰三年."
〔按〕 盖冢宰得人, 則國無可憂耳.

〔經〕 공자께서 말씀하셨다. "윗사람이 예(禮)를 좋아하면 백성은 부리기 쉽다."〈헌문 제44장〉

〔註〕 사씨(謝氏)가 말하였다. "예가 통용되어 분수가 정해짐으로 백성은 부리기가 쉬운 것이다."
〔按〕 살펴보건대, 윗사람이 예를 좋아하여 백성들을 업신여기지 않으면 백성들도 윗사람의 명령을 업신여기지 않아서 부리기가 쉬운 것이다.

〔經〕 子曰: "上好禮, 則民易使也."
〔註〕 謝氏曰: "禮達而分定. 故民易使."
〔按〕 上好禮而不慢民, 民亦不慢上命而易使也.

〔經〕공자께서 말씀하셨다. "무위(無爲)로 잘 다스린 분은 순(舜)임금일 것이다. 무엇을 하셨는가? 몸가짐을 공손히 하고 바르게 남면(南面)을 하였을 뿐이다."〈위령공 제4장〉

〔註〕주자가 말씀하였다. "순은 요(堯)임금의 뒤를 이었고, 또 인재를 얻어 여러 직책을 맡기셨다. 이 때문에 더욱 의도적으로 다스린 자취가 있음을 볼 수 없다."

〔按〕살펴보건대, 몸가짐을 공손히 하고 바르게 남면(南面)을 한 것은 이른바 '공손함을 돈독히 하매 천하가 평해지는 것이다'는 것이다.

〔經〕子曰: "無爲而治者, 其舜也與. 夫何爲哉? 恭己正南面而已矣."
〔註〕朱子曰: "舜, 紹堯之後, 而又得人以任衆職. 故尤不見其有爲之迹也."
〔按〕恭己正南面, 所謂篤恭而天下平也.

〔經〕공자께서 무성(武城)에 가시어 현악(弦樂)에 맞추어 부르는 노래를 들으셨다. 부자께서 빙그레 웃으시며 말씀하셨다. "닭을 잡는 데에 어찌 소 잡는 칼을 쓰느냐?" 자유(子游)가 대답하였다. "예전에 제가 선생님께 들으니 '군자가 도를 배우면 사람을 사랑하고 소인이 도를 배우면 부리기가 쉽다.'라고 하셨습니다." 공자께서 말씀하셨다. "얘들아, 언(偃)의 말이 옳다. 방금 전에 내가 한 말은 농담이었다."〈양화 제4장〉

〔註〕주자가 말씀하였다. "자유(子游)가 독실히 믿고 있는 것을 가상히 여기시고, 또 문인의 의혹을 풀어준 것이다."

〔按〕살펴보건대, '희(戱)'는 음악의 화(和)를 말한 것이고, '정(正, 주자의 주석에 보이는 正對를 말함)은 예(禮)의 중(中)을 말한다. 여기에서

또한 성인의 중(中)·화(和)의 기상을 볼 수 있다.

〔經〕子之武城, 聞弦歌之聲. 夫子莞爾而笑曰: "割鷄, 焉用牛刀?" 子游對
曰: "昔者偃也聞諸夫子曰: '君子學道則愛人; 小人學道則易使也.'" 子曰:
"二三子! 偃之言, 是也. 前言, 戲之耳."

〔註〕朱子曰: "嘉子游之篤信, 又以解門人之惑也."

〔按〕戲, 言樂之和也; 正, 言禮之中也. 於此, 亦可見聖人中和之氣象.

〔經〕맹손씨(孟孫氏)가 양부(陽膚)를 사사(士師)로 임명하자, 양부가 증
자에게 옥사의 처리에 관하여 물으니, 증자가 다음과 같이 말씀하였다.
"윗사람이 그 도리를 잃어 백성들이 흩어진 지 오래 되었다. 만일 그들의
실정을 알면 그들이 죄를 진 것을 불쌍히 여기고 그들의 죄를 적발한 것을
기뻐하지 말아야 한다."〈자장 제19장〉

〔註〕사씨(謝氏)가 말하였다. "백성들이 흩어짐은 부리기를 무도하게 하
고 평소 가르치지 않았기 때문이다. 그러므로 그들이 법을 범한 것은
부득이 한 데에서 급박했기 때문이 아니면 무지에 빠져서이다. 그러므로
그들의 실정을 알면 그들이 죄를 지은 것을 불쌍히 여기고 그들의 죄를
적발한 것을 기뻐하지 말아야 한다."

〔經〕孟氏使陽膚爲士師, 問於曾子, 曾子曰: "上失其道, 民散, 久矣. 如得
其情, 則哀矜而勿喜."

〔註〕謝氏曰: "民之散也, 以使之無道, 教之無素. 故其犯法也, 非迫於不
得已, 則陷於不知也. 故得其情, 則哀矜而勿喜."

다스리는 법에 대해 말함
言治法

〔經〕 공자께서 말씀하셨다. "인도하기를 정사로써 하고, 가지런히 하기를 형벌로써 하면, 백성들이 형벌만을 면하려 하고 부끄러워함이 없을 것이다. 인도하기를 덕으로써 하고, 가지런히 하기를 예로써 하면, 백성들이 불선을 부끄러워함이 있고, 또 선에 이를 것이다." 〈위정 제3장〉

〔註〕 주자가 말씀하였다. "정사와 형벌은 백성으로 하여금 죄를 멀리하게 할 뿐이다. 덕과 예의 효과는 백성으로 하여금 날로 개과천선하면서도 스스로 알지 못하게 한다."

〔按〕 살펴보건대, 지(知)·인(仁)·성(聖)·의(義)·충(忠)·화(和)의 덕으로써 인도하고 예로써 각각의 경우에 맞게 조절하면 백성들이 불선함을 부끄럽게 여기고 선에 이를 것이다.

〔經〕 子曰: "道之以政, 齊之以刑, 民免而無恥; 道之以德, 齊之以禮, 有恥且格."

〔註〕 朱子曰: "政刑, 能使民遠罪而已. 德禮之效, 則有以使民日遷善而不自知."

〔按〕 道之以知仁聖義忠和之德, 而禮以品節之, 民恥於不善而至於善.

〔經〕 공자께서 말씀하셨다. "이적(夷狄)에게도 군주가 있으니, 중원의 여러 나라에 군주가 없는 것과는 같지 않다." 〈팔일 제5장〉

〔註〕정자가 말씀하였다. "이적에게도 군주가 있으니, 중원의 여러 나라가 참람하고 어지러워 도리어 상하의 구분이 없는 것과는 같지 않다."

〔按〕살펴보건대, 한문공(韓文公, 韓愈)의 〈원도(原道)〉에 "이적(夷狄)의 도를 쓰면 비록 군장이 있더라도 도리어 제하(諸夏)에 군장(君長)이 없는 것만 못하다."[11]라고 하였다.

〔經〕子曰: "夷狄之有君, 不如諸夏之亡也."

〔註〕程子曰: "夷狄, 且有君長, 不如諸夏之僭亂, 反無上下之分也."

〔按〕韓文公〈原道〉, 用夷狄, 雖有君長, 反不如諸夏之亡.

〔經〕공자께서 자산(子産)을 평하셨다. "그는 군자의 도가 네 가지 있었으니, 자신을 행함이 공손하며, 윗사람을 섬김이 공경하였으며, 백성을 기름이 은혜로우며, 백성을 부림이 의로웠다."〈공야장 제15장〉

〔註〕주자가 말씀하였다. "'백성을 부림이 의롭다'는 것은 예를 들면 도시와 지방에 따라 법도의 차이가 있고, 계급의 상하에 따라 복장이 다르며, 토지에는 두둑과 도랑이 있고, 거주지에는 다섯 집씩 한 조(組)가 되게 한 것과 같은 것들이다."

---

11 한문공(韓文公)……못하다 : 원도(原道)의 본문에는 "공자가 춘추를 지을 때, 제후들이 오랑캐의 예를 쓰면 그들을 오랑캐로 여겼고 오랑캐로서 중국의 예를 쓰면 그들을 중화로 여겼으며, 경에 이르기를 이적에게 군장이 있는 것이 제하에 없는 것만 못하다.〔孔子之作春秋也, 諸侯用夷禮則夷之, 夷而進於中國則中國之. 經曰: '夷狄之有君, 不如諸夏之亡.'〕"라고 되어있다.

〔經〕 子謂子産, 有君子之道四焉, 其行己也恭; 其事上也敬; 其養民也惠; 其使民也義.

〔註〕 朱子曰: "使民義, 如都鄙有章, 上下有服, 田有封洫, 廬井有伍之類."

〔經〕 자공(子貢)이 성사를 묻자, 공자께서 말씀하셨다. "양식을 풍족하게 하고, 병기를 풍족하게 하면 백성들이 믿는 것이다." 자공이 말하였다. "반드시 부득이해서 버린다면 이 세 가지 중에 무엇을 먼저 버립니까?" 공자께서 말씀하셨다. "병기를 버려야 한다." 자공이 말하였다. "반드시 부득이해서 버린다면 이 두 가지 중에 무엇을 먼저 버립니까?" 공자께서 말씀하셨다. "양식을 버려야 한다. 예로부터 사람은 누구나 다 죽음이 있거니와 사람들이 믿지 않으면 살아남더라도 자립할 수 없다."〈안연 제7장〉

〔註〕 정자가 말씀하였다. "공문(孔門)의 제자가 묻기를 잘하여 곧바로 다하여 끝에까지 이르렀으니, 이 장과 같은 경우는 자공(子貢)이 아니면 질문하지 못했을 것이고, 성인이 아니면 답하지 못했을 것이다."

〔按〕 살펴보건대, 믿음을 버리면 군주는 군주답지 못하고 신하는 신하답지 못한 데에 이르게 될 것이니, 비록 양식이 있더라도 누구와 더불어 먹겠는가? 그러므로 믿음이 양식보다 중요한 것이다.

〔經〕 子貢問政, 子曰: "足食·足兵, 民信之矣." 子貢曰: "必不得已而去, 於斯三者, 何先?" 曰: "去兵." 子貢曰: "必不得已而去, 於斯二者, 何先?" 曰: "去食. 自古皆有死, 民無信不立."

〔註〕 程子曰: "孔門弟子善問, 直窮到底. 如此章者, 非子貢, 不能問; 非聖人, 不能答也."

〔按〕 去信, 則至於君不君臣不臣, 雖有食, 誰與食哉? 故信重於食.

〔經〕 애공(哀公)이 유약(有若)에게 물었다. "농사가 흉년이 들어서 재용(財用)이 부족하니, 어찌해야 하는가?" 유약이 대답하였다. "어찌하여 철법(徹法)¹²을 쓰지 않습니까?" 애공이 말하였다. "10분의 2도 내 오히려 부족하니, 어떻게 철법을 쓰겠는가?" 유약이 대답하였다. "백성이 풍족하면 군주가 누구와 더불어 부족하며, 백성이 풍족하지 못하다면 군주가 누구와 더불어 풍족하겠습니까."〈안연 제9장〉

〔註〕 주자가 말씀하였다. "군주가 부유하면 백성들이 홀로 가난함에 이르지 않을 것이고, 백성들이 가난하면 군주가 홀로 부유할 수는 없는 것이다. 유약은 군주와 백성이 일체인 뜻을 깊이 말하여 애공이 세금을 많이 거두려는 것을 저지하였으니, 백성의 윗사람이 된 자는 깊이 생각하여야 할 것이다."

〔經〕 哀公問於有若曰: "年饑, 用不足, 如之何?" 有若對曰: "盍徹乎?" 曰: "二, 吾猶不足, 如之何其徹也?" 對曰: "百姓足, 君孰與不足, 百姓不足, 君孰與足?"
〔註〕 朱子曰: "君富, 則民不至獨貧; 民貧, 則君不能獨富. 有若, 深言君民一體之意, 以止公之厚斂, 爲人上者, 所宜深念也."

---

12 철법(徹法): 주(周)나라의 조세(租稅)제도로 생산량의 10분의 1을 세금으로 부과하였다.

〔經〕계강자(季康子)가 공자께 정사를 묻기를 "만일 무도한 자를 죽여서 도가 있는 데로 나아가게 하면 어떻습니까?" 하자, 공자께서 대답하셨다. "그대는 정사를 함에 어찌 죽이는 것을 쓰는가? 그대가 선하고자 하면 백성들이 선해질 것이니, 군자의 덕은 바람이고, 소인의 덕은 풀과 같다. 풀 위에 바람이 불면 풀은 반드시 쓰러진다."〈안연 제19장〉

〔註〕주자가 말씀하였다. "정사를 하는 자는 백성들이 보고 본받는 대상이니, 어찌 죽이는 것을 쓰겠는가? 정사를 하는 자가 선하고자 하면 백성들이 선해진다"

〔按〕살펴보건대, 무도한 자를 죽여서 도가 있는 데로 나아가게 하는 것은 혹 이와 같은 경우가 있으나 부득이한 일이지 이로써 가르침을 삼을 수 있는 것은 아니다. 성인이 이와 같은 것을 허락한다면 정사를 하는 자가 이 말씀을 이용해 구실을 삼을 것이니, 살인을 좋아하는 마음을 열어주는 데에 가깝지 않겠는가. 부자의 '자기가 선하고자 하면 백성들이 선해진다.'[13]는 이 교훈은 진실로 만세의 법이 된다.

〔經〕季康子問政於孔子曰: "如殺無道, 以就有道, 何如?" 孔子對曰: "子爲政, 焉用殺? 子欲善而民善矣. 君子之德風; 小人之德草, 草上之風, 必偃."

〔註〕朱子曰: "爲政者, 民所視效, 何以殺爲? 欲善則民善矣."

〔按〕殺無道, 就有道, 容有如此. 然不得已之事, 非可以爲訓也. 聖人, 許其如此, 爲政者, 資而爲口實, 不幾於啓其好殺之心乎? 夫子欲善民善之訓, 實爲萬世之法矣.

13 자기가……선해진다 : 이 부분은 〈안연(顏淵)〉 제19장에 보인다.

〔經〕 계강자(季康子)가 도둑을 걱정하여 공자께 대책을 묻자, 공자께서 대답하셨다. "만일 그대가 탐욕을 부리지 않는다면 비록 백성들에게 상을 주면서 도둑질하게 하더라도 도둑질하지 않을 것이다."〈안연 제18장〉

〔註〕 호씨(胡氏)가 말하였다. "계씨(季氏)는 정권을 도둑질하고 강자(康子)는 적자(嫡子)를 빼앗았으니, 백성들이 도둑질하는 것은 진실로 마땅하다. 어찌 또한 그 근본을 돌이키지 않는가?"

〔經〕 季康子患盜, 問於孔子, 孔子對曰: "苟子之不欲, 雖賞之, 不竊."
〔註〕 胡氏曰: "季氏竊柄, 康子奪嫡, 民之爲盜, 固其所也, 盍亦反其本邪?"

〔經〕 중궁(仲弓)이 계씨(季氏)의 가신(家臣)이 되어 정사를 묻자, 공자께서 말씀하셨다. "담당자들에게 먼저 일을 시키고 작은 허물을 용서해주며, 어진 이와 재능 있는 이를 등용해야 한다."〈자로 제2장〉

〔按〕 살펴보건대, 중궁이 계씨의 가신이 되었다는 것은 중궁의 어짊으로도 오히려 계씨의 가신이 되었다는 것이니, 말의 밖에 뜻이 있다.

〔經〕 仲弓爲季氏宰, 問政, 子曰: "先有司, 赦小過, 擧賢才."
〔按〕 仲弓爲季氏宰, 以仲弓之賢而猶爲季氏宰, 言外有意.

〔經〕 "어떻게 어진 이와 재능 있는 이를 알아서 등용합니까?" 하고 묻자, "네가 아는 자를 등용하면 네가 아직 모르는 자를 남들이 내버려두겠느냐?" 하셨다.〈자로 제2장〉

〔註〕 범씨(范氏)가 말하였다. "유사(有司)에게 먼저 시키지 않으면 군주가 신하의 일을 행하게 될 것이고, 작은 허물을 용서하지 않으면 아래에 온전한 사람이 없게 될 것이며, 어진 이와 재능 있는 이를 등용하지 않으면 모든 직무가 마비될 것이다.

〔按〕 살펴보건대, 내가 아는 어진 이와 재능 있는 이를 등용하면 그 알고 있는 어진 이가 또 자기가 아는 이를 등용할 것이니, 군자가 동류들과 함께 나아가는 것은 이 때문이다.

〔經〕 曰: "焉知賢才而擧之?" 曰: "擧爾所知, 爾所不知, 人其舍諸?"

〔註〕 范氏曰: "不先有司, 則君行臣職矣; 不赦小過, 則下無全人矣; 不擧賢才, 則百職廢矣."

〔按〕 擧所知之賢才, 則其所知之賢者, 又擧其所知, 君子彙征, 其以此也.

〔經〕 공자께서 위(衛)나라에 가실 때 염유(冉有)가 수레를 몰았는데, 공자께서 "백성들이 많구나."라고 말씀하셨다. 염유가 "이미 백성들이 많으면 또 무엇을 더하여야 합니까?"라고 묻자, 공자께서 말씀하셨다. "부유하게 해야 한다." 염유가 "이미 부유해지면 또 무엇을 더하여야 합니까?" 하고 묻자, "가르쳐야 한다."라고 대답하셨다. 〈자로 제9장〉

〔註〕 주자가 말씀하였다. "백성들이 많기만 하고 부유하지 않으면 백성들의 생활이 이루어지지 못한다. 그러므로 토지와 주택을 마련해주고, 세금을 가볍게 하여 부유하게 해주는 것이다. 부유하기만 하고 가르치지 않으면 금수에 가까워진다. 그러므로 반드시 학교를 세우고 예의를 밝혀서 가르쳐야 한다."

〔按〕 살펴보건대, 토지와 주택을 마련해주고 학교를 세우는 것은 비록 순서가 있으나, 이는 한때의 일이니 부유하게 된 이후에 가르치는 것을 말한 것이 아니다.

〔經〕 子適衛, 冉有僕, 子曰: "庶矣哉!" 冉有曰: "旣庶矣, 又何加焉?" 曰: "富之." 曰: "旣富矣, 又何加焉?" 曰: "敎之."

〔註〕 朱子曰: "庶而不富, 則民生不遂. 制田里, 薄賦斂, 以富之. 富而不敎, 則近於禽獸. 故必立學校, 明禮義, 以敎之."

〔按〕 制田里, 立學校, 雖有次序, 自是一時之事, 非謂旣富而後敎之.

〔經〕 공자께서 말씀하셨다. "만일 나를 등용해 주는 자가 있다면 1년만 하더라도 괜찮을 것이니, 3년이면 이루어짐이 있을 것이다."〈자로 제10장〉

〔註〕 주자가 말씀하였다. "'가(可)'는 '겨우'라는 말이니 기강이 베풀어짐을 말하고, '유성(有成)'은 치적이 이루어지는 것이다.

〔按〕 살펴보건대, 1년이면 정치의 대체가 갖추어질 수 있고, 3년이면 치적이 이루어진다.

〔經〕 子曰: "苟有用我者, 朞月而已, 可也, 三年有成."

〔註〕 朱子曰: "可者, 僅辭, 言綱紀布也, 有成, 治功成也."

〔按〕 朞月, 治軆可備; 三年, 治功成也.

〔經〕 공자께서 말씀하셨다. "옛말에 '선인(善人)이 나라를 다스리기를 백년 동안하면 잔학(殘虐)한 사람을 교화시키고 사형(死刑)을 없앨 수 있다.'라고 하니, 참으로 그렇도다, 이 말이여."〈자로 제11장〉

〔註〕 윤씨(尹氏)가 말하였다. "잔학한 사람을 교화시키고 사형을 없애는 것은 악을 하지 않게 할 뿐이니, 선인의 공이 이와 같다. 성인과 같은 경우는 백년을 기다리지 않더라도 그 교화가 또한 이런 데에서 그치지 않는다.

〔經〕 子曰: "善人爲邦百年, 亦可以勝殘去殺, 誠哉! 是言也."
〔註〕 尹氏曰: "勝殘去殺, 不爲惡而已, 善人之功如是. 若夫聖人, 則不待百年, 其化亦不止此."

〔經〕 공자께서 말씀하셨다. "만일 왕자(王者)가 있더라도 반드시 한 세대가 지난 뒤에야 백성들이 인(仁)해진다."〈자로 제12장〉

〔註〕 정자가 말씀하였다. "주(周)나라는 문왕(文王)·무왕(武王)으로부터 성왕(成王)에 이른 뒤에야 예악이 일어났으니, 바로 그 들이 교화한 효험이다."
〔按〕 살펴보건대, 여기서의 '인(仁)'은 한 사람도 근심하고 아파하는 일이 없는 것을 말한다.

〔經〕 子曰: "如有王者, 必世而後仁."
〔註〕 程子曰: "周自文武, 至于成王而後, 禮樂興, 卽其效也."

〔按〕仁謂無一人有愁痛底事.

〔經〕공자께서 말씀하셨다. "위정자가 참으로 자신을 바르게 하면 정치하는 데 무슨 어려움이 있겠으며, 자신을 바르게 할 수 없으면 어떻게 남을 바르게 할 수 있겠는가."〈자로 제13장〉

〔按〕살펴보건대, 당시 정치하는 사람들이 자신을 바르게 하지 않은 사람이 많았기 때문에 여러 번 이 말을 하신 것이다.

〔經〕子曰: "苟正其身矣, 於從政乎, 何有, 不能正其身, 如[14]正人何?"
〔按〕當時從政者, 多不正其身, 故累發此言.

〔經〕염유(冉有)가 조정에서 물러 나오자, 공자께서 "어찌하여 늦었는가?"라고 물으셨다. 대답하기를 "국정이 있었습니다." 하자, 공자께서 말씀하였다. "그것은 계씨(季氏)의 집안일이다. 만일 국정이 있었다면 비록 내가 등용되지는 않았으나 내가 참여하여 들었을 것이다."〈자로 제14장〉

〔註〕주자가 말씀하였다. "이때 계씨(季氏)가 노나라를 전횡(專橫)하여 그가 국정에 대해 동렬들과 조정에서 의논하지 않고 혼자 가신들과 자신의 사실(私室)에서 도모함이 있었기 때문에 모르는 척하고 말씀하신 듯하다."
〔按〕살펴보건대, 국정을 논의한 것이 계씨의 집안일과 같이 한 것이니,

14 如 : 저본에는 '어(於)'로 되어 있다. 대전본 《논어집주》에 의거하여 수정하였다.

계씨가 권력을 남용한 죄가 은연히 말 밖에 있다.

〔經〕 冉有退朝, 子曰: "何晏也?" 對曰: "有政." 子曰: "其事也. 如有政,
雖不吾以. 吾其與聞之."
〔註〕 朱子曰: "是時季氏專魯, 其於國政, 蓋有不與同列議於公朝, 而獨與
家臣, 謀於私室者. 故夫子爲不知者而言."
〔按〕 國政論議, 如其家事, 季氏濫權之罪, 隱然在言外.

〔經〕 정공(定公)이 물었다. "한 마디 말로 나라를 흥하게 할 수 있는 그러한
말이 있습니까?" 공자께서 대답하셨다. "말은 이와 같은 효과를 기약할
수는 없지만, 사람들의 말에 '군주 노릇하기가 어려우며 신하 노릇하기가
쉽지 않다.' 하였으니, 만일 군주 노릇하기가 어려움을 안다면 한 마디 말로
나라를 흥하게 함을 기약할 수 있지 않겠습니까."〈자로 제15장〉

〔註〕 주자가 말씀하였다. "이 말로 인하여 군주 노릇하기가 어려움을
안다면 반드시 두려워하고 조심하여 깊은 못에 임한 듯이, 얇은 얼음을
밟는 듯이 조심하여 한 가지 일도 감히 소홀히 함이 없을 것이니, 그렇다
면 이 말이 어찌 나라를 흥하게 함을 기약할 수 없겠는가."

〔經〕 定公問: "一言而可以興邦, 有諸?" 孔子對曰: "言不可以若是其幾也,
人之言曰: '爲君難, 爲臣不易.' 如知爲君之難也, 不幾於一言而興邦乎?"
〔註〕 朱子曰: "因此言而知爲君之難, 則必戰戰兢兢, 臨深履薄而無一事之
敢忽, 然則此言也, 豈不可以必期於興邦乎?"

〔經〕 정공이 물었다. "한 마디 말로 나라를 망하게 할 수 있는 그러한 말이 있습니까?" 공자께서 대답하셨다. "말은 이와 같은 효과를 기약할 수 없지만, 사람들의 말에 '나는 군주된 것이 즐겁지 않고, 오직 내가 말을 하면 나의 말을 어김이 없는 것이 즐겁다.' 하였으니, 만일 군주의 말이 선한데 어기는 이가 없다면 좋지 않겠습니까. 그러나 군주의 말이 선하지 못한데 어기는 이가 없다면 한 마디 말로 나라를 망하게 함을 기약할 수 있지 않겠습니까."〈자로 第15章〉

〔註〕 범씨(范氏)가 말하였다. "만일 선하지 못한데 어기는 이가 없으면 충성스러운 말이 군주의 귀에 이르지 않아서 군주는 날로 교만해지고 신하는 날로 아첨할 것이니, 나라를 잃지 않는 자가 없을 것이다."
〔按〕 살펴보건대, 군주 노릇하는 것이 즐겁지 않고 오직 나의 말을 어기지 않는 것이 즐겁다고 한 것이 어찌 선한 말을 아무도 어기지 않는 것이겠는가. 다만 군주에게 대답하는 말씀이기 때문에 완곡하고 곡진한 것이 이와 같은 것이다.

〔經〕 曰: "一言而喪邦, 有諸?" 孔子對曰: "言不可以若是其幾也, 人之言曰: '予無樂乎爲君, 唯其言而莫予違也.' 如其善而莫之違也, 不亦善乎? 如不善而莫之違也, 不幾乎一言而喪邦乎?"
〔註〕 范氏曰: "如不善而莫之違, 則忠言不至於耳, 君日驕而臣日諂, 未有不喪邦者也."
〔按〕 不樂乎爲君, 而唯樂其言莫違者, 豈有善言之莫違. 特以對君之言, 故婉順委曲如此.

〔經〕 섭공(葉公)이 정치에 대해 묻자, 공자께서 말씀하셨다. "가까이 있는 자들이 기뻐하며, 멀리 있는 자들을 오게 하여야 한다."〈자로 제16장〉

〔註〕 주자가 말씀하였다. "반드시 가까이 있는 자들이 기뻐하면 멀리 있는 자들이 온다.

〔經〕 葉公問政, 子曰: "近者悅, 遠者來."
〔註〕 朱子曰: "必近者悅, 遠者來."

〔經〕 자하(子夏)가 거보(莒父)의 수령이 되어 정사에 대해 묻자, 공자께서 말씀하셨다. "빨리 하려고 하지 말고 작은 이익을 보지 말아야 하니, 빨리 하려고 하면 달성하지 못하고 작은 이익을 보면 큰 일을 이루지 못한다." 〈자로 제17장〉

〔註〕 정자가 말씀하였다. "자장(子張)은 언제나 지나치게 높아 인(仁)하지 못하였고, 자하(子夏)의 병통은 항상 천근(淺近)하고 작은 데 있었다. 그러므로 각각 자신에게 절실한 일로 말씀해 주신 것이다.
〔按〕 살펴보건대, 서두르다 보면 일은 반드시 소홀하게 되기 때문에 도달하지 못하고, 작은 이익을 보려고 하면 큰일에 어두워지기 때문에 이루지 못하는 것이다.

〔經〕 子夏爲莒父宰問政, 子曰: "无欲速, 无見小利, 欲速則不達, 見小利則大事不成."
〔註〕 程子曰: "子張常過高而未仁, 子夏之病, 常在近小. 故各以切己之事,

告之.”

〔按〕欲速則事必苟簡, 故不達, 見小利則昧於大事, 故不成.

〔經〕 공자께서 말씀하셨다. “선인(善人)이 7년 동안 백성을 가르치면, 또한 전쟁에 나아가게 할 수 있다.”〈자로 제29장〉

〔註〕 주자가 말씀하였다. “백성들이 윗사람을 친애하고 어른을 위해 죽을 줄 알기 때문에 전쟁에 나아가게 할 수 있는 것이다.”

〔經〕 子曰:“善人敎民七年, 亦可以卽戎.”
〔註〕 朱子曰:“民知親其上, 死其長, 故可以卽戎.”

〔經〕 공자께서 말씀하셨다. “가르치지 않은 백성을 써서 싸우게 하면, 이는 백성을 버린다고 하는 것이다.”〈자로 제30장〉

〔按〕 살펴보건대, 이런 자는 반드시 패망하게 되니 이는 곧 백성들을 버리는 것이다.

〔經〕 子曰:“以不敎民戰, 是謂棄之.”
〔按〕 是必敗亡, 乃棄之也.

〔經〕 안연이 나라를 다스리는 것에 대해 묻자, 공자께서 말씀하셨다. “하

(夏)나라의 책력을 사용하며, 은(殷)나라의 수레를 타며, 주(周)나라의 면류관을 쓰며, 음악은 소무(韶舞)를 할 것이요, 정(鄭)나라 음악을 추방하며 말재주 있는 사람을 멀리 해야 하니, 정나라 음악은 음탕하고 말 잘하는 사람은 위태롭다."〈위령공 제10장〉

〔註〕 장자(張子)가 말하였다. "예악은 정치의 법도이고, 정나라 음악을 추방하고 말 잘하는 사람을 멀리함은 법 밖의 뜻이다. 하루라도 이것을 삼가지 않으면 법이 무너지니, 우(虞)나라와 하(夏)나라 때의 군신(君臣)들은 서로 경계하고 신칙하였으니 이 글의 의미도 대개 이와 같다."

〔經〕 顏淵問爲邦, 子曰: "行夏之時, 乘殷之輅, 服周之冕, 樂則韶舞, 放鄭聲, 遠佞人, 鄭聲淫, 佞人殆."
〔註〕 張子曰: "禮樂, 治之法也, 放鄭聲遠佞人, 法外意也. 一日不謹, 則法壞矣, 虞夏君臣, 戛相戒飭, 意盖如此."

〔經〕 공자께서 말씀하셨다. "이익에 따라 행동하면 원망이 많다."〈이인 제12장〉

〔經〕 子曰: "放於利而行, 多怨."

정사에 임하여 일을 처리함에 대해 말함
言臨政處事

〔經〕자화(子華)가 제(齊)나라에 심부름을 가자, 염자(冉子)가 그의 어머니를 위해 곡식을 줄 것을 청하니, 공자께서 말씀하셨다. "부(釜)를 주어라." 더 줄 것을 청하자, 공자께서 말씀하셨다. "유(庾)를 주어라." 염자가 5병(秉)을 주자, 공자께서 말씀하셨다. "적(赤)이 제나라에 갈 적에 살찐 말을 타고 가벼운 갖옷을 입었다. 내가 들으니, '군자는 곤궁한 자를 돌보아주고 부유한 자에게 부를 이어주지 않는다.'라고 하였다." 원사(原思)가 공자의 가신(家臣)이 되었는데, 공자께서 곡식 9백 두(斗)를 주셨는데, 사양하였다. 공자께서 말씀하셨다. "사양하지 말아 너의 이웃과 고을사람들에게 주어라."〈옹야 제3장〉

〔按〕살펴보건대, 염유가 자화를 위하여 곡식 줄 것을 청한 것이 의(義)에 합당하지 않으니 마땅히 그 불가함을 곧장 거절해야 했는데 자화의 어머니를 위하여 말하였기 때문에 곧장 거절하지 않은 것이니 인(仁)의 지극함이다. 염유로 하여금 조금 주게 한 것은 의(義)의 극진함이다. 그런데 염유가 깨닫지 못하고 자화에게 곡식을 많이 주었다. 그러므로 부자께서 부유한 자에게 부를 계속 이어주지 않는다는 뜻으로 밝히신 것이다.

〔經〕子華使於齊, 冉子其母請粟, 子曰: "與之釜." 請益, 曰: "與之庾." 冉子與之粟五秉, 子曰: "赤之適齊也, 乘肥馬, 衣輕裘. 吾聞之也, 君子周急, 不繼富." 原思爲之宰, 與之粟九百辭, 子曰: "毋. 以與爾鄰里鄕黨乎."

〔按〕冉有爲子華請粟, 旣不合於義, 則當直拒其不可. 而言爲其母請, 故不直拒者, 仁之至也, 使與之小者, 義之盡也. 而冉有未達而與之多. 故夫子以不繼富明之.

〔經〕 사람을 다른 나라에 보내어 문안할 적에는 두 번 절하고 보내셨다.〈향당 제11장〉

〔註〕 주자가 말씀하였다. "심부름꾼에게 절하고 보내어 친히 만나보는 것처럼 하신 것이 예이다.

〔經〕 問人於他邦, 再拜而送之.
〔註〕 朱子曰: "拜送使者, 如親見之, 禮也."

〔經〕 공자께서 말씀하셨다. "송사(訟事)를 다스림은 내 남과 같이 할 수 있지만 나는 반드시 사람들로 하여금 송사함이 없게 하겠다."〈안연 제13장〉

〔註〕 범씨(范氏)가 말하였다. "송사를 다스림은 그 말단을 다스리고 그 흐름을 막는 것이다. 그 근본을 바로잡고 그 근원을 맑게 하면 송사가 없어질 것이다."

〔經〕 子曰: "聽訟吾猶人也, 必也使無訟乎!"
〔註〕 范氏曰: "聽訟者, 治其末塞其流也, 正其本淸其源, 則無訟矣."

〔經〕 공자께서 말씀하셨다. "반 마디 말에 옥사(獄事)를 결단할 수 있는 자는 유(由)일 것이다."〈안연 제12장〉

〔註〕 주자가 말씀하였다. "자로는 충신(忠信)하고 밝고 결단력이 있었다. 그러므로 말을 하면 사람들이 믿고 복종하여 그 말이 끝나기를 기다리지 않았다."

〔經〕 子曰: "片言可以折獄者, 其由也歟!"
〔註〕 朱子曰: "子路忠信明決. 故言出而人信服之, 不待其言之畢也."

〔經〕 자로(子路)는 승낙한 것을 묵힘이 없었다.〈안연 제12장〉

〔註〕 주자가 말씀하였다. "기록하는 자가 부자의 말씀으로 인하여 이것을 기록해서 자로가 사람들에게 신임을 받은 것은 수양이 평소에 있었기 때문임을 나타낸 것이다."
〔按〕 살펴보건대, 자로가 반 마디 말로 옥사를 결단하는 것은 진실로 여러 사람들보다 뛰어난 것이지만, 부자(夫子)의 '애초에 송사할 거리를 없게 하겠다'는 말씀은 또 굳이 말할 필요가 없다.

〔經〕 子路無宿諾.
〔註〕 朱子曰: "記者, 因夫子之言而記此, 以見子路之所以見信於人者, 以其養有素也."
〔按〕 子路之片言折獄, 固異於衆人, 而夫子之使無訟, 又不待言矣.

〔經〕 계강자(季康子)가 "중유(仲由)는 정사에 종사하게 할 만 합니까?"라고 묻자, 공자께서 말씀하셨다. "유(由)는 과단성이 있으니 정사에 종사함에 무슨 어려움이 있겠는가." 계강자가 "사(賜)는 정사에 종사하게 할 만합니까?"라고 묻자, 공자께서 말씀하셨다. "사는 사리에 통달했으니 정사에 종사함에 무슨 어려움이 있겠는가." 계강자가 "염구(冉求)는 정사에 종사하게 할 만합니까?"라고 묻자, 공자께서 말씀하셨다. "구(求)는 다재다능하니 정사에 종사함에 무슨 어려움이 있겠는가."〈옹야 제6장〉

〔註〕 정자가 말씀하였다. "계강자가 '세 사람의 재능이 정사에 종사할 만합니까?'라고 묻자, 부자께서 각기 장점이 있다고 대답하셨다. 비단 세 사람 뿐만 아니라, 사람마다 각기 장점이 있으니, 그 장점을 취한다면 모두 쓸 수 있다."

〔經〕 季康子問: "仲由, 可使從政也與?" 子曰: "由也果, 於從政乎, 何有?" 曰: "賜也, 可使從政也與?" 曰: "賜也達, 於從政乎, 何有?" 曰: "求也可使從政也與?" 曰: "求也藝, 於從政乎, 何有?"
〔註〕 程子曰: "季康子問, 三子之才, 可以從政乎, 夫子答以各有所長, 非惟三子, 人各有所長, 能取其長, 皆可用也."

〔經〕 자유(子游)가 무성(武城)의 수령이 되었는데, 공자께서 "너는 그곳에서 인재를 얻었느냐?"라고 물으시자, 자유가 대답하였다. "담대멸명(澹臺滅明)이라는 자가 있으니, 그는 다닐 적에 지름길로 다니지 않으며, 공사(公事)가 아니면 저의 집무실에 온 적이 없습니다."〈옹야 제12장〉

〔註〕 주자가 말씀하였다. "지름길로 다니지 않는다면 모든 행동을 반드

시 바르게 해서 작은 것을 보고 빨리 하려고 하는 뜻이 없으며, 공적인 일이 아닐 경우에 수령을 만나보지 않는다면 그 스스로 지킴이 있어 자기를 굽혀 남을 따르는 사사로움이 없다."

〔經〕子游爲武城宰, 子曰: "女得人焉爾乎?" 曰: "有澹臺滅明者, 行不由徑, 非公事, 未嘗至於偃之室也."
〔註〕朱子曰: "不由徑, 則動必以正, 而無見小欲速之意, 非公事, 不見邑宰, 則其有以自守, 而無枉己徇人之私."

〔經〕공자께서 중궁(仲弓)을 평하여 말씀하셨다. "얼룩소 새끼가 털이 붉은 순색이고 또 뿔이 나면 비록 희생으로 쓰지 않고자 하나 산천의 신이 어찌 그것을 내버려두겠는가."〈옹야 제4장〉

〔註〕주자가 말씀하였다. "아버지의 악함으로 그 자식을 버릴 수 없으니, 중궁과 같이 어진 인물은 세상에 쓰여야 한다고 말씀하신 것이다.
〔按〕살펴보건대, 여기에서 부자의 사람을 쓰는 공정한 마음을 볼 수 있다.

〔經〕子謂仲弓曰: "黎牛之子, 騂且角, 雖欲勿用, 山川其舍諸?"
〔註〕朱子曰: "言父之惡, 不能廢其子, 如仲弓之賢, 自當見用於世."
〔按〕於此, 可見夫子用人之公心矣.

〔經〕 공자께서 말씀하셨다. "베로 면류관을 만드는 것이 본래의 예인데, 지금에는 생사(生絲)로 만드니 검소하다. 나는 대중들이 하는 것을 따르겠다. 당(堂) 아래에서 절하는 것이 본래의 예인데, 지금에는 당 위에서 절하니 교만하다. 나는 비록 대중들과 어긋나더라도 당 아래에서 절하는 것을 따르겠다."〈자한 제3장〉

〔經〕 子曰: "麻冕, 禮也, 今也純, 儉. 吾從衆. 拜下, 禮也, 今拜乎上, 泰也. 雖違衆, 吾從下."

〔經〕 노(魯)나라 사람이 장부(長府)라는 창고를 짓자, 민자건(閔子騫)이 말하였다. "옛 창고를 그대로 쓰는 것이 어떻겠는가? 하필 고쳐 지어야 하는가?" 공자께서 말씀하셨다. "저 사람이 말을 하지 않을지언정 말하면 반드시 도리에 맞는다."〈선진 제13장〉

〔註〕 왕안석(王安石)이 말하였다. "고쳐 짓는 것은 백성을 수고롭게 하고 재물을 손상시키니, 그만둘 수 있는 일이라면 옛 것의 좋은 점을 그대로 따르는 것만 못하다."

〔經〕 魯人爲長府, 閔子騫曰: "仍舊貫, 如之何, 何必改作?" 子曰: "夫人不言, 言必有中."
〔註〕 王氏 安石曰: "改作, 勞民傷財, 在於得已, 則不如仍舊貫之善."

〔經〕 계씨(季氏)가 주공(周公)보다 부유하였는데도 구(求)가 그를 위해 세금을 거두어 재산을 늘려 주었다.〈선진 제16장〉

〔按〕 살펴보건대, '주공(周公)'은 당시 왕실의 공(公)의 작위가 있는 자를 가리키고, 무왕(武王)의 동생인 주공이 아니다.

〔經〕 季氏富於周公, 而求也, 爲之聚斂而附益之.

〔按〕 周公指當時王室公爵者, 非武王弟之周公.

〔經〕 공자께서 말씀하셨다. "염구는 우리 무리가 아니니, 얘들아, 북을 쳐서 그의 죄를 성토함이 옳다." 〈선진 제16장〉

〔註〕 범씨(范氏)가 말하였다. "염유가 정사의 재주를 계씨에게 시행하였는데 불선을 행함이 이와 같은 데에 이르렀다. 그의 심술이 밝지 못함을 말미암아 자기 몸에 돌이켜 구하지 못하고 벼슬하는 것을 급하게 여겼기 때문이다.

〔按〕 살펴보건대, '우리의 무리가 아니다.'라는 것은 염유를 심하게 미워한 말이다. '북을 쳐서 성토 한다'는 것은 그의 죄를 소리 내어 널리 드러내는 것이니 그 세금을 많이 거둔 죄가 이와 같이 크다.

〔經〕 子曰: "非吾徒也, 小子, 鳴鼓而攻之, 可也."

〔註〕 范氏曰: "冉有, 以政事之才, 施於季氏, 爲不善, 至於如此. 由其心術不明, 不能反求諸身, 而以仕爲急故也."

〔按〕 非吾徒, 甚惡之之辭, 鳴鼓而攻之, 使聲其罪以布著, 其聚斂之罪, 如是之大也.

〔經〕 자공이 "어떠하면 사(士)라 할 수 있습니까?"라고 묻자, 공자께서 말씀하셨다. "자신을 행하는 데에 부끄러움이 있으며, 사방에 사신 가서 군주의 명을 욕되게 하지 않으면 사라 할 수 있다."〈자로 제20장〉

〔註〕 주자가 말씀하였다. "이것은 그의 의지에 하지 않는 바가 있고, 그 재주가 충분히 어떤 일을 할 수 있는 자이다."

〔經〕 子貢問曰: "何如則可謂士矣?" 子曰: "行己有恥, 使於四方, 不辱君命, 可謂士矣."
〔註〕 朱子曰: 此其志有所不爲, 而其材足以有爲者也.

〔經〕 자공이 "감히 그 다음을 묻겠습니다."라고 하자, 공자께서 말씀하셨다. "종족이 효성스럽다고 칭찬하고, 고을사람들이 공손하다고 칭찬하는 인물이다." 자공이 "감히 그 다음을 묻겠습니다."라고 하자, 공자께서 말씀하셨다. "말을 반드시 미덥게 하고 행실을 반드시 과단성 있게 하는 것이 뻣뻣한 소인이지만, 또한 그 다음이 될 수 있다."〈자로 제20장〉

〔註〕 주자가 말씀하였다. "근본과 말단이 모두 볼 만한 것이 없으나 또한 자신을 지키는 것을 해치지 않는다."

〔經〕 曰: "敢問其次." 曰: "宗族稱孝焉, 鄕黨稱弟焉." 曰: "敢問其次." 曰: "言必信, 行必果, 硜硜然小人哉, 抑亦可以爲次矣."
〔註〕 朱子曰: "本末, 皆無足觀, 然亦不害其自守也."

〔經〕 자공이 "지금 정사에 종사하는 사람들은 어떻습니까?"라고 묻자, 공자께서 말씀하셨다. "아, 한 말 정도의 국량이 좁은 사람들을 어찌 따질 것이 있겠는가."〈자로 제20장〉

〔註〕 정자가 말씀하였다. "자공의 뜻은 대개 깨끗한 행동을 하여 남에게 알려지려 하는 것이고, 부자께서 말씀하신 것은 모두 독실하여 자득하는 일이다."

〔經〕 曰: "今之從政者, 何如?" 曰: "噫斗筲之人, 何足算也."
〔註〕 程子曰: "子貢之意, 蓋欲爲皎皎之行, 聞於人者, 夫子告之, 皆篤實自得之事."

〔經〕 공자께서 말씀하셨다. "군자는 섬기기는 쉬워도 기쁘게 하기는 어려우니, 기쁘게 하는데 도로써 하지 않으면 기뻐하지 않으며, 사람을 부림에 있어서는 국량에 맞게 한다. 소인은 섬기기는 어려워도 기쁘게 하기는 쉬우니, 기쁘게 하기를 비록 도로써 하지 않더라도 기뻐하며, 사람을 부림에 있어서는 여러 재능을 갖추기를 요구한다."〈자로 제25장〉

〔註〕 주자가 말씀하였다. "군자의 마음은 공정하고 남의 마음을 헤아리고, 소인의 마음은 사사로우면서도 각박하다. 천리와 인욕의 사이에 매양 상반될 뿐이다."

〔經〕 子曰: "君子易事而難說也, 說之不以道, 不說也, 及其使人也, 器之. 小人難事而易說也, 說之, 雖不以道, 說也, 及其使人也, 求備焉."
〔註〕 朱子曰: "君子之心, 公而恕, 小人之心, 私而刻, 天理人欲之間, 每每

相反而已矣."

〔經〕 공숙문자(公叔文子)의 가신인 대부 선(僎)이 공숙문자와 함께 조정
에서 벼슬하였다. 공자께서 그 소문을 들으시고 말씀하셨다. "공숙문자는
시호(諡號)를 문(文)이라고 할 만하다."〈헌문 제19장〉

〔註〕 주자가 말씀하였다. "'문(文)'은 이치를 따라 문장을 이룬 것을 말한
다. 시법에 또한 '백성에게 작위를 내려준 것을 문이라고 한다.'는 것이
있다.
〔按〕 살펴보건대, 능히 남의 재능을 알고 또 자신을 잊을 수 있었으니,
그가 배우길 부지런하고 문장을 좋아한 실제가 있었음을 알 수 있다.
그러므로 시호를 문(文)이라고 할 만하다고 말씀하신 것이다.

〔經〕 公叔文子之臣大夫僎, 與文子, 同升諸公, 子聞之曰: "可以爲文矣."
〔註〕 朱子曰: "文者, 順理而成章之謂, 諡法, 亦有錫民爵位曰文者.
〔按〕 能知人, 又能忘己, 其有勤學好文之實, 可知. 故曰可以爲文矣.

〔經〕 제나라 대부 진성자(陳成子)가 간공(簡公)을 시해하자, 공자께서 목
욕하고 조회하여 애공(哀公)에게 아뢰었다. "진항(陳恒)이 군주를 시해하
였으니, 토벌하소서." 애공이 말하였다. "저 삼자(三子)[15]에게 말하라."

---

15 삼자(三子) : 당시 노나라의 실권을 장악하고 있던 세 집안인 맹손씨(孟孫氏), 숙손
씨(叔孫氏), 계손씨(季孫氏)를 말한다.

공자께서 밖으로 나와 혼자 말씀하시기를 "내가 대부의 말석에 있었기 때문에 감히 아뢰지 않을 수 없다. 그런데 군주께서 저 삼자에게 말하라고 하시는구나."라고 하시고, 삼자에게 가서 말하는데 불가하다고 하니, 공자께서 말씀하셨다. "내가 대부의 말석에 있기 때문에 감히 말하지 않을 수 없었다."〈헌문 제22장〉

〔註〕호씨(胡氏)가 말하였다. "《춘추》의 법에 군주를 시해한 역적은 사람마다 모두 토벌할 수 있으니, 공자의 이 일은 먼저 토벌하고 뒤에 천자에게 아뢰는 것도 가하다."

〔按〕살펴보건대, 진항이 군주를 시해하였을 때 위로 천자로부터 아래로 방백(方伯)에 이르기까지 한 사람도 토벌하지 않았는데, 공자께서 홀로 토벌하기를 청하셨다. 비록 일이 이루어지지 않은 바가 있지만 만세의 기강이 여기에 힘입어 밝혀졌다. 이점이 성인께서 후세에 공(功)이 있는 것이 큰 것이다.

〔經〕陳成子弑簡公, 孔子沐浴而朝, 告於哀公曰: "陳恒弑其君, 請討之." 公曰: "告夫三子." 孔子曰: "以吾從大夫之後, 不敢不告也." 君曰: "告夫三子者." 之三子告, 不可, 孔子曰: "以吾從大夫之後, 不敢不告也."
〔註〕胡氏曰: "春秋之法, 弑君之賊, 人得而討之, 仲尼此擧 先發後聞, 可也.
〔按〕陳恒弑君, 而上自天子, 下至方伯, 無一人論討, 而孔子獨請討之. 雖事有所不成, 而萬世綱紀賴是而明, 此聖人之有功於後世大矣.

〔經〕자로가 군주 섬기는 것을 묻자, 공자께서 대답하셨다. "속이지 말고,

안색을 범하여 간쟁해야 한다."〈헌문 제23장〉

〔註〕주자가 말씀하였다. "문인을 가신으로 삼은 한 가지 일로 살펴보면,[16] 자로는 용기를 좋아하고 반드시 이기려 해서, 속이는 것을 면하지 못한 것 같다."

〔按〕살펴보건대, 자로는 의(義)에 용감하니, 어찌 일부러 군주를 속이는 일을 하겠는가. 혹 이치에 밝지 못한 바가 있어서 스스로 속이거나 군주를 속이는 죄과(罪科)에 빠지는 경우는 반드시 그렇지 않으리라 보장하지 못하기 때문에 속이지 말라는 것으로써 고하신 것이다.

〔經〕子路問事君, 子曰: "勿欺也, 而犯之."
〔註〕朱子曰: "以使門人爲臣一事, 觀之, 子路之好勇必勝, 恐未免於欺也."
〔按〕子路勇於義, 豈故爲欺君之事? 或理有所不明, 而陷於自欺欺君之科, 則未必保其不然. 故以勿欺告之.

〔經〕공자께서 향당(鄕黨)에 계실 때에는 신실(信實)하게 하여 말씀을 잘하지 못하는 것처럼 하셨다. 공자께서 종묘(宗廟)와 조정(朝廷)에 계실 때에는 말씀을 분명하게 하되 다만 삼가셨다.〈향당 제1장〉

---

16 문인을……살펴보면 : 《논어》〈자한(子罕)〉제11장에, "공자께서 병환이 심해지자, 자로가 문인을 가신으로 삼았다. 공자께서 병이 약간 차도가 있자 말씀하셨다. "오래되었구나, 유가 속이는 짓을 행함이여, 나는 가신이 없는데 가신을 두었으니, 내 누구를 속였는가, 하늘을 속였구나.〔子疾病, 子路使門人爲臣, 病間曰 久矣哉, 由之行詐也! 無臣而爲有臣, 吾誰欺, 欺天乎!〕라고 한 일을 가리켜 말한 것이다.

〔註〕주자가 말씀하였다. "종묘는 예법이 있는 곳이요, 조정은 정사가 나오는 곳이니, 말을 명확하게 하지 않을 수 없다. 다만 삼가서 함부로 하지 않으신 것이다."

〔經〕孔子於鄕黨, 恂恂如也, 似不能言者. 其在宗廟朝廷, 便便言唯謹爾.
〔註〕朱子曰: "宗廟, 禮之所在, 朝廷, 政事之所出, 言不可以不明辨. 但謹而不放."

〔經〕조정에서 하대부(下大夫)와 말씀하실 때에는 강직하게 하시며, 상대부(上大夫)와 말씀하실 때에는 화락하게 하셨다. 〈향당 제2장〉

〔註〕주자가 말씀하였다. "이는 군주가 조회(朝會)를 보지 않을 때이다."

〔經〕朝與下大夫言, 侃侃如也, 與上大夫言, 誾誾如也.
〔註〕朱子曰: "此君未視朝時也."

〔經〕군주가 계실 때에는 공경스럽게 하시고 몸가짐을 적합하게 하셨다.
〈향당 제2장〉

〔註〕주자가 말씀하였다. "'군재(君在)'는 군주가 조회를 볼 때이다."

〔經〕君在, 踧踖如也, 與與如也.
〔註〕朱子曰: "君在, 視朝也."

〔經〕 군주가 불러 사신을 접대하게 하시면 안색을 숙연하게하시며 발걸음을 살금살금 하셨다. 함께 서 있는 사신에게 읍(揖)하시되 손을 좌로 하고 우로 하셨는데, 옷의 앞 뒷자락을 가지런하셨다. 빨리 걸어 나아가실 때에는 새가 날개를 편 듯이 하셨다. 손님이 물러가면 반드시 복명(復命)하시기를 "손님이 뒤를 돌아보지 않고 잘 갔습니다."라고 하셨다.〈향당 제3장〉

〔經〕 君召使擯, 色勃如也, 足躩如也. 揖所與立, 左右手, 衣前後, 襜如也. 趨進, 翼如也. 賓退, 必復命曰: "賓不顧矣."

〔經〕 공문(公門)에 들어가실 적에는 몸을 굽히어 용납하지 못하는 듯이 하셨다. 서 있을 때에는 문 가운데에 서지 않으시고, 다니실 때에는 문지방을 밟지 않으셨다. 군주가 계시는 자리를 지날 적에는 안색을 숙연히 하시고 발걸음을 살금살금 하시며, 말은 부족한 듯이 하셨다.〈향당 제4장〉

〔註〕 주자가 말씀하였다. "'위(位)'는 군주의 빈자리이다."

〔經〕 入公門, 鞠躬如也, 如不容. 立不中門, 行不履閾. 過位, 色勃如也, 足躩如也, 其言似不足者.
〔註〕 朱子曰: "位, 君之虛位."

〔經〕 옷자락을 잡고 당(堂)에 오르실 적에는 몸을 굽히는 듯이 하시며 숨을 죽여 숨을 쉬지 않는 것처럼 하셨다. 나와서 한 층계를 내려서서는 안색을 펴서 화평하게 하시며, 층계를 다 내려와서는 빨리 걸으시되 새가

나래를 편 듯이 하시며, 자기 자리로 돌아와서는 공경히 긴장하셨다.〈향당
제4장〉

〔經〕 攝齊升堂, 鞠躬如也, 屛氣, 似不能息¹⁷者. 出降一等, 逞顔色, 怡怡
如也, 沒階, 趨進翼如也, 復其位, 踧踖如也.

〔經〕 명규(命圭)를 잡으시되 몸을 굽히시어 그 무게를 이기지 못하는 듯이
하셨으며, 명규를 잡는 위치는 위로는 서로 읍할 때와 같게 하시고 아래로
는 물건을 줄때와 같게 하시며, 안색을 변하여 두려워하는 기색을 띠시며,
발걸음을 조심조심하여 앞꿈치를 들고 뒷꿈치를 끌듯이 하셨다. 예물을
올리는 예를 행할 적에는 환한 안색을 보이셨다. 사사로이 만나보실 때에
는 화평하게 하셨다.〈향당 제5장〉

〔經〕 執圭, 鞠躬如也, 如不勝, 上如揖, 下如授, 勃如戰色, 足蹜蹜如有循.
享禮, 有容色. 私覿, 愉愉如也.

〔經〕 군주가 음식을 하사하면 반드시 자리를 바르게 하여 먼저 맛보시고,
군주가 날고기를 하사하면 반드시 익혀서 조상께 올리시고, 군주가 산
생물을 하사하면 반드시 기르셨다. 군주를 모시고 밥을 먹을 적에 군주가
제반(祭飯)을 하면 먼저 밥을 드셨다. 병을 앓을 적에 군주가 문병오면

---

17 息 : 저본에는 '언(言)'으로 되어 있다. 대전본 《논어집주》에 의거하여 수정하였다.

머리를 동쪽으로 두시고, 조복(朝服)을 몸에 걸치고 띠를 그 위에 걸쳐놓으셨다. 군주가 명하여 부르시면 수레에 멍에하기를 기다리지 않고, 도보로 걸어가셨다.〈향당 제13장〉

〔經〕君賜食, 必正席先嘗之. 君賜腥, 必熟而薦之. 君賜生, 必畜之. 侍食於君, 君祭先飯. 疾君視之, 東首, 加朝服拖紳. 君命召, 不俟駕行矣.

〔經〕공자께서 말씀하셨다. "장문중(臧文仲)은 지위를 도둑질한 자일 것이다. 유하혜(柳下惠)의 어짊을 알고서도 더불어 조정에 서지 아니하였다."〈위령공 제13장〉

〔經〕子曰: "臧文仲, 其竊位者與! 知柳下惠之賢而不與立也."

〔經〕공자께서 말씀하셨다. "군주를 섬기되 그 일을 경건히 수행하고 녹봉 받는 것을 뒤로 하여야 한다."〈위령공 제37장〉

〔註〕호씨(胡氏)가 말하였다. "녹봉 받는 것을 뒤로 하는 것은 대개 봉록을 내버려두고서 관심의 범위에 두지 않는다는 것이다."

〔經〕子曰: "事君, 敬其事而後其食."
〔註〕胡氏曰: "後其食者, 盖委置之, 不存乎念慮之間."

〔經〕 계씨(季氏)가 전유(顓臾)를 치려하였는데, 염유(冉有)와 계로(季路)가 공자를 뵙고 말하였다. "계씨가 장차 전유에 정벌하는 일이 있을 것입니다." 공자께서 말씀하셨다. "구(求)야, 네가 잘못한 것이 아니냐?〈계씨 제1장〉

〔註〕 주자가 말씀하였다. "염구가 계씨를 위하여 세금을 많이 거두어서 더욱 권력을 행사하였으므로 부자께서 유독 그를 꾸짖으신 것이다."

〔經〕 季氏將伐顓臾, 冉有、季路見於孔子曰: "季氏將有事於顓臾." 孔子曰: "求, 無乃爾是過與?
〔註〕 朱子曰: "冉求爲季氏聚斂, 尤用事. 故夫子獨責之."

〔經〕 저 전유는 옛날에 선왕께서 동몽산(東蒙山)의 제주(祭主)로 삼으셨고, 또 우리나라 안에 있으니, 이는 사직(社稷)의 신하이다. 그러니 어찌 정벌을 하겠는가."〈계씨 제1장〉

〔註〕 주자가 말씀하였다. "전유는 곧 선왕께서 봉한 나라이니 정벌 할 수 없으며, 노나라 안에 있으니 굳이 정벌할 필요가 없으며, 사직의 신하이니 계씨가 칠 수 있는 것이 아니다. 이는 사리에 지극히 당연하고 바꿀 수 없는 정해진 대체이다. 한 마디말로 그 곡절(曲折)을 다한 것이 이와 같으니, 성인이 아니면 불가능하다."
〔按〕 살펴보건대, 이것은 전유를 정벌해서는 안 되는 이유를 말씀하신 것이다.

〔經〕 夫顓臾, 昔者, 先王以爲東蒙主, 且在邦域之中矣, 是社稷之臣也, 何以伐爲?"

〔註〕朱子曰: "顓臾, 乃先王封國, 則不可伐, 在邦之中, 則不必伐, 是社稷
之臣, 則非季氏所當伐也. 此事理之至當, 不易之定體, 而一言盡其曲折如
此, 非聖人不能也."

〔按〕此言其不可伐之由.

〔經〕 염유가 말하였다. "계손씨가 치려하는 것이지 저희 두 신하는 모두
하고자 하지 않습니다."〈계씨 제1장〉

〔按〕 살펴보건대, 이 말은 핑계로 그 책임을 회피하려한 것이다.

〔經〕 冉有曰: "夫子欲之, 吾二臣者, 皆不欲也."
〔按〕 蓋諉辭而欲逃其責.

〔經〕 공자께서 말씀하셨다. "주임(周任)이 말하기를 '능력을 펴서 벼슬자
리에 나아가 제대로 할 수 없으면 그만두라.'고 하였으니, 위태로운데도
붙잡아주지 못하며 넘어지는데도 부축해주지 못하면 장차 저 도와주는
신하를 어디에다 쓰겠느냐?〈계씨 제1장〉

〔註〕 주자가 말씀하였다. "두 사람이 전유를 정벌하는 일을 하고자 하지
않으면 마땅히 간해야 하고, 간해도 듣지 않으면 떠나야 한다."

〔按〕 살펴보건대, 하고자 하지 않으면 떠나지 않는 것이 잘못이다.

〔經〕孔子曰：“周任有言曰：‘陳力就列，不能者止.’危而不持，顚而不扶，則將焉用彼相矣？

〔註〕朱子曰：“二子不欲，則當諫，諫而不聽，則當去也.”

〔按〕不欲則不去，爲過.

〔經〕또 네 말이 잘못되었다. 호랑이와 들소가 우리에서 뛰쳐나오며, 거북 등껍질과 옥이 궤 속에서 훼손됨이 누구의 잘못이겠느냐？”〈계씨 제1장〉

〔按〕살펴보건대, 이미 떠나가지 않으면 그 책임을 사양할 수 없다.

〔經〕且爾言，過矣. 虎兕出於柙，龜玉毁於櫝中，是誰[18]之過與？”

〔按〕旣不去，則不得辭其責.

〔經〕염유(冉有)가 말하였다. “지금 저 전유는 성곽이 견고하며 비읍(費 邑)에 가까우니, 지금 취하지 않으면 후세에 반드시 자손의 우환이 될 것입니다.”〈계씨 제1장〉

〔註〕주자가 말씀하였다. “이것은 염유가 꾸미면서 한 말이나 또한 그가 실제로 계씨의 모의에 참여하였음을 볼 수 있다.”

〔按〕살펴보건대, 이미 책임을 면할 수 없음을 알았기 때문에 마침내 전유를 정벌하려는 이유를 말하였다. 그러나 또한 그 이익을 탐함을 바로

---

18 誰 : 저본에는 ‘수(雖)’로 되어 있다. 대진본 《논어집주》에 의거하여 수정하였다.

말하지 않았다.

〔經〕冉有曰: "今夫顓臾, 固而近於費, 今不取, 後世必爲子孫憂."
〔註〕朱子曰: "此則冉有之飾辭, 然亦可見其實與季氏之謀矣."
〔按〕旣知其不得免責, 故遂言其伐之之由. 然亦不正言 貪其利也.

〔經〕공자께서 말씀하셨다. "구야, 군자는 그것을 원한다고 말하지 않고
굳이 변명하는 말을 하는 것을 미워한다.〈계씨 제1장〉

〔註〕주자가 말씀하였다. "'욕지(欲之)'는 그 이익을 탐함을 말한다."
〔按〕살펴보건대, 말을 수식하여 문식(文飾)이 지나치므로 군자가 미워
한 것이다.

〔經〕孔子曰: "求, 君子疾夫舍曰欲之, 而必爲之辭.
〔註〕朱子曰: "欲之, 謂貪其利也."
〔按〕飾辭而文過, 故君子疾之.

〔經〕내 들으니 나라를 소유하고 집을 소유한 자는 백성이 적음을 근심하지
않고 정치가 균평하지 못함을 근심하며, 가난함을 근심하지 않고 백성이
편안하지 못함을 근심한다고 한다. 균평하면 가난함이 없고, 화락하면 백성
이 적음이 없고, 편안하면 나라가 기울어짐이 없다.〈계씨 제1장〉

〔按〕살펴보건대, 전유를 정벌하는 것은 단지 이익을 탐해서일 뿐이다.

그러므로 국가의 안위는 균등한가 균등하지 않은가에 달려있는 것이지 백성이 적고 많은 데에 달려 있는 것이 아님을 말한 것이다. 대개 균등함은 화평하고 편안함의 근본이고, 정치를 하는 중요한 법이다. 균등함은 각각 그 본분을 얻는 것을 말하니, 《대학》의 혈구지도(絜矩之道)[19]가 그것이다.

〔經〕夫有國有家者, 不患寡而患不均, 不患貧而患不安, 盖均無貧, 和無寡, 安無傾.

〔按〕伐顓臾, 只是貪其利. 故言國家之安危, 在乎均與不均, 不在乎寡與多矣. 盖均是和安之本, 而爲政之要法. 均者, 各得其分之謂, 大學絜矩[20]之道, 是也.

〔經〕정치는 이와 같기 때문에 먼 지방 사람이 복종해 오지 않으면 문덕(文德)을 닦아서 그들을 오게 하고, 그들이 오면 편안하게 해주어야 한다.〈계씨 제1장〉

〔按〕살펴보건대, 먼 지방 사람들이 오면 또한 그들의 본분을 얻게 하여 편안하게 해주어야 한다.

---

19 혈구지도(絜矩之道) : 자신의 마음을 미루어 타인을 헤아리는 것을 비유한 말이다. 《대학장구》제10장에 "이른바 '천하를 평하게 함이 그 나라를 다스림에 있다.'는 것은 윗사람이 노인을 노인으로 대우함에 백성들이 효를 흥기하며, 윗사람이 어른을 어른으로 대우함에 백성들이 제를 흥기 하며, 윗사람이 고아를 구휼함에 백성들이 저버리지 않는다. 이러므로 군자는 혈구의 도가 있는 것이다.〔所謂平天下在治其國者, 上老老而民興孝, 上長長而民興弟, 上恤孤而民不倍, 是以君子有絜矩之道也〕"라고 하였다.

20 矩 : 저본에는 '규(規)'로 되어 있다. 대전본 《논어집주》에 의거하여 수정하였다.

〔經〕故遠人不服, 修文德而來之, 旣來之, 則安之.

〔按〕旣來之, 亦使得其分而安之.

〔經〕지금 유(由)와 구(求)는 계씨를 돕되 먼 지방 사람이 복종해 오지 않는데도 오게 하지 못하며, 나라가 분열되고 무너지는데도 지키지 못하고,〈계씨 제1장〉

〔按〕살펴보건대, '먼 지방 사람이 복종하지 않는다'는 것은 당시에 아마도 어떠한 일이 있었을 것인데 지금은 상고할 수 없다.

〔經〕今由與求也, 相夫子, 遠人不服, 不能來也, 邦分崩離柝而不能守也,

〔按〕遠人不服, 當時盖有其事, 而今不可考矣.

〔經〕그런데도 창과 방패를 나라 안에서 움직이기를 꾀하니, 나는 계손의 근심이 전유에 있지 않고 집안 안에 있을까 두렵다."〈계씨 제1장〉

〔按〕살펴보건대, 전유로 자손의 근심거리를 삼았으나, 근심은 전유에 있지 않고 집안에 있으며, 자손에게 있지 않고 자신에게 있는 것이다.

〔經〕而謀動干戈於邦內, 吾恐季孫之憂, 不在顓臾而在蕭墻之內也."

〔按〕以顓臾爲子孫憂, 然憂不在顓臾而在墻內, 不在子孫而在自身.

〔經〕공자께서 말씀하셨다. "비루한 사람은 함께 군주를 섬길 수 있겠는

가? 부귀를 얻기 전에는 얻을 것을 걱정하고, 얻고 나서는 잃을 것을 걱정하니,〈양화 제15장〉

〔註〕하씨(何氏)가 말하였다. "'얻을 것을 걱정한다'는 것은 얻지 못할까 걱정함을 이른다."

〔按〕살펴보건대, '얻을 것을 걱정한다'는 것은 어떻게 하면 얻을 수 있을지를 말한 것이니, 이로써 마음의 근심이 된다.

〔經〕子曰: "鄙夫, 可與事君也與哉! 其未得之也, 患得之, 旣得之, 患失之.

〔註〕何氏曰: "患得之, 謂患不能得之."

〔按〕患得之, 謂何以則得之也, 以是爲心患.

〔經〕만일 잃을 것을 걱정한다면 어느 곳인들 이르지 못할 바가 없을 것이다."〈양화 제15장〉

〔註〕주자가 말씀하였다. "작게는 등창을 빨고 치질을 핥는 것과 크게는 아비와 임금을 시해함이 모두 잃을까 걱정하는 데서 생길 뿐이다."

〔按〕살펴보건대, 얻을 것을 근심하는 때에 진실로 얻을 수 있다면 또한 이르지 못할 바가 없을 것이다.

〔經〕苟患失之, 無所不至矣."

〔註〕朱子曰: "小則吮癰舐痔, 大則弑父與君, 皆生於患失而已."

〔按〕患得之時, 苟可以得, 則亦無所不至矣.

〔經〕 자하(子夏)가 말하였다. "군자는 백성들에게 신임을 얻은 뒤에 백성을 부리니, 신임을 얻지 못하고 부리면 자신들을 괴롭힌다고 여긴다. 윗사람에게 신임을 얻은 뒤에 간하니, 신임을 얻지 못하고 간하면 자신을 비방한다고 여긴다."〈자장 제10장〉

〔註〕 주자가 말씀하였다. "윗사람을 섬기고 아랫사람을 부릴 때에는 모두 반드시 성의(誠意)가 서로 믿어진 뒤에야 일을 할 수 있는 것이다."

〔經〕 子夏曰: "君子, 信而後勞其民, 未信則以爲厲己也. 信而後諫, 未信則以爲謗己也."

〔註〕 朱子曰: "事上使下, 皆必誠意交孚而後, 可以有爲."

〔經〕 공자께서 말씀하셨다. "군주를 섬길 적에 예를 다하는 것을 사람들은 아첨한다고 말하는구나."〈팔일 제18장〉

〔註〕 황씨(黃氏)가 말하였다. "공자께서 임금을 섬기는 예(禮)에 더한 바가 있었던 것이 아니요, 이와 같이 한 뒤에야 극진히 하는 것이다. 그런데 당시 사람들은 그것을 능히 하지 못하고 도리어 아첨한다고 말하였다. 그러므로 공자께서 이를 말씀하여 예에 있어서 당연한 것임을 밝히신 것이다."

〔經〕 子曰: "事君盡禮, 人以爲諂也."

〔註〕 黃氏曰: "孔子於事君之禮, 非有所加也, 如是而後盡爾. 時人不能, 反以爲諂. 故孔子言之 以明禮之當然也."

세도에 대해 말함
言世道

〔經〕 공자께서 말씀하셨다. "심하도다. 나의 노쇠함이여. 오래되었구나.
내 다시 꿈속에서 주공(周公)을 뵙지 못하였다.〈술이 제5장〉

〔註〕 주자가 말씀하였다. "공자께서 몽매간에 주공을 생각하셨던 것은
바로 성인의 지극한 성(誠)이 그치지 않은 것이다. 그러나 때론 그치고
때론 행하여 막히는 바가 없었으니, 역시 깨끗하게 하지 않으신 적이
없었다.

〔按〕 살펴보건대, 나의 노쇠함을 탄식한 것에서 또한 세상의 도가 쇠했음
을 볼 수 있다. 세상이 쇠했기 때문에 부자께서 늙도록 지우(知遇)가
없었다.

〔經〕 子曰: "甚矣, 吾衰也. 久矣, 吾不復夢見周公."
〔註〕 朱子曰: "夫子夢寐周公, 正是聖人至誠不息. 然時止時行, 無所凝滯,
亦未嘗不灑落也."
〔按〕 吾衰之歎, 亦以見世道之衰也. 惟其世衰, 故夫子老而無遇也.

〔經〕 공자께서 광(匡)땅에서 경계심을 품으셨다. 공자께서 말씀하셨다.
"문왕(文王)이 이미 별세하셨으니, 문(文)이 내 한 몸에 있지 않겠는가.
하늘이 장차 이 문을 없애려 하셨다면 내가 이 문에 참여하지 못하였을
것이나 하늘이 이 문(文)을 없애려 하지 않으셨으니, 광 땅 사람늘이 나를

어찌하겠는가."〈자한 제5장〉

〔註〕 정자가 말씀하였다. "성인은 덕이 성대하여 하늘과 하나가 된다. 이런 말씀을 한 것은 부지불식중에 나온 것이다."

〔經〕 子畏於匡. 曰: "文王旣沒, 文不在玆乎? 天之將喪斯文也, 後死者不得與於斯文也, 天之未喪斯文也, 匡人其於余何?"

〔註〕 程子曰: "盖聖人德盛, 與天爲一, 出此等語, 自不覺耳."

〔經〕 공자께서 말씀하셨다. "노(魯)나라와 위(衛)나라의 정사는 형제로구나."〈자로 제7장〉

〔註〕 주자가 말씀하였다. "노나라와 위나라는 본래 형제의 나라인데 당시에 쇠하고 혼란하여 정사도 서로 비슷하였다. 그러므로 공자께서 탄식하신 것이다."

〔經〕 子曰: "魯衛之政, 兄弟也."

〔註〕 朱子曰: "魯衛本兄弟之國, 而是時衰亂, 政亦相似. 故孔子歎之."

〔經〕 공자께서 말씀하셨다. "축관(祝官)인 타(鮀)의 말재주와 송(宋)나라 공자 조(朝)와 같은 미모를 갖고 있지 않으면 지금 세상에 환난(患難)을 면하기 어렵다."〈옹야 제14장〉

〔註〕 주자가 말씀하였다. "쇠미한 세상에서 아첨을 좋아하고 미모를

좋아하여 이것이 아니면 환난을 면하기 어려우니, 세상을 서글퍼하신 것이다."

〔按〕살펴보건대, 당시에 아첨을 좋아하고 미모를 좋아하였으나 아첨을 좋아하는 마음이 더 우세하였다. 그러므로 비록 송나라의 조와 같은 미모가 있더라도 축관인 타의 말재주가 없으면 환난을 면하기 어려웠다.[21]

〔經〕子曰: "不有祝鮀之佞, 而有宋朝之美, 難乎免於今之世矣."
〔註〕朱子曰: "衰世好諛悅色, 非此難免, 蓋傷之也."
〔按〕當世好諛悅色, 而好諛之心偏勝. 故雖有宋朝之美, 無祝鮀之佞, 難乎免矣.

〔經〕공자께서 말씀하셨다. "모난 술잔이 모나지 않으면 모난 술잔이라고 할 수 있겠는가. 모난 술잔이라고 할 수 있겠는가."〈옹야 제23장〉

〔註〕정자가 말씀하였다. "모난 그릇이 그 모양의 제도를 잃으면 모난 그릇이 아니니, 한 기물을 들면 천하의 만물이 그렇지 않음이 없는 것이다. 그러므로 군주로서 군주의 도리를 잃으면 군주답지 않음이 되고, 신하로서 신하의 직분을 잃으면 빈자리가 되는 것이다."

---

21 송나라의……어려웠다 : 주자(朱子)는 이 부분을 '축관(祝官)인 타(鮀)의 말재주와 송(宋)나라의 조(朝)와 같은 미모를 갖고 있지 않으면'이라고 해석하였으나, '축관인 타의 말재주가 있지 않으면 송나라 조와 같은 미모가 있더라도'라고 해석하기도 하는데, 손암(遜庵) 역시 후자로 해석한 것으로 보인다.

〔經〕子曰: "觚不觚, 觚哉觚哉."

〔註〕程子曰: "觚而失其制, 則非觚也. 擧一器, 而天下之物, 莫不皆然. 故君而失其君之道, 則爲不君, 臣而失其臣之職, 則爲虛位."

〔經〕공자께서 말씀하셨다. "하늘이 나에게 덕을 내려주었으니, 환퇴(桓魋)²²가 나를 어떻게 하겠는가?"〈술이 제22장〉

〔按〕살펴보건대, 부자께서는 겸손하게 스스로를 낮추신 말씀이 있고, 분명하게 스스로를 믿는 말씀이 있으니 또한 그 때의 상황이 그러하여 그렇게 말씀하신 것이다.

〔經〕子曰: "天生德於予, 桓魋其如予何?"

〔按〕夫子有謙謙自卑之辭, 有斷斷自信之言, 亦時然而然矣.

〔經〕공자께서 말씀하셨다. "삼년을 배우고도 녹봉에 뜻을 두지 않는 자를 쉽게 얻을 수 없다."〈태백 제12장〉

〔按〕살펴보건대, 세교가 쇠하여 백성들이 선행을 일으키지 못하였다. 그러므로 배움이 넉넉하지 못한 데도 문득 녹을 구하고자 하는 마음이 있었다.

22 환퇴(桓魋) : 춘추 시대 송(宋)나라의 대부이다. 상퇴(向魋)라고도 한다. 공자가 송나라에 가서 제자들과 함께 큰 나무 아래에서 예를 익히고 있는데, 환퇴가 공자를 죽이고자 하여 그 나무를 뽑았다고 한다.

〔經〕 子曰: "三年學, 不至於穀, 不易得也."

〔按〕 世教衰, 民不興行, 故學未優, 而遽有求祿之心.

〔經〕 공자께서 말씀하셨다. "악사(樂師) 지(摯)[23]가 처음 벼슬할 때에 연주하던 관저(關雎)[24]의 마지막 악장이 양양하게 귀에 가득하였다!"〈태백 제15장〉

〔註〕 주자가 말씀하였다. 공자께서 위(衛)나라로부터 노(魯)나라에 돌아오셔서 음악을 바로잡으셨는데, 마침 악사인 지(摯)가 악관의 장에 임명된 초기였다. 그래서 음악의 아름답고 성대함이 이와 같았다.

〔按〕 살펴보건대, 지금 음악이 파괴되어 이와 같이 할 수 없음을 탄식하신 것이다.

〔經〕 子曰: "師摯之始, 關雎之亂 洋洋乎盈耳哉!"

〔註〕 朱子曰: "孔子, 自衛返魯而樂正, 適師摯在官之初. 故樂之美盛, 如此."

〔按〕 歎今之樂壞, 不能如此."

23 악사(樂師) 지(摯) : 노나라의 악사. 사양자(師襄子)라고도 불린다. 공자는 그에게서 금(琴)을 배웠다.

24 관저(關雎) : 《사기(史記)》에 '관저의 끝장은 《시경(詩經)》 국풍(國風)의 시작이 된다.' 하였다.

〔經〕 공자께서 말씀하셨다. 봉황새도 오지 않고, 황하에서 하도(河圖)도 나오지 않으니[25], 나의 도도 그치겠구나. 〈자한 제8장〉

〔註〕 장자(張子)[26]가 말씀하였다. "봉황새가 나오고, 하도(河圖)가 나오는 것은 문명의 상서로움이니, 복희(伏羲)[27]와 순(舜)임금[28]과 문왕(文王)[29]과 같은 성왕(聖王)의 상서로움이 나타나지 않는다면 공자의 문장이 그칠 것을 알 수 있다."

---

25 봉황새……않으니 : 봉황(鳳凰)은 신령스러운 새인데 순(舜)임금 때에 나타나서 춤을 추었고, 문왕(文王) 때에는 기산에서 울었다. 하도(河圖)란 황하(黃河)에서 나온 용마(龍馬)의 등에 그려진 그림인데 복희(伏羲) 때에 나왔으니, 모두 문명의 상서로움이다.

26 장자(張子) : 북송시대의 철학자 장재(1020~1077)이니, 자는 자후(子厚). 호는 횡거(橫渠)이다. 송나라 이학(理學)을 창시한 오현(五賢)의 한 사람이다. 관중(關中)에서 강학했기 때문에 학문을 관학(關學)이라 부른다. 정호(程顥), 정이(程頤) 형제와 함께 《주역》을 강론했고, 이단을 버리고 《주역》과 《중용》을 정밀히 탐구하여 신유학의 기초를 세웠다. 기일원론(氣一元論)은 왕정상(王廷相), 왕부지(王夫之), 대진(戴震) 등에 의해 계승 발전되었고, 인성론(人性論)은 주희(朱熹)에 의해 계승 발전되었다. 저서에 《정몽(正蒙)》과 《횡거역설(橫渠易說)》, 《경학이굴(經學理窟)》, 《장자전서(張子全書)》가 있다

27 복희(伏羲) : 중국 고대의 전설상의 제왕(帝王) 또는 신(神)으로, 3황 5제 중 중국 최고의 제왕으로 여긴다. '복희'라는 이름은 《역경》〈계사전〉의 복희가 팔괘(八卦)를 처음 만들고, 그물을 발명하여 어획・수렵(狩獵)의 방법을 가르쳤다는 기록이 가장 오래된 것이다.

28 순(舜)임금 : 순(舜)은 제순(帝舜) 유우씨(有虞氏)라고도 하는 중국 고대의 성인이다. 오제(五帝) 가운데 두번째 임금으로 요(堯)임금의 뒤를 이어 천자가 된 전설적 성군이다.

29 문왕(文王) : 서백(西伯)이라고도 한다. 이름은 창(昌)이며, 무왕의 아버지이다. 주나라의 기초를 닦은 명군으로 덕치에 힘, 유가로부터 이상적 군주로 칭송 받았다.

〔經〕子曰: "鳳鳥不至, 河不出圖, 吾已矣夫."

〔註〕張子曰: "鳳至圖出, 文明之祥, 伏羲, 舜, 文之瑞不至, 則夫子之文章, 知其已矣."

〔經〕공자께서 말씀하셨다. 나는 그래도 사관(史官)이 빼놓고 기록하지 않는 것과, 말을 소유한 자가 남에게 빌려주어 타게 하는 것을 보았는데, 지금에는 그것도 없어졌구나!〈위령공 제25장〉

〔註〕주자가 말씀하였다. "이것은 반드시 까닭이 있어서 말씀하신 것일 것이다. 비록 하찮은 일이지만 시대의 변화가 큼을 알 수 있다."

〔經〕子曰: "吾猶及史之闕文也, 有馬者, 借人乘之, 今無矣夫!"

〔註〕朱子曰: "此必有爲而言, 盖雖細故, 而時變之大者, 可知."

〔經〕공자께서 말씀하셨다. 천하에 도가 있으면 예악과 정벌이 천자로부터 나오고, 천하에 도가 없으면 예악과 정벌이 제후로부터 나온다. 예악과 정벌이 제후로부터 나오면 10세에 정권을 잃지 않는 경우가 드물고, 대부로부터 나오면 5세에 정권을 잃지 않는 경우가 드물고, 배신(陪臣)[30]이 국가의 명령을 잡으면 3세에 정권을 잃지 않는 경우가 드물다. 천하에 도가 있으면, 정사가 대부에게 있지 않고, 천하에 도가 있으면 서인들이

---

30 배신(陪臣): 배(陪)는 겹쳤다는 뜻으로, 신하의 신하를 말한다. 곧 제후의 신하인 대부가 천자를 대할 때 스스로 칭하는 말이다. 《좌전左傳》 희공12년에 관중(管仲)이 '배신(陪臣)'을 사양한 것이 곧 이 뜻이다.

정사를 의논하지 않는다."〈계씨 제2장〉

〔註〕 주자가 말씀하였다. "윗사람이 실정(失政)이 없으면 아랫사람들이 사사로이 정사를 의논함이 없다."

〔經〕 子曰: "天下有道, 則禮樂征伐, 自天子出, 天下無道, 則禮樂征伐, 自諸侯出. 自諸侯出, 蓋十世希不失矣. 自大夫出, 五世希不失, 陪臣執國命, 三世希不失矣. 天下有道, 則政不在大夫, 天下有道, 則庶人不議."

〔註〕 朱子曰: "上無失政, 則下無私議."

〔經〕 공자께서 말씀하셨다. "녹이 국가에서 떠난 지 5세가 되었고, 정사가 대부에게 미친 지 4세가 되었다. 그러므로 저 삼환(三桓)[31]의 자손이 미약해진 것이다."〈계씨 제3장〉

〔註〕 소씨(蘇氏)가 말하였다. 강함은 안정에서 생기고, 안정은 상하의 분수가 정해진 데서 생기는 것인데, 지금 제후와 대부가 모두 윗사람을 업신여기니, 그 아랫사람들을 명령할 수가 없다. 이 때문에 오래가지 않아서 정권을 잃은 것이다."

〔經〕 子曰: "祿之去公室, 五世矣, 政逮於大夫, 四世矣. 故夫三桓之子孫

---

31 삼환(三桓) : 춘추 시대 노(魯)나라의 대부였던 중손씨(仲孫氏), 숙손씨(叔孫氏), 계손씨(季孫氏)를 가리킨다. 모두가 노 환공(桓公)의 아들이었으므로 삼환이라 칭했다. 중손씨는 나중에 맹손씨(孟孫氏)로 불렸다. 기원전 562년 삼환씨는 노나라의 공실(公室)을 무너뜨리고 정권을 인수하여 분권정치를 실시했다. 그 중 계손씨의 세력이 가장 강했다.

微矣."

〔註〕蘇氏曰: "强生於安, 安生於上下之分定, 今諸侯大夫, 皆陵其上, 則無以令其下矣, 故皆不久而失之也."

〔經〕공자께서 말씀하셨다. "옛날에는 백성들에게 세 가지 병폐가 있었는데, 지금에는 그것마저도 없어졌구나. 옛날의 뜻이 큰 사람은 작은 예절에 구애하지 않았는데, 지금의 뜻이 큰 사람은 방탕하기만 하고, 옛날의 자긍심이 있는 사람은 행동에 규각이 예리했는데, 지금의 자긍심이 있는 사람은 사납기만 하고, 옛날의 어리석은 사람은 정직했었는데, 지금의 어리석은 사람은 간사하기만 할 뿐이다."〈양화 제16장〉

〔註〕범씨(范氏)가 말하였다. "말세에는 거짓이 불어나니, 어찌 현자만이 옛날만 못할 뿐이겠는가. 백성들의 성품이 가려진 것이 또한 옛날 사람과 달라진 것이다."

〔經〕子曰: "古者, 民有三疾, 今也, 或是之無也. 古之狂也肆, 今之狂也蕩, 古之矜也廉, 今之矜也忿戾, 古之愚也直, 今之愚也詐而已矣."

〔註〕范氏曰: "末世滋僞, 豈惟賢者不如古哉, 民性之蔽, 亦與古人異矣."

사람을 가르치는 도에 대해 말함
言敎人之道

〔經〕 공자께서 진(陳)나라에 계실 때 말씀하셨다. "돌아가자, 돌아가자! 우리 고을의 젊은이들이 뜻은 크나 일에는 소략하여, 찬란하게 문장을 이루었지만 그것을 재단할 줄을 모르는구나."〈공야장 제21장〉

〔註〕 주자가 말씀하였다. "부자의 처음 마음은 그 도(道)를 천하에 펴보려 하는 것이었으나, 이때에 이르러 끝내 쓰이지 못할 줄을 아셨다. 이에 비로소 후학을 성취시켜 후세에 도를 전하고자 하신 것이다."

〔按〕 살펴보건대, 문장을 이룬 것이 비단을 짜서 완성한 것과 같고, 재단할 줄을 모르는 것은 옷을 입으면서 그 제도를 모르는 것과 같다.

〔經〕 子在陳曰: "歸與! 歸與! 吾黨之小子狂簡, 斐然成章, 不知所以裁之."

〔註〕 朱子曰: "夫子初心, 欲行道於天下, 至是而知其終不用也, 於是始欲成就後學, 以傳道於來世."

〔按〕 成章, 如織錦而成, 不知所裁, 如衣服不知其制度.

〔經〕 공자께서 말씀하셨다. "마른고기 한 묶음 이상을 가지고 와서 배움을 청하는 자는 내 가르쳐 주지 않은 적이 없었다."〈술이 제7장〉

〔註〕주자가 말씀하였다. "성인은 사람에 대해서 선에 들어가기를 바라지 않음이 없으나, 다만 찾아와서 배울 줄 모르면 가서 가르쳐 주는 예는 없다."

〔經〕子曰："自行束脩以上, 吾未嘗無誨焉."
〔註〕朱子曰："聖人於人, 無不欲入其善, 但不知來學, 則無徃敎之禮."

〔經〕공자께서 말씀하셨다. "마음속으로 그 뜻을 통하려고 노력하지 않으면 열어주지 않으며, 표현하려고 애쓰지 않으면 말해주지 않되, 한 귀퉁이를 들어 보여주었는데 남은 세 귀퉁이를 돌이켜 구하지 않으면 다시 가르쳐주지 않는다."〈술이 제8장〉

〔註〕정자가 말씀하였다. "정성이 지극하기를 기다린 뒤에 알려주고, 알려준 뒤에는 또 반드시 자득하기를 기다려서 다시 알려주는 것이다."
〔按〕살펴보건대, 위 문장은 예(禮)를 갖추어 찾아오면 가르쳐주는 것이니, 대강으로 말한 것이고, 이 장은 공자께서 가르쳐주는 방편을 말씀한 것이다. 마음속으로 통하려고 노력하면 열어주고 표현하려고 애쓰면 말씀해 주시되, 하나의 실마리를 들어주고 반드시 반복하게 하여 그 전체를 미루어 다한 뒤에 다시 다른 실마리를 들어 주신 것이다. 이것은 성인이 사람을 가르칠 때에 반드시 익숙하고 상세하여 그로 하여금 스스로 터득하게 함이 이와 같았던 것이다.

〔經〕子曰："不憤不啓, 不悱不發, 擧一隅不以三隅反, 則不復也."
〔註〕程子曰："待其誠至而後告之, 旣告之, 又必待其自得, 乃後告耳."

〔按〕上章, 以禮來則誨之大綱說. 此章, 言其告之之方, 憤則啓之, 悱則發之, 而擧其一端, 必使之反覆, 推極了其全體而後, 復擧他端, 此聖人敎人, 必優游詳盡, 使之自得如是.

〔經〕 공사께서 말씀하셨다. "너희들은 내가 무엇을 숨긴다고 여기느냐? 나는 너희들에게 숨기는 것이 없는 사람이다. 행하는 것치고 너희들에게 보여주지 않은 것이 없는 자가 바로 나[丘]이다.〈술이 제23장〉

〔註〕 정자가 말씀하였다. 성인의 가르침은 늘 낮추어서 나아가기를 이와 같이 하신 것이니, 자질이 용렬하고 낮은 자도 힘쓰고 생각하여 거의 따라 하게 할 뿐만 아니라, 재기(才氣)가 고매한 자도 감히 등급을 건너 뛰어 넘어 쉽게 여겨 나아가지 못하게 하신 것이다."

〔經〕 子曰: "二三子, 以我爲隱乎? 吾無隱乎爾, 吾無行而不與二三子者, 是丘也."

〔註〕 程子曰: "聖人之敎, 常俯而就之如此, 非獨使資質庸下者, 勉思企及, 而才氣高邁者, 亦不敢躐易而進也."

〔經〕 공자께서는 네 가지로써 가르치셨으니, 문(文)·행(行)·충(忠)·신(信)이었다.〈술이 제24장〉

〔註〕 정자가 말씀하였다. "사람을 가르치되, 글을 배우고 행실을 닦으며 충(忠)과 신(信)을 마음에 간직하게 하셨는데, 이 중에 충과 신이 근본

이다.”

〔按〕 살펴보건대, 이는《주례(周禮)》[32]에서 삼례(三禮)[33]의 가르침과 뜻이 서로 비슷하니, 충신(忠信)은 육덕(六德)[34]과 같고, 행(行)은 육행(六行)[35]과 같고, 문(文)은 육예(六藝)[36]와 같다.

〔經〕 子以四教, 文行忠信.

〔註〕 程子曰: “教人以學文修行而存忠信, 忠信本也.”

〔按〕 此與周禮三禮之教義相似, 忠信如六德, 行如六行, 文如六藝.

〔經〕 공자께서 말씀하셨다. “백성은 말미암게 할 수는 있어도, 그 이치를 알게 할 수는 없다.”〈태백 제9장〉

〔註〕 정자가 말씀하였다. “성인이 가르침을 베풀 적에 사람들로 하여금

---

32 주례(周禮): 삼례(三禮)의 하나 주(周)나라 시대(時代)의 관제(官制)를 적은 책이다. 주공 단(周公旦)이 지었다고 하나 후세(後世) 사람이 증보(增補)한 것으로 여겨진다. 진시황(秦始皇) 때 분서(焚書)된 것을 한(漢)나라 때 5편을 발견하여, 고공기(考工記)로 보충(補充)하여서 6편으로 했다.

33 삼례(三禮):《주례》지관(地官)〈대사도(大司徒)〉에 말한 육덕(六德)·육행(六行)·육예(六藝)를 말한다.

34 육덕(六德): 사람이 가져야 할 여섯 가지의 덕, 곧 지(智)·인(仁)·성(聖)·의(義)·충(忠)·화(和)이다.

35 육행(六行): 사람이 실천해야 할 여섯 가지 행실이니, 효(孝)·우(友)·목(睦)·인(婣)·임(任)·휼(恤)이다.

36 육예(六藝): 고대 중국 교육의 여섯 가지 과목 곧, 예(禮)·악(樂)·사(射)·어(御)·서(書)·수(數) 등을 말한다.

집집마다 깨우쳐주려고 하지 않는 것은 아니다. 그러나 그 도리를 알게 할 수는 없고, 다만 말미암게 할 뿐이다."

〔按〕 살펴보건대, 다만 말미암게 할 수는 있어도 알게 할 수는 없으니, 형세상 할 수 없는 바가 있는 것이다.

〔經〕 子曰: "民, 可使由之, 不可使知之."
〔註〕 程子曰: "聖人設敎, 非不欲家喩而戶曉也, 然不能使之知, 但能使之由之爾."
〔按〕 但能使之由, 不能使之知, 勢有所不能矣.

〔經〕 공자께서 말씀하셨다. "뜻이 높지만 곧지 않으며, 무지하면서고 삼가지도 않으며, 무능하면서 신실하지 않은 사람을 나는 모른다."〈태백 제16장〉

〔註〕 소씨(蘇氏)가 말하였다. 이러한 병통만 있고 이러한 덕이 없으면 천하에 버림받을 재질이다."

〔經〕 子曰: "狂而不直, 侗而不愿, 悾悾而不信, 吾不知之矣."
〔註〕 蘇氏曰: "有是病, 而無是德, 則天下之棄才也."

〔經〕 공자께서 말씀하셨다. "내가 아는 것이 있는가? 나는 아는 것이 없다. 그러나 미천한 사람이 나에게 물으면 그가 아무리 무식하다 하더라도 나는 양쪽 극단을 들어서 다 말해준다."〈자한 제7장〉

〔註〕 주자가 말씀하였다. "이 대목은 필시 사람들이 성인은 모르는 것이 없고 남을 가르치는 것을 싫증내지 않는다고 칭송한 듯하다. 이러한 의미가 있기에 성인께서 비로소 '나는 아는 것이 없고 또 남을 가르치는 것을 싫증내지 않는 사람이 아니다. 다만 미천한 사람이 와서 물으면 나는 정성을 다하여 그에게 말해준다.'라고 말씀하신 것이다."

〔經〕 子曰: "吾有知乎哉? 無知也, 有鄙夫問於我, 空空如也, 我叩其兩端而竭焉."

〔註〕 朱子曰: "此處, 想必是人稱道聖人無所不知, 誨人不倦, 有這般意思, 聖人, 方道是我無知識, 亦不是誨人不倦, 但鄙夫來問, 我則盡情向他說."

〔經〕 공자께서 말씀하셨다. "진(陳)나라와 채(蔡)나라에서 나를 따르던 자들이 지금 모두 문하에 있지 않구나!" 덕행에는 안연·민자건·염백우·중궁이었고, 언어에는 재아·자공이었고, 정사에는 염유·계로였고, 문학에는 자유·자하였다.〈선진 제2장〉

〔註〕 주자가 말씀하였다. "공자께서 사람을 가르치실 적에 각각 그 재질에 따라 가르치신 것을 여기에서 볼 수 있다."

〔經〕 子曰: "從我於陳蔡者, 皆不及門也! 德行: 顏淵, 閔子騫, 冉伯牛, 仲弓. 言語: 宰我, 子貢. 政事: 冉有, 季路. 文學: 子游, 子夏."

〔註〕 朱子曰: "孔子教人, 各因其材, 於此可見."

〔經〕민자건(閔子騫)은 옆에서 공자를 모실 적에 온화하였고, 자로는 굳세었고, 염유·자공은 강직하였는데, 공자께서 즐거워하셨다. 공자께서 말씀하시기를 "유(由) 같은 자는 온당한 죽음을 얻지 못할 듯하구나."라고 하셨다.〈선진 제12장〉

〔按〕 살펴보건대, 어진 이와 재능 있는 이를 얻었음을 즐거워하고, 자로의 지나친 강건함을 걱정하신 것이다.

〔經〕閔子侍側, 誾誾如也, 子路行行如也, 冉有, 子貢侃侃如也, 子樂. "若由也, 不得其死然."
〔按〕 樂得賢才, 而憂子路之過剛.

〔經〕 공자께서 말씀하셨다. "유(由)의 비파가락을 어찌 내 문에서 연주하는가?" 문인들이 자로를 공경하지 않자, 공자께서 말씀하셨다. "유는 마루에는 올랐고, 아직 방에 들어오지 못한 경지이다."〈선진 제14장〉

〔註〕 남헌 장씨(南軒張氏)가 말하였다. "성인의 이 말씀은 다만 자로를 두고 말한 것일 뿐 아니라, 문인들로 하여금 배움에 차례가 있음을 알게 한 것이다."
〔按〕 살펴보건대, 기질이 비록 과감하고 강하더라도 지위가 이미 높으면 공경하지 않을 수 없음을 말씀한 것이다.

〔經〕 子曰: "由之瑟, 奚爲於丘之門?" 門人不敬子路. 子曰: "由也, 升堂, 未入於室也."

〔註〕南軒 張氏曰[37]："聖人斯言, 非特以言子路, 亦使門人知學之有序也."

〔按〕盖言其氣質雖果剛, 而地位已高, 未可以不敬也.

〔經〕자공(子貢)이 "사(師)와 상(商)은 누가 더 낫습니까?" 하고 묻자, 공자께서 "사는 지나치고, 상은 미치지 못한다." 하셨다. 자공이 다시 "그러면 사가 낫습니까?" 하고 묻자, 공자께서 말씀하셨다. "지나친 것은 미치지 못하는 것과 같다." 〈선진 제15장〉

〔註〕윤씨(尹氏)가 말하였다. "성인의 가르침은 지나친 것을 억누르고 미치지 못하는 것을 이끌어 중도에 돌아가게 할 뿐이다."

〔經〕子貢問："師與商也, 孰賢?" 子曰："師也過, 商也不及." "然則師愈與?" 子曰："過猶不及."

〔註〕尹氏曰："聖人之敎, 抑其過, 引其不及, 歸於中道而已."

〔經〕"시(柴)는 어리석고," 〈선진 제17장〉

〔按〕살펴보건대, 육상산(陸象山)은 시(柴)의 어리석음을 안자(顔子)의 어리석음에 견주었다.

〔經〕柴也愚,

〔按〕陸象山, 以柴愚, 擬於顔子之愚.

---

37 曰 : 저본에는 없다. 대전본 《논어집주》에 의거하여 보충하였다.

〔經〕 "삼(參)은 노둔하고," 〈선진 제17장〉

〔按〕 살펴보건대, 증자는 끝내 노둔함으로써 도를 터득하였지만, 노둔하여서 도를 터득한 것이 아니라, 노둔하였지만 독실하게 공부를 하였기 때문에 터득한 것이다. 대개 총명하고 민첩한 사람은 도리를 쉽게 본다. 그러므로 얕은 것은 얕을 따름이다. 노둔한 사람은 인내하는 성질이 있기 때문에 능히 깊은 뜻을 탐구하여 끝까지 이르니 비록 노둔함으로써 도를 터득하였다고 말하더라도 가하다.

〔經〕 參也魯,

〔按〕 曾子, 竟以魯得之, 非魯而得之, 魯而用篤實工夫, 故得之. 盖聰敏者, 道理易看, 故淺則淺而已. 魯者, 有忍耐性, 故能究深到底, 雖謂之以魯得之可也,

〔經〕 "사(師)는 치우치고," 〈선진 제17장〉

〔按〕 살펴보건대, 이것은 증자가 이른바 '당당하구나 자장이여! 그러나 함께 인(仁)을 하기가 어렵겠구나!'[38]라고 한 것이다.

〔經〕 師也僻,

〔按〕 此曾子所謂堂堂乎張也. 難與並爲仁者!

38 당당하구나……어렵겠구나 : 이 부분은 《논어》 〈자장(子張)〉 16장에 보인다.

〔經〕 "유(由)는 거칠다." 〈선진 제17장〉

〔註〕 양씨(楊氏)가 말하였다. "이 네 가지는 성질의 편벽됨이니, 그것을 말씀하여 스스로 힘쓸 것을 알게 하신 것이다."
〔按〕 살펴보건대, 자로는 말을 꾸미려 하지 않아 경솔하게 응대하였다. 여기에서 그의 거칠고 비속함의 폐단을 알 수 있다.

〔經〕 由也喭.
〔註〕 楊氏曰: "四者, 性之偏, 語之使知自勵也."
〔按〕 子路, 不要修飾言辭, 率爾應對. 此可見喭野之弊.

〔經〕 공자께서 말씀하셨다. "안회(顔回)는 거의 도에 가까웠고 자주 식량이 떨어졌다." 〈선진 제18장〉

〔註〕 주자가 말씀하였다. "도에 가까웠고 또 가난을 편안하게 여겼음을 말씀한 것이다."
〔按〕 살펴보건대, '도에 가까웠다.'는 것이 자주 식량이 떨어진 데에 있음을 말한 것이다. 대개 자주 식량이 떨어졌으나 그 즐거움을 고치지 않은 것이니, 이것이 도에 가까운 까닭이다.

〔經〕 子曰: "回也, 其³⁹庶乎屢空."
〔註〕 朱子曰: "言其近道, 又能安貧."

39 其 : 저본에는 없다. 대전본 《논어집주》에 의거하여 보충하였다.

〔按〕言庶乎者在屢空, 盖屢空而不改其樂, 此所以近道也.

〔經〕 공자께서 또 말씀하셨다. "사(賜)는 천명을 받지 않고서도 재화를 늘렸으나 추측하면 자주 들어맞았다."〈선진 제18장〉

〔按〕 살펴보건대, 자공이 재화를 늘린 것과 추측하면 자주 들어맞은 것은 모두 경계해야 하는 일이다. 그러므로 부자께서 이것을 말씀하시어 스스로 성찰하게 하신 것이다.

〔經〕 "賜不受命, 而貨殖焉億, 則屢中."
〔按〕 子貢之殖貨億中, 皆當戒之事, 故夫子言之, 使自省察也.

〔經〕 자로가 "옳은 것을 들으면 실행하여야 합니까?" 하고 묻자, 공자께서 "부형이 살아계시니, 어찌 들으면 실행할 수 있겠는가?" 하고 대답하셨다. 염유가 "옳은 것을 들으면 곧 실행하여야 합니까?" 하고 묻자, 공자께서 "들으면 실행하여야 한다." 하고 대답하셨다. 공서화(公西華)가 물었다. "유(由)가 '들으면 곧 실행하여야 합니까?' 하고 묻자, 선생께서 '부형이 살아계시다.' 하셨고, 구(求)가 '들으면 실행하여야 합니까?' 하고 묻자, 선생께서 '들으면 실행하여야 한다.' 고 대답하시니, 저는 의혹되어 감히 여쭙니다." 공자께서 말씀하셨다. "구는 물러남이 있으므로 나아가게 한 것이요, 유는 남들보다 배나 나음으로 물러나게 한 것이다."〈선진 제21장〉

〔註〕 남헌 장씨(南軒張氏)가 말하였다. "성인이 한 사람은 나아가게 하고 한 사람은 물러나게 하셨으니, 의리(義理)의 중도(中道)에 요약하

여 그들로 하여금 지나치거나 미치지 못하는 병통이 없게 하려고 하신 것이다."

〔按〕 살펴보건대, 자로는 아직 실행하지 못했으면 또 좋은 말을 들음이 있을까 두려워하였으니 이것이 보통 사람보다 나은 것이고, 염유는 스스로 힘이 부족하다고 말하였으니 이것이 물러난 것이다.

〔經〕 子路問: "聞斯行諸?" 子曰: "有父兄在, 如之何其聞斯行之." 冉有問: "聞斯行諸?" 子曰: "聞斯行之." 公西華曰: "由也, '問聞斯行諸.' 子曰, '有父兄在.' 求也, '問聞斯行諸.' 子曰, '聞斯行之赤也.' 惑敢問." 子曰: "求也, 退故進之. 由也, 兼人故退之."

〔註〕 南軒 張氏曰: "聖人一進之, 一退之, 所以約之於義理之中, 而使之無過不及之患也."

〔按〕 子路未之能行, 唯恐有聞, 是兼人也. 冉有自謂力不足, 是退也.

〔經〕 공자께서 말씀하셨다. "중도를 행하는 선비를 얻어 함께 할 수 없다면, 반드시 광자(狂者)나 견자(狷者)⁴⁰와 함께 할 것이다. 광자는 진취적이고, 견자(狷者)는 하지 않는 바가 있다."〈자로 제21장〉

〔註〕 주자가 말씀하였다. "성인은 본래 중도를 행하는 선비를 얻어 함께 하고자 하였으나, 만년에는 갈수록 이런 마음에 드는 사람을 얻기가 어려웠다. 광자(狂者)나 견자(狷者) 같은 사람은 오히려 그들의 지향이 있는

---

40 광자(狂者)나 견자(狷者) : 광자(狂者)는 뜻만 높은 자를 말하고, 견자(狷者)는 고지식한 자를 말한다.

자질을 인하여 중도에 맞게 할 수 있다."

〔經〕子曰: "不得中行而與之, 必也狂狷乎, 狂者進取, 狷者有所不爲也."
〔註〕朱子曰: "聖人本欲得中道而與之, 晚年磨來磨去, 難得這般恰好底
人, 如狂狷, 尙可因其有爲之資裁, 而歸之中道."

〔經〕공자께서 말씀하였다. "그를 사랑할 경우 수고롭게 하지 않을 수 있겠
는가? 그에게 충성할 경우 가르쳐주지 않을 수 있겠는가?〈헌문 제8장〉

〔註〕소씨(蘇氏)가 말하였다. "사랑하면서도 수고롭게 할 줄 알면 그
사랑함이 깊은 것이요, 충성하면서도 가르칠 줄 알면 그 충성됨이 큰
것이다."

〔經〕子曰: "愛之, 能勿勞乎? 忠焉, 能勿誨乎?"
〔註〕蘇氏曰: "愛而知勞之, 則其爲愛也, 深矣, 忠而知誨之, 則其爲忠也,
大矣."

〔經〕궐당(闕黨)의 동자가 명령을 전달하는 일을 맡아보자, 혹자가 "학문이
진전된 자입니까?" 하고 물었다. 공자께서 말씀하셨다. "나는 그가 자리에
앉아 있는 것을 보고 선생과 나란히 걸어 다니는 것을 보니 그는 학문에
진전을 구하는 자가 아니라 빨리 이루고자 하는 자이다."〈헌문 제47장〉

〔註〕주자가 말씀하였다. "혹자는 이 궐당(闕黨) 동자의 학문이 진전이

있어서 공자께서 그로 하여금 명령을 전달하게 하여 총애하고 남다르게 대우하는지 의심하였다. 공자께서 말씀하시기를 '이 동자는 학문의 진전을 구하는 자가 아니라, 다만 빨리 이루려고 하는 자일뿐이다. 그러므로 그에게 사령(使令)의 일을 맡겨 어른과 어린이의 차례를 보고 사양하고 공손히 하는 용모를 익히게 한 것이다.' 하셨으니, 이는 그를 억제하여 가르친 것이요, 총애하여 특별히 대우한 것이 아니다."

〔經〕闕黨童子將命, 或問之曰: "益者與?" 子曰: "吾見其居於位也, 見其與先生並行也, 非求益者也, 欲速成者也."

〔註〕朱子曰: "或疑此童子學有進益, 故孔子使之傳命, 以寵異之, 孔子言非能求益, 但欲速成爾, 故使之給使令之役, 觀長少之序, 習揖遜之容, 蓋所以抑而敎之, 非寵而異之也."

〔經〕공자께서 말씀하셨다. "가르침이 있으면 종류가 없다." 〈위령공 제38장〉

〔註〕남헌 장씨(南軒張氏)가 말하였다. "기질에는 돌이킬 수 있는 이치가 있고, 사람에게는 돌이킬 수 있는 방도가 있다. 가르침에 잘 돌이키는 공이 있는데 끝내 돌이키지 못하는 것은 그가 자포자기하기 때문이다."

〔經〕子曰: "有敎, 無類."

〔註〕南軒張氏曰: "氣有可反之理, 人有能反之道, 而敎有善反之功, 其卒莫之反者, 則以其自暴自棄也."

〔經〕 유비(孺悲)가 공자를 뵙고자 하였는데, 공자께서 병이 있다고 거절하셨다. 명령을 전달하는 자가 문밖으로 나가자, 비파를 가져다 노래를 부르시어 그로 하여금 듣게 하셨다. 〈양화 제20장〉

〔註〕 정자가 말씀하였다. "이것이 맹자께서 말씀하신 달갑게 여기지 않는 가르침[41]이란 것이니, 그를 깊이 가르쳐주신 것이다."

〔經〕 孺悲欲見孔子, 孔子辭以疾, 將命者出戶, 取瑟而歌, 使之聞之.
〔註〕 程子曰："此孟子所謂不屑之敎誨, 所以深敎之也."

〔經〕 공자께서 말씀하셨다. "배부르게 먹고 하루 종일 마음을 쓰는 곳이 없으면 어렵다. 장기와 바둑 두는 일이 있지 않은가? 그것을 하는 것이 그만두는 것보다는 오히려 낫다." 〈양화 제22장〉

〔按〕 살펴보건대, 장기와 바둑은 군자가 마땅히 마음 쓸 곳이 아니지만, '그래도 그만두는 것보다 낫다'고 하신 것은, 마음을 쓰는 곳이 없어서는 안 됨을 심히 말씀하신 것이다.

〔經〕 子曰："飽食終日, 無所用心, 難矣哉, 不有博奕者乎? 爲之猶賢乎已."
〔按〕 博奕, 非君子之所宜用心, 而曰猶賢乎已者, 甚言無所用心之不可也.

---

41 달갑게……가르침 : 이 부분은 《맹자》〈고자 하〉16장에 보인다.

〔經〕 공자께서 말씀하셨다. "법도가 있는 말은 따르지 않겠는가? 그러나 자신의 잘못을 고치는 것이 중요하다. 유순하게 인도해주는 말은 기뻐하지 않겠는가? 그러나 뜻을 연역하는 것이 중요하다. 기뻐하기만 하고 연역하지 않으며, 따르기만 하고 잘못을 고치지 않으면 나는 그를 어떻게 할 수가 없다."〈자한 제23장〉

〔註〕 주자가 말씀하였다. "법도 있는 말은 사람들이 공경하고 꺼리는 바이므로 반드시 따른다. 그러나 잘못을 고치지 않으면 외면으로만 따르는 것일 뿐이다. 유순하게 인도해주는 말은 마음에 어그러지거나 거슬림이 없으므로 반드시 기뻐할 것이다. 그러나 그 실마리를 찾지 않으면 또한 은미한 뜻의 소재를 알 수 없다."

〔經〕 子曰: "法語之言, 能無從乎? 改之爲貴. 巽與之言, 能無說乎? 繹之爲貴. 說而不繹, 從而不改, 吾末如之何也已矣."

〔註〕 朱子曰: "法言, 人所敬憚. 故必從, 然不改則面從而已. 巽言, 無所乖忤. 故必說, 然不繹則又不足以知其微意之所在也."

〔經〕 공자께서 말씀하셨다. "'어찌할까' '어찌할까'라고 말하지 않는 자는 나도 어찌할 수가 없다."〈위령공 제15장〉

〔註〕 주자가 말씀하였다. "학문은 단지 반복하여 생각하고 헤아리기를 요한다. 만약 생각을 경솔하고 행동을 망령되게 하면 비록 성인일지라도 어찌할 수가 없다."

〔經〕子曰: "不曰如之何如之何者, 吾末如之何也已矣."

〔註〕朱子曰: "只是要反覆思量, 若率意妄行, 雖聖人, 亦無奈他何."

〔經〕 공자께서 말씀하셨다. "여럿이 하루 종일 함께하면서 말이 의리에 미치지 못하고, 작은 지혜를 행하기 좋아하면 환난이 있을 것이다."〈위령공 제16장〉

〔註〕 남헌 장씨(南軒張氏)가 말하였다. "의리는 천리(天理)의 공정한 것이고, 작은 지혜는 잔재주일 뿐이다. 작은 지혜를 좋아하는 것은 의리의 적이다."

〔按〕 살펴보건대, 이것은 곧 위 문장의 '어찌 할까 하고 말하지 않는 자'이니, 이는 비록 성인일지라도 더불어 어떤 일을 하기가 어렵다.

〔經〕子曰: "群居終日, 言不及義, 好行小慧, 難矣哉."

〔註〕南軒張氏曰: "義者, 天理之公, 小慧則繆巧之私而已, 小慧好, 義之賊也."

〔按〕 此卽上章'不曰如之何'者, 雖聖難與有爲耳.

〔經〕 자유(子游)가 말하였다. "자하(子夏)의 제자들은 물 뿌리고 청소하며 응대하고 진퇴하는 예절을 하는데 있어서는 괜찮으나 이는 말단적인 일이요, 근본적인 것은 없으니 어찌하겠는가?" 자하가 듣고서 말하였다. "아! 자유의 말이 지나치다. 군자의 도에 어느 것이 먼저라 하여 전수하며, 어느 것을 뒤라 하여 게을리 하겠는가? 초목에 비유하면 그 유형으로 구별

되는 것과 같으니, 군자의 도를 어찌 속일 수 있겠는가? 처음이 있고 끝이 있는 것은 오직 성인뿐이시다."〈자장 제12장〉

〔註〕정자가 말씀하였다. "군자가 사람을 가르칠 때에 순서가 있으니, 먼저 작은 것과 가까운 것을 가르친 뒤에 큰 것과 먼 것을 가르치는 것이요, 먼저 작은 것과 가까운 것을 가르친 뒤에 큰 것과 먼 것을 가르치지 않는 것은 아니다."

〔經〕子游曰: "子夏之門人小子, 當灑掃應對進退, 則可矣, 抑末也. 本之則無, 如之何?" 子夏聞之曰: "噫! 言游過矣. 君子之道, 孰先傳焉, 孰後倦焉? 譬諸草木, 區以別矣, 君子之道, 焉可誣也? 有始有卒者, 其惟聖人乎!"

〔註〕程子曰: "君子敎人有序, 先傳以小者近者, 而後敎以大者遠者, 非先傳以近小, 而後不敎以遠大也."

〔經〕공자께서 말씀하셨다. "중등 이상의 사람에게는 상등의 도를 말해 줄 수 있으나, 중등 이하의 사람에게는 상등의 도를 말해 줄 수 없다."〈옹야 제19장〉

〔經〕子曰: "中人以上, 可以語上也, 中人以下, 不可以語上."

성현이 서로 전하는 통서에 대해 말함
言聖賢相傳之統

〔經〕 요(堯)임금이 말씀하셨다. "아! 너 순(舜)아, 하늘의 운수가 너의 몸에 있으니, 진실로 그 중도를 잡도록 하라. 온 세상 사람들이 곤궁하면 하늘의 복록이 영원히 끊어질 것이다."〈요왈 제1장〉

〔按〕 살펴보건대, 중도를 잡지 못하면 하늘의 복록이 영원히 끊어질 것임을 말하였으니, 경계함이 깊다.

〔經〕 堯曰: "咨爾舜, 天之歷數在爾躬, 允執其中, 四海困窮, 天祿永終."
〔按〕 言不能執中, 則天祿永終也, 戒之深矣.

〔經〕 순(舜)임금도 이 말씀으로써 우(禹)임금에게 명하셨다. 탕왕(湯王)이 말씀하셨다. "나 소자 이(履)는 검은 희생을 써서 감히 거룩하신 상제(上帝)께 아룁니다. 죄가 있는 사람을 제가 감히 용서하지 못하오며, 상제의 신하를 제가 감히 가려막지 못하오니, 신하를 간택함은 상제(上帝)의 마음에 달려 있습니다. 제 몸에 죄가 있는 것은 만방 때문이 아니며, 만방에 죄가 있는 것은 그 죄가 제 몸에 있는 것입니다." 주(周)나라에 크게 베풀어줌이 있었는데, 선인(善人)이 이에 많아졌다.〈요왈 제1장〉

〔註〕 주자가 말씀하였다. "이 아래는 무왕(武王)의 일을 기술한 것이다."

〔經〕 舜亦以命禹. 曰: "予小子履, 敢用玄牡, 敢昭告于皇皇后帝, 有罪,不敢赦, 帝臣不蔽, 簡在帝心, 朕躬有罪, 無以萬方, 萬方有罪, 罪在朕躬.”
周有大賚, 善人是富.

〔註〕朱子曰: “以下, 述武王事.”

〔經〕무왕이 말하기를 “비록 지극히 가까운 친척이 있으나 어진 사람만
같지 못하며, 백성들에게 허물이 있는 것은 나 한 사람에게 있는 것이다.”라
고 하였다. 무왕이 도량형을 신중히 정하고, 법도를 살피며, 폐지된 관직을
다시 정비하니, 사방의 정치가 제대로 행하여졌다. 멸망한 나라를 일으키
고, 끊어진 세대를 계승하고, 숨은 사람을 등용하니, 천하의 백성이 마음을
돌렸다. 소중히 여겼던 것은 식량과 상례(喪禮)와 제례(祭禮)였다. 너그러
우면 민중을 얻고, 신의(信義)가 있으면 백성들이 신임하고, 민첩하면 공적
이 있고, 공정하면 백성들이 기뻐한다.〈요왈 제1장〉

〔註〕주자가 말씀하였다. “이 내용은 무왕(武王)의 일에 보이는 바가
없으니, 아마도 제왕의 도리를 널리 말씀하신 것인 듯하다.”
○ 양씨(楊氏)가 말하였다. “《논어》의 내용은 모두 성인의 은미한 말씀
을 그 제자들이 전하고 지키면서 이 도를 밝힌 것이다. 그러므로 마지막
편에 요(堯)·순(舜)이 불러 명하신 말씀과 탕(湯)·무(武)가 군사들에
게 맹세한 뜻 및 정사에 시행한 것들을 자세히 기재하여 성학(聖學)의
전하는 바가 여기에 한결같을 뿐임을 밝혔으니, 《논어》20편의 대의를
밝힌 것이다.”

〔經〕雖有周親, 不如仁人, 百姓有過, 在予一人. 謹權量, 審法度, 修廢官,
四方之政, 行焉. 興滅國, 繼絶世, 擧逸民, 天下之民, 歸心焉. 所重, 民食

喪祭. 寬則得衆, 信則民任焉, 敏則有功, 公則說.

〔註〕朱子曰: "此於武王之事, 無所見, 恐或泛言帝王之道也."

○ 楊氏曰: "論語之書, 皆聖人微言, 而其徒傳守之, 以明斯道者也. 故於
終篇, 具載堯舜咨命之言, 湯武誓師之意, 與夫施諸政事者, 以明聖學之所
傳者, 一於是而已, 所以著明二十篇之大旨也."

〔經〕 주공(周公)이 노공(魯公)[42]에게 이르셨다. "군자는 그 친척을 버리지
아니하며, 대신(大臣)으로 하여금 써주지 않는 것을 원망하게 하지 않으
며, 옛 친구가 큰 잘못이 없으면 버리지 않으며, 한 사람에게 다 갖추기를
요구하지 않는다."〈미자 제10장〉

〔經〕 周公謂魯公曰: "君子不施[43]其親, 不使大臣怨乎不以, 故舊無大故,
則不棄也, 無求備於一人."

〔經〕 공자께서 말씀하셨다. "위대하시다. 요(堯)의 임금 되심이여! 높고
크도다. 오직 저 하늘이 큰데, 요임금만이 그것을 본받으셨으니, 넓고 넓
어 백성들이 무어라 형용하지 못하였다."〈태백 제19장〉

〔註〕 주자가 말씀하였다. "만물 중에 높고 큰 것은 하늘보다 더한 것이
없는데, 요(堯)임금의 덕만이 능히 하늘과 더불어 나란하였다. 그러므

---

42 노공(魯公) : 주공(周公)의 아들 백금(伯禽)을 말한다.

43 施 : 저본에는 '이(弛)'로 되어 있다. 대전본 《논어집주》에 의거하여 수정하였다.

로 그 덕의 넓고 큰 것이 또한 하늘을 말로 형용할 수 없는 것과 같은 것이다."

〔經〕子曰: "大哉堯之爲君也! 巍巍乎! 惟天爲大, 惟堯則之, 蕩蕩乎, 民無能名焉."
〔註〕朱子曰: "物之高大, 莫有過於天者, 而獨堯之德, 能與之準, 故其德之廣大, 亦如天之, 不可以言語形容也."

〔經〕 "높고 높은 그 공적이여! 찬란한 그 문장이여!"〈태백 제19장〉
〔按〕 살펴보건대, 요(堯)임금의 덕은 무어라 형용할 수 없고 볼 수 있는 것은 공업(功業)과 문장(文章)[44]뿐이니, 이는 마치 하늘처럼 무어라 형용할 수 없고 볼 수 있는 것은 오직 사계절의 공업과 해와 별의 찬란함일 뿐인 것과 같다.

〔經〕 "巍巍乎其有成功, 煥乎其有文章!"
〔按〕 堯之德, 不可名而其可見者, 功業文章而已, 恰如天之不可以名而可見者, 唯四時之成功、日星之煥然耳.

〔經〕 공자께서 말씀하셨다. "순(舜)임금과 우(禹)임금은 천하를 소유하시

---

44 공업(功業)과 문장(文章): 공업(功業)은 일의 업적이요, 문장(文章)은 예악과 법도이다.

고도 그것에 관여하지 않으셨다."〈태백 제18장〉

〔按〕 살펴보건대, 천하를 소유하시고도 관여하지 않았다는 것은 천하를 다스리되 인위적으로 함이 없었던 것이다.

〔經〕 子曰: "舜禹之有天下而不與焉."
〔按〕 有天下而不與, 則能爲天下而無爲.

〔經〕 순(舜)임금이 어진 신하 다섯 사람을 두었는데, 천하가 다스려졌다. 무왕(武王)이 말씀하셨다. "나는 다스리는 신하 열 사람이 있다."공자께서 말씀하셨다. "인재를 얻기가 어려운 것이 그렇지 아니한가? 당우(唐虞)의 교체기에는 주나라보다 성대하였다. 그런데 거기에는 부인이 있었으니 실제로는 아홉 사람일뿐이었다. 천하를 셋으로 나누어 그 둘을 소유하시고도 복종하여 은(殷)나라를 섬겼으니, 주(周)나라의 덕은 지극한 덕이라 할 만하다."〈태백 제20장〉

〔註〕 범씨(范氏)가 말하였다. "문왕(文王)의 덕은 상(商)나라를 대신하기에 충분하여, 하늘이 주고 사람들이 귀의하는데도 취하지 않고 복종하여 섬겼으니, 지극한 덕이 되는 것이다."

〔經〕 舜有臣五人, 天下治. 武王曰: "予有亂臣十人." 孔子曰: "才難, 不其然乎? 唐虞之際, 於斯爲盛, 有婦人焉, 九人而已. 三分天下, 有其二, 以服事殷, 周之德, 其可謂至德也已矣."
〔註〕 范氏曰: "文王之德, 足以代商, 天與之, 人歸之, 乃不取而服事焉, 所以爲至德."

〔經〕 공자께서 말씀하셨다. "우(禹)임금에 대해 나는 흠잡을 것이 없다. 음식은 변변찮게 하면서도 귀신에게 효도를 다하였고, 의복은 남루하게 입으면서도 불(黻)과 면(冕)[45]에는 아름다움을 다하였으며, 궁실(宮室)은 낮게 하면서도 관개수로에는 힘을 다하였으니, 우임금에 대해 나는 흠잡을 것이 없다."〈태백 제21장〉

〔註〕 양씨(楊氏)가 말하였다. "자기를 받드는 데에는 박하게 하면서 부지런히 한 것은 백성을 위한 일이었고, 꾸밈을 지극히 한 것은 종묘와 조정의 예(禮)였으니, 이른바 천하를 소유하고도 관여하지 않았다고 하는 것이다. 그러니 어찌 흠잡을 것이 있겠는가.

〔按〕 살펴보건대, 대우의 사업이 천고에 높은 것은, 다만 그 뜻이 따뜻하게 옷을 입고 배부르게 먹는 데에 있지 않음으로부터 나온 것이다.

〔經〕 子曰: "禹, 吾無間然矣. 菲飮食而致孝乎鬼神, 惡衣服而致美乎黻冕, 卑宮室而盡力乎溝洫, 禹吾無間然矣."
〔註〕 楊氏曰: "薄於自奉, 而所勤者, 民之事, 所致餙者, 宗廟朝廷之禮, 所謂有天下而不與也. 夫何間然之有."
〔按〕 大禹之事業, 巍乎千古者, 只是自志不在溫飽而來.

〔經〕 자장(子張)이 공자께 묻기를 "어떻게 하여야 정사에 종사할 수 있습니까?" 하니, 공자께서 "다섯 가지 아름다운 것을 높이고 네 가지 나쁜 것을

---

45 불(黻)과 면(冕) : 불(黻)은 무릎을 덮는 것이고, 면(冕)은 면류관이니 제복의 복장이다.

물리치면, 정사에 종사할 수 있다." 하고 대답하셨다. 자장(子張)이 "무엇을 다섯 가지 아름다운 것이라 합니까?" 하고 묻자, 공자께서 "군자는 은혜롭되 낭비하지 않으며, 수고롭게 하되 원망하지 않으며, 하고자 하되 탐하지 않으며, 태연하되 교만하지 않으며, 위엄이 있되 사납지 않은 것이다." 라고 대답하셨다. 자장이 "무엇을 은혜롭되 낭비하지 않는 것이라 합니까?" 하고 묻자, 공자께서는 "백성들이 이롭게 여기는 것을 따라 이롭게 해주니, 은혜롭되 낭비하지 않는 것이 아니겠는가. 수고롭게 할 만한 일을 택하여 수고롭게 하니, 또 누가 원망하겠는가. 인(仁)을 하고자 하여 인을 얻으니 또 무엇을 탐하겠는가. 군자는 많고 적음과 크고 작음에 관계없이 감히 교만함이 없으니, 태연하되 교만하지 않은 것이 아니겠는가. 군자는 의관을 바르게 하며 보는 것을 높게 하여 엄숙해서, 사람들이 바라보고 스스로 두려워하니, 이것이 또한 위엄스러우면서도 사납지 않은 것이 아니겠는가." 하고 대답하셨다. 자장이 "무엇을 네 가지 나쁜 것이라 합니까?" 하고 묻자, 공자께서는 다음과 같이 대답하셨다. "가르치지 않고 죽이는 것을 학정이라 하고, 경계하지 않고 결과만 보고 책망하는 것을 포악이라 하고, 명령을 태만히 하고 기일을 각박히 하는 것을 해친다고 하고, 물건을 균평하게 남에게 주면서도 출납할 때에 인색하게 하는 것을 유사(有司)라고 한다."〈요왈 제2장〉

〔註〕윤씨(尹氏)가 말하였다. "정치를 묻는 질문에 말씀해 준 것이 많으나, 이 장과 같이 완비된 것은 없다. 그러므로 이것을 기록하여 제왕의 정치에 이어 놓았으니, 부자의 정치하심을 알 수 있는 것이다."

〔經〕子張問於孔子曰: "何如則可以從政矣?" 子曰: "尊五美, 屛四惡, 斯可以從政矣." 子張曰: "何謂五美子?" 曰: "君子惠而不費, 勞而不怨, 欲而不貪, 泰而不驕, 威而不猛." 子張曰: "何謂惠而不費?" 子曰: "因民之所利

而利之, 斯不亦惠而不費乎. 擇可勞而勞之, 又誰怨. 欲仁而得仁, 又焉貪,
君子無衆寡, 無小大, 無敢慢, 斯不亦泰而不驕乎. 君子正其衣冠, 尊其瞻
視, 儼然人望而畏之, 斯不亦威而不猛乎." 子張曰: "何謂四惡?" 子曰: "不
敎而殺謂之虐, 不戒視成謂之暴慢, 令致期謂之賊, 猶之與人也出納之吝,
謂之有司."

〔註〕尹氏曰: "告問政者多矣, 未有如此章之備者也. 故記之以繼帝王之
治, 則夫子之爲政, 可知也."

〔經〕숙손무숙(叔孫武叔)이 조정에서 대부들에게 말하기를 "자공(子貢)이
중니(仲尼)보다 낫다."라고 하였다. 자복경백(子服景伯)이 이 말을 자공에게
일러주자, 자공이 다음과 같이 말하였다. "대궐의 담장에 비유하면 나의 담장
은 어깨에 미쳐서 집안의 좋은 것들을 들여다 볼 수 있지만, 부자의 담장은
몇 길이나 되어서 그 문을 들어가지 않으면 종묘(宗廟)의 아름다움과 백관(百
官)의 많음을 볼 수가 없다. 그 문을 들어간 자가 드무니, 숙손(叔孫)이 그렇게
말하는 것이 또한 당연하지 않겠는가."〈자장 제23장〉

〔經〕叔孫武叔, 語大夫於朝曰: "子貢, 賢於仲尼." 子服景伯, 以告子貢,
子貢曰: "譬之宮墻, 賜之墻也, 及肩, 窺見室家之好, 夫子之墻, 數仞, 不
得其門而入, 不見宗廟之美, 百官之富, 得其門者, 或寡矣, 夫子之云, 不
亦宜乎?"

〔經〕숙손무숙(叔孫武叔)이 공자를 헐뜯자, 자공(子貢)이 말하였다. "그

러지 말라, 중니(仲尼)는 헐뜯을 수 없다. 타인의 어진 것은 구릉과 같아 넘을 수 있지만, 중니는 해와 달과 같아 넘을 수 없다. 사람들이 비록 스스로 관계를 끊고자 하여도 어찌 해와 달에 손상이 되겠는가. 다만 자기의 분수를 알지 못하는 것을 보일 뿐이다."〈자장 제24장〉

〔經〕叔孫武叔, 毁仲尼. 子貢曰: "無以爲也, 仲尼, 不可毁也, 他人之賢者, 丘陵也, 猶可踰也, 仲尼日月也, 無得以踰焉, 人雖欲自絶, 其何傷於日月乎? 多見其不知量也."

〔經〕진자금(陳子禽)이 자공(子貢)에게 말하였다. "그대가 공손해서이지, 중니(仲尼)가 어찌 그대보다 낫겠는가?" 자공(子貢)이 말하였다. "군자는 한 마디 말에 지혜롭게 되고 한 마디 말에 지혜롭지 않게 되니, 말을 삼가지 않을 수 없다. 부자의 경지에 이르지 못하는 것은 하늘을 사다리로 오르지 못하는 것과 같다. 만일 부자께서 나라를 얻으신다면, 백성들의 살 방도를 세워주면 이에 서고, 그들을 인도하면 이에 행하고, 그들을 편안하게 해주면 이에 다가오고, 그들을 고무시키면 동화되어, 그분이 살아 계시면 영광으로 여기고, 돌아가시면 슬퍼할 것이다. 그러니 어떻게 그 경지에 미칠 수 있겠는가."〈자장 제25장〉

〔註〕남헌 장씨(南軒張氏)가 말하였다. "'세우면 서고 인도하면 행하고 편안하게 해주면 따라오고 고무시키면 동화된다'는 것은, 빠르게 하지 않아도 빠르며 행하지 아니하여도 이르는 것이니, 이는 천하에 지극히 신묘하여 감응이 통하지 않음이 없는 것이다."

〔經〕陳子禽, 謂子貢曰: "子爲恭也, 仲尼豈賢於子乎?" 子貢曰: "君子, 一言以爲知, 一言以爲不知, 言不可不愼也. 夫子之不可及也, 猶天之不可階而升也, 夫子之得邦家者, 所謂立之斯立, 道之斯行, 綏之斯來, 動之斯和, 其生也榮, 其死也哀, 如之何其可及也?"

〔註〕南軒 張氏曰: "立之斯立, 道之斯行, 綏之斯來, 動之斯和者, 不疾而速, 不行而至, 惟天下至神, 感無不通也."

〔經〕태재(大宰)가 자공(子貢)에게 물었다. "공자는 성인이신가? 어쩌면 그리도 능한 것이 많으신가?" 자공이 말하였다. "선생님은 진실로 하늘이 내리신 성인이실 것이고, 또 능한 것이 많으신 분이시다." 공자께서 이 말을 들으시고 말씀하셨다. "태재가 나를 아는구나. 나는 젊었을 적에 미천했기 때문에 비천한 일에 능한 것이 많았다. 그러나 군자는 능한 것이 많은가? 능한 것이 많지 않다."〈자한 제6장〉

〔註〕주자가 말씀하였다. "만일 성인의 지위를 형용하고자 한다면 자공의 말이 지극한 것이 된다. 성인은 덕을 위주로 하므로 굳이 능한 것이 많은 데에 있는 것이 아니다. 그러나 성인은 능한 것이 많지 않은 경우가 없다."

〔經〕太宰問於子貢曰: "夫子聖者與? 何其多能也." 子貢曰: "固天縱之, 將聖, 又多能也." 子聞之曰: "太宰知我乎! 吾少也賤, 故多能鄙事, 君子多乎哉? 不多也."

〔註〕朱子曰: "若要形容聖人地位, 則子貢之言爲盡, 盖聖, 主於德, 固不在多能, 然聖人未有不多能者."

〔經〕뇌(牢)⁴⁶가 말하였다. "공자께서 '나는 쓰여 지지 않았기 때문에 재예가 있다.'라고 하셨다."〈자한 제6장〉

〔按〕살펴보건대, 순임금이 만든 도기(陶器)가 조악하지 않은 것⁴⁷도 쓰이지 않았을 때의 재예이다.

〔經〕牢曰: "子云, 吾不試, 故藝."
〔按〕舜之陶器不窳, 亦不試之藝.

〔經〕자하(子夏)가 말하였다. "군자는 세 가지 변함이 있으니, 멀리서 바라보면 엄숙하고, 그 앞에 나아가면 온화하고, 그 말을 들어보면 명확하다."〈자장 제9장〉

〔註〕정자가 말씀하였다. "다른 사람은 엄숙하면 온화하지 못하고, 온화하면 명확하지 못한데, 오직 공자만이 온전히 갖추셨다."

〔經〕子夏曰: "君子有三變, 望之儼然, 卽之也溫, 聽其言也厲."
〔註〕程子曰: "他人, 儼然則不溫, 溫則不厲, 惟孔子全之."

46 뇌(牢) : 공자의 제자로 성은 금(琴)이고 자는 자개(子開)이다.
47 순임금이……것 : 이는 《한비자(韓非子)》〈논난(論難)〉에서 "여산의 농부들은 밭고랑을 서로 침범하고 있었다. 순이 가서 경작을 하니, 1년쯤 뒤에는 밭고랑이 바르게 되었다. 황하 강변의 어부들은 물 가운데의 나지막한 낚시터를 두고 다투고 있었는데 순이 가서 낚시질을 하니 1년쯤 뒤에는 손윗사람에게 양보하게 되었다. 동이의 도공이 만든 그릇은 조악했었는데 순이 가서 도자기를 만드니 1년쯤 후에는 그 제품이 좋아졌다.〔歷山之農者侵畔, 舜往耕焉, 朞年, 甽畝正. 河濱之漁者爭坻, 舜往漁焉, 朞年而讓長. 東夷之陶者器苦窳, 舜往陶焉, 朞年而器牢.〕"라고 한 부분에 보이는 말이다.

지은이 申晟圭

1905(고종42)~1971. 구한말에서 현대 시기에 이르는 동안 활동했던 대표적인 유학자이자 전통지식인이다. 본관은 평산(平山), 자는 성일(聖日), 호는 손암(遜庵)이다. 경상남도 밀양시 부북면 사포리에서 태어났다. 7세 때 부친상을 당하여 두 분 형님과 삼년상을 마친 후 16세 되던 해 숙부를 따라 청도 신둔사에서 학업을 이어나갔다. 당시 학덕이 높던 소눌(小訥) 노상직(盧相稷), 금주(錦洲) 허채(許埰), 성헌(省軒) 이병희(李炳憙)에게 가르침을 받았다. 시문에 뛰어났고, 〈논어강의(論語講義)〉를 편찬하는 등 경학과 성리설에도 조예가 깊었다. 일제 식민 말기에 단발령과 징병을 거부하며 덕유산의 대덕산으로 들어가 지냈었고, 광복이 되던 해에 고을 선비들과 명륜학원(明倫學院)을 만들어 수년간 학생을 가르쳤다. 1965년에는 정부가 일본과 교류를 맺으려하자 〈한일국교반대건의서(韓日國交反對建議書)〉를 지어 국교 수립의 불가함을 천명하였다. 친하게 교유하던 인물로는 이온우(李溫雨), 이병호(李炳虎), 허섭(許涉) 등이 있다. 저서로는 《손암집》이 있다.

〈역 자〉

남춘우, 부산대학교 점필재연구소 연구교수
신상필, 부산대학교 점필재연구소 HK교수
이연순, 부산대학교 점필재연구소 연구교수
이영준, 해동경사연구소 연구원/한국고전번역원 전 전문위원

〈교 열〉

정경주, 경성대학교 한문학과 교수
정석태, 부산대학교 점필재연구소 연구교수
최석기, 경상대학교 한문학과 교수

〈교 정〉

강창규 / 권혁 / 김우정 / 손해진

손암집 3

申晸圭 지음 | 남춘우·신상필·이연순·이영준 역주
2015년 4월 17일 초판 1쇄 발행
편집·발행 도서출판 점필재 | 등록 2013년 4월 12일 제2013-000111호
주소 (136-087) 서울시 성북구 보문동7가 11번지 2층
전화 929-0804 | 팩스 922-6990

값 27,000원
ISBN 979-11-85736-22-8   94810
     979-11-85736-19-8 (세트)

이 도서의 국립중앙도서관 출판예정도서목록(CIP)은 서지정보유통지원시스템 홈페이
지(http://seoji.nl.go.kr)와 국가자료공동목록시스템(http://www.nl.go.kr/kolisnet)에
서 이용하실 수 있습니다. (CIP제어번호 : CIP2015009549)